U0945153

睁开你美丽的中国眼睛

Open Your Beautiful Chinese Eyes

著——廖宛虹

上海文艺出版社

序

张箭飞

当 MSN 上的宛虹告诉我她正在写一部爱情小说，而且要写一个完美的中国男人时，我边答复：“你 anachronistic（穿越了）。”边滑动鼠标，把高官、名人、胡润榜上的金猪们二奶、小三的新闻、八卦推到她眼前：近乎完美的中国男人？你不是说的宋思明吧？俺们这旮旯，《蜗居》正热播呢，从二八佳人到半老徐娘，多少人哭着喊着说：“也给我个宋思明吧，哪怕坐在宝马里哭。”宛虹笑侃：“无聊，包二奶的男人怎么会是完美的男人？我写的这个完美男人啊，是个才财兼备的 IT 精英，青梅竹马的邻家哥哥，美国长青藤的海归，不离不弃的 gentleman caller（追求者）……”我泼一盆冷水过去：“哗……醒醒吧，你凹凸（out）得厉害！挨踢民工只穿得起淘宝 Polo，无型更无款；邻家哥哥一不小心是个猥琐男；海龟吗，说不定是从西太平洋游回来的，至于 gentleman，俺们这疙瘩，很 gentle 的在傍富婆，很 man 的在当麻匪，哪有什么绅士？”宛虹切断我的吐槽：“所以，我才要写个完美的中国男人，罗曼司本来就是杜丽娘的白日梦，现实越是不堪，越是需要做梦的，是吧？”我扮个鬼脸：“那，给我一个达西，或者尔康吧。”

琼瑶奶奶的阿哥，当然是个笑话——连看着《还珠格格》度过小学时光的九〇后，也渐渐对奶奶的宠儿不屑起来，尔康那些酸掉大牙的爱情告白成为恶搞的最佳目标。至于奥斯汀的达西，可是我们那一代外语系女生心仪的完美爱人。其实，直到现在，达西依然是女人最想约会的对象,非贝克汉姆这类巨帅所能望其项背也。那年月,供妙龄文青奇思联翩的偶像少得可怜。热卖的中文小说,男主人公净是些身世坎坷的大叔、劳改农场里的猪倌、黄土地上的种田郎,“活下去”就是奇迹,一个馒头就是信物,从稻草堆里看几眼星星就算浪漫。唉,章永嶙、高家林、秦书田,也许是现当代文学研究家力捧的典型,却很难让少艾魂牵梦萦。新时期文学所描写的爱情,总脱不掉政治的干系。更多的时候,与生存的苦难和苦闷纠结在一起。此番大背景下成长或浮现出来的情侣,几无“唯美地爱”的机会,何有爱的格调或腔调。现在流行的浪漫式的求爱程序,当初,我们也只能从进口电影里略见一斑。个别先锋点的青年,想学佐罗拽一把追妞的酷范儿,骏马的,没有;玫瑰的,没有。幸好,在解禁的外国文学里,还有个强大的爱情小说传统,给年轻的读者展示了别样的可能。《傲慢与偏见》、《红与黑》、《简爱》、《伟大的盖茨比》构成了我们那一代的情感教育,达西、于连、罗切斯特、盖茨比潜入杜丽娘们的梦境,“剪不断,理还乱,闷无端”。在没有超女快男的时代,女生八卦的内容貌似要“纯文学”多了。熄灯之后的卧谈会,既然没什么校园富二代的绯闻津津乐道一把,我们就拿小说虚构的男生争辩一番。记得就是宛虹挑起达西·希刺克利夫吸引力 PK 的话题,两人的拥趸论证孰优孰劣。宛虹先给出完美男人的三大要素:handsome(英俊),aggressive(主动),sexy(性感)。老实说,当她说出 sexy 一词时,我被雷得目瞪口呆。尽管已经念了好几年的英语专业,我对这个词的具体内涵几无任何感知。毕竟,外教偷偷带进来的一些时尚杂志好像只有男生才敢借阅,他们偶尔念出这个英语单词那诡秘的笑容至今还留存我的记忆。“性感”,我们那个年代的一个禁忌词,即便能从《牛津大辞典》上查到它的定义,我们依然很难想象一个性感的男人该有什么样的风姿。宛虹就拿《呼啸山庄》里的两个男主角的差异给我们解释了一番,我们很兴奋:原来林顿和希刺克利夫的冲突不是阶级冲突,而是性感的竞争啊。显然,希刺克利夫占了上风。那么，达西呢，他好像绅士有余，性感不足。在这类卧谈会上，照例是宛虹扔出个石头，溅起几圈涟漪，未等大伙儿争出个输赢来，某个人的哈欠带出一屋人的睡意，于是我们各怀心思，坠入黑甜的梦乡。

看来，当年有关完美男人的话题一直郁积在宛虹心里。当她告诉我她要写一部爱情小说，而且要写一个完美的中国男人时，我居然想起了她说的那三个要素。几个月后，她的新作一完稿就传了过来，我几乎是一口气读完——这样的阅读速度是近年少有体验。身为文学系的教师，一个职业读者，我整日面对的文本多是考验我的耐心和细心的作品，而阅读《睁开你美丽的中国眼睛》，则令我重温了当年通宵狂读芭芭拉·卡特兰爱情小说的快感。显然，宛虹在动笔之前做足了功课，对爱情小说的经典范式已经烂熟于心，却又翻出了新花样。情节看似眼熟：一个美丽的中国女孩，中美两个性格迥异的追求者——在三角恋的架构里，错综复杂的情感关系得以最完全的展现，人性的搏斗最为激烈，或者说有时候最为惨烈。倘若这三角恋又发生在异域，两个情敌又来自不同的文化背景，那么，通常意义的爱情竞争又掺入了更复杂的文化竞争。坦率地说，读第一遍的时候，我有点犯晕。吴雨好像不是宛虹曾经定义的完美男人：不够英俊，不够主动，遑论性感。倒是他的劲敌蓝塞足够英俊，足够主动，足够性感。再读一遍，我感觉宛虹似乎在遥遥呼应奥斯汀的一个主题：爱情是所学校。所以，不谙西式浪漫的吴雨一直很努力地学习如何赢得雪绒的芳心。蓝塞采取的是闪电攻心战——这样的战术好像美国大男孩玩起来更要得心应手，我想没有多少女生能抵抗得住他的诱惑——是的，凡是性感到哔哔带火的英俊男人都是一种致命的诱惑。雪绒，哪怕她聪明剔透，也不能免俗，终究做了一次赴火的飞蛾。幸好这是二十一世纪，她大可不必像奥斯汀时代的女子，第一次婚姻“挂科”就很少机会“补考”。这场三角恋的爱情，假如是所学校，它未能把蓝塞陶冶成一个高尚的绅士，但却教会了雪绒判断何为真爱，更磨砺了吴雨的执着——唉,像他这样耐着性子,忍着痛苦,等候自己昔日邻家妹妹完成理智与情感的教育,走出傲慢与偏见的孽障的男人,真是闪恋闪婚闪离时代的灭绝物种。

所以,什么是完美的男人?宛虹在书里似乎颠覆了自己多年以前的定义,英俊也好,主动也好,性感也好,这些只不过是一些神马浮云。完美的男人首先是一个女人可以托付终身的男人,而只有无私的男人才会是真正忠诚可靠的男人。这些与人种、文化无关,这些只与人性有关。雪绒在婚姻里究竟要寻找些什么?不就是在寻找这种即将要灭绝的物种吗?

原来,宛虹这部小说居然颠覆我的阅读预期。三人的形象隐隐约约带着爱情小说人物传统的一些底色,却有凸显了别样的特征。很难简单地把蓝塞、吴雨、雪绒套入情场征服者－守望者－天使的模型。令我些许不安的是:看似聪明而单纯的雪绒,令我想到《名利场》里艾米莉亚。难道雪绒自私地利用了吴雨的忠诚,霸住他的痴情,留到自己的梦醒时分?

的确,在读过第三遍之后,我发见了宛虹的计谋:这是一个三角恋故事,人物个性鲜明,情节紧凑,语言明快,就如洋葱一样,看起来简单,却会诱使读者一层皮一层皮地,一句一句地剥下去。"每剥掉一层/都会露出一些/早已忘却的事情/层层剥落间/泪湿衣襟"——

是的,在最后一章,吴雨推开洪水淹没的车窗,把雪绒举向一棵小树之后,自己被大浪卷走。此刻,我眼眶发酸,无法自己。宛虹无需调用琼瑶式的豪华排比句催泪弹,单凭小说里几处电影感巨强的场景就能大赚读者的热泪——这,何尝不是一种写作的境界?

于武汉东湖放鹰台寓所

(作者系武汉大学中文系教授)

目录

上　部

“四月是一个最残忍的季节。”雪绒已记不得是在哪里读到过这样的诗句。她始终不明白,四月,这样一个每时每刻都在鼓励着生命,充满美丽和温柔的季节,怎么容得下一丝一毫的残忍呢?而这个四月,二〇〇八年的四月,却是以比残忍更加残忍十倍百倍的绝望和悲伤进入雪绒青春的记忆的——妈妈,雪绒那二十三岁生命中最亲爱的妈妈,就要在四月这个最残忍的日子里跟她永别了。

窗外,是迷迷蒙蒙细细梳理着万物的雨——那些一阵阵卷进屋里来的潮气,对在病榻上即将与世诀别的妈妈来讲,却无疑像一根根寒冷的小针刺痛着她脆弱的身体。雪绒又给妈妈盖上一床棉被。虽然泪水早已模糊了她的眼睛,她已看不见妈妈脸上那些憔悴的皱纹,但是她还是能清清楚楚地看到妈妈那双充满着无尽怜惜和爱意的眼睛——那眼睛里有着只有女儿才能读懂的千言万语。

妈妈从棉被里伸出虚弱的手来,慢慢地抚去雪绒脸上的泪水。“绒儿,”妈妈喘息了一阵,继续说,“我们母女一场,但是从今以后,妈妈就再也看不到你了。来,你让妈妈最后再看一看……”

雪绒弯下腰去,妈妈用那指尖透着凉气但手心却依然十分温暖的双手捧着她的脸庞,用尽全身最后的力气仔仔细细地端详着女儿那美丽又悲伤的眼睛,似乎想把它们也随着自己的灵魂带到另一个世界去。

“绒儿,妈妈知道,你这双美丽的眼睛,妈妈再怎样不舍,也是带不走的——也永远看不到了。”说到这里，妈妈哽咽得说不下去了。她示意雪绒给她背上再垫上一个枕头，等喘息平复一点后，才往下说，“但是妈妈对你还有一个最后的请求：你不要像我这辈子一样，没有好好看透一个男人。”妈妈的心似乎很痛很痛，一生的苦难在此刻全都写在她那苍白无力的脸上。

此时，窗外早先婆婆娑娑的春雨一下“哗哗哗”地聚成一席瓢泼大雨，顿时房间里潮气更加浓郁和沉重，它们让悲痛和诀别都变得更加真实。

“绒儿，我们家这些女人在婚姻上没有什么幸福。怨谁呢？男人只要有了点钱，有了点地位，就要去找婚外情。还是到外边的世界去，睁开你的眼睛，好好找一个值得你付出的真正有良心的男人吧！”

说完这些话，妈妈又开始剧烈地咳嗽和喘息。一边咳，一边伸出手颤颤巍巍地再一次为雪绒抹去眼里的泪水，“绒儿，记住了没有？记住了妈妈的话没有？”雪绒紧紧地捂住妈妈的手，从那里感觉到的全是妈妈心里的爱跟痛。想着这种最慈爱的感觉将从她二十三岁青春的岁月中从此消逝，雪绒再也忍不住，倒在妈妈的怀里号啕大哭起来。

“绒儿，不要哭了……去把你的琴拿来，我想再听听。”雪绒强忍住泪水，去房间的桌子上把琴盒打开，把那把一直陪伴着妈妈和自己的小提琴拿了过来。妈妈用无力的手轻轻地抚摩着那泛着优雅光泽的琴身，“绒儿，你从四岁开始拉琴，一直到二十三岁，差不多每天晚上，妈妈都是和你一起在琴声里度过的……现在就从你的第一只曲子开始拉吧，让妈妈在你的琴声里把我们母女一起走过的岁月再走一遍。”

雪绒紧紧抱着妈妈，又哭成一团。妈妈缓缓地推开女儿，“去吧，妈妈现在就要听，就站在你平时练琴的那个地方。”

雪绒顺从地举起了琴，夹在脖子下，看见妈妈在几尺远的床上对她微微地点了点头，她明白，妈妈这是叫她开始拉琴。这首铃木的《闪烁的小星星》，是雪绒拉的第一首曲子。长大以后好多好多年，雪绒都没有再拉过这首曲子。现在随着这一闪一闪的旋律，雪绒突然回到那童贞的儿时，妈妈弯下腰，捧着她的小脸说："绒儿，不要怕痛，你要把这首歌拉会了，你就会变成天上的一颗小星星，妈妈的小星星！"

泪水从雪绒的眼睛里流淌在琴面上：妈妈，不管你以后如何，我都是你身边的小星星！我下辈子还要做你的女儿！

她心痛得再也拉不下去了。妈妈此时看上去已经是非常非常疲倦，好像就要睡过去了一样。听见雪绒停了下来，妈妈在床那边勉强地抬起一只手，吃力地往外推了推。雪绒知道，这是妈妈叫她继续拉的意思。

在不断涌出的泪水中，雪绒拉到了柴可夫斯基的《D大调小提琴协奏曲》。这时，她的心都要碎了。这是妈妈陪着她一起练习的最后一首曲子，一支为了出国留学而准备的曲子。妈妈帮她买了将近二十个光碟，叫她用心地去揣摩不同演奏者的不同演绎风格。在录完这首参加美国音乐学院入门考试的曲子以后，妈妈就心力交瘁，一病不起了，好像妈妈已经感觉到自己的人生使命已经完成，再也撑不下去了。

现在雪绒在妈妈面前再次拉起这首曲子时，她感觉到自己的心在旋律里和妈妈对话：

"妈妈，你觉得我这次拉得怎么样？"

"孩子，你拉得很好！看来你总算找到了音乐的灵魂了。"

"妈妈，我不需要去寻找音乐的灵魂或是别的什么人的灵魂，你就是我的灵魂。我相信以后在这世界上再也找不到像妈妈这么疼爱我的灵魂了！"

"傻孩子，妈妈的灵魂是不用去找的，妈妈的灵魂永永远远都跟你在一起，永永远远守护着你……"

妈妈突然侧过头来，最后往雪绒那里看去，泪水顺着眼角缓缓地流下来，她与女儿，从此天人永隔，缘尽缘去！

第一章　来美国找一个真正有良心的男人

按照妈妈生前的安排，雪绒终于迈出了国门，踏上了一片陌生的国土，来到了美国中西部这所有名的公立大学。

当二十三岁的丁雪绒背着书包走在秋天的密西根大学的校园里的时候，她才真真实实地觉得自己原来并不是在做梦，而是实实在在地走进了那些外国电影和小说中所描绘的异国文化氛围之中，走进了一个既让她震撼又让她好奇的全新生活。

她抬头望了望天空。九月，中西部的太阳是高挑的、强烈的；而云彩则是妩媚的、柔和的。在蔚蓝广袤的天庭底下，云朵在微风中淡淡地追逐着太阳，而太阳在下一个瞬间，又在微风中随意地追逐着云朵。这种大自然纯洁的生动让心情依然十分郁悒的雪绒得到些许安慰。

其实，在雪绒的眼里，这密大的校园除了那异常洁净辽阔的天空之外，近处的一山一水都与自己的故乡有几分神似。那些凹凸有致的小山，远远近近，被花草树木掩映着，像是隐藏了许许多多秘密；而那些长长短短的小路则在其中若隐若现，更透出许许多多灵气。刚来的那一天，这种似曾相识的感觉就把她的心给打动了：原来，这异国他乡并不像自己想象中那样陌生啊。

但是，当她走在教学楼群中间的那条大道上时，心里又觉得有一种说不出来的失落。虽然天空、太阳、云彩和青山绿树无一不让她感到心情舒畅，但是她身边那些人，那些各种各样肤色的背着书包急急走路的人，那些骑着脚踏车在人丛中穿来穿去的人，和那些在路边椅子上坐着讲手机的人，都让雪绒时刻有一种被排斥甚至是被孤立的感觉。她不禁想，为什么妈妈要把自己送到这里来？难道自己可以从这些陌生又冷漠的脸孔中为自己的心找到一个永远的归宿吗？

她站在一个人行道的十字路口边上，好奇地观察着这些即将与自己相识和相处的人们，一个，两个，一群金发碧眼的男生从她眼前走过去了，他们迈着健壮有力的大步潇洒地走着，个个长得高大帅气，满脸都写着自信和乐观。嗯，这些美国男生看起来比中国男孩子要开朗和快乐。

又有几个女生手里抱着书本从她身边走过去了。其中有一个穿着非常时髦迷你裙的黑人女孩子，在九月还这么燥热的天气里，脚上居然还套了一双齐膝的高筒皮靴子，让她那本来就十分修长的腿显得十分性感。还有那些大眼睛高颧骨的白人女生，当她们经过她身边的时候，大都昂首挺胸，目不斜视，戴着耳机自顾自地听着各种流行音乐。而更多的女生，则是各有各的发型，各有各的体味，各有各的衣着，有的穿得像吉普赛人，有的打扮得像男人，更有的把自己拾掇得像高贵的欧洲公主。是啊，这些美国女孩子好像比我们中国女生更大胆、更有个性。

雪绒忍不住再看看自己。当然，以中国人的标准来看，她的确可以算得上是个美女了。首先她有一张中国古典美眉的那种瓜子脸，还有一双在时下已非常少见的丹凤眼，眼皮似双似单，眼仁大大，眼角翘翘，配上秀气的鼻梁和红红的嘴唇，再加上她那高挑的身材和多年在舞台上拉琴所练就的风度，让她无论走到哪里，都会引来无数回头率。

雪绒从来不是一个虚伪的人，也极其讨厌虚伪的人。所以当别人问她"你为什么要到美国去"的时候，她总是坦然地回答："我要到美国去找一个真正有良心的男人。"当然，雪绒的这番话，让很多中国人，特别是中国男人背地里都骂她贱。也让许多中国女人觉得很不屑：难道在中国就找不到一个真正有良心的男人了吗？全中国的好男人都死光了吗？非要到外国去才找得到吗？大家的一致结论是:这个女人除了贱还是贱。

但是无论别人怎样看她,怎样议论她,她完全不在乎,是真正不在乎。因为她曾经亲眼看到自己的父亲是怎样为了另外一个女人而残忍地背叛她的母亲的,又从母亲那里听说她的外公是怎样背叛她的外婆,还有她的外曾祖父又是怎样背叛她的外曾祖母的。这种背叛不仅发生在家里三代妇女的身上,如果要追溯起来,甚至还可以追溯到她们家族的四代五代女人那里去。中国男人,在丁雪绒和她妈妈的眼里,的确不能算是有良心的男人。

也许正是为了要逃脱那种被背叛的宿命,雪绒走进美国大学校园时的第一个想法就是:一定要修一门婚姻预备课。过去在中国时,妈妈总认为,家族里各代女人之所以有如此同样悲惨的命运,那都是因为中国男人太没有良心,所以她觉得要摆脱这种悲剧宿命的唯一出路,是逃到另一个国度去,找一个不同人种品格高尚一点的男人。而对于雪绒来讲,婚姻中的残忍背叛,除了中国男人的品质问题之外,女人自己也是要负责任的,只不过女人要负的是愚昧的责任。如果女人在恋爱时就有了成熟的判断力,在结婚之前就对男人有比较透彻的了解,对婚后如何处理夫妻关系也早有心理准备,那么,女人在挑选结婚对象的时候,是不是所犯的错误就会少一点?在结婚后,被男人背叛的几率也会少一些呢?

就是怀着这种"教育自救"的想法,雪绒迈上了通往那个名叫"天使楼"的行政大楼的阶梯。这座叫"天使楼"的大厦,是密大最负盛名的建筑,曾经好几部有名的美国电影都在这里取景。那些在大理石梯子上方高耸矗立的白色圆柱,远处看去,的确有着古希腊罗马宏伟圣殿的风采。当雪绒一步一步地向那里迈进的时候,觉得自己此时正在往一个会成为自己历史篇章的时刻迈进。她深深地吸了口气,很快就走了进去。

顺着楼里的标示,她在走廊的拐角处找到了"学业咨询中心"。别人告诉她,这里就是她需要选课的地方。

一位戴着金边眼镜,脸圆体胖的白人女职员听明白了雪绒的来意之后，转身从背后的书架上取下来一本厚厚的书。“喏，秋季所有的课目都在这里边了，网上也有。你可以拿回去仔细看看你要选什么课，如果还有问题的话，请打电话给我们就可以了。”说完这话，那个女职员对她很友好地一笑。

雪绒看着眼前这厚厚的一大本书，一头雾水：要多久才能把自己想要修的课程找出来搞定啊，还不如直截了当地在这里问清楚好了。她稍微整理了一下自己的思路，顺了顺自己的英文，然后问：“对不起，我只想问问看你们有哪些关于妇女的课程？”那金边眼镜的女职员笑了笑，马上熟练地把那本大书翻到某某页，然后把它摊在雪绒面前说：“你看，有关妇女问题的课程，这里可是有太多了，我们学校在全美高校中都可以算是排得上前五名的了。”她推了推眼镜，又指着其中一页自豪地说，“你看，这几门是很多学生都喜欢选的课程《妇女研究》、《美国妇女》、《十九世纪妇女的觉醒》、《妇女的历史进化》……”她看看雪绒好像对这些课程没有兴趣，迅速翻到另外一页，用手指着那些密密麻麻的小字，“你看，如果你要选那些更特殊的，分类更细的有关妇女的课程，我们还有《亚洲妇女地位研究》、《中国妇女缠脚史》、《红楼梦中的女性角色探讨》、《东南亚妇女的婚姻状况》……”

“难道你们没有专门为年轻妇女开的，像《婚姻恋爱学》、《怎样处理恋爱中的危机》、《怎样挑选适合自己的伴侣》那样的男女关系预备课吗？”雪绒这一问，让那个女职员一下子愣住了。不仅是她，那个偌大的房间里的所有人都放下了手中的笔或停住了手中的滑鼠，往雪绒这个方向看过来。

这时，一个黑黑瘦瘦的说不清人种的主管模样的中年女职员向她走过来，和蔼地对她说：“我们十分理解你的好学精神，但是你提到的那些方面的内容，基本上是属于日常生活中以个人自学为主来充实自己的阅读范围，所以没有列入我们学校修学位所要求的课程。如果你对这方面的内容感兴趣的话，完全可以去邦诺书店的‘自我修养’那一栏里去找来看看，相信那会对你是很有帮助的！”

瘦女人说完这话，刚转身要走，没想到雪绒又把她叫住：“请等一下！我还有一个问题。”那个瘦女人一下回过头来，眼里充满了好奇。“我想问的是，如果医学是一门学问，法律是一门学问，买卖东西冠以商学的名义也成了一门学问，在大学里都是必修课，那么恋爱、婚姻，这些对于一个女人来说是比当医生，当律师和赚钱还重要的事，为什么就不能把它们也设为一门严肃的学问，让我们认真系统地来学习，来考试，最后让我们在恋爱和婚姻的实际表现上拿个好分数吗？”雪绒叹了一口气接着说，“与其让女人学了一大堆学问，然后却盲目地走进婚姻去瞎撞，遭遇失败，毁了自己的一生，为什么不事先让她们受到足够的教育，去避免幼稚无知造成的不可挽回的错误呢？”

办公室的所有女人们面面相觑，最后那个瘦女人面带几分尴尬地对雪绒说：“你的建议我们可以帮你转达到有关部门去，但可能在目前短时间内，还不会有什么改变。”

当雪绒转身离开那个办公室的时候，她能感觉到那里面所有人的目光。她甚至还听到有人悄悄在问：“这像是哪个亚洲国家的女孩子吧？”她又听见另一个人回答道：“看起来像是个中国女孩子！”

这跟我是哪个国家的女孩子有什么关系？难道只有中国女孩子才要谈恋爱要结婚吗？雪绒心里有几分好气又好笑。

就是带着这样失望的心情，雪绒走出了天使楼。以前在国内时，很多学校就已经在课堂上引进了西方所谓的性教育课，还听说那些课甚至还开到了小学校里。但是从来没有一个中国学校引进过类似“婚姻恋爱预备课”这样的课程。雪绒当时想，那可能是因为中国的学校还没有来得及赶上世界潮流而已。她确信，去美国念书，一定会学到许多在国内学不到的东西。现在她才知道，天下学府一个样，美国的教育在雪绒心里打了个大折扣：看来这个国家对女人也不怎么样！

第二章　在苹果树下邂逅蓝塞

如果二〇〇八年的四月对雪绒来说是个最残忍的春天，那么同年十月对她来说也是她一生中所经历过的最孤独的秋天了。密西根的秋天是以天高云淡、枫红草绿而举世闻名的。这里的自然是富有的，果树是成林的，花朵是成群的，绿草是成茵的，还有那些校园上的高大建筑群有历史感，有艺术感，有文化感，更有现代感。无论是哪一个建筑物，无不透出尊严、权威和威慑力。

那当然还有那些如过江之鲫的年轻学生了，他们在校园里又是另外一道风景。平时从礼拜一到礼拜五，他们都行色匆匆地穿行于校园之中，目不斜视，俨然如一个个正人君子。然而每到星期六有大学美式足球联赛的日子，所有的人都立刻变得疯狂起来，到处看到的都是穿着黄色T恤衫的男男女女。在校园旁边的小街上，在那些小栋小栋的学生宿舍前，都会有一大帮一大帮情绪激昂的青年男女。他们手里拿的是啤酒瓶，凳子上桌子上摆的是啤酒瓶，地上扔的也是啤酒瓶。在这些酒瓶的翻滚中，在这些“砰砰砰”震天响的音乐中，他们大声地笑着，唱着，嚷着，闹着，嬉戏着，追逐着。

刚从中国来的雪绒与这些都毫无关系。她是一个真正的局外人。她甚至连一次都没有去过那个可以聚集十几万人的体育场，更没有去过那些所谓的“追尾”派对。虽然她心里明白，这些所谓的派对是一年一度年轻学生们找男女朋友的最佳场合。凡是在心里有那种交友欲望的人，都会在这短短的几个月里在那里把欲望变成现实。

雪绒宿舍的邻居，是一个从美国东部来的白人女孩子。在开校第二个礼拜的追尾派对上，她便看中了一个化学系的男生。在派对上她就要来了那个男生的地址，当天晚上就去他的宿舍房间门上贴了一张打着自己嘴唇口红印记的便条，上面写着“我爱你”！这样一下就速配成功了！他们在当天晚上就上床成了男女朋友，两人从此成双入对，形影不离。

在国内时，当她偶尔看到周围同学这种疯狂的速配举动时，心里就非常不以为然；现在到了美国，这种速配更是比比皆是。但是这丝毫都没有改变她的一贯想法：一个女人一生中，真爱只有一次；她要等待，等待那种心灵之爱灵魂之爱的降临；在那之前，她一定要要洁身自爱，守护好自己。

这个星期六，又是球赛的大日子。整个音乐系大楼的乐器声和喧嚣声好像突然在一个瞬间画下了休止符。太寂寞了。雪绒把琴放进琴盒，怏怏地走出大门。

忽然有几只鹿出现在她眼前，它们是一只大鹿和三只小鹿，大的显然是妈妈。雪绒的出现一点都没有让它们受到惊吓，它们只是竖起了长长的脖子和耳朵，静静地往雪绒那里注视。

秋天太阳的余晖照在世界这个暂时宁静的角落，照在鹿儿们斑斑点点的身上，让它们有着一种超凡脱俗的神秘。很快，它们似乎不再对这个陌生人感兴趣，又扭过头去，悠闲地寻寻觅觅，走走吃吃，慢慢地绕到音乐系大楼的后边去了。雪绒舍不得让这一群鹿儿离开她的视线，也缓缓地尾随它们而去。不一会儿，它们走上了一条雪绒以前从未注意到过的小径，窄小的路面上缀满了一种叫做“黑眼苏珊”的金黄色的野菊花。小径的两边，则竖立着一些高大挺拔的松柏，在微微的秋天的风里，向大自然投放出沁人心脾的香气。

一直走到小径的末端，那几只鹿好像受到什么突然的惊吓，“扑”地逃逸得无踪无影。当雪绒紧追几步赶到那里时，没有了鹿群，展现在眼前的竟是安徒生童话里边的世外仙境：那是一片被人遗忘了的果园,树上一半的果实都已坠落了下来,有的躺在落叶里,有的滚落在沟里;另一半的果实却依然挂在枝头,朝阳的一面是红的,背阴的一面是绿的,而介乎于两者之间的则是鹅黄的、清淡的。这被人遗弃的果园,像是时间老人特意为雪绒留下的童话世界,让她在这里像个真正的小公主那样被感动。

在那一群相互簇拥着的苹果树的旁边,有一棵枝叶凋零的老苹果树,她歪歪斜斜地靠在那些小树旁边,好像要用她苍老的身躯来保护她的小树。雪绒慢慢地走过去,用手轻轻地抚摩着她斑驳的树干,“难道你就是妈妈吗?”眼泪涌上雪绒的眼眶。

她缓缓地坐在那掩埋在杂草中的大树根上。在十多年前一个秋天的晚上,为了给她补习英文,妈妈不知道从什么地方找来了一本英文原文的世界著名童话故事集。她翻到其中的一个故事,对雪绒说:“绒儿,妈妈在读这篇故事时,心里有一种说不出来的感动,我想你也一定会喜欢这个故事的!”雪绒记得那个故事大概是这样讲的:

很久很久以前,有那么一株很大很茂盛的苹果树。在树下,经常有一个小男孩跑来绕着她玩耍嬉戏。有一阵子,小男孩突然不再来玩了。苹果树感到很失落和很伤心。不过有一天,小男孩又出现在苹果树面前。他对苹果树说:“苹果树啊,我现在长大了,不想再绕着你玩了,我想要玩具,可是我没有钱去买玩具啊!”苹果树对小男孩说:“孩子,你把我身上的苹果都摘去卖掉吧,那样你就有钱买玩具了。”小男孩摘下所有苹果,高高兴兴地跑走了。那以后,小男孩又不见了,苹果树又很伤心。当小男孩再次出现在苹果树面前时,已经是个成年男人了。他闷闷不乐地对苹果树说:“苹果树啊,我现在已长大成家了,但是我却没有办法给我的家人盖一间遮风避雨的房子。”“孩子,你不要发愁,你把我身上这些树枝都砍去,就可以给你的家人盖一间遮风避雨的房子了。”这个男孩子就砍下了苹果树所有的树枝,高高兴兴地拿走了。他从此又有好多年没有来到苹果树这里。苹果树心里很忧伤,她真的很想念这个男孩子。又有一天，这个男孩子又出现在苹果树面前，“苹果树啊苹果树，现在我的孩子们都长大离开家了，我也想坐船出去周游一下世界，但是我没有船啊！”男孩子懊恼地说。“孩子，别难过了，虽然我能为你做的事越来越少，但我还有这个树干，你可以把它砍下来，造成一艘船去周游世界。”于是，小男孩高高兴兴地砍下树干，造成一艘船环游世界去了。又过了好久，小男孩都没有再出现。苹果树的心依然郁闷，一天比一天更惦记。最后有一天，这个小男孩弓着背，拄着拐杖来了。他用衰弱的声音对苹果树说：“苹果树啊，我老了，累了，不中用了，觉得好孤独好孤独啊。”苹果树对他说：“孩子，我现在没有了苹果，没有了树枝，也没有了树干，什么都不能给你了，但是我还有这些树根，你还可以靠在上面好好地休息一下，减轻一下你人生的劳累。”

是啊，这就是母亲和孩子的故事，一个让雪绒终身难忘的故事。妈妈就像那棵苹果树，把一切都奉献给了她这个女儿，自己却从这个世界上永永远远地消逝了，她现在唯一可以依靠的，是妈妈留给她的那种刻骨铭心的母爱。

每当雪绒孤独到了一种极限的时候，她对妈妈的思念也就到了一种极限。往往在那个时候，她就会忍不住把琴拿出来，拉上几首妈妈最喜欢听的曲子。只有在音乐的旋律中，她才能重新看到妈妈的脸庞，听到妈妈的声音。只有在一个一个的音符中，雪绒才能感觉到妈妈的真实存在。

此时在苹果树下的雪绒，又拉起了那首《闪烁的小星星》：

一闪一闪小星星
我想知道你叫什么
……

在音符的跳跃中，妈妈从天上飞来，变成了那棵苹果树，满身挂满了红苹果，摇摇摆摆地随着音乐的节拍跳着舞。而雪绒自己却变成了小星星，忽闪忽闪地在妈妈的苹果树叶中飞来飞去。妈妈欢快地“咯咯咯”地笑着，挥舞着手，拼命地想去捉住那些调皮的小星星。

“嘿，快来看啊！”雪绒的琴声突然被打断。一群穿着黄色 T 恤衫的男孩子从她背后一拥而上，“这里真还有一个亚洲妹妹在数星星呢！”

看他们手里拿着啤酒瓶，浑身散发着酒味的样子，雪绒知道这群男生一定是看完球赛后喝醉酒，糊里糊涂地撞到这里来了。被他们这一搅，雪绒心里既懊恼又害怕，“走开，你们赶快给我走开！”这几个男生被雪绒这样一吼，酒也似乎醒了几分，他们嘻嘻哈哈又簇拥成一团，一颠一颠地往来的方向跑了回去。

雪绒正准备把琴放进琴盒，没想到那群男孩子中的一个金发碧眼的男生突然又跑了回来。他站定在雪绒面前不到两尺的地方，用眼睛直直地盯着她看了几秒钟，然后一字一顿地对她说：“嗨！你！苹果树下的小妖精！小心不要让我再碰见你！如果再让我碰见你，你，就是我的了！”他对她做出一个调皮的眼神，“啊，对了，我叫蓝塞！”

一阵狂笑，下一个瞬间，一群人全没了踪影。

过了好久好久，雪绒都很难把自己的思绪从那双直直地盯着她看的眼睛那里收回去。在中国，年轻的男人在看着她的时候，大多数人的眼光是羞涩的、躲躲闪闪的、缺乏自信的；还有的人的眼光是亲切的、友好的、温和的；当然也有很多是猥琐的、邪恶的、不怀好意的。这个叫蓝塞的美国男生的眼光显然是与她以前所见过的中国男人的眼光是不一样的。他看着自己的眼神是大胆热烈的、直率得可怕的和坚定自信的。要不是如此，他怎么也不会给雪绒留下那么深刻的印象。雪绒的脑海里留下了他脸上所有的细节：他的眼睛是蓝灰色的，睫毛和眉毛都是金色的；他的颧骨很高，鼻梁也很直，所以显得眼睛有些深陷进去，让他的整张脸显得很有立体感。而他的嘴唇可以说是那一张脸上最有个性的部位了，不仅棱角分明,而且右嘴角有些稍稍往上翘,让那张看上去本来应该是很严肃的脸孔显得十分幽默和调皮。

这显然是一张非常与众不同和非常生动有趣的脸。这个年轻男人偶然一看与很多帅气的美国白人差不多,但是不知道为什么雪绒却感到他有一种十分特殊的吸引人的气质,但那种吸引人的气质究竟是什么,雪绒却又完全说不上来。她心里暗暗在想,这个男生说的下次如果再碰到她的话,“你就是我的了”!那究竟又是什么意思呢?是一句酒后的玩笑?一句带点威胁的警告?还是一个大胆的宣言?总之,雪绒没有办法把这些纠结在心里的疑团拎清楚,也不打算去弄清楚。想想也是,密大有四万学生,与这个苹果树下的男生再次相遇的机会也绝对只是四万分之一!

第三章　还没准备好就被卷入了男人的旋涡

由于上次在天使楼选课碰了一鼻子的灰,雪绒现在完全不知道除了自己的小提琴专业课之外,还有些什么课值得她去学。那些课程目录上列出的科目,大多与她心目中的理想课程相去甚远。最后她只好把选修课锁定在“重新思考美国文化”这门课上。比起其他的热门课程如有机化学、统计学、生物学之类一门课有十几二十个班那样的课,“重新思考美国文化”这门课就算是小儿科中的小儿科了。这门课一共才有三个班,在雪绒最后一分钟决定注册的时候,那三个班中每一个班都只有不到一半的人注册。最后,学校就把这三个班压缩成两个班,一个开在上午,一个开在下午。而雪绒就选了下午的课。

照课程目录的描述,这门课主要是针对美国主流文化中的重要主题进行历史的和现代的反思。雪绒想,她才来美国短短两三个礼拜,但已经明显地感觉到这个国家,这个传统和这个文化中有太多的值得反省的地方了,为什么没有学生对这门课感兴趣呢?

当然,学生兴趣缺缺,教这门课的老师也是兴趣缺缺的了。开始的几堂课,老师还有备而来,拿了一些古董纪录片,给大家看了一些美国历史上著名的大事件。他们看了“五月花号”船的来龙去脉,看了纽约自由女神像的雕塑过程,甚至还看了记录早期旧金山华人悲惨生活的资料片。然后随着学生人数的减少,老师也就更加偷懒了,上课只带几个题目发给学生,叫学生们自己去讨论。然而这些讨论题目往往又是围绕着早期美国黑人的悲惨生存状况与当今黑人社会地位的改善来展开的,并且重点又是放在种族和谐平等对未来社会的贡献和历史的影响上面。

而雪绒，在这些不关自己痛痒的讨论中总是保持沉默。

这种状况到了第五周。那一天，那个瘦瘦的满脸雀斑的头发有些像澳洲羊毛卷一样的教授，突然把视线转向了坐在教室一个角落的雪绒，"嗨，那位同学，你叫什么名字？"教室里所有人的眼光都转向了她。"我叫丁雪绒！""你的英文讲得很好嘛！"教授的脸上露出十分惊奇的表情，"那你为什么不在讨论中发表一下自己的意见呢？"教授又问。

许多学生都认为这个亚洲女孩此时肯定会满脸通红，结结巴巴地说不出一句完整的话来。但是雪绒接着教授的话音马上用流利的英文回答道："教授，不是我不能在讨论中发表意见，而是我对你的讨论题目不感兴趣！"教室里一片哗然。教授显然是对这样的挑战没有丝毫的思想准备而感到相当震惊。但美国教授毕竟是美国教授，他们对这种挑战至少是具有包容心和宽容度的。"那么，密斯丁，你能不能给大家说说你对什么样的讨论题目才感兴趣呢？"

"我对有关妇女婚恋教育和社会对妇女的公平性这样的题目感兴趣。但是我在选课的时候却注意到，这类的题目其实是被排斥在主流文化教育之外的，当然也就是合情合理地被排斥在今天这种美国文化反思课外了！"

教室里一片哗然，同学们开始互相交头接耳。教授用一只手摸着自己的下巴，头歪到一边，显然对雪绒那番挑战味十足的话表现出极大的兴趣。当他正准备回答这个十分尖锐的问题时，突然有一个貌似印度人的学生举起手来，用不带什么外国口音的英文对雪绒说："听你的口音，像是刚来美国的留学生吧？但我觉得你似乎是抱着一种成见来美国的。你刚来这个伟大的国家，你对她知道多少？了解多少？难道你来这个国家就是为了批判她指责她，而不是为了来爱她建设她的吗？"

整个教室里的气氛突然变得十分严肃，好像成了一个随时就要爆炸的火药库！

雪绒刚要准备反击，突然有一个男生从教室里的另一个角落里站了起来对那个印度学生说："难道刚来美国就没有资格批评这个国家了吗？如果雪绒今天不说出来，美国的这些问题就不存在了吗？你的这种对新来者的不平等态度才是违背美国精神，有问题的态度！"

天啊！这不是蓝塞吗！雪绒简直不敢相信自己的眼睛！这可是四万分之一的几率啊！

这时，教授向全班的同学做了一个让大家安静下来的手势，看大家情绪比较平静了之后，他才在大家严肃的目光注视下说："我以前学习过一点亚洲历史。亚洲国家如中国，在上个世纪中期，有一场叫做'文化大革命'的文化潮流。中国人是喊出了一种非常有创意的口号，那就是'妇女能顶半边天'！换句话说，那就是鼓励妇女们去干那些只有男人们才适合干的活。我们不仅要问，在那样的主张下，难道中国妇女的真实社会地位就比美国妇女的高了许多了吗？经过半个世纪绕了一个大圈，中国现在又重新回到了西方的模式上来了。由此可见，还是美国社会和文化对妇女比较宽容和尊重。"雪绒突然举起手，想要发言。但是教授对她作了一个"等一下"的手势，然后顺着自己的话继续往下讲，"总之，我不是妇女问题研究专家，这些讨论题目也是属于妇女研究课的内容，不适合在这里深入讨论。"

"对不起，教授，我不同意你的说法！"蓝塞一下站了起来，"难道妇女婚恋教育和社会对妇女是否真正公平的话题就不能登文化反思课的大雅之堂了吗？我想就是这种认为美国社会对妇女已是仁至义尽的普遍看法阻碍了社会大众对妇女问题的更大关注，漠视了这个制度中很多还需要改进的地方，因而造成了很多社会问题。所以，"他转过头去看了雪绒一眼，"雪绒的看法是绝对正确的，很多有关妇女的现实问题的确是被排斥在主流文化教育之外，我们所有在座的人都应该对其进行反思！"

“嗨，我说，”一个深棕色头发，个子瘦小的白人学生背靠在椅子上马上以嘲讽的口气对蓝塞说，“你不要在这里唱高调了，我们这教室里现在有二十几个学生，今天都是见证人。但愿你今后娶一个受过所谓专业婚恋教育的女人做太太，然后让她把最公正最平等的妇女教育成果全部通通应用在你身上！”

“哈哈哈哈……”教室里一阵爆笑！“砰砰砰砰！”“嗵嗵嗵嗵！”有的学生甚至开始用手捶桌子，用脚踢地板，大家开心得笑成一团，整个教室像是变成了一个脱口秀现场。

“等一下，你们不要以为……”当蓝塞满脸通红，正要准备反击的时候，下课铃声响了。

教室里所有的人都急匆匆地冲出教室去赶上别的课去了，一只手突然从后边拉住了雪绒背上的书包。“嗨！还真的又让我看见你了！苹果树下的小妖精！”一定是雪绒眼里露出的惊恐表情吓住了蓝塞，他迅速地抽回手来，“对不起，亲爱的，我只是想给你开个玩笑而已！”他用双手抱住自己的头，蹲在地上，像青蛙那样，三步两步就跳进了人群之中，再也不见踪影。

就这样，蓝塞成了雪绒到美国来所认识的第一个男孩子，而且是以如此奇妙的方式认识的。这难免让雪绒觉得这不仅是种巧合，更觉得是种缘分。虽然蓝塞在课堂上那番挺身而出的义举又给他本人加了不少分，让雪绒觉得蓝塞跟一般头脑简单、四肢发达的美国年轻男人不一样，对他刮目相看，但她还是决定，在自己还没具备对男人有足够的识别能力之前，也就是说当自己还不知道自己需要一个什么样的男人，也不知道什么样的男人才适合自己之前，绝对不能贸然进入一种亲密的男女关系。否则只会让自己重蹈妈妈的覆辙，把自己推入一个爱情的陷阱而毁了自己的一生。所以，雪绒更加努力地练琴，并且将其他的时间全花在图书馆里，认真地阅读西方有关妇女问题的文章，并且仔细地研究书中所讨论的那些男女交往的技巧。

然而很快，她就不得不放弃这种有的放矢的学习，要把所有的精力都放在即将来临的第一次音乐专业汇报演出上了。

自从来到美国之后,雪绒觉得与国内的音乐学院相比,美国的教授比较注重学生对音乐的感觉而不太注重演奏的技巧。在国内时,一般大学本科生和研究生每天都要练琴至少四五个小时以上,而在美国,两三个小时就完全可以应付教授了。而且除了专业课之外,还必须选修很多别的课程。所以以雪绒的音乐水准来对付密大这样的学校,简直可以说是游刃有余了。

在国内念本科的时候,所有的教授一致认为虽然雪绒拉琴的技巧不是一流的,但是她的音乐里有一种独特的味道。然而却没有人能准确地说出那是一种什么味道,那种味道究竟是好还是不好。雪绒在密大的主要指导老师史蒂文森教授却十分肯定地告诉雪绒,她的音乐感觉比别人多出一个层次:她拉出的西方古典曲子里有着隐隐的东方味道;而在她拉出的东方曲子里,又有着西洋音乐的底蕴。准确一点说,她的音乐里处处都有一种阴和阳,东方和西方的融汇。

有一次史蒂文森教授给她开玩笑,问她她音乐里那种怪里怪气的调调是从哪里学来的?雪绒说,那是从童话故事中学来的,因为有人说我是“苹果树下的小妖精”!惹得教授哈哈大笑,十分喜欢这个中国女孩子。

从小到大,所有认识雪绒的人对她的态度都分为两极,要么很喜欢她,要么很讨厌她。绝对没有站在中间地段模棱两可的人。这可能是因为雪绒自己的个性的原因吧。她的个性是十分鲜明的,不像很多中国女孩那样含蓄、内向和温文尔雅。雪绒是一个伺机而发的人,她从来不隐藏自己的好恶,需要说“不”的时候她绝对不会为了迎合别人而说“是”。所以可以说雪绒是那种你惹急了她,她也会回头咬你两口的小兔子。

系里给雪绒指派的汇报演出的钢琴伴奏提姆,一个本院的钢琴专业博士生,就是属于喜欢雪绒这一派的人之一。像蓝塞那样的男人,总是让女人过目不忘;但是像提姆这样的男人,大多数女人在第一次见了他们的面之后，第二次在人群中却很难再把他们辨认出来。

第一次约好跟提姆排练的那天，雪绒准时到了三楼的琴房，没想到提姆却提前到了那里。这让雪绒感到非常吃惊。凡是好的伴奏，在排练时通常都会姗姗来迟，他们不是有几分傲气就是有几分大牌，因为独奏者的命运往往是掌握在他们手中，如果他们事先不认真地练习你的曲子，没有耐心与你反复合乐，就是你有天大的本事，也很难在演出中完美地发挥。所以所有的独奏者对他们的伴奏都是小心翼翼，唯命是从的。

雪绒在琴房外边就听到提姆的旋律了，娴熟又流畅，节奏和音量都是雪绒所期望的。他一定是事先在家把她这首曲目练了好久了，雪绒有一种受宠若惊的感觉，同时也有几分感动。这种敬业的钢琴伴奏她还是第一次碰到呢。

走进小小的琴房之后，她先看到的是提姆的背影。他不像蓝塞那样身材挺拔肩宽腿长，提姆的背影更有些像东方男人，他肩膀有些瘦削，身架也没有那么结实，只不过头发是亚麻色而已。当提姆转过头来看见雪绒的时候，脸上一点吃惊的表情都没有，好像他们已经是认识了多年的老朋友，甚至他的手都没有从琴键上拿开。他对雪绒露出一个和蔼的微笑，"你好，我是提姆。"

反而是雪绒有些愣住了，这个提姆看上去就像是耶稣基督从教堂里的油画里走出来了一样。他的面容是那样慈祥，他的眼神是那样温柔，他的笑容里透出那种亲切的感觉，让人会情不自禁地把他当作父亲，当作兄长，当作最可信任的朋友，可以把自己内心的一切向他倾诉。从看到提姆的第一眼，雪绒的直觉就告诉自己：这就是我在美国需要的朋友，我们一定会成为一生一世的好朋友！

除了那温柔和慈爱的个性之外，更让雪绒吃惊的是提姆还是那么优秀的音乐人。在雪绒的眼里，钢琴师和音乐人是有天壤之别的。钢琴师是那种能把钢琴弹得很娴熟很好听的人；而音乐人则是可以把音乐弹到打动你的灵魂的人。提姆就是属于后者。意识到这点，反而让她的心里有点担心，因为大凡这种本身琴艺十分出色的伴奏，往往在演出时会过于投入音乐，太锋芒毕露进而喧宾夺主，让独奏者在对比之下黯然失色。

但事实上，雪绒这种担心却被事实证明是多余的。从和雪绒合作的第一个音符开始，提姆就是雪绒最完美的配角：当雪绒在拉琴时的情绪过于亢奋的时候，他会用自己的手指把那种过度的情绪拉下来；而在雪绒精神不集中、思路混乱的时候，他又会给她适当的提醒，并用音符来暗暗地帮助她。

雪绒要拉的是圣桑的《引子和回旋曲》。虽然难度不算很高，但是那华丽多变的旋律却让许多小提琴手望洋兴叹：不管怎么拉，都表现不出这首曲子那微妙的韵味。而恰恰这些变幻多端富有戏剧化的乐段，正是雪绒得心应手，发挥得最好的地方。每当雪绒把这些乐句表现到淋漓尽致的时候，提姆的眼里都会流露出一种发自内心的欣赏的表情。他有时候甚至会闭上眼，轻轻地摆一下头——那种陶醉的神情常常让雪绒受到莫大的鼓励而更加努力地去表现。合了三次乐之后，他们就可以称得上是珠联璧合，作好登场的准备了。

七点整，在音乐系旁边的小演奏厅里，斯蒂文森教授早早地就来了。雪绒穿着妈妈以前帮她买的她最喜欢的那件中式无袖黑色丝绒连衣长裙，她的整个皮肤在强烈的灯光的衬托下显得格外白皙。妈妈曾经对她说过，黑色是最适合她在表演时穿的颜色，因为黑色让雪绒看上去显得典雅、神秘，还有几分妩媚和性感。妈妈也曾经提醒过雪绒，说她的音乐还只是在对一小部分人倾诉，而真正的一流的音乐人，应当是像郎朗那样，用自己的心对所有的人去倾诉。自从来美国以后，雪绒都一直在试图改进自己的交流方式，让自己的心向更多的人敞开。

大厅里陆陆续续来了很多人，舞台下放置的椅子都快坐满了。离七点还有五分钟，雪绒在舞台上的柱子后边旁悄悄地往台下一看，没想到看到的第一个人竟然是蓝塞！由于他个子高大，金发碧眼，气宇轩昂，所以在人群中显得十分瞩目。

“天哪！他怎么来了？”“是为了我吗？”“他又怎么知道我今天要表演？”突然间雪绒的头脑里闪过蓝塞说过的那句话：“如果再让我看到你的话，你就是我的了！”难道那不是一句玩笑？雪绒的脸一下子红到耳根，心跳加速，全身也开始冒汗。从五岁开始上舞台演出至今，大大小小的场面不知经历了多少，她从来没有像今天这样紧张：我可能会出错，在蓝塞面前出洋相！天啊！雪绒简直不敢再往下想！她拿着琴的手在开始微微发抖。

“雪绒，你还好吧？”突然她听到这样一句很温和的话，雪绒回头一看，是提姆！他的眼睛里露出一丝慈祥的笑意，“第一次在这里演出觉得有点紧张吧？”提姆问。雪绒不好意思地点了点头。“没关系的，即便有点失误，你也不要停下来，要继续拉下去，我会跟上你的。”说完，他又对雪绒投过来一个充满鼓励的微笑。提姆的出现，马上对雪绒起了镇定的作用。在迈出舞台的那个瞬间，她也再次记起了妈妈的话：“在舞台上拉琴的时候，只要看到妈妈的脸就行了。”对，就当那个男生是完完全全陌生的，不存在的。今天晚上，就让我的音乐成为我的全部的世界吧！

果然，在那天晚上的全部演出过程中，一切都进行得十分顺利。她刚开始的时候觉得自己是天上闪烁的小星星，随后又觉得自己是在湖里游水的小天鹅，然后又是苹果树下扯着妈妈头发的调皮的小妖精。在那十几分钟里，她的脑袋里浮现出数不清的意象，她的一双手就像在放电影。就是这种让人应接不暇的画面让她的音乐绚丽多彩，打动了每一个观众的心。那天晚上，世界都是雪绒的。

演出刚结束，雪绒就被大家簇拥着，接受人们的祝贺和恭维。突然，一个高大的身影不知道从什么地方冒出来站到她面前，大声地对她说：“这位小姐，我可以请你去喝杯咖啡吗？”

是蓝塞！这个大胆的冒失鬼！在众目睽睽之下，雪绒的脸一下绯红。“为什么？”雪绒不假思索地反问。所有的人听到她这句话都开心地笑起来。雪绒就是雪绒,心里怎么想的,嘴上就是怎么说的,她不是那种羞羞答答的中国小女人。“因为你今天晚上用你的音乐对我们所有的人施予了魔法,让我感动得想要为你做点什么才行哪!”蓝塞转过身去对着大家眼睛一挤,做了个幽默的暗示。人群里发出一阵会心的哄笑,“去吧,雪绒!去吧!你是今天晚上的明星,祝贺你,你有第一个粉丝了!去吧!”在大家的怂恿下,雪绒似乎没有别的选择,只有跟着这个叫蓝塞的美国男人走了!

第四章　这个世界在消遣中国女人

雪绒不是一个爱赶时髦的人，以前在国内时，就不常去那类所谓非常时髦的地方。她既不拎路易威登的包包，不涂香奈儿的香水，更不会去星巴克那样的地方。不去那些地方，是因为她对那些做作的、媚俗的或是赶潮流的东西完全不感兴趣。很多人都认为雪绒是一个与社会潮流背道而驰的另类，而她却觉得自己是走在社会庸俗现实之前的理想主义者，已经脱离了人们那种由贫穷爆发到富贵后的满身铜臭和对上流社会的病态向往。

但在几分钟后，这个还沉浸在音乐世界里的中国小妖精就被英气十足的蓝塞不由分说地带到了校园最热闹的一家星巴克咖啡店里。星巴克是在她"媚俗"名单上唯一勉强算得上还有一点点品位的地方，在那里，那种墨绿的基调与咖啡溢出的香味掺和在一起，常常让人的感官得到完全的放松，而当紧张的心情突然松懈下来之后，整个人也就在不知不觉间变得慵懒起来，无聊起来，甚至有些颓废起来。这大概就是当今所谓的"新新人类"所需要去的地方吧。星巴克就是一个小资白领的短暂精神疗养所。

而实际上，这所位于密大校园正中心的精神疗养所比起别的地方的星巴克来，还是有些很不相同的地方。首先这里的气氛不是慵懒的、无聊的、小资的；因为这里有太多像蓝塞那样精力过剩的年轻学生，有三五成群聚在一起的，还有独自对着电脑猛打游戏的。这些年轻人个个像匹野性十足的狼，充满欲望和进攻性。在他们身上，根本看不到一般现代人所共有的那种文明病。他们的每根神经都十分健全，完全不需要自怨自艾无病呻吟。他们只需要一个地方来发泄青春,放肆地讲话,大胆地追求异性!所以说,这个处于校园心脏地带的星巴克,便成了一个专门制造麻烦并且让年轻人尽情地娱人娱己的地方。

当他们到达这个赫赫有名的星巴克咖啡店里的时候,已是晚上九点钟了。雪绒觉得这个星巴克看上去不像是家咖啡店,倒更像是一个酒吧,只不过鼻子里闻到的不是酒精味道,而是咖啡味道而已。此时此刻,里边几乎所有的位子都已坐满了人,在靠壁炉的那些软皮沙发上,一对对情侣在调情逗趣;而在其他的桌子边上,则坐满了各色人种穿着各种衣衫的年轻男男女女,有的在高谈阔论,有的在故意搞笑装怪,完全没有什么人注意到他们的到来。

雪绒想,如果是在中国,像他们这样的一对外貌出众的男生女生走到这种地方,可是会收到好多注目礼的啊。可见美国人还是见多识广,我们这种可以在外表上给自己打九十五分的人,在他们眼里也可以是空气啊。雪绒苦笑了一下,心想,如果现在有个金发碧眼裸着大胸露着大腿的性感女郎走进来,可能这星巴克里的男人个个都要喷鼻血了!

蓝塞与雪绒肩并肩地一直往前台走去。这时,雪绒像突然想起什么来了似的,一下子走到蓝塞前面,迅速从自己手上的小拎包里掏出一张钞票放到柜台小姐眼前,“请给我一杯免咖啡因的拿铁,加糖,不要伴侣。”她一定要自己付钱,要给这个美国男人划清界限:跟他来了星巴克,那是不想当众给他难堪,但那绝对不等于就是跟他约会。

她这个突如其来的举动,让站在她身后的蓝塞看得目瞪口呆,随后他马上开心地笑了起来:这个亚洲女生看起来泼辣强悍,实际上却外强中干,神经脆弱,连一起喝杯咖啡都要那么小心防范。雪绒的那些小心眼和小动作,在他眼里看来,都十分纯真和可爱,果然和他以前交往过的所有女生都不一样啊!他深深地吸了一口气,在心里对自己说:“不要泄气,在这个世界上,没有女人能够抵抗得了一个男人,那个人就是蓝塞!”

雪绒站在那里，等蓝塞也买好了他的卡布奇诺以后，才和他一起端着咖啡，穿过人群密集的地方，找到了一张还算干净的空桌子坐了下来。说来也奇怪，在这之前的几次照面中，雪绒面对蓝塞时都没有什么不自在的感觉，但当他们在星巴克那种特小号的独脚桌子那里面对面地坐下来的时候，雪绒的心里突然冒出来了一种怪怪的感觉。“天啊，这一男一女靠这么近对着脸算什么呢？别人会不会以为我们是在约会啊？”雪绒睁大了眼睛赶快四下溜了一圈，还好，周围的人都在自顾自地发泄着，热闹着，哪里会来关心他们这两个人的闲事。雪绒再看看蓝塞，那张任何时候都非常生动的脸在此时看上去也有些懒洋洋的，甚至还有一点无聊的样子。

喝了几口咖啡之后，雪绒实在觉得乏味，便站起身来告诉蓝塞，她要去一下洗手间。在里边，她洗了洗手，然后又对着镜子慢慢地整理了一下自己头发和衣服。当她走出洗手间的时候，却发现这星巴克里边的气氛好像突然发生了什么根本性的变化似的，所有人的目光马上像聚光灯一样聚集在她的身上。她觉得自己上厕所时的某种行为在无意中又犯了众怒，自己马上又要被卷入与那堂“重新思考美国文化”课相类似的是非之中，难道那堂课还要在这星巴克重演一次？

还没有等她完全反应过来，就有人开始朝她走过来了。“祝贺你啊！”“感谢你让我们与你分享你的这个最特殊的日子！”“祝贺你啊”！“祝贺……”在这一连串让她震惊万分的祝贺声中，她好不容易拨开人群，勉强走回到自己的那张桌子。等她刚一坐下来，又是一群人“呼”地围上来，向她举着咖啡杯，高声地唱道：“嗦哆哆哆，嗦来西哆，嗦哆咪嗦咪哆……”“什么？天哪！《婚礼进行曲》！疯了，我看这些人全疯了！”看着她气急败坏无厘头样子，蓝塞镇定地坐在她对面，用手指示意她去看竖在桌子上那个临时用粉红广告纸折成的告示牌，脸上露出调皮的微笑，“Just Married！——刚刚结婚了！”“天啊！”看着上边写的字，雪绒的眼珠子都快要从眼眶里掉出来了！

“你这个大白痴，大坏蛋！”骂完后，她一转身，推开所有围观的人，冲出了星巴克！

然而尽管这个中国女人的腿再长，她跑那两步也就最多等于美国男人的一步。她刚一冲出大门，就被蓝塞追上。他拉住雪绒结结巴巴地说：“对不起，我只是想跟你开个玩笑，只是开个玩笑嘛！喏，这是你忘了拿走的咖啡！”他把那个咖啡杯往雪绒手里塞。

“你这个大白痴！”雪绒把那杯咖啡使劲往蓝塞身上一泼，“滚！”雪绒转过身几秒钟就不见了人影，留下湿淋淋，水滴答的蓝塞站在原地，呆若木鸡！

没想到，这整个过程，全被星巴克里那些正无聊之极，处心积虑想自娱娱人的围观者用手机录下来了。当天晚上，整个现场写真就被传上了美国最著名的优图网站，并且在短短十分钟内，就被网站编辑以《湿淋淋的第一次约会》为题推上了首页。当雪绒和蓝塞在第二天早上醒来时，他们已在一夜之间成了网络红人，有关他们的第一次湿淋淋约会的视频又被各亚洲网站以《亚洲辣妹在美国湿淋淋的约会》的轰动标题迅速传到了全世界！最先推出此视频的优图网站，一夜之间的点击率就已冲过了二十万人次！

在星巴克事件发生以前，社交网站对于像雪绒这样的人来讲，最多像是超级市场，是那种当自己的需要和时间刚好凑合在一起时偶尔会去随便逛逛的地方，要么随手拣一点自己需要看的东西，要么只是四处闲逛一下，了解一下世界上的奇闻轶事八卦小道，以此来放松一下大脑，打发一下时间。无论是在网络上红透半边天的芙蓉姐姐，还是臭名昭著的杨二车娜母，那些恶俗的东西都与雪绒无缘。她觉得自己和这世界上绝大多数网民一样，上网的作为就是：“潜水，潜水，再潜水！”她从来也没想到有一天，网络也会像一个张牙舞爪的怪兽突然向她疯狂扑来。

此时，雪绒总算是见识到了网络怪兽的暴强威力了。短短一个晚上，有关她和蓝塞的那段视频不仅点击率过了二十万，并且随着时间一分一秒地过去，这段英文视频更被无聊人士翻译成了中文，并在中国的各热门网站上引起了轩然大波，她和蓝塞同时被贴上了各种荒唐可笑之极的标签。如果说以前雪绒听说过类似“艳照门”之类的术语，那么现在当她和蓝塞被送做一堆的时候，他们的组合就被授予了一个绝妙的名字“星巴克门”。于是乎，在网络上，凡是有人提到这个视屏里的女主角的时候，她就被简称为“星巴克国女”，而蓝塞，就成了“星巴克洋男”。

总之，大多数看过这个视频的网友都认为，这肯定又是某类有心人士为吸引人们眼球而精心炒作的话题。还有人信誓旦旦地举证：这是星巴克在面临全球销售危机时精心策划的一种营销策略，目的是想提高在年轻消费者中的知名度，以改变星巴克固有的刻板形象。他们想让让年轻人认识到，星巴克也是一个紧跟时代潮流，是一个可以去约会，去制造浪漫蒂克的地方。

雪绒一直在网上密切地关注着事态的发展。从她的观察来看，大多数美国人或是西方人普遍都认为，在整个事件中蓝塞并没有什么错，他不过就是给一个约会对象开了一个有趣的玩笑罢了。甚至还有人说，如果亚洲美眉连这种玩笑都消受不起，这种女孩子要来干什么？“星巴克洋男”应该尽早把她一脚蹬掉才是。看到这里，雪绒真是气得牙根痒痒的。

还有的美国男人评论说，蓝塞在理论上说来并没有什么错，浪漫万岁，浪漫有理，但是蓝塞在技术上却犯了一个致命的错误：既然女伴生气了，他居然还无厘头地跟着跑出去把那杯咖啡交给她。“这不是自找苦吃，让那个女人有机会去发疯，去对他撒泼吗？”美国男人无限同情“星巴克洋男”，幸好他交给亚洲美眉的是一杯咖啡，而不是一把枪，要不然，他铁定是一命呜呼了！

美国男人毕竟也是男人，他们大多是蓝塞的拥护者。

而美国女人呢？雪绒很想看看她们的反应。大多数美国女人都认为，如果这个亚洲美眉不是故意设计炒作这件事以获取知名度，那她就真的是有些小题大做，反应过度了。如果一个男生跟一个女生去大学校园的星巴克约会，如果大家都大眼瞪小眼地在那里喝咖啡，还不如回家做功课算了，还约什么会呢？

什么叫约会？约会跟开会是不同的。约会就是要有情调。情调又是从哪里来的？不就是人的脑袋里发掘出来的吗？可惜大部分男人真正缺乏的就是这种能创造情调的能力。他们需要去读一本书，一本叫《1001 种制造浪漫情调的方法》的畅销书；而“星巴克洋男”正是那种不同凡响，可以创造出惊天动地情调的男人，所以他可以被称作是“约会冠军”。如果美国有一项这种比赛让人来投票的话，“星巴克洋男”绝对会当选为本年度美国最浪漫的男人。美国女生毫无例外地一致认为，“星巴克洋男”真是酷得不行，酷得不能再酷了！

雪绒好几次都快读不下去这种强词夺理的评论了。她觉得自己生气的实质被这些人歪曲了。谁不喜欢浪漫了？谁开不起玩笑了？谁说这就是约会了？这些都还在其次，问题的关键在于蓝塞在桌子上写的那两个英文字：“Just Married.”中文叫什么？“刚刚结婚了！”大家的脑袋有没有进水啊？什么叫结婚？翻开字典看看，“结婚”两个字是什么意思？我跟他就是出来喝杯咖啡而已，连男女朋友都不是，他凭什么对我开那种玩笑？他有尊重我一点吗？本女子连恋爱连接吻都还没有过呢，怎么就结婚了？上床了？简直不敢再想下去了！

美国人毕竟是美国人，他们白痴啊！

雪绒最后干脆不再看美国网站，还是去看看中国同胞们怎么说的吧。

让她感到十分震惊的是，大多数女同胞居然也跟美国女生同流合污，她们也认为雪绒反应过度：不就是开了一个玩笑嘛，何必那么认真，泼得人家美国帅哥一身的水。不仅如此，还有更多的女同胞一致认为，这个洋男好帅啊！比国男不知道要帅多少倍，潇洒浪漫多少倍，这个国女居然有眼无珠，把人家搞得好狼狈啊！

更让雪绒称奇的是，这个叫蓝塞的“星巴克洋男”马上还有了一大堆粉丝，几天后，这些零散的粉丝竟然又以极快的再生速度组成了团！真是跌破自己的眼镜，如果自己真的有一副眼镜的话！

真正让雪绒觉得十分有意思的是中国男人们的反应。大多数中国男生都认为这个“星巴克洋男”太咸湿，他就是想吃中国女生的豆腐。“星巴克国女”泼他的咖啡完全是泼之有理。有个网友甚至说，这个中国辣妹还应该再狠狠地踹上这个美国大白痴一脚！当然还有更多中国男生建议这个美眉还应当给这个“美国猥琐男”尝一点中国功夫。还有人甚至呼唤隐世埋名的李小龙重出江湖，帮助中国美眉打退洋男人的无耻进攻。

这些虽然让雪绒觉得幼稚可笑，但也还在她可以接受的范围。最让她生气的是有相当大一部分中国男人毫不掩饰地骂她是贱货。他们说，中国哪里找不到个好男人，还要跑到美国去傍洋男人，去让他们作践自己，真是不要脸，罪有应得啊！

一个偶然的状况，一个小小的视频引发了一场口水大战。美国网民还自创了许多“星巴克门”的搞笑翻版上传到网上，在其中一个版本中，蓝塞变成了一只大色狼，而雪绒则变成了小红帽；还有的干脆把蓝塞改换成了美国前总统克林顿，而雪绒则成了莱温斯基。中国网民也不甘示弱，他们把整个故事制作成了动画片，雪绒成了巾帼英雄花木兰，而蓝塞则成了一只美国纸老虎——被花木兰的三节棍打得落花流水落荒而逃。

除了这些让大众自娱娱人的搞笑视频之外，更让雪绒觉得不可思议的是她居然还真收到了星巴克一个女副总裁给她的亲笔信，信上的大意是说感谢她和蓝塞让他们的星巴克形象得到提升。在信中，她还附上了一张一面值一百块钱的礼券。最后这位女总裁还表示，他们领导高层正在考量以后请雪绒和蓝塞作为他们星巴克代言人的可能性，愿意和他们进行真诚、长期、互惠的合作。

“这未免太超前了吧！”雪绒终于忍不住，她真的快要发疯了！

第五章　一夜之间成了网络红人

那么，那个让她卷入这个旋涡里的男主角蓝塞呢？

对于蓝塞，当他在苹果树下第一次偶然看到雪绒的时候，他心里就有一种直觉，觉得这个亚洲小女人全身散发着一种与众不同的魅力，她有一天可能会大红大紫。他喜欢和这种与众不同、漂亮又有潜质的女孩子交往，他觉得他们在苹果树下的见面是命中注定，他们今后也一定会在什么地方再次相遇。

第二次在课堂上再次巧遇雪绒时，他觉得这个女孩子可能会成为美国新一代的女权主义者，或者成为一个像希拉里那样的女性政治人物。他甚至估计，她至少会成为一个东方的戴安娜。

第三次在音乐会上见到雪绒时，他更又觉得她会以一个天才的小提琴演奏家那样的身份走红，她会成为一个女的郎朗，有一天也会在总统就职典礼仪式上献艺。

但他万万没有想到，雪绒竟然是以这种恶俗的方式在网络上走红，成了全世界的笑柄，而自己，就是那个肥皂剧的始作俑者！

在一夜之间成为公众人物之后，蓝塞把整个事件从头到尾想了不下二十次。那天，在音乐会后，雪绒居然同意跟他一起去星巴克，这让他感到受宠若惊。一路上他心里都在想，怎么才能给这个全身散发迷人魅力的小女人一个惊喜？怎样才能逗得她开心？结果一直到了星巴克里边，他都还没想出什么招数来，心里十分懊恼。直到雪绒离开座位去洗手间的那个瞬间，他才灵机一动，耍了一个雕虫小技，只想博得雪绒一笑。

让他万万没想到的是以后事情居然演变成一出那么荒唐的闹

剧。事情全因自己而起，但那究竟是不是自己的错呢？大部分美国男人不是明显地站在自己这一边吗？他们不是说这是一个机智的玩笑，一个小小的幽默而已。自己有什么错呢？

但是当他回忆起雪绒把咖啡泼向他时眼睛里那种愤怒的眼神，蓝塞不得不承认，自己的确是做得过头了。也许对那些有着与自己相似背景的女孩子来说，她们是不会介意这种事情的。但如果雪绒觉得受到伤害，并且这种伤害还在像滚雪球那样在继续扩大中，那么他就确凿无疑是错了。如果他不想因此而失去这个女孩子，就必须向她道歉。

在雪绒完全不设防的情况下，蓝塞最终想到一个张冠李戴的办法让雪绒在脸书社交网站上把自己加为“好友”。

“叮咚！”电脑右下角的即时对话方框里跳出一个黄色的，咧着嘴笑嘻嘻的小人头。“这是蓝塞！想对你说声抱歉！”

雪绒惊诧极了，马上打出这几个字：

白痴，你下地狱去吧！

从此，无论蓝塞发过来多少短信，雪绒都置之不理，并且很快就把他从她的“好友”群里彻底地删除了。

蓝塞又开始往她的邮箱里发短信：

雪绒，真的对不起。是我错了。我的确是大白痴！希望你能原谅我！

雪绒甚至不屑于再次打开那些他发来的短信。只要看到是蓝塞的名字，就把它们直接删除到垃圾箱里去了。

万般无奈之下，蓝塞想到自己能做的最后一件事，就是向雪绒表示公开的道歉。他在自己的脸书里和那段让他们名扬天下的优图视频的留言板上同时登载了《向丁雪绒小姐真诚道歉》的公开信：

丁雪绒小姐：

由于我的自私想法和对异族文化的愚昧无知，对你造成了精神上的巨大伤害，让你卷入了这件十分无聊又荒诞的事件之中，成为无辜的受害人。我对此深表歉意。请原谅我的鲁莽和幼稚。希望你相信，我会从这些人生经验里学到教训并学会真正地尊重别人的想法和文化习惯。我一定会做到这些的，请相信我并接受我的真心道歉！

本来蓝塞这封真心表白的道歉信，无论从什么角度去看，都没有任何一点值得挑剔的地方。但是东方人常说的树欲静而风不止，对这件事来说，还真是那么一回事。这封道歉信非但没有起到平息事端的效果，反而为这起本来就已炒得沸沸扬扬的网络事件加了一把火。当这封道歉信被迅速转到其他网站时，网民们更加疯狂了。他们所有的矛头一致指向了雪绒：人家那个帅哥男生首先给这个小气鬼女生一个台阶下，已经给她道歉了，那么现在大家就等着瞧，看她要不要接受道歉？看她要怎么给自己一个台阶下吧？

一件小事引发了一场东西方文化的冲突，又由一场东西方文化的冲突演变到眼下这一场网络狂欢派对：有的网民开始打赌，不出三天，"星巴克国女"一定会接受道歉；有的打赌说是二十四小时；有的说是一个月，有的则断定，要"星巴克国女"接受道歉，除非太阳打西边升起！不管自己下的是什么赌注，网民们一窝蜂都凑在一起开始在网上倒计时。那些说二十四小时就会接受道歉的一群人最先输了；接着那些赌三天的人也输了。结果他们纠结成一股愤怒的情绪，直接往雪绒身上喷去！

雪绒再也不能像事件刚开始那样置身事外，采取坐山观虎斗的姿态了。她现在简直是要崩溃了！她吃不下饭，睡不着觉，连电脑都不敢上了。

如果是在中国，像他们这样在网络上无意之中爆红之后的男女主角，特别是女方，马上面临的就是被“人肉搜索”的命运。网民三下五除二，马上就会把你从出生到现在包括连交往过几位异性朋友这样的隐私都全给你公诸于世。这就是所谓“红得让你死无葬身之地”的网络效应。

在美国，网络文化还是有一点差别的。让一般公众和狗仔队觉得有兴趣，值得花时间和金钱去“人肉”的那一些人，多半是那些娱乐界、体育界和政商界的超级明星，如希尔顿、小甜甜布兰妮、贝克·汉姆这一类的国际大牌名人。而像雪绒和蓝塞这种在网上昙花一现的小牌红人在美国传媒上多得好似过江之鲫，数不胜数，基本上是不会马上遭到“人肉”的，除非他们也像女神卡卡那样在舞台上一炮而红，然后又经过制作单位精心炒作，让媒体和狗仔队认为有足够的商业价值之后，他们才会被人去追踪。

雪绒和蓝塞到现在仍然还没有被本地狗仔队和媒体盯上，应该说是不幸之中的大幸了。整件事还在属于校内开花校外红的阶段。到此为止，只有认识雪绒和蓝塞的朋友，以及密大一部分常上优图、脸书这类网站的人知道这件事，它还没有在校园里引起轩然大波。在这个时候，如果雪绒和蓝塞之中有一个人真的想要借此事炒作的话，只要把星巴克副总裁的信交给媒体，然后去联络上那一帮人，摇身一变当上星巴克的代言人，那他们俩一定会如愿以偿，成为百分之百的美国名人了！

但是，那不是雪绒想要的，居然也不是那个被称为“大白痴”的美国男人蓝塞所想要的。雪绒从小就一心一意地想要出名，想要成为一个著名的小提琴家或一个小说家。来美国以后，她更是觉得这个国家到处都是机会，自己要在这里弄出一点名堂来也不是什么难事。但是，她的底线是，要以自己的实力去出人头地，她绝对不会不择手段地让自己堕落成一个什么样的姐，什么样的女，让世人去消费。

而蓝塞,连他自己也承认,他也是有好出风头的天性,但是他也有他的底线,那就是不以践踏别人的尊严为前提。这是他从小的教育所致,也是他的道德标准的一部分。在星巴克那天晚上,他的确不知道自己那个自认为机智无比的小玩笑会伤害到雪绒,哪怕只是无心之过,但以那样的方式来出名来为自己图利也是可耻的。

所以,雪绒和蓝塞总算在有一点上达成了一致:赶快从这团污泥浊水中净身而出!因为这越来越大的压力都快把他们最后的心理防线冲垮了!

雪绒完全迷惑了,不知道自己现在究竟应该怎么办。是接受蓝塞的道歉,还是完全拒绝他?如果不接受,后果又会是怎么样?最后雪绒想到了去问问她的美国朋友莎拉。莎拉用灰色的眼珠瞪着她说:"我能不能跟你交换男朋友?"莎拉这句话让雪绒呆若木鸡,半天说不出一句话来。莎拉看了看远处几个站在对面宿舍大门边聊天的男生,用手指着他们对雪绒说:"你看这么一打一打的男生,他们中间有几个想得出蓝塞那样的浪漫点子来讨好自己的女朋友?男人,大多数都是些在约会时只能带你去看看电影,吃比萨,喝酒,然后马上占你便宜的猪!像蓝塞这样的男生,每个女人都想得要死!那样的第一次约会你一生中会忘记吗?那样的浪漫在你的一生中能有几次?"

雪绒此时已经是彻底无语了。莎拉凑到雪绒脸前,仔细地看了看雪绒,做了个鬼脸又接着说:"如果你现在打算从此放弃蓝塞的话,我就要马上去追,要去他门上贴条子啰!"

莎拉的话虽然讲得很难听,但雪绒却意外地觉得这个平时看起来有胸无脑的美国妞在男女的事情上还居然有几分见地。那么,雪绒的另一位好朋友黑眼苏珊又怎么说呢?

黑眼苏珊——听起来像个美国人并且以那种野花为匿称的女孩子,其实是一个在美国土生土长的韩国人。雪绒之所以跟她走得很近,大概是因为她们都有一个类似的身世吧。在苏珊十岁的时候,她和母亲也被父亲抛弃了。那是在一个夏天的晚上,她妈妈正在钢琴旁边督促她练琴,她爸爸从楼上下来,把一个黄牛皮纸袋递给她妈妈说:“我要跟你离婚,这个信封里装的就是你从我这里可以拿到的全部财产!”妈妈是家庭妇女,英文也不好,随丈夫移民来美国以后,就全职待在家里相夫教子了。她把信封打开一看,才看到所谓她能得到的全部财产只是那栋被称之为“家”的房子,其余的钱财早就被丈夫转移走了。

苏珊的爸爸是个进出口公司的老板,要对付苏珊妈妈这样的家庭主妇可以说是小菜一碟。一夜之间,苏珊和妈妈就被抛弃了。后来她们才又发现,这栋本来早就付清了贷款的房子,也被父亲悄悄地重新贷款,离婚后,每个月苏珊妈妈还要还一大笔房贷。为什么会是这样?最后才有好心人告诉她们,原来苏珊爸爸暗中早就和他的女下属好上了,这一切都是他们俩事先精心预谋好了的。苏珊妈妈遭到如此打击之后,精神恍惚了好一阵。后来为了生计,不得不出去找工作。由于不懂英语,只能在一个韩国餐馆里找了一份洗盘子的工作。等她能说些简单的英文后,就被提升到前台当女侍。天可怜见的,认识了一个常来餐馆吃饭的白人眼科医生,不知怎么居然被这眼科医生看上,两人不久就结婚了。

现在最让雪绒羡慕的就是苏珊有这么一个洋爸爸。她爸爸和妈妈每隔一两个礼拜都要到学校来看看苏珊。虽然不是亲生的,但她这个后爹对苏珊的爱不少于任何一个亲生父亲对女儿的爱。他会帮苏珊搬宿舍,会帮她买冰箱里的食物,并且在钱上也是有求必应。当他听说雪绒是苏珊的好朋友之后,便常常带着她们两个一起去高级餐厅吃饭。每次看到他们一家人其乐融融的时候,雪绒的心里都十分酸楚。

这就决定了苏珊找男朋友或是嫁人的原则:非白人不爱,非白人不嫁!绝对不要找黄种人!

雪绒的事,作为好朋友的苏珊,当然是全程都知道的。更巧的是,苏珊也是主修电机的,既是蓝塞的学妹,同时是他的仰慕者之一。蓝塞就是从她那里打听到雪绒的手机号码和电子邮箱的。看着雪绒陷入困境后,苏珊多次劝她:“真的说起来,蓝塞和你谁都没有错,这不过就是两种文化背景冲突的结果罢了。他的一个玩笑,一个无心之过,还被你那么粗鲁地泼了一身咖啡。要是我,我会主动去给他道歉了。你看,现在蓝塞真心地给你道歉,你还把这么好的一个男生拒人于千里之外,我是彻底不理解你了!我从来都以为你是一个很聪敏的女人,没想到你还真是傻到家了啊!”

在莎拉和苏珊的劝告下,雪绒心里的天平有点开始倾斜了,要不就干脆接受他的道歉。然而最终让她下定决心要怎么做的却是提姆。

那天早上在琴房,雪绒正因为网络风波而心烦意乱,完全没有心思练琴,一直对着琴房里的镜子发呆。提姆路过她的琴房时,从门上的小窗口上看到了神不守舍的雪绒。一看到提姆那温和的面容和温煦的眼睛,雪绒一句话都还没说出来,就掉下眼泪来。提姆轻轻地拍了拍她的肩膀,弯下腰来对她说:“雪绒,你不要这么难过,也不需要那么混乱。有的时候,我们大家都喜欢去钻一些牛角尖,其实,任何事情往它好的方向去想,就不会有那么多烦恼了。”雪绒听提姆这样一开导,心里一下平静了许多。提姆继续说:“虽然我不知道你为什么要到美国来,但是既然到了一个与自己文化完全不同的国家,你是不是需要去了解,去经历,去学习和适应一下这个不同的文化呢?如果是件大多数美国人都可以一笑了之的事,你为什么不能置之事外,也一笑了之,去加入大众的娱乐行列,去融入这个文化之中呢?”

提姆的话让雪绒豁然开朗,第二天她就在优图网站上正式宣布接受蓝塞的道歉,并在脸书网站上把他重新加为“好友”。一场巨大的网络风波总算就此平息下来了。

第六章　“没有办法不想你！”

网络星巴克事件那样轰轰烈烈地开始，又以如此典型的昙花一现的方式结束。本来雪绒以为，随着这场轩然大波的落幕，她与蓝塞那种莫名其妙的关系也会就此画上句号。她开始在心里思考，难道美国男生都是像蓝塞这样的吗？蓝塞这个人究竟是个什么样的人呢？你说他可恨，但公正地讲起来，他也不是那么真正可恨，毕竟他闯下的这个祸，不管怎么说，也是无心之过，不过是在错误的时间错误的地点开错了个玩笑。那么如果说他粗浅像白痴，其实也不完全是那样。雪绒清楚地记得蓝塞在教室里是怎样挺身而出给她解围的，并且他当时讲的那些义正词严的话完全不像一个脑残的白痴能够讲出来的。那么他是一个什么样的人呢？她恨他不是，讨厌也不是，喜欢更不是，但说真的，至少她现在对这个美国男人已产生了一种强烈的好奇心。

但最最让雪绒觉得不可思议的是蓝塞绝对不给她一点可以糊涂的空间。星巴克事件落幕以后，每天晚上，只要雪绒一打开电脑，右下角的线上聊天小方框里马上就会冒出来一些莫名其妙的东西：有时是一个圆圆的黄色小鬼脸，有时又是一只跳上跳下的小猪，还有的时候又是一个唉声叹气的小老头。刚刚开始时，雪绒戒备心十足，心想不知道这个美国白痴又在玩什么恶作剧，还是不理他的好。好些天过去了以后，她才逐渐地悟到，这不过是蓝塞又在逗自己开心而已。看来这个蓝塞就是天性爱逗乐子的那种人，因为有了上次的教训，雪绒决定不再跟他计较，随他去了吧。

一个礼拜下来，雪绒越来越习惯于看见那些在电脑右下角跳来跳去的各种搞笑角色。每天打开电脑时,心情都会突然轻松起来,一天的烦恼都会荡然无存。

现在不管蓝塞送过来些什么,雪绒都没有再把他从她的"好友"名单上删掉。也许蓝塞正是从这个事实上得到了鼓励,十天后,除了各种欢蹦乱跳的小人小动物之外,他还加上了一些短语:"祝你今天心情愉快!""祝你睡个平安觉!""祝你的教授今天给你个好分数!"以后那些短语就变得越来越具有浪漫色彩:"祝你今天感觉漂亮又美丽!""祝你今天看上去像迪斯尼动画中的小公主!""祝你每天都有一颗机灵有趣的心!""祝你今天的眼睛比往任何时候都更加明媚动人!"

面对着像雪花一样簇拥而来的浪漫短信,可能大凡这天底下所有女人的心都该早已不是铜墙铁壁一块了吧。但是雪绒面对这一切,依然保持着百分之百的沉默。

两个星期以后,蓝塞发过来一串十分感伤的短信:"我不知道你的沉默是不是深深的夜?""我不知道你的沉默是不是深深的恨?""你走进了我的心,但是你的心从来没有被我走进……"

从那之后,蓝塞就从雪绒的电脑荧屏上突然消失了。

刚开始,雪绒还暗自庆幸,这个美国白痴总算知难而退了。但是一连几天后,蓝塞就真的像泥牛入海无消息似的,反而让雪绒觉得若有所失,心里不免有些空荡荡的了。她甚至还有几分后悔,觉得自己不该对蓝塞做得那样绝情。不管怎样,大家做个普通的朋友还是可以的,何必要那么认真地跟那个美国大男生过不去呢?

几天以后,蓝塞又像是突然从地里钻了出来一样,吓了雪绒一大跳。那是一个星期三的下午,下了课以后,雪绒从校车上下来,正要往宿舍的门里边走,蓝塞手里拿着一个笔记本电脑,突然出现在雪绒面前。"密斯丁,一直想当面跟你说声对不起!"这是蓝塞见到雪绒后说的第一句话。看到高大英俊的蓝塞突然站在自己的面前,雪绒觉得自己的脸一下子热了起来。更窘的是,她还完全无法掩饰自己脸红心跳的那副样子。"没关系,我不会再介意的了。"她勉强从嗓子眼里挤出这句话来，说完之后，一埋头又继续往门里走。

"你等一下！"蓝塞急忙一下拦住了她，"密斯丁，我现在真的需要你的帮助！"他把手里的电脑举起来在雪绒面前晃了晃，"我觉得我犯的错误是由于不了解你们的文化而引起的。我现在真正地想了解一下你们东方文化，我想读一读你们中国人是怎样看待我那种自以为是的美式玩笑的。我打开了那些中国网站，但是你那些同胞们的评论我一句都读不懂。你可不可以给我翻译一下？"

雪绒突然忍不住笑出声来，这大白痴不是在自投罗网吗？在星巴克事件中，所有美国人都站在他的那一边，他还完全没有尝到过我们中国同胞的厉害，正找不到机会给他一个教训呢！这不，他居然自己找来了！

半个小时以后，他们来到了校园附近的邦诺书城。这里是蓝塞叫雪绒自选的地方。开始雪绒想去学校图书馆，因为那里可以上网还安静。但转念一想，万一他们又开始吵架了怎么办？所以雪绒最后还是决定去邦诺书城，在那里吵吵闹闹一下也没有什么人会注意到，即便是注意到也无伤大局，那毕竟是一个商业场所。

进了书店以后，在雪绒的引导下，他们来到了店里最偏僻的一个角落，面对面地席地而坐。蓝塞把自己的两条长腿盘在面前，做出一副谦卑又听话的样子。他先歪着头看了看雪绒，看她一副正经危坐的样子，又忍不住了。"雪绒，如果你不介意的话，要不要我去那边买两杯咖啡来才开始工作好不好？""不要！"雪绒斩钉截铁地说，还狠狠地瞪了他一眼，心想，这家伙脸皮真的是太厚了，看我今天非得要好好收拾他一下不可！

雪绒这一吼，蓝塞又乖乖地坐回到地上，打开电脑，迅速地翻到谷歌中国的网页，然后把电脑递给雪绒，脸上露出一副极为诚恳的表情。"喏，现在就得靠你了。我真的很想知道你的同胞们是怎样看待我们那星巴克事件的，我还想以此为专题写一篇文化统计数据论文,交给教授去拿个 A 的满分呢!”

他还在打如意算盘,还想利用我去拿满分呢!做梦呢!等着瞧吧!雪绒心里一边这样想,一边打开了一个最热门的中国本土论坛,迅速翻到一个为他们“星巴克门”专开的“吧”。哇,才几天没有查看,又出来了好些新的博文,跟帖又是成百上千了。雪绒本来以为此事在自己接受蓝塞的道歉以后早已偃旗息鼓,至少在美国本土是这样的,没想到国内居然有那么多“愤青”还在那里义愤填膺地掐架呢。好,现在就让对面这个美国家伙领教一下中国人的厉害吧!

“蓝塞,你确定要我给你翻译这些东东吗?你不怕听到别人骂你的坏话吗?”雪绒觉得还是先给他警告一下,免得等一下又惹出事来。

“没关系,你照实翻译给我!我的心很大!”蓝塞还用两只手在自己胸口上比画了一个箩筐大的心。

“好,那你就准备接招吧,看你的心究竟有多大!”雪绒开始翻译了。

“中国网友秃路路说:‘一句话,那美国人就是一美国杂碎!’”雪绒在翻译“杂碎”这个词时,把它译成“American Chopsuey”。把一个人称之为“杂碎”,在中文里,本来是句十分损人的话,但翻译成英文之后,那“杂碎”竟然就成了美国中餐馆里的一道非常受欢迎的家常菜。

“嗬嗬嗬,密斯丁,我居然成了一道非常好吃的中国杂碎菜了!这个世界真有意思,真奇妙啊!不错不错,谢谢你了,请继续往下念吧!”

“OMG,我的上帝啊!”雪绒在心里呼喊!还是继续往下看吧。下边有个妄想的皮皮的网友这样写道:

> 人人都在说贱男贱男,我还从来没有见过真正的贱男,现在才眼见为实了。美国男人都 TNND 贱男!该被泼咖啡!泼

得好！泼得太好了！长了中国女人的志气！中国女人只有这样才不会上洋男人的当，被他们花言巧语地拐骗了去受欺负！

雪绒觉得这段话太精彩了，就逐字逐句地翻译给蓝塞听。翻到“贱男”这两个字的时候，雪绒打了一个结，“贱男”英文里该怎么说？“stupid”！在短短两秒钟后，雪绒就想到了这个字。她马上告诉蓝塞：“网友妄想皮皮说你是个‘非常愚蠢的男人’！”

雪绒本想蓝塞听了会火冒三丈，没想到蓝塞反而大笑道：“说得好极了！准确极了！我的确是像只非常非常愚蠢的猪！”他还捏着鼻子，“哦因哦因”学母猪那样欢叫了几声。

看到蓝塞听到这种羞辱他的话后还一副自得其乐、恬不知耻的样子，雪绒心里又忍不住一阵火起。“我还没给你翻完这个网友的话呢！”

“那么，那个皮皮还说些什么？”蓝塞笑眯眯地问。

“他说那个中国女孩子只是泼咖啡还不够，还应当狠狠地踹那条蠢猪一脚！”

“哈哈哈哈！”蓝塞笑得前仰后翻！嘴里还不停地嚷嚷，“有意思，太有意思了！中国人真的是很有创意啊！”

看着他那个疯样，雪绒的脸沉了下来，恨不得走过去踢他一脚。这美国白痴，怎么连点基本的廉耻之心都没有啊！

蓝塞笑完，才一眼看到雪绒那副怒火中烧的模样，顿时安静了下来。两个人都十分尴尬。沉默了好一会儿，蓝塞才轻轻地对雪绒说：“真的又要跟你说对不起了，我就是改不了大大咧咧的个性。老是要在不该嬉皮笑脸的时候嬉皮笑脸；老是在最不愿意伤害的人面前伤害那个人。我真的知道整件事从头到尾都是我的错，但我就是找不到一种恰当的让你原谅我的方式。你说，你要我怎么做才能原谅我呢？”

从这番话里，雪绒总算第一次感到了蓝塞的诚意。但是她还是决定继续保持沉默。看雪绒还在生气不理他，蓝塞又接着说：

“干脆这件事还是以你们中国的方式来解决好了。我看，你还是真的踹我一脚吧！”他从地上爬起来，抱着双臂，站在她的面前。

雪绒依然坐在地上，抬头仰望着这个像座大山一样的美国男人，这个男人英俊的脸上此刻写满真诚的懊悔和哀求！雪绒猛然有一种心动，有一种突然想要站起来拥抱这个男人的感觉。她马上意识到一个可怕的事实，她对自己说：“丁雪绒，你完了！”

就在雪绒心绪翻滚而又呆若木鸡时，蓝塞弯下腰，伸出一只大手，把她轻轻地从地上牵起来，将她温柔地揽在自己的巨大手臂里，喃喃地对她说：“让我们真正地和解吧！我这一切愚蠢行为都是为了喜欢你接近你。从在苹果树下第一次见到你之后，我就没有办法不想你！”

第七章　一个中国男人追求一个中国女人的古老方式

不知不觉雪绒来到这个国家已有三个月了。三个多月的时间对于一个学生来说,那意味着从教科书的第一页走向最后的期末考试的试卷;而对于教学大楼外的大自然来说,则意味着万物从过去的绿叶葱葱走向如今的万物凋零——空旷的田野里只剩下了被遗忘了收获的南瓜和植被干枯的根茎。曾几何时,那些催生万物,令人无比陶醉的炙热阳光,现在却凝聚着无比的冷峻和落寞,好像时时刻刻在提醒着人们,如果秋天的果实已经走向消亡,那么冬天的雪花是不是会飘洒在明日?

人们身上的短袖汗衫早已换上了避风的秋衣,在横贯校园的小街上,还偶尔会看到有的路人已穿上了保暖的羽绒服。尽管此时还只有雨没有雪,但是寒意已经朝身躯和心灵袭来,它让人们早早地意识到冷酷的存在。

然而对于雪绒来说,这几个月,她的日子似乎是和自然朝着相反的方向在走:自然是由炙热向寒冷走过去,而她却是由寒冷朝着炙热走回来;她刚来时受人轻视,孤独无助,而现在却是朋友成群,满心温暖。甚至当她偶尔用手摸一摸自己的双颊的时候,指尖上都能触摸到肌肤上那烫烫的青春的温度。难道这一切都是在给自己暗示:她正在时钟老人的指点下,一步一步地走向爱情?

每当雪绒想到“爱情”这两个字的时候,心动会加速,头也会晕眩。那个让她在人生中第一次有这种脆弱得想哭泣的无力感的他,竟然会是那个让她既陌生又熟悉,既讨厌又好奇的英俊大男生蓝塞！

就是这样一个美国人，轻而易举地攻破了她自认为坚不可摧的心理防线，走进了她万般期盼的美国新生活。表面上看起来，蓝塞的这条路，的确是走得有些轻而易举，但以美国男女关系大纲里的标准来看，他却走得十分艰辛。对于普通的美国年轻人来讲，三个月九十天的君子好逑期，已经可以算是地老天荒，极其不正常了。大多数这个年纪的年轻人，短则十分钟，长则三五天早就把对方搞定：要么谈恋爱上床，要么分道扬镳，干脆得很。哪像雪绒和蓝塞这样，磨磨合合，吵吵闹闹整整三个月，才有一个象征性的互相小小拥抱一下的伟大进展啊！

但就是这样，当雪绒仔仔细细地想起来，觉得这一切还是发生得太快，太速食化了。尽管自己来美国的目的明确，就是要找一个真正有良心的男人，但那个寻找的前提必须是妈妈所嘱咐的，要“睁开眼睛”去找，而不是闭着眼睛去撞。妈妈讲的“睁开眼睛”究竟是什么意思呢？雪绒的理解大概是她首先需要去学习各种各样的婚恋课程，去阅读各种各样的启蒙书籍，并且在生活中，需要耐心地、慢慢地去观察和考验一个男人，绝对不能因为头脑发热一时冲动而做出错误的选择。

那么，自己有没有像妈妈所希望的那样认真地去观察和考验蓝塞呢？当然没有。只有一点她是十分肯定的，就是在刚开始时，她的确是给自己筑起了一道心灵防线的。其实，这一道防线当她还在中国时，妈妈就早已帮她筑起了，这道墙过去让她抵御了所有对她有各种企图的男人的进攻。至于那道坚强的防线如今为什么在三个月之内就土崩瓦解了呢？她想来想去，能想出来的最合理的解释就是：蓝塞根本就是一个让她这种女人防不胜防的极品男人。

但是，亲爱的妈妈，雪绒一直在心里不停地对母亲说，要是你也来过美国，你也像我现在这样生活在这充满激情和诱惑的密大校园，你也邂逅蓝塞，你也面对过一个美国大男孩那样新奇又浪漫无比的勇敢进攻,你也经历了我和蓝塞之间所经历过的一切的一切,你还能睁开一双美丽的眼睛,慢慢地、耐心地、头脑清醒地梳理这一切,置身于这个疯狂的旋涡之外吗?妈妈,心,不是以眼睛看到的一切来维持跳动的;心,是野性的、感知的、无缘无故的,甚至是愚蠢透顶的,但那就正是心的全部所有!对不起,亲爱的妈妈,我现在即便把自己的眼睛睁得再大再大,也是根本没有用的,真的是没有用的啊!因为我现在根本就没有了眼睛,我早已辨不清方向,看不清蓝塞,也看不见我自己了!妈妈,我该怎么办?怎么办?怎么办?

有人说,生活是充满戏剧性的。对于雪绒来说,她的生活本来就是戏剧。当她在爱情的悬崖边就要跌下去的那一个瞬间,突然在半空中有人伸出一双手,要阻止她往下坠落,而伸出这一双手的人,就是中国男人吴雨。

那天下午,雪绒一直都在音乐系的琴房里练琴,她练习的是教授指定的巴哈的一首无伴奏奏鸣曲。这首曲子雪绒已经练了好些天了,但是效果总是连自己都不满意。她觉得自己最近总是把巴哈表现得太浮华,失去了巴哈本来应该具有的古典和严谨。可能是最近心情太浮躁的原因吧。

突然,"嗒,嗒嗒!"一声长两声短,有人这样在琴房的门上轻轻地敲了敲。雪绒一下愣住了,完全不需要转身去看看门上小窗口外的人是谁,她心里就已经知道:这一定是吴雨!她赶快走过去把门打开,果然是他!是吴雨!

如果说蓝塞是以一种美国式的浪漫和调皮硬闯入雪绒的生活的,并且他走向她的每一步都走得让她无比错愕和震动;而吴雨则是像水滴石穿那样不知道是从什么时候渐渐地渗透雪绒的人生的。就像今天一样,事先没有任何暗示,他就万里迢迢地从中国找到美国出现在她面前,就这样,雪绒也一点都没有感到惊奇。尽管由于雪绒出国然后又忙于适应新的生活,他们之间的联络比以前少些了,但是如果吴雨会因此就从她的生活中消失,从此不来美国敲门找她,那才会让雪绒真正感到吃惊呢。

现在吴雨端端正正地站在雪绒面前,由于琴房狭小,房间的门一关上以后,两个人之间的距离一下子拉近了不少,这样反而使雪绒和吴雨都有一点不自在起来。

就在这短暂沉默的几秒钟内,雪绒仔细地打量了一下吴雨,时光像突然被拨回到小时候那些天真烂漫的岁月,雪绒好像又看到了童年那个嘴巴有点嘟嘟往上翘的平头小男孩子。

吴雨的爸爸是雪绒的小提琴启蒙老师。当初,吴叔叔和妈妈都在师范大学里教书,吴叔叔是音乐系里的小提琴老师,而雪绒的妈妈则是外语系的英文老师。雪绒记得在她四岁的时候,妈妈有一天把她带到吴叔叔家里,想叫吴叔叔教她学琴。说来也有趣,当时出来给她们母女开门的就是那个小吴雨。一看到他那往上翘的小嘴,雪绒"扑哧"一下笑了出来。吴雨被雪绒这样一笑,马上把那翘起的小嘴一瘪,扭头就跑进屋子里去了。

这就是吴雨留给雪绒的第一个印象。

后来她才知道,不仅自己学琴,吴叔叔也逼着自己的儿子吴雨学琴。但由于吴雨比她大一点,当然也就比她早一些开始学,所以他们就成了名副其实的师兄妹。当雪绒开始拉第一个音符的时候,吴雨已经在拉铃木的第二册了。可是过了半年以后,雪绒居然后来者居上,赶上了吴雨。

吴叔叔看到自己的儿子学习进度迟缓,想用雪绒来刺激一下他,就索性把两个孩子放在一起上课。由于家里房间小,两个孩子一起拉琴邻居嫌吵,吴叔叔就把他们两个一起弄到音乐系教学楼里的琴房里去学。

所以,这一男一女两个小孩子渐渐地就成了音乐系大楼里的一道风景。每天下午四五点钟时,人们都可以看到两个孩子在那里一起进进出出。有时候吴叔叔不在的时候,两个孩子要么一起坐在楼梯上斗嘴;要么就是一起在外边的花园里边玩耍。那里所有的叔叔阿姨都管他们叫"那两个小琴童"。

照常理来看,像吴雨和雪绒这样两小无猜的孩子到头来都会成为所谓的青梅竹马,而事实上,这两个小琴童并没有成为那种真正意义上的青梅竹马。因为从看到吴雨的第一眼起,雪绒就讨厌他那张翘嘟嘟的嘴。后来听别的孩子讲,吴雨的嘴是因为吃奶嘴吃得太多了才吃成那个样子的。小时候,吴雨太爱哭,一哭起来,谁都哄不住,只有往他嘴里塞一个奶嘴,他才会马上停止大哭大闹。不仅如此,听说他大到不能再吃奶嘴的时候,就又开始吮手指,饿了的时候要吮,困了的时候要吮,连不高兴的时候都要吮。就这样,他的嘴就慢慢地吮得翘起来了。

听到这些传说之后,雪绒当然是从内心十二分地鄙夷这个爱吃奶嘴的小男生,每次看到他的脸就会想到他吃奶嘴的样子。好在随着时间的推移,雪绒渐渐不像小时候那样讨厌吴雨了,那是因为一些大人们永远无法知道的只发生在他们之间的事情。

第一次是在雪绒九岁那年,她和吴雨一起去参加本市少年宫的才艺比赛,他们俩正好又是拉同一个曲目。照平时的功力来看,所有的大人,包括雪绒自己都认为,吴雨肯定是会赢的了,因为吴雨是个天才的表演家。在以往的汇报演出里,只要他一站在舞台上,总会比平常发挥得要好很多。再加上他个性沉稳,下边观众再多,压力再大,他也绝不会慌乱以致忘谱,弹错,犯那些小孩子经常会犯的错误。

记得在比赛的前夕,雪绒和吴雨都在琴房里练琴,练着练着,雪绒突然把琴往地上的琴盒里一放,走过去照着吴雨的背上就打了一拳!还没等吴雨知道是怎么回事,雪绒又马上坐到地上抱着膝盖哭了起来。吴雨被她的举动吓住了,马上蹲下去问她:“你这干嘛呢?你干嘛要哭啊?”雪绒还是哭,并且越哭越厉害。吴雨又问:“你不要哭了嘛,好不好?好不好?”没想到吴雨越这样说,雪绒哭得越大声。这时吴雨也急了,“好了好了,你不要哭了嘛,你要什么我都给你,只要你不哭!”听到这话,雪绒这才抬起头来,抽抽泣泣地说:“你明明知道我要什么,你还装傻!大笨蛋!大傻瓜！大嘟嘟嘴巴！”说完，她就收起自己的琴跑出琴房去了。

第二天比赛时，在最后的总决赛关头，跌破众人的眼镜，吴雨拉错了一个音：失误了！比雪绒差一分。雪绒赢了！她马上成了本市少年乐团的第一小提琴手，所有的“小天才”、“小神童”的头衔也接踵而来。雪绒因此踏上了一条职业小提琴手的人生道路。

比赛之后，吴叔叔对儿子失望透顶了，而雪绒的妈妈则更加坚定了自己的信念：女儿的确天生就是学音乐的料子，这辈子非音乐莫属。然而在雪绒和吴雨之间，虽然彼此心里都明白这是怎么一回事，但雪绒事后从来也没有向吴雨印证过她的判断，也更从来都没有对他说过谢谢。雪绒对吴雨态度上的唯一改变，就是她不再那么讨厌他的那个翘嘴巴了，也决定从此不再骂他大笨蛋、大傻瓜了。对雪绒来讲，吴雨既不笨也不傻，那可是明摆在那儿的事了。

到慢慢再长大一点之后，雪绒的爸爸已经跟她妈妈离婚了。由于雪绒和吴雨的琴艺日见精湛，吴叔叔就给他们找了个更有名望的小提琴老师，他们俩还是继续在一起学琴练琴。直到后来先后考大学，吴雨考取了北京一流的科技大学，主修机械工程，从此就与职业音乐绝缘了；而雪绒由于妈妈身体的原因，就在本地一所大学念音乐，好就近照顾妈妈。虽然是在不同的城市里，他们几乎就像小时候一样，从来没有真正分开过。吴雨还是像哥哥一样，每次寒暑假甚至连长周末，他都会从北京赶回来看雪绒，陪她练琴，带她出去吃好吃的，还帮雪绒家做许多体力活。

两家的大人，甚至包括对女儿严加管教的妈妈都很放心这两个孩子在一起。特别是雪绒的妈妈，她知道雪绒从小就不喜欢吴雨的翘嘴巴，照她的判断，如果这两个小孩要是有百分之一的可能发展成恋人的话，早就成了，也等不到现在。他们俩的的确确像是兄妹，谁也不会把他们那种纯纯的友情想歪了去。

大学毕业以后，吴雨以极其优异的成绩考取了美国麻省理工大学的研究生，留学去了美国。那是雪绒和吴雨第一次真正意义上的分开，但那也只有短短的两年。研究生毕业以后，吴雨被美国三大汽车制造厂之一的公司聘用,很快就被外派到公司在中国上海分部的技术开发部并委以重任。后来也是他应雪绒妈妈之托,帮雪绒联系到密大的。在雪绒母亲去世的那一段时间里,他正被公司派往德国做一个合作项目,以后又频频出差,以致雪绒在出国之前,他们俩都没有机会再见一面。但是雪绒知道,她和吴雨之间是不需要说什么"再见"的,妈妈去世之后,吴雨就是她的亲人,就是哥哥,无论她走到这个世界上的哪个角落,他们都是会再见面的。

所以,当吴雨现在突然出现的时候,她只从敲门的声音上就能判断出那是吴雨,一切全在她的意料之中,她并没有多少惊奇。

"你来之前为什么没有先跟我讲一下,我好去接你?"雪绒打破了沉默。

"我走得匆忙,要在短时间内处理很多事情。"吴雨不经意地回答。

只有在跟他说话的时候,雪绒才有机会更仔细地观察一下他。这个当年的小毛头现在的确变了好多,首先,那翘嘟嘟的嘴巴早就不见了,现在这张嘴虽然还算不上什么棱角分明,但是由于两个嘴角都有些往旁拉,反而显得比小时候有男人气了。另外一个比较大的变化是他的近视眼镜不见了,可能是用了隐形眼镜吧,所以雪绒才第一次清楚地看到了他的眉毛、眼睛和鼻子。还好,他的眉毛很有些厚度,很像他的爸爸吴叔叔;他的眼睛看人时虽然不像美国人那样直截了当,但也绝对不躲躲闪闪。他脸上最有个性的地方应当算是他的鼻子了。雪绒听别人讲过,"男人之美,美在鼻梁"。正是因为那笔挺而又不显傲气的鼻子,让吴雨的整个人都显得很有一股中国传统文化人的儒雅气质。

"你呢?来了还习惯吗?"吴雨问道。

"刚来时不太习惯,现在好多了。"雪绒很随意地回答道。

"那你现在还缺什么吗?"吴雨再问。

"还好。如果我缺什么会告诉你。"他们好像又在进行着过去吴雨在北京念大学放假回家来看她时的那种例行对话。如果这场对话还是在中国,雪绒一定会觉得很温馨很亲切,然而现在是在美国,吴雨还是用这老一套的方式跟她说话,不知怎样,她心里感到有点没劲。

“你还在用那把琴吗?”吴雨一眼看到了雪绒放在凳子上的那把小提琴。雪绒“扑哧”笑出声来。“当然,难道你还想收回去不成?”雪绒说完,他们俩都一起“咯咯”地笑了起来。当年吴雨的爸爸吴叔叔好不容易托人从国外买来了这把小提琴来给他这个宝贝儿子,结果雪绒拉了一下以后也非常喜欢。没想到吴雨就对他爸爸说,他恨死了这把小提琴,他和这把琴之间完全没有“化学反应”。如果爸爸还要强迫他拉这把琴的话,他就从此不要学小提琴了!在儿子的威胁下,吴叔叔终于让步,把自己儿子“恨死了”的这把小提琴给了不恨这把小提琴的雪绒。

这也是吴雨和雪绒之间许多的小秘密之一。雪绒知道,这天下无论是什么东西,只要是吴雨有的,如果她要,吴雨就一定会给她。

“绒儿,你以后可是要靠拉琴谋生的,还是需要换一把好琴的!”

听到这话,雪绒真的不知道要如何回答。在美国,职业小提琴手的琴至少都是上万的,她同学手上的琴还有好几万块钱一把的。这对于一个穷学生来说,简直有些天方夜谭了。想到这里,雪绒马上把话岔开了:“你这次出差待多久?我带你去我们校园里好好逛逛!”

“我不是出差,我要求公司把我调回底特律总部工作了。”吴雨还是像拉家常那样随便说着。

“天啊!那你爸爸妈妈呢?”雪绒这下才真的惊呆了。

“他们现在身体很好,又请了保姆,你就放心吧!”

雪绒现在真的无语了。她不知道吴雨这样突如其来地来到她身边,自己的准确感受究竟是什么。一方面,她觉得挺高兴,高兴的是她从此在美国有个亲人可以依靠了;但另一方面,又有些淡淡的担忧,直觉告诉她,她好像从此不能再像一只出了笼子的鸟儿,在这美丽的土地上毫无牵挂随心所欲地飞翔了!

第八章　哪个女人可以抵抗得了蓝塞

雪绒也说不清楚,自己当时是以什么样的心情接受蓝塞的舞会邀请的。从小到大,她参加过不少派对,但是这种美国学校里举行的正式慈善舞会她还是第一次参加,所以她感到有些紧张。那不是因为她对自己没有自信,也不是因为不知道自己该穿什么样的衣服,化什么样的妆,头发又要怎么打理。真正让她感到不知所措的是蓝塞,是蓝塞邀请她作为自己的舞伴带去的。在蓝塞面前如何自处?这才是让她真正觉得紧张的地方。如果她跟蓝塞去了以后,两个人又要一起相拥跳舞,要那么近距离,长时间地与蓝塞在一起,自己该说些什么做些什么?蓝塞那个冒失鬼又会对自己说些什么做些什么?别人又会不会把他们当成真正的情侣?

"不行!"这是雪绒反复思考了几天之后得出的结论。虽然不得不承认自己已经被蓝塞吸引住了,但无论如何,自己都不能说对这个男人有充分的了解。虽然经过这段时间的相处,觉得蓝塞的确是个非常有魅力的男人,人品也还不错,但越是在这种情形下,自己的头脑越不能发晕,还是要像妈妈说的那样睁开眼睛仔细地观察和耐心地寻找。喜欢也好,感觉不错也好,甚至是有点爱上了,但"情侣"这一步还是不能轻易跨出去的,如果跨出了这一步,可就再也退不回来了。她非常了解自己。

但是眼下摆在雪绒面前的问题是,自己已经头脑发热地接受蓝塞的邀请了,那要怎么样才能消除人们可能产生的这种情侣约会的印象呢?她立刻想到了吴雨。对,如果把吴雨带上,并把黑眼苏珊和莎拉也叫去,那么我们一群人一起出现在舞会上,大家都会觉得我们是一群要好的朋友，当然也就不会把我和蓝塞误会成那种一对一的情人了。

在接到雪绒的邀请的时候，吴雨心里一下猜到了这大概是怎么一回事，因为在他来美国之前，就在网上看到了有关蓝塞和雪绒的各种视频和相关消息。就像他出现在雪绒面前并没有让她感到那么吃惊一样，吴雨也没有觉得这些网络八卦有什么值得让他大惊小怪的地方。想到小时候那一次小提琴比赛之前，自己还被雪绒打过一拳呢，现在轮到这个美国白痴来尝尝雪绒这丫头的厉害了。以他从小到大对雪绒的了解上来判断，雪绒是属于那种外柔内刚的女孩子，她美丽，但有刺。更重要的是，她对待男人一点都不糊涂！

可是，在网上看到的蓝塞和在慈善舞会上亲眼看到的蓝塞却有天壤之别！吴雨吓了一大跳！

当蓝塞从华丽的镀金大门外走进来时，几乎全场的女性都对他投去了注目礼。在网上看到的蓝塞是湿淋淋的、狼狈的、傻乎乎的；而在现实中的看到蓝塞则是英俊的、器宇轩昂的、极有贵族气派的。其实和舞会里其他男士相比，他并没有比他们穿得更华贵。他上身只穿了一件泛着暗暗银光的黑衬衣，两个袖口都在手腕那里认认真真地扣上，脖子上系了一条银灰色的领带，衬衣在齐腰以下全掖在一条裁剪得十分精致合体的黑色长裤里。

吴雨听到他身边的一位白人女生悄悄地对她的一个女伴说："我的上帝啊！他来这里干什么？他应该待在电影里！"

亲眼看到了蓝塞，又听到这番话，吴雨突然有些忐忑不安起来。

"你好！"蓝塞向吴雨先伸出了手，"我是蓝塞，很高兴认识你！"

"其实我在网上就认识你了！"吴雨很幽默地说，两人一起大笑起来。

蓝塞一把把雪绒拉过来，搂着她的肩对吴雨说："听雪绒说你们从小就在一起练琴，是多年的老朋友。欢迎你到密西根来！以后我们大家都是好朋友了!”

蓝塞的开朗和得体更让吴雨刮目相看。当初在网上看到雪绒和他的那场闹剧时,吴雨根本没把这个“星巴克洋男”看在眼里,想来他最多不过就是个美国白人混混罢了。但现在从他的穿着谈吐来看,蓝塞是一个家世相当不错,聪明过人的男人。从他身上看不到美国富家子弟常有的浮夸和自以为是,而更多的是诚恳、幽默、有教养和绅士派头。在那么多女生的注目礼下,蓝塞目不斜视,时时处处呵护着雪绒。就在这一瞬间,吴雨甚至怀疑自己放弃一切来美国是不是来错了?

从六岁起,当他开门第一次见到这个小姑娘的时候,他就喜欢上她了。但是他也清楚地知道雪绒并不喜欢他,并且雪绒妈妈那种对所有接近雪绒的男生像老母鸡保护小鸡那样的防备态度,也让吴雨万万不敢跨越雷池半步。他心里明白,只要他斗胆跨出一步,雪绒就会永远从他身边消失。所以这么多年来,他只是像一个哥哥那样帮助她,像一个陌生男人那样远远地望着她。他还记得自己小时候最喜欢的一部电影就是《伟大的盖茨比》,盖茨比就是他心目中的英雄。他幻想着自己就是盖茨比的中国翻版,雪绒就是露西。等他长大了以后,也要像盖茨比那样拼命赚钱,然后像个真正的男人那样顶天立地地站在雪绒面前向她求婚。当然,他和雪绒的结局不会像盖茨比和露西那样悲惨。他会和雪绒像很多很多幸福的夫妻那样,一起快快乐乐地生活,一起幸幸福福地变老。现在雪绒的妈妈走了,不喜欢中国男人的那个保护者走了,他也如愿以偿,通过炒股获得了大笔的钱财。雪绒现在只身一人在美国,是他应该像盖茨比那样出现的时候了。哎,没想到,露西的身边已有了一位白马王子,而且这位白马王子绝对不是那个像垃圾一样的汤姆!

这时,随着音乐的华丽旋律,蓝塞邀请雪绒跳舞。就在蓝塞牵过她的手,扶着她的肩的那个瞬间,雪绒的全身震颤了一下,心脏好像突然缩成了一把小锁。在开始的几分钟里,雪绒的眼睛完全没有办法去对视蓝塞,她眼里看到的是舞会大厅里豪华的落地大窗和用流苏稍加挽起的紫色金丝绒的落地窗帘;是璀璨的枝形吊灯和有着乳白色浮雕的天花板;她甚至还看到身边伴随着她和蓝塞一起翩翩起舞的金色气球——她觉得自己的头开始晕眩,呼吸开始急促。

小时候,因为妈妈是英文老师,所以妈妈给她讲的启蒙故事几乎完全是外国童话故事;看的电影,也几乎全是迪斯尼的原版电影。稍稍大点以后,她开始读小说,当然读得最多的又是那些称之为英美文学中的经典之作。雪绒最喜欢和读得最多的又数简·奥斯丁的《傲慢与偏见》、《艾玛》和夏绿蒂·勃朗特的《简爱》。

现在在舞会上,雪绒觉得小时候那些在心中遥不可及的白马王子,那些奥斯丁小说里风度翩翩、魅力十足的优雅男人都突然从书中走下来,走到她身边和她一起共舞。她忘掉了和她第一次见面时的那个粗鲁野蛮的蓝塞,忘掉了在星巴克被他泼得湿淋淋的那个狼狈可怜的蓝塞,也忘掉了在电脑上向她不停地发送小猪鬼脸的那个谦卑调皮的蓝塞,现在在她面前的蓝塞才是一个真实的从梦幻世界中走出来的蓝塞。

雪绒全身的血液此刻都涌上脸颊,又从脸颊迅速奔向了全身!她觉得自己的整个身心都快要融化了,连握着蓝塞的那只手也开始出汗。她一会儿觉得自己像是伊丽莎白,一会儿又觉得自己又像是艾玛。当第一支舞曲骤然结束的那一瞬间,雪绒的眼睛一下定格在蓝塞的脸上,她那双美丽的眼睛似乎在说:谁能抗拒得了这个男人?

雪绒的这个判断很快就被证明是百分之百的正确!

刚一放下蓝塞的手,跟她一起来的好朋友黑眼苏珊马上就走过去请蓝塞跟她跳舞。雪绒记得有一次在网上跟黑眼苏珊聊天时,苏珊也像莎拉那样对她说,如果自己放弃蓝塞的话,她就会马上去追求他。当时雪绒以为她是在开玩笑,但现在看来那不是一句玩笑,苏珊是认真的。不仅是苏珊,在舞会上毫不掩饰地想接近蓝塞并对他公开表示好感和兴趣的女生还多着呢!

看着这一幕,刚才被冲昏了头的雪绒现在觉得自己又回到了地平线上。她整理了一下自己的头发,慢慢地把自己掩藏在人群之中。

"绒儿,我可以请你跳一支舞吗?"

吴雨突然出现在她身边,把她吓了一大跳,同时也有几分尴尬。她心想自己刚才和蓝塞跳舞时那种像灰姑娘的浅薄样子一定被吴雨看到了,现在真的不想再面对他。

又是一支抒情的圆舞曲奏起来了,在清新明快的节奏之中,吴雨牵着雪绒,从蓝塞和苏珊的身边滑过,这是他们俩连续跳的第二支舞了。雪绒看见苏珊的眼睛火辣辣地盯着蓝塞,既迷人又性感,雪绒心里隐隐泛起一种不安的感觉。

"绒儿,你不觉得这个世界上真正的好东西,不仅你喜欢,别人也会喜欢的吗?"雪绒什么话都说不出来,也完全不想去回答任何问题。她开始讨厌这个舞会,好像这个舞会替她撕去了蓝塞的假面具,那个美国大白痴的假面具,让她看到了面具下掩藏着的一件稀世珍品。以前那个美国大白痴是可以由着自己的性子来挑三拣四,呼来吼去,并且可以随心所欲地作弄一下子的;而现在这个白痴一下飞出她的圆周,突然离她十万八千里,变成一个让天下女人都要伸着脖子踮着脚尖去追逐去竞争的稀世宝贝。这种心理落差简直是太大了。雪绒突然感到很累很累,身心的疲惫里浸透着不可言喻的沮丧。

"我想回宿舍去了!"雪绒对吴雨说。

"我们先到那边喝点饮料吧!"吴雨建议道。

他们拿了饮料,一起走到一个比较安静的角落。雪绒慢慢地从吸管中吮着橙子汁,一句话也不想讲。

看着雪绒那落寞的样子,吴雨尽管心有千言万语,却一句话也说不出来。在中国人眼里,特别是在中国男人眼里,雪绒是那种万里挑一的美眉。中国的老天爷给了她太多别的女人没有的东西:

美丽、聪明、冰清玉洁，并且自尊自爱——那是多少中国男人梦寐以求的女人啊！可是这是在美国啊，雪绒毕竟是属于有色人种，她的眼睛再妩媚也是黑色的，她的皮肤再细腻也是黄色的，她的身材再婀娜也不是那种性感得喷火的。美国人，特别是美国男人，他们眼里的东方女人全是一个样，他们能看到雪绒的美吗？他们能像中国男人那么珍惜她吗？

从头上顶个小蝴蝶结的小雪绒看到如今像天上掉下来的林妹妹那样亭亭玉立的大雪绒，想着从小到大与雪绒之间的点点滴滴，吴雨心里有一种前所未有的冲动。无论是小雪绒还是大雪绒，对我来讲，有一点应该是永远都不会改变的：这辈子只要我活着一天，我就要向她证明，一个中国男人可以比任何美国男人更懂得珍惜他所爱的女人！

第九章　当孤独不再如影相随

十二月初，密大校园迎来了冬天的第一场雪。雪绒从小就知道，自己的中文名字“雪绒”是取自一首叫“Edelweiss”——《雪绒花》的电影歌曲。妈妈曾经给她讲过，妈妈和爸爸谈恋爱时在一起看的第一部外国电影就是《音乐之声》。当时电影里的那首主题曲让她的爸爸妈妈听了之后感动万分，并且对歌词里所描述的美丽雪绒花充满着好奇。她的父母都是南方人，所有对雪或是雪绒花的印象全是从电影和照片里得到的，完全没有什么真实的感觉。后来有一年冬天他们俩第一次去北方，虽然在那里完全没有看到那种只有在阿尔卑斯山脉才有的雪绒花，但是却在长城上第一次亲眼看到了从天上飘落下来的真正的雪绒花，感觉比电影里的雪绒花还要美。就在那一次的旅途中，雪绒的妈妈怀上了她，生下来的这个孩子，就取名为“雪绒”。无论是电影里生长在山谷里的雪绒花还是天上洒向人间的雪绒花，他们的女儿都像它们一样纯洁和美丽！

小时候听妈妈讲起这个故事时，雪绒只是觉得很有趣，因为这个名字后边还隐藏了这么一个爱的故事。虽然她对自己的名字不是很满意，觉得听上去太脆弱、太女气，给人太多多愁善感的感觉，但是自己的内心深处也是像当年她爸爸妈妈那样，对北方，对银装素裹的北国风光和那些小小的雪绒花充满了好奇。

她的这种好奇心不是在长城上，而是在现今的密大校园得到了最终的满足。

那一天，她正在宿舍里的窗户前写作业，突然，有几片像白白的柳絮一样的东西飞到她面前的玻璃上。她往前倾过身去，想仔细看看那些小不点儿究竟是些什么东西，可当她的眼睛就要捕捉住她们的瞬间，那些小不点儿却一下子消逝得无踪无影。雪绒赶紧把窗户一下掀开，一阵强烈的寒风扑进来，随风而来的则是一大群四下飞舞的小雪花！“哇！好可爱的小雪花啊！”它们从一望无际的天空中洋洋洒洒地舞蹈到她面前，然后又调皮地坠落在她的桌子上、杯子上、书上。等她伸过手去要想捕捉住它们时，它们却早已消融成晶莹剔透的小水滴。雪绒心里突然有一种深深的感动：太神奇了！眼前所见的小雪花跟电影里和图片中看到的那些真有天壤之别啊。电影里，图片中看到的只是雪花组成的美景，而她眼前亲眼看到的则是雪花展现的生动，它们以最柔弱的外表却以最坚韧的毅力从冥冥的天空降落人世，然后又以最温柔的感觉和最纤细的意象在她的手心里融化。

美得炫目啊！雪绒在心里不停地惊呼。这时，她才终于明白为什么像爸爸妈妈那样的南方人会给自己取了这样一个白色的，既寒冷又温柔的名字。但愿她的人生也如雪绒花那样美丽而生动，纯洁而安康。但她却不愿意去想象，当灼热的太阳出来时，当春天的脚步降临时，这白色而温柔的美丽是不是也会像午夜十二点的钟声敲响时那样，幸福的公主马上会变回成灰姑娘？

雪绒花，是真实，也是童话；女人的人生，是真实，也是童话。雪绒花啊，美丽又纯净的雪绒花！

冬天，就在这纷纷扬扬白雪的簇拥下来临了，雪绒的困难也随之而来了。虽然妈妈在生前已经为她准备好了一笔足够她留学的钱，但是到了美国实地一生活，才发现这些钱远远不足以应付除了读书吃饭以外的很多各种各样以前完全没有想到过的开销，比如说买点生活必需品，添置一些过冬的衣服，还有像看电影，听音乐会等等。所有这一切都让雪绒不得不像别的学生一样去找工作做。当她告诉提姆请他留意一下有没有什么工作机会的时候，提姆马上就告诉她，其实他正在为自己的妹妹物色一位小提琴老师，而雪绒正是最理想的人选。他家就在校园旁边,走路就可以走到那里。如果雪绒愿意的话,明天就可以去他家上课。

第二天,雪绒就开始了她在美国的第一份工作。从网上的地图看,提姆的家真的是不远,可是如果要在雪地里行走的话,那又另当别论了。虽然她已穿上了自己最暖和的羽绒衣,但也阻止不了寒风夹着冰雪往她的脸上扑,往她的脖子里钻。那些脑海里所有关于雪绒花和北国的浪漫风情一扫而光,取而代之的都是电影《日瓦戈医生》里的那些模模糊糊的片段。她想,当日瓦戈医生在冰天雪地的大地上孤独地行走时,心里的感觉该是跟她此时此刻一模一样吧?当日瓦戈医生挣扎着来到小木屋,发现拉娜给他留下的钥匙,再开门进去看到闪闪跳动的炉火时,那种温暖的感觉该是多么动人啊!

当雪绒最终从风雪中挣扎进提姆的家里时,眼前看到的,心里感觉到的,一切都像是电影《日瓦戈医生》的场景重现:提姆和他的妹妹,一个八九岁,梳着两条金黄色小辫子的小女孩一起来到门口来给她开门。"嗨,我叫安贝儿!"她莞尔一笑。这个甜美而又温馨的笑容一下扫光了雪绒心里的寒气。安贝儿,多么动听的名字啊,与天使安琪儿只差一个字。雪绒踏进提姆家那具有强烈的苏格兰风格的大房子以后,才觉得身上的每一个冻僵的细胞又活过来了。

门廊里的灯光暗暗的,墙上那些风景油画看上去就像童话故事中描写的那种模样,陈旧又辉煌,整个房子里都飘散着一股松木燃烧的清香。等她走进客厅里之后,才发现那阵阵清香原来是来自客厅正墙上的一个壁炉里。炉子里边的火焰正在愉快地燃烧着跳跃着,充满着无限的生命力。雪绒想,过去在中国的时候,家的感觉是从妈妈做的菜的味道里来的;而在这里,家的感觉是从这壁炉里的温暖火焰里散发出来的。壁炉的正上方挂着一些有关这个家庭的照片,其中有一张泛黄的黑白照片引起了她的注意。那是一位穿着中式长衫的年轻白人绅士和几个中国乡民的合照,从他们的穿着和背景来看,雪绒觉得那些一定是上个世纪民国时代的人。正当她好奇地仔细端详着那帧照片时,提姆走了过来,指着照片上那个白人绅士笑吟吟地对她说:“你想不到吧,那可是我的曾祖父,他在中国做过十年的传教士呢!”

“在中国哪里?什么时候?”雪绒震惊得瞪大眼睛。

“在中国四川的一个乡下,在三十年代到四十年代之间吧。据说我曾祖父当时是西方在中国最年轻的一个传教士,后来是因为患了疟疾才不得不回国的!”

“天哪!在四川哪里?我也那方的人啊!”雪绒更好奇了。

提姆摇了摇头,“是江南还是江安?很抱歉,那个地名很难记,我真的记不准确了。”提姆满脸的愧疚。

“天啊,如果是江安,那就是我妈妈的老家了!”雪绒更加兴奋起来,“提姆,你真的不用说什么抱歉,我只是很好奇,是不是我们的祖辈在中国真的还有过交集?如果是那样,那可真的是太神奇了啊!”说完,她和提姆一起开心地笑了起来。

在客厅右边的墙角,摆着一个巨大的三角钢琴,不用问,那一定是提姆的琴了。果然,提姆走到钢琴那边,放了个乐谱架在地上,对雪绒和他妹妹说:“你们就在这里教琴和学琴吧。如果你们需要我做什么,随时叫我!”

一切都准备就绪,当雪绒就要开始给安贝儿授课的时候,安贝儿拎着自己那把琴,仰着头有点迟疑地问她:“我可以问你一个问题吗?”

“当然可以啊!你要问什么呢?”雪绒亲切地说。

“如果我很认真很认真地跟你学琴,需要多久我就可以拉一首歌给我爸爸妈妈听了呢?”

雪绒感到有些意外,“给你爸爸妈妈听?”

“对啊,”安贝儿很平静地继续说,“我爸爸妈妈在天上的花园里跟上帝和他的天使在一起,当然是不会寂寞的。但是我想,他们还是会想我和哥哥的,所以我想拉琴给他们听!”安贝儿说完眼眶已经湿湿的了。

雪绒一把抱住安贝儿,心里一热,也流下泪来。

提姆不知道什么时候走了过来,见到哥哥,安贝儿一下又扑到了他的怀里,抽泣起来。

“对不起,雪绒,安贝儿这是太想我爸爸妈妈了。”提姆的眼睛里露出一丝少有的抑郁来。“也许是受我曾祖父的影响吧,我爸爸妈妈对中国也特别有感情。几乎每年暑假,他们都要利用他们的假期到中国贫困地区去支教,训练那里的医生给乡民做白内障手术。两年前他们在去云南山区的路上出了车祸。”他弯下腰去,用脸颊抚慰着妹妹,“但是我毫不怀疑,他们是去了天堂,在上帝的恩赐和关爱下一定生活得很好。所以,我告诉安贝儿,我们也要好好地幸福愉快地度过每一天。”

后来,每当雪绒回忆起那天的情形时,心里还是忍不住要感叹:“海内存知己,天涯若比邻。”虽然这种小学课本里学来的古话拿到现在来说,显得那么迂腐和不合潮流,但古人,现代人,中国人,美国人真的可以时空交错啊!难怪和提姆有一种见面就熟的感觉,原来我们的祖辈都在一块土地上共同生活过,渊源不解,的确有缘分啊!不仅如此,我们都失去了亲人,我们都想用音乐和他们讲话呢!提姆,让我们彼此牵着手,带着你妹妹,好好走过这孤独的人生吧。从此,雪绒觉得提姆对自己更亲近了一层。

慢慢地,雪绒觉得自己在美国像是一株刚种下去的小树苗,开始在脚下这块土地里伸出了细小的根茎。有时,她觉得自己又更像是一朵孤独的雪绒花,它先是偶然落在另一朵雪花上,然后她们牵着手,又落到另外的雪绒花上,从一朵花变成两朵,两朵变成三朵,三朵滚成一小团,一小团又变成了一大伙:她先后认识了蓝塞、提姆、苏珊、莎拉、米亚、布莱恩等一群朋友。当然,这个雪团里还有吴雨。

现在,除了去提姆家教课以外,雪绒和他们这一群人最常去的地方就是提姆在那里作常驻钢琴伴奏的卡萨布兰卡沙龙酒吧了。

有时候,吴雨和蓝塞他们那些男生还会喝上一杯小酒,而雪绒和黑眼苏珊她们这些女生则会点些珍珠奶茶和橙子汁之类的饮料,慢慢地打发着时间。

自从在慈善舞会上互相认识了之后,这一群性格背景迥异的人好像被一种神秘的力量聚集在一起,形成了一个小小的社交圈。这一点连雪绒都感到很奇怪,凭她对吴雨的了解,这个中国男生绝对不会喜欢蓝塞和布莱恩这样的男生,也更不会和他们这种人交朋友的。而那个苏珊,明明知道蓝塞喜欢自己,还是要处处都跟她黏在一起。而自己呢,明明知道苏珊是她的竞争者,却也不在乎这点,还是继续做她的好朋友。当然还有提姆,雪绒到现在都还没搞懂这个提姆。他看起来是个那么温和慈祥的人,就像长辈那样成熟和懂事,怎么也和他们这一群无头苍蝇混在一起呢?

但是雪绒心里不得不承认,每当他们这一群人聚在一起的时候,就是自从妈妈走了之后她所拥有的最轻松愉快的时光。从小,雪绒都是在一个单亲家庭里长大,妈妈为了逃避流言蜚语,也很少与人交往。而雪绒,每天除了上课就是练琴,练完了琴又是比赛,整个童年,除了吴雨之外,可以说根本没有什么朋友。

念大学以后,由于长相和学业都十分出众,女生要么妒忌她与她为敌,要么跟她保持距离,敬而远之。男生吧,由于妈妈的极力保护,更觉得雪绒是个冰美人,高高在上,高不可攀。所以,整个大学时代,雪绒都是形影单只,落落寡合。

朋友,友情,最终让雪绒在美国觉得如鱼得水,心情愉快。只有现在,雪绒才觉得自己总算可以真正地按照自己的方式来生活了。她再也不用过那种独往独来,一天到晚只守着一把琴的生活了。她喜欢这一群人,这一群人也喜欢她。还有什么能比一群彼此喜欢的人聚在一起更让她开心呢?看来妈妈把我送到美国来的决定是对的,那真的是妈妈给我的最后也是最珍贵的人生礼物啊!

第十章　要美国方式的爱，还是中国方式的爱

“是活着还是死去?”这原本是莎士比亚剧本中老掉牙的人生困境,虽然目前雪绒的生存状况还没有严肃到必须面对生死选择这样的地步,但她面临的选择也的确类似于“是接受这样的方式,还是接受那样的方式”这样必须严肃面对的问题。

“这样”是指一种美国式的追求方式;“那样”则是指一种中国式的追求方式。

来美国之前,雪绒亲眼见到过中国式的追求方式。在中学时,她就看到过同班男生追同班女生;大学时,又看到过同班男生追同班女生,不同班的男生追同班的女生,还有不同班也不同校的男生追各种各样的女生。总之,中国男生追求女生的方式,雪绒是眼睛里看熟了,耳朵里听够了,脑子里也定了型的,就像网上说的那样:“当一个中国男生喜欢上一个女生时,他会帮她拎东西,帮她去排队,帮她削水果,帮她煮泡面,喂她吃冰淇淋;在感冒时,他会守在她床边给她递水盖被子;在天冷时,他会把她冰冷的手放在自己的心窝里。”而在美国,到现在为止,虽然蓝塞在课堂上为她解围,在星巴克让她出糗,然后又跟她道歉,请她去参加舞会等等,雪绒压根不觉得那些事也可以算得上是一个男生对女生的正式追求。说到底,无论蓝塞也好,吴雨也好,也就是比一般朋友多那么一点点分量的好朋友而已。

然而,雪绒这种心安理得的状况并没有维持多久。这场男人和她之间“是接受这个还是那个”的战争其实才刚刚开始,并且这

场战争是由中国男人吴雨来发动的。

在舞会后不久的一个周末，吴雨扛来了两大块地毯，好不容易把雪绒房间里那个笨重的高低木床和书桌搬开后，才把地毯平平实实地铺好。在美国中西部大湖地区，一个房间有没有地毯，往往决定着这个居住环境的品质。如果没有地毯，当天气寒冷时，房间里边的人，无论暖气开多高，心里始终都不会有温暖的居家的感觉。所以当吴雨为雪绒把地毯铺上去了之后，整个房子就像是被施予了点金术一样，由一个无情的冰窟摇身一变变成了一个温馨舒适的小窝。

随后两天，吴雨又买来了一个小冰箱放在小房间的一角，并在里边装满了水果、牛奶、饮料等。他还买了一个微波炉放在冰箱的上边，让雪绒可以自己做一些最简单的饭菜。他还细心地在旁边摆了一个微型咖啡壶。面对这些应该拒绝但同时又是自己迫切希望拥有的东西，如果是别的男生，雪绒不管怎么需要，也铁定是会拒绝的了。然而当雪绒对他说，完全没必要给她买这些东西的时候，吴雨说："从你四岁还是个小不点儿，我就认识你了。你的事就是我的事。过去也没少买过东西给你。你现在要是实在想不开，等你毕业赚钱后还给我不就行了！"

雪绒无言以对，只好接受了。在国内习以为常的事，现在在美国，是不是也该习以为常呢？雪绒心里难免有几分不安。在国内的时候有妈妈在，凡是妈妈点头认可的事都是安全和得体的事。妈妈说那些是吴家人的好心，她们可以接受他家的帮助，所以雪绒也就理所当然地接受了吴雨的帮助，完全没有别的想法。现在在美国还该不该延续那些在中国时的人与人，家与家之间的人情味呢？

现在大环境和小环境都改变了，吴雨放弃了国内的高薪工作和舒适的环境只身来到美国，甘愿做一个职位远远低于在国内的小主管工作，他心里究竟在想什么？雪绒觉得自己模模糊糊地知道那个答案，但却又不想承认自己已经知道了那个答案。她唯一能给自己找到的最好的心理平衡方式就是：吴雨不是一个情人，吴雨是亲人，是哥哥。

吴雨这些举动，在蓝塞看来则全是赤裸裸的对雪绒的公然追求和对他的公开宣战。刚开始认识雪绒的时候，他所采取的那些过激追求手段后来通通被证明行不通。雪绒毕竟是个东方女孩，也许自己太直截了当，太急于求成了，所以他就有意地放慢了自己的追求速度。在舞会上第一次看到吴雨时，以一个男人的敏感，他马上就看出了吴雨对雪绒的爱意和企图。但是，他并不是很担心自己和雪绒的关系会受到什么特别大的威胁。他觉得吴雨看来看去还是一个典型的中国男人，只是比一般的中国男人要稍微英俊一点优秀一点而已，那一点点的优秀表现在当他故意以那样帅气和逼人的姿态出现在舞会上时，这个中国男人在他面前并没有流露出丝毫的自卑感上。那种自卑感不仅从他那双眼睛里看不到，从他的谈吐举止上看不到，从他在和雪绒聊天时的笑容里更看不到。

尽管吴雨比一般的中国男人优秀那么一点点，如果拿自己和吴雨相比，坦白地说，就像是拿一杯星巴克加料的咖啡和一杯不放糖的中国绿茶来比一是样的吧。在中国，雪绒只有在好喝一点的绿茶和不好喝的绿茶之间作出选择，然而在美国，雪绒则是可以在星巴克咖啡和中国绿茶之间作出选择。蓝塞很自信地认定，如果我自己在两者之间会选择咖啡，那么雪绒的选择一定会跟我相同。雪绒跟我一样，是一个浓郁的人，她喜欢的也是浓郁加味的咖啡，而绝对不会喜欢那种淡而无味，带点苦涩，既不能激动人心也不能让人失魂落魄的清茶。如果雪绒真的喜欢中国绿茶，吴雨就不用那么万里迢迢，孤注一掷地追到美国来了！

正是基于这种判断，蓝塞才能保持一种以静制动的姿态，与吴雨和平相处。但是这种平衡却被吴雨打破了。蓝塞觉得自己犯了一个小小的判断上的错误，他认为吴雨绝对不会是一个贸然行事的毛头小伙子。但现在既然他已经先出手了，自己哪里还有袖手旁观的道理？如果吴雨认为自己在美国还可以以那种中国土包子的绿茶方式来赢得这场战争的话,那么蓝塞要证明给世界看的是:那样做,对像雪绒这种钻石级别的女人来说是行不通的。所以,蓝塞决定要以自己的美国方式出手了。

第一个回合,他认为,如果吴雨从很小就认识了雪绒,那么,他现在迫切需要的就是要让雪绒也来了解一下自己。但这种让她了解自己的方式一定不会是那种愚蠢的、古板的、索然无味的方式,而是要用一种生动的、有趣的、幽默又浪漫的方式。

电脑,还是电脑。蓝塞的招数还是脱离不了眼下年轻人的时髦。从美国电影《电子情书》上演以来,电脑就成了年轻人谈情说爱的始祖级媒人。然而蓝塞却给这个传统的媒介方式赋予了最新式的内涵。这回他可再也不敢以漫不经心的方式通过电脑给雪绒送小猪小鬼脸了,那些只是普罗大众男人惯用的雕虫小技。蓝塞现在需要的是要通过电脑去充分展示自己的智慧、浪漫、优秀和不同凡响。

那么,这些需要展示的要素最终都通通归结到了一个创意上:一份电子日报。这份报纸与世界上成千上万的报纸的不同之处却在于:这份报纸的创办人撰稿人和发行者都只有一个人,而且只针对一个读者,也只有一个读者。他把这份电子报取名为《世界头号笨蛋蓝塞》。既然自称为一份正式的报纸,这份报纸就必须是包罗万象,有即时新闻、焦点访谈、读者来信、天气预报、体育消息、分类广告等众多栏目。

好,那么现在就来看看蓝塞发行给雪绒的第一期第一则的世界即时新闻吧:

十二月八日　芝加哥透露社简讯:有一个男孩,曾是芝加哥北部出了名的小神童。这小神童不仅天资聪颖,更爱死了踢足球这项运动。正是由于这两项优势让他成为天之骄子和万人迷,因此崇拜他的小女生和小粉丝不计其数,甚至连这个小男孩自己也忍不住要对妈妈惊叹:“妈妈,我怎么比贝克·

汉姆大叔都还要红呢?”谁知有一天,悲剧发生。在一场球赛中,有一飞来足球撞上他的右脑门,从此,一颗帅气的头被削得只剩一半,吓跑了他所有的粉丝。小男孩愤怒之极,想状告那可恨的足球。他妈妈却每天逼迫他吃一碗水煮菠菜,说只要他坚持这样做,就会重新变得帅气和聪明。从此,这个男孩就被人嘲笑为“菠菜男孩”,他的智商也永远停留在五十上下,而这个大白痴不是别人,就是蓝塞!

“哈哈哈哈哈哈!”雪绒的肚子都笑痛了,因为除了以上这段幽默风趣的文字以外,蓝塞还图文并茂,画了好几幅漫画,通俗易懂地演示了自己从有完整聪明的脑袋的小神童变成大白痴的整个过程,真的把雪绒给笑死了。雪绒第一次知道,蓝塞真的是多才多艺。万万想不到他还会编报纸,写幽默小品,并且还会画卡通漫画。比起中国男人那些酸酸的情诗情书和隐晦的求爱小动作来,这可是太有趣、太吸引人了!

第二天,雪绒心里开始想,今天这个美国大白痴又要编出些什么好玩的东西来了呢?

这一天,蓝塞的报纸刊载了一封读者来信:

尊敬的编辑,我是一个六岁小男孩的妈妈。为了让我的孩子受到最优良和最全方位的教育,我专门给他买了一把小提琴,并给他请了一位私人小提琴老师。结果在上第一次课的时候,我的那位小男孩照老师示意那样把琴夹在脖子下之后,却这样对他的老师说:“如果你往我这把琴的S洞里扔一个硬币,我就为你拉一次琴。看街头艺人表演还要给人家扔铜板呢,何况是我!老师你说对不对?”

尊敬的编辑,你现在可以猜到结果了吧。老师气得扭头就走,从此也再也没有人愿意教我这个宝贝孩子学琴了。作为一个痛心疾首的母亲,你们是否可以给我一些心理咨询?

“天哪！哈哈哈哈哈哈！”雪绒不仅笑弯了腰，笑得连电脑桌子都在摇动了。“真是个天才！原来蓝塞是那样恶搞他的小提琴老师啊！难怪他永远都不用天天拉琴，像我们这样受罪了！哈哈哈哈哈哈，真聪明啊！笑死人了！”

第三天晚上，雪绒在电子报出版前十分钟就已坐在电脑面前，迫不及待地等着要读蓝塞的报纸了。十点整，“当当！”红字弹出来，报纸来了！打开一看，是一篇社论《时下的亲子关系危机是父母的责任还是孩子的责任？》：

> 本社记者驻密西根安娜堡特派员报道：众所周知，我们这个社会是一个民主自由的社会，我们这个社会改进了国际关系，种族关系以及各种各样的与钱有关的关系。但是我们这个伟大的社会在与此同时却忽略了一个最重要的关系，那就是亲子关系，特别是父亲与儿子的关系。比如说，我的邻居家最近发生了一件真实的事情。有一天，他们家的爸爸从外边兴高采烈地跑回来告诉他的家人：“我今天终于买了一个4X4的车了！”他十岁儿子听了高兴得跳起来，儿子问：“爸爸，你真的买了一个有十六个轮子的车了吗？太太太太棒了！”全家人鸦雀无声。最后还是爸爸开口问：“我说儿子，你怎么会说爸爸买了个‘有十六个轮子的车’呢？”儿子偏着头，满脸自豪地对他爸爸说，“4X4不就是四个轮子再乘上四个轮子，4X4不是等于十六吗？爸爸，我是不是告诉过你我的算术真的很好，你总是不相信！”爸爸气得快疯了，“儿子，我说你这家伙长大以后准备干什么啊？”儿子回答道：“爸爸，我你向你保证，我这家伙准备将来长大以后坚决不当白痴！”

“哈哈哈哈哈哈哈！”雪绒觉得自己的下巴都要笑歪了。真的好想与人分享蓝塞的这份报纸啊。天哪，这真的是天才的杰作，就我一个人看太可惜了！她兴冲冲地把蓝塞的电子报转发给了吴雨和其他的朋友。

当吴雨读到雪绒转过来的电子报时,他的心真的可以说是跌到了谷底。认识雪绒二十年了,暗恋她也有十几年了,可是为什么自己的心还是离她的心那么遥远。在中国时,虽然与雪绒也没有什么超出亲情的发展,但是他对自己和雪绒的未来从来都很有自信,因为他太了解雪绒,雪绒也太了解自己了。他知道雪绒虽然家世清贫,命运坎坷,但她绝对不是那种妄自菲薄的女孩,绝对不会轻易爱上一个情操低下的男人。而对于自己,他也是绝对了解自己的个性,了解自己的潜力和了解自己的忠诚,就是这三点,也就足以让别的中国男人很难成为他的竞争对手。

然而现在的竞争对手竟然是个美国人!这些天,他没有办法集中精神上班,没有胃口吃饭,更没有勇气去找雪绒。他只是不断地在心里问自己一个问题:比起这个美国人来,我有什么?一个哪怕是再英俊的黄种人与一个非常英俊的白种人站在一起,谁在女孩子眼里更有优势,不是明摆着的事实吗?加上我也不会画漫画,不会编笑话,更没有那么多浪漫的创意和情调。那么,我究竟该不该就此放弃?他在大脑里上千次地思考过这同一个问题。

吴雨生平最瞧不起的就是那些追女生追不到手还死缠着不放的男生,他觉得他们都是些可怜虫。他跟一般的中国男人是不一样的,他有着比一般的男人更多的智慧,有着比一般的男人更出色的外表,最重要的是,他比一般男人还多一点自尊。在这种时候,以他聪明的头脑来判断,他觉得自己已经看到了这场比赛的结果。再以他的理智和自尊来讲,他正是该放手的时候了。但是,他的心却告诉他:"吴雨,你放弃得了吗?"

他的那颗心还没有死,他那颗心从六岁到现在还牢牢地系在雪绒身上。在经过无数的不眠之夜和内心挣扎之后,他终于整理好了自己:什么是爱?这天下有多少个人,就对这个字有多少种解释。而这个"爱"字对于他,就是倾其所有的付出,而不去渴求任何回报,直到有一天她再也不需要我的付出为止。

第十一章　圣诞树下的情人和蓝颜知己

在飘飘洒洒如痴如醉的雪花中,雪绒迎来了她在美国的第一个圣诞节。虽然这个节日是那么传统的一个西方节日,但对于雪绒来说并不觉得陌生。因为在中国,从上个世纪九十年代后期以后,各大城市就已经开始效仿西方,每年十二月来临的时候,各大商场就争先恐后地搭起了红红绿绿的圣诞树,街上的橱窗里和人行道上也挂满了各种迷你小彩灯。这种洋为中用的圣诞节每每只会让雪绒觉得俗不可耐,充满铜臭,所以她从来都不会像其他年轻人一样也戴上一顶红帽子去参加什么圣诞舞会,更不会去商场里凑热闹买那些"圣诞跳楼价"的促销商品。雪绒对圣诞节的感觉是从妈妈给她读的英文童话故事里得来的,是从一种纯正的西方古典传统的途径,而不是一种商业化或是媚俗的大众文化的途径得来的。

所以,现在在美国,在西方文化的本土,她对圣诞节固有的那种感觉得到了验证:虽然这里的商场里里外外同样是红红绿绿的圣诞树和圣诞老人,橱窗里同样也摆满了跳楼价的打折商品,但是与中国圣诞节最根本不同的一点是,这里到处都回荡着像《平安夜》这样的圣诞歌声。无论是在街上,在收音机里,还是在教堂里,这种天籁之声总是让人的灵魂陶醉不已:

平安夜
圣善夜
天地间

光华照
照着圣母也照着圣婴
共享天赐安眠
共享天赐安眠
……

好几次当她听到这优美的旋律时,都忍不住掉下泪来,这首歌总是会触动她心灵里那些最美好的和最真诚的感情,让她想起妈妈,想起母爱,想起纯真的童年和儿时的友情。虽然她还不完全相信上帝真实的存在,但是这种歌声让她往往在感伤后达到一种精神上的安慰和宁静。如果这个世界上真的有上帝这么一个神的存在的话,那妈妈一定是在上帝的恩赐下永远地安眠,永远不会再受这人世间的折磨了吧。

除了《平安夜》,还有《绿袖子》这样的歌,她在系上的圣诞节晚会上独奏了这首曲子。在演奏之前,她在网上搜寻到了各种有关这首民歌的传说故事和歌词。她发现原来西方也有像《梁祝》那样打动人心的凄美故事,一代又一代,一年又一年,被人们传颂着,歌唱着。

这一切都让雪绒觉得西方的圣诞节除了是商业的之外,更多的是精神的。她看到救世军的慈善募捐人穿着红背心在寒冷的商场外边拎着桶子,摇着铃铛为穷人筹钱;她看到成群结队的学生去老人公寓给老人煮饭洗衣做文娱表演。在千家万户的亿万圣诞灯火簇拥之中,雪绒的心里有了一种全新的感觉——一种像"感恩"似的感觉——这是她人生中第一次有这种感觉。

从小到大,作为独生子女,她一直是个被呵护和被宠爱的对象,是一个爱的接受者。甚至对于妈妈,无论妈妈为她付出多少,她所能做到的也只是爱妈妈,疼妈妈,理解妈妈的所有艰辛而已。即便是在妈妈去世之后,她还经常在想,要是妈妈根本没有把她生到这个世界上来该有多好啊。人间对雪绒来说无疑是像炼狱,不仅苦多甜少，还要亲眼看见自己最亲近的人亡生，并且在自己的余生中，不知道还要经历多少生老病死，悲欢离合。未来漫漫的人生道路，连想想都是很累的一件事。

对吴雨，尽管他从小到大为她付出了许多许多，但她也觉得那是一种人情。更准确一点说，是一种已经升华成了亲情的人情。所以对吴雨的默默守护，她早已习惯接受，觉得是理所当然，从来没有想到过要回报，也更没想到要报恩。

而现在，也许是受到了所谓的文化氛围的撞击吧，雪绒渐渐地对自己周围的人和事都常常有一种突如其来的冲动。看到别人往募捐的桶子里扔钱，她也要把自己口袋里仅有的几个硬币赶快投进去。对贫穷，对施予，对仁慈，对博爱，对感恩，对回报，她都通通有了感觉。她觉得以前自己是个多么自私自利的人，一个只懂得收受而不知道付出的人。现在，她觉得自己正在慢慢地退掉那层自私自利的外壳，慢慢地开始有一颗比较温暖柔和的心。除了自己的需要以外，好像也开始渐渐地能看到别人的需要了。这，也许就是美国给她上的真正的第一课吧。

早在圣诞节前几天，美国人就开始放大假了。校方早就通知住校的本国学生自己解决住宿问题；没有地方去的外国学生，可以寻求校方协助安排住处。蓝塞跟别的美国学生一样，圣诞节是一定得回家和家人团聚或是去什么别的地方度假的。在走之前，蓝塞对雪绒说："圣诞节，所有的公司和雇员都放假了，但是我的出版社是不会放假的。你一定要按时收读我的日报啊！"

蓝塞走了，雪绒的心空了一截。更糟糕的是，吴雨随后也走了，公司派他去中国出差，他也想顺便回去看看父母，陪他们过个元旦尽点孝心。两个男人都突然离开她了。细细地比较起来，雪绒觉得蓝塞的离去和吴雨的离去给她的感觉还是不太一样的。吴雨的走，她早习以为常。从吴雨去念大学开始，他们就在不同的城市生活。虽然现在来美国之后，和吴雨相处的时间比以前多了，自己对他生活上和感情上的依赖也更多了，但吴雨的离开，也只是让她觉得生活上有很多不方便的地方而已。比如说，在感冒的时候再也没有人去给她买感冒药，电脑里有病毒的时候没有人来给她杀毒，没有人带她到处去寻找那些有卖她家乡菜的中国餐馆，没有人给她搬行李，没有人陪她去超市，更没有人跟她讲家乡话了。这些平时不太会注意到的事无巨细的东西，只有当它们不存在了的时候，才会感觉到它们的重要性。好像连接她和中国、故乡、亲人、朋友、妈妈的那根纽带突然断了，她又开始一个人独自行走在这片既熟悉又陌生的土地上。

而蓝塞则从来都不是以一种可以带给她许多"方便"的面目出现的。蓝塞带给她的是一种真正可以叫做"快乐"的东西。蓝塞不知道雪绒不喜欢吃虾而喜欢吃蛋；蓝塞也不会知道她哪天冰箱里没有了牛奶和蔬菜。这些凡是吴雨知道的，蓝塞通通不知道；但是吴雨不知道的，蓝塞却又通通知道。比如说，蓝塞知道雪绒最崇拜的男影星是强尼·戴普，最喜欢的女歌星是劳拉·琼斯。他还知道她喜欢日本漫画，知道她喜欢杰·蓝龙的脱口秀，更喜欢那些凡是能逗得她哈哈大笑的蠢人和蠢话！

蓝塞就是以这种以愚蠢掩盖着聪明的方式来追求雪绒的。

一般美国年轻人和中国年轻人很不一样的地方是，中国年轻人从小到大甚至到了很大很大都还是父母的孩子，是在父母，特别是母亲的绝对宠爱、呵护和保卫下长大的。所以"长大"这个词在中国的词典里是要打折扣的："长大"多半意味着年龄和身躯的增长，但并不意味着独立、自主和自力更生。孩子长大了，依然是爸爸妈妈的心肝宝贝。宝贝可以吃家里，住家里，啃家里。当然结婚还得靠家里给钱，给买房，跟父母纠缠不休地一起过日子。

而美国的孩子，即便家里十分富有，大多从五六岁开始，就参加童子军挨家挨户地去卖饼干做公益了；十五六岁，就自己去快餐店打工赚钱用零用钱买游戏机，请女朋友看电影了。进大学之后，那更是真正地长大了，懂得自己去找奖学金，自己修车，自己包三明治，自己为自己做一切的一切，绝对不假他人之手。冬天热情万丈地去慈善厨房为穷人煮饭,暑假去加入慈善组织给穷人盖房子。所以,无论是男生还是女生,美国人在生活中都是非常独立自主的,女生没有那么容易在生活上有求于男生,而男生也同样不会想到要怎样去帮助女生。当然,蓝塞也不例外,他也没有学会鞍前马后地去伺候一个女生的衣食住行。

蓝塞每天一心一意想去做的一件事,就是挖空心思地去逗雪绒开心。自从在苹果树下第一次见到雪绒,并随后对她的慢慢了解,蓝塞就做出了一个明确的判断:这个东方女孩子不缺少才智,不想要金钱,不需要同情;她唯一需要的是爱。那么怎么去爱这么一个灵精古怪、美丽又带刺的聪明女人呢?蓝塞认为,打开雪绒心灵里爱情那道门的唯一钥匙,就是给她欢乐!

在雪绒面前,他的确做到了这一点。他正是以这样一个最聪明的白痴和笨蛋的形象出现在她面前的。所以当他离开雪绒去过圣诞节的时候,雪绒的人生字典里才第一次出现了一个"空"字。像一个正在热情工作的电脑荧屏突然因断电黑掉了一样,像一个热水瓶里的开水突然被倒了出来又放在了冰窟里一样,更像一个音乐光碟正放着唱着突然一下空转起来了一样——雪绒真的有些失魂落魄了。

那么那两个离开她的男人呢?他们虽然迫不得已暂时离开了雪绒,但他们又都努力地使自己的影子和灵魂以自己的方式顽固地出现在雪绒的四周。当然,吴雨的所有举动都是在雪绒意料之中的。在登上飞机以前,他还打了一个电话给雪绒,说是已经给她订好了并预付了圣诞节期间她可以住进去的旅馆房间,并且在旅馆房间里的冰箱里装满了她需要的东西。那个旅馆房间里还有厨具配置,她可以在那里自己煮中国饭来吃。当雪绒接到这通电话时,马上后悔自己以前为什么没有对他更好一点,至少应该把他送到机场才行啊。现在他真的像是雪中送炭,省去她自己在冰天雪地中去到处找吃住的不方便,她真的很感动,也很懊悔。

不仅如此,在圣诞节期间,雪绒还收到了吴雨从中国给她快寄过来的包裹,里边是一条非常暖和的羊毛围巾,当然包裹里也还有雪绒最喜欢吃的那些美国买不到的家乡零食,像鱼皮花生、桂花桃片等等一大堆东西。箱子的最下边压着一个精美的中国式的烫着金字的红色圣诞卡,上面写着:

> 绒儿,圣诞节不能在你身边陪你,把你一个人丢在那么寒冷的地方,不管用什么样的理由都不能使自己心安。这个围巾很大,你出门的时候一定要记得裹在头上,再把羽绒衣的帽子罩在上边,大概风雪就灌不进去了。还有,千万不要忘了每天吃维生素,那样才不会容易感冒。这里的零食都是你从小最喜欢吃的,可以给你解解馋。另外,我也去看过伯母了,也代你给她送了花,告诉她你一切都好,叫她放心。我很快就会回来的,你需要什么一定要告诉我,祝你有一个愉快的圣诞假期!

吴雨从来都是那么一个细心而又朴实无华的人。跟小时候相比,除了帅气了一点之外,雪绒真的从他那里看不出任何变化。他与那些时髦的所谓"拜金拜性"的男人们是多么不同啊。他的圣诞礼物真的让雪绒非常感动,特别是他还想到去了妈妈墓前替她送了花,真的难为他了。雪绒想,如果这天底下真的有一种男人可以被叫做"蓝颜知已",那么这个吴雨就一定是自己今生今世唯一的蓝颜知已了。

如果说吴雨的圣诞礼物是温馨的,一直温暖到一个女人的心窝里去的;那么蓝塞给雪绒的圣诞礼物则是充满危险,挑战和爆炸性的。蓝塞的礼物是一封貌似很普通的圣诞卡。刚从邮箱里拿出这封信时,雪绒心里还在笑,那么会搞怪的蓝塞这次也是黔驴技穷了吧。但是当她拆开那个红红的信封时,里边掉出来的则是一张浅绿色的纸片。她从地上捡起来一看,天哪!原来是一张印着她名字的去拉斯维加斯的机票!再仔细看看上边的日期,是三月十三号，那正是学校放春假的第一天。天哪！这究竟是怎么一回事？

雪绒急忙把卡片打开，上面是蓝塞的笔迹：

亲爱的雪绒，请容许我在这里用“亲爱的”这三个字。才和你分开短短的几天，我觉得我的世界已经开始像你们东方哲人说的那样从阳极转到了阴极，我也已经不可思议地从大笨蛋蓝塞变成了大蠢猪蓝塞：我居然愚蠢到把你一个人留在安娜堡，我也更愚蠢地自以为我可以在这温暖的南部愉快地享受没有你存在的圣诞节。现在我才知道，没有你在我身边，我的人生字典里将永远不会有“幸福”这两个字眼的存在。现在我做出了一个决定：从今以后，我所有的假期都要与你一起度过，再也不要和你分开。快要来临的春假也一样。所以，我订好了我们一起去拉斯维加斯的机票。我知道，这件事也许对你有些突如其来，但生活中的快乐和幸福不就是这些戏剧性的突如其来带来的吗？之所以选择了拉斯维拉斯，是因为那里是这个世界上属于成年人的最浪漫的地方。从我看到你的第一眼起，我就想，这辈子无论如何也要让你在拉斯维加斯当一次真正的公主，而我就是公主身边那位随时会逗公主开心的小丑蓝塞！你不用立即回答我的邀请，但是我有充分的信心来等待：我们一定会并肩站在百乐宫的音乐喷泉边，一起聆听莎拉·布莱顿那最曼妙的天籁之声的！

“天哪！太恐怖了！”雪绒惊呆了，他胡乱说些什么啊！是在向我求爱？是在用奢华诱惑我？还是在自命不凡地命令我当他的女朋友？他有什么权利那样做？他为什么要那样做？她的大脑完全混乱了，完完全全整理不出一个头绪来。蓝塞究竟是个什么人？他绝对不像中国人，他也好像不像美国人，他也更不像一个一般的男人。他究竟要对我做什么？他真的喜欢我吗？从现在看来，有可能。但是他真心爱我吗？那就不清楚了。从他那封信里也没读到“爱”这个字眼。他究竟对我有什么目的什么企图？他是一个很随便的男人甚至是个花花公子吗？他是想拿一个东方女孩子寻开心，逗乐子，还是要严肃认真地跟我交往？在他那白痴加小丑的面具后面究竟藏着一个什么样的真面孔？我怎么看不清楚呢？看不清楚反而让人觉得既害怕又好奇。

雪绒到这时才不得不承认，自己确确实实被这个美国男人吸引了。怎么办？怎么办？想来想去，无论自己怎样被吸引，在接受这个男人之前，有两个门槛是必须要跨过去的。首先是妈妈那里。如果妈妈现在问我：“女儿，你可不可以告诉我，蓝塞究竟是个什么样的人？他真心爱你吗？他可靠吗？你确定他就是你漂洋过海要去找的那个真正有良心的男人吗？”雪绒现根本无法回答这些问题。

除了这第一道门槛，她要跨越的第二道门槛又是什么呢？那就是吴雨的认可。吴雨在她心中永远处于一个奇怪的位置。小时候，他是她的小听差；以后有一段时间，他是她的出气筒；再有一段时间，他是她的竞争者；再大一点，他又是她的铁哥儿们。成年以后，他成了她的大哥哥；妈妈走了后，他又成了她的依靠者。来美国后，吴雨的身份就更奇怪了，很多时候，他居然像是她妈妈！想来想去，吴雨在她短短的人生中已经扮演了那么多种角色，就是没有一次是扮演一个情人的角色。要是吴雨哪怕是像蓝塞的一半也好啊，说不定自己就根本不会背井离乡来美国了！男人与男人之间，东方男人与西方男人之间，怎么会那么不一样呢？

无论吴雨在她生活中扮演的是什么角色，但是有一点雪绒是可以肯定的：要不要去拉斯维加斯，要不要和蓝塞发展下去，都必须得到吴雨的认可。为什么要这样？雪绒自己也百思不得其解，为什么自己与蓝塞之间的事非要得到吴雨的认可才行呢？想来想去，她只想出一点：只有这样做，才不会伤害吴雨的感情，自己的良心才勉强交代得过去，因为吴雨实在是对自己太好了。在冬天，他永远会提醒她随时加衣服，平常他的手机也都是二十四小时为她开着,让她有任何需要都可以马上联络到。虽然从小雪绒就感觉到了吴雨的那颗心,但他本人从来都没有亲口对她说过“我爱你”那样的话,就连“我喜欢你”这样的表白和暗示都没有。这样也好,就装着不知道他的心吧。如果没有蓝塞的出现,哪怕是吴雨继续装聋作哑,雪绒最终可能还会和他走到一起的。但现在有了蓝塞,吴雨就只能是她最好最好的朋友,是她的亲人,是她的蓝颜知己。

整个寒假的两个礼拜里,如果没有提姆的帮助,雪绒一定会陷在蓝塞造成的这种心灵情感大战中无法自拔。在圣诞节的当天,提姆和他的妹妹安贝儿就邀请她到他们家和他们的外公外婆一起吃圣诞晚餐。自从提姆和安贝儿的爸爸妈妈去世之后,他们的外公外婆为了让这两兄妹仍然有家的感觉,每年的感恩节和圣诞节期间都会到提姆他们的家来小住一段时间,给他们做传统的美国食物,帮他们料理一些日常家务事,并带外孙女一起去福罗里达州他们的别墅那里去度假。

外公外婆和提姆兄妹也都分别给了她一份特殊的圣诞礼物,把她完全当自己的家人一样看待。雪绒觉得自己是世界上十分幸运的人,在美国能碰到这么善良的人,如果今后有机会,也要如此善待天下所有需要帮助的人。

除了去提姆家之外,提姆还给雪绒找了一些临时性的工作,比如说去做当地社团举办的各种舞会伴奏,去临时顶替地区乐团里缺席的乐手等等。圣诞节假期很快就过去了,离开学的日期越来越近,当然离蓝塞回来的日子也越来越近。雪绒的心情又开始翻来覆去搞不定了。

她有一种预感:这次蓝塞回来以后,她的生活一定会掀起一次真正的惊涛骇浪,对此,她感到无比惶恐。

第十二章　赠她三个字和送她一把琴

完全出乎雪绒的意料，蓝塞返回校园事先完全没有通知雪绒。没有电话，没有电邮，更没有短信。开学的头一天晚上，所有的同学都回来了，大家互相打电话，发短信，或者串门。在这些来来往往的人群中，唯独没有蓝塞。他回来了吗？他现在在哪里？所有圈子里边的朋友都说不知道。第二天就要上课了，他跑到哪里去了呢？是误了飞机吗？还是有什么事？怎么不给她打个招呼呢？

第二天，雪绒特别忙，除了白天上课以外，还要参加她新加入的弦乐四重奏乐队的第一次排练。当她精疲力竭地搭校车回到自己宿舍的房间门口准备开门时，门上的东西让她大吃一惊。那上边用透明胶布歪歪斜斜地贴了三个十分俏皮的折纸小动物：一只橘黄色的小猫、一只绿色的小青蛙和一只红色的小狐狸。更让雪绒震惊得说不出话来的是那三只小动物身上居然用毛笔字写着三个歪歪扭扭的中国字："我爱你！"虽然没有落款，但雪绒不用大脑只用自己的脚指头去想都知道那一定是蓝塞！这只能是蓝塞！

突然有人从她身后一把捂住了她的眼睛。

"噢！放开我！快放开我！你这个大白痴！"雪绒尖声叫道。

"利豪！"蓝塞一把放开手，然后笑眯眯地对雪绒说。

那愚蠢的中国话让雪绒"扑哧"一下笑了出来，伸出手去，一下拎住蓝塞的耳朵。"你这个大白痴！听着，你要说'你好'，不是'利豪'！"

"咕咕咕咕，哈哈哈哈哈哈！"两个人蹲在地上笑成一团！

这，就是蓝塞，欢乐的精灵王子蓝塞！哪里有他的存在，哪里就有欢乐的存在！只要有他的存在，雪绒就觉得自己不再是一个对男人苦大仇深的怨女，不再觉得自己在这个世界上无足轻重可有可无，也不觉得人生还会有什么了不起的烦恼和忧愁！

对蓝塞的这种感觉究竟是什么感觉？这说明自己是真的爱上了这个男人了吗？除了用“爱”字来解释以外，还会有什么别的解释吗？难道是一种友情？又是另外一个像吴雨一样的蓝颜知己？

不像，别的什么都不像，这种感觉好像只能是爱情！

爱，对于她妈妈、外婆和几辈中国女人来说，是多么沉重的一个字。难道在雪绒的青春里，它就会像经过点金术一样变成那么欢乐和幸福的一个字？太难以置信了！雪绒还是无论如果都不敢相信自己爱上了蓝塞，她永远都记得歌剧《卡门》里边的歌词：“那个爱情是个流浪儿，你要是爱上了它，我爱上你要当心！”蓝塞，是万万不可以爱上的，爱上他不仅是“要当心”，爱上他就等于死定了！

结果，蓝塞告诉雪绒，自己整个寒假都在学习中文，恶补中国文化。他说他不仅学会了基本的“你好”、“再见”、“谢谢”等常用词，还学会了吃米饭，拿筷子，当然学得最标准的一句话是“我爱你”。

蓝塞对雪绒说：“我以前在高中时，很多同学就开始在校园里追亚洲女孩子，吃中国菜，学中国功夫。好像凡是与东方文化有着某种牵连和瓜葛的就是一件非常时髦的事。我是一个非常讨厌随大流的人，我觉得在白种人当中，只有那些失败者才会对东方的人和事情有独钟。我讨厌亚洲女孩子，讨厌吃中国菜，讨厌李小龙那些功夫电影。凡是与东方文化有关的东西我都发自内心的反感。直到碰到你，我才觉得你和我所见过的所有亚洲女孩子都不一样！你的确是一个小妖精。你彻底颠覆了我，也颠覆了我的根！”

这番表白，是绝对不可以只用“感动”这种词来形容的。以前，雪绒觉得蓝塞只不过是一个聪明又会搞笑的大男孩，对她的追求也只是一时的头脑发热，赶赶时髦的逢场作戏。甚至在收到他那封约她去拉斯维加斯的邀请信之后,她对蓝塞的诚意还是有所怀疑的。现在看来,蓝塞好像对她是认真的成分比较多些了。听别人说,一个男人在一个女人身上花的时间越多,就证明他对她越真心。当初,蓝塞给她办电子报时,她还一直以为他是搞笑闹着玩的。到现在想来,只为博得她千金一笑,他每天得花多少时间去为她办那份报纸啊?现在又在整个假期里学中文,认真研究中国文化,连折纸动物那种只有女人才有耐心做的事,他都认真去学了做了。雪绒真的是无话可说了。

她把蓝塞给她的三只纸折小动物小心翼翼地夹在自己最珍贵的一本小相册里,每天都要拿出来看看。但是尽管这样,每次当蓝塞在她面前提起关于一起去拉斯维加斯的事时,雪绒的回答都是一样的:"再给我一点时间想想。"

其实,她并没有真正在想是去还是不去这回事,她是在等吴雨回来。她虽然现在已经昏了头,哪怕蓝塞要带她一起去月球她都会答应,但是她同时也在强迫自己去认清一个事实:当公主的梦毕竟也只是一个梦罢了。跟蓝塞一起走,不就是等同于正式宣告和他好了吗?接下来的事她是连想都不敢去想的,要成为伴侣一路同行,那不是就要跟他亲吻,甚至跟他睡觉吗?想到这些,她就满脸潮热,无法再继续想下去,这种像是跟一个男人私奔一样的事,吴雨会认可吗?

吴雨终于回来了。在回来之前,他用电邮告诉了雪绒。雪绒对他说,她一定会去机场接他。为什么自己会对他说"一定"这两个字,她连自己都搞不清楚。那种感情是复杂的,理不清楚的。一方面可能是因为吴雨代她去看了妈妈,还替她送了花;另一方面,也可能是觉得吴雨对自己百般呵护,可自己还那么无厘头地喜欢着蓝塞,觉得对吴雨很内疚吧。无论是跟蓝塞还是吴雨,她都觉得自己有这样的两个异性朋友很幸运:蓝塞带给她的是欢乐和激情,而吴雨带给她的则是温暖和踏实。

飞机在晚了一个半小时之后,总算抵达了机场。在接机口那里,雪绒老远就看到了吴雨。跟以前不太一样的是,这回他穿了一件剪裁得十分得体的风衣,头发也梳理得很整齐,所以走在那些各式各样的人中间,吴雨反而显出一种成熟儒雅的英气。如果是在纽约机场,别人肯定会以为他是一个华尔街精英呢。

从外表上看,雪绒对吴雨已作不出任何挑剔。他虽然没有白人男性那种夸张的骨架子,但由于常年的健身和户外运动,让他有一副性感又健美的体魄。晃眼一看,就像是韩剧里的偶像男星,在东方男人里可以说是非常出类拔萃了。在中国,像吴雨这样有脑有型又前途无量的男人,不知有多少女人会被他迷住啊。而他却选择到美国来走这么一条艰难的道路,置身于这样一个处于人种劣势的位置,让别人把他与像蓝塞那样的美国男人相比。雪绒真的感到有几分心痛和不忍。

吴雨见到雪绒,眼睛一亮,“绒儿,你真的来了啊!”吴雨掩饰不住自己的兴奋,所有长途旅行的疲惫一扫而光。“看看,你怎么没穿靴子,不冷吗?”

“今天不冷,没下雪呢!”雪绒乖乖地回答道。这时她突然觉得吴雨好亲近好亲近,跟她的亲人真的没有什么差别。她简直不敢想象,如果她的生命中没有吴雨,会是一个什么样子。

“你看,我给你拎了一个什么东西回来?”吴雨从手推车的下边拿出一个小提琴的盒子来。

“天哪！你又弄了一把琴!”雪绒惊叫道。

机场里周围的人都回过头来看了一下他们。

“哈哈,那当然！我在回来的路上专门绕道到意大利去挑的。喏,给你!”他把手上那琴盒往雪绒手上推。

“意大利的琴,那多贵啊！还给我,你疯啦?”雪绒推开吴雨的手。

“你先打开看看喜不喜欢再说吧。就算是先借给你用好了。以后用完了再还给我不就行了!”吴雨笑着对雪绒说,“看你紧张兮兮的样子！记不记得你小时候是怎样跟我争琴的?”两人一起笑翻了。

他们迫不及待地在机场找了个比较安静的角落,两个人一起坐在地上。雪绒赶紧把那琴盒打开,“天啦！肯定是把 Cremona!”

“当然了,我去了 Cremona,这把琴就是在那里的一个名店里挑选的。”

雪绒爱不释手地抚着那把琴,就像一个母亲看着一个初生婴儿那样。吴雨看着雪绒激动得通红通红的小脸,看着她左脸颊下那道深深的小提琴印记,看着她的两只纤细的小手在琴面上不停地翻弄着,所有小时候他们在一起的记忆通通浮现在眼前。要是时光真的可以倒流就好了,就像童话里的皮特·潘一样,永远都不要长大该多好！想到这里,吴雨心里一阵伤感,“你先试着拉拉。我还专门为这把琴配了一把弓呢。你都试试看!”

雪绒先把每根弦都调了调,然后先拉了拉 E 弦,“哇,声音好响亮,好清脆!”然后她又试了试 G 弦,“共鸣好,也不觉得沉闷!”

当四根弦全试完了之后,吴雨对她说:“你随便拉个什么曲子试试吧!”

雪绒毫不犹豫地拉起了《闪烁的小星星》。

随着她的琴声,机场里好几个陌生人立即围了过来,“真好听！这不是《闪烁的小星星》那首歌吗?”有一个怀里抱着孩子的妈妈,合着雪绒的琴声脚踏着节拍跟着哼起来了。

吴雨的眼睛湿润起来。这时他才明白,自己从小到大之所以放不下雪绒,就是放不下跟雪绒在一起的这种感觉。雪绒永远是他眼里忽闪忽闪的小星星,让他永远怀恋童年,永远葆有纯真,永远不会长大。

在回家的路上,黑黝黝的天空中居然开始飘起了雪花,高速公路上的车慢慢地稀少了起来。吴雨伸手从随身携带的旅行包里取出一盘光碟放到车上的光碟盘里,一种既原始又幼稚的巴哈二重奏的琴声传了出来。

“哇,吴雨,这该不会是我们小时候一起拉的巴哈二重奏吧!”

雪绒惊叫起来。

“当然,怎么可能是别的?”吴雨得意地笑起来。

“你怎么找到的?太不可思议了!”雪绒忍不住叫起来!

“当年我们两个在少年宫六一儿童节上表演时,我爸爸用录音机给录了下来。后来他就把那带子给忘了。这回我回去才记起来,幸好那盘录音还在,我就把它翻录到光碟上了。”吴雨又笑笑说,“你继续往下听,看还有些什么?”

雪绒马上又听到了自己独奏的莫扎特的《G大调第三协奏曲》,还有她和吴雨一起参加比赛时的现场录音。

“吴雨,这些曲子都快把我弄哭了。我怎么突然想家想妈妈了。”雪绒把脸转过去,看着车窗外迅速往后退去的雪花。

“好,绒儿,我们不听这些了。我们像小时候那样来唱歌吧!”说完,他就自己先唱起来了:

三轮车啊
跑得快
……

雪绒一下破涕为笑,也跟着唱起来:

上面坐着老太太
要五毛呀给一块
你说奇怪不奇怪
……

接着,雪绒唱起《音乐之声》,然后唱《丢手巾》。唱啊唱啊,唱到好笑的地方时,他们气都快笑岔了。

雪绒看着吴雨,心想,从小到大,今天晚上头一次看见吴雨那么高兴,那么放松。她从来不知道吴雨还有像小孩子那样活泼淘气的一面。如果他早这样就好了！为什么他在我身边那么多年了，一直都把自己装得像个小老头一样？可惜啊，现在好像一切都有些晚了。好遗憾，好伤感，自己以后怎样面对吴雨啊？

“绒儿，现在咱们有两把琴，又可以像小时候那样一起拉二重奏了。如果你情人节那天没有什么别的安排的话，我们一起去提姆的钢琴酒吧好好拉拉琴乐一下怎么样？”

吴雨这个邀请无论说得多么委婉，雪绒还是立即明白了他的意思。虽然他说得那么随意和轻松，但她也完全知道这些话的分量：那是他聚集了所有的勇气后才向她提出的这个请求。邀请一个女生与自己一起过情人节，在中国男女关系字典里的解释，就等于一个男人正式向一个女人表达了爱意。要跨越各种心理障碍走到这一步，对吴雨来讲是多么不容易啊。

“纵然是齐眉举案，到底意难平。”雪绒的脑海里突然飘过《红楼梦》中那个十分经典的句子。纵然她有多喜欢这个像亲人一样的男生，也不管自己多么尊重他服从他，但在这一刻，她却没有办法控制自己那颗心。“情人节我们四重奏乐队有演出，恐怕我们不能在一起过节了。”雪绒也装着很轻松似的对吴雨说。连她自己都被这番话吓着了。其实情人节自己根本就没有演出，为什么要用这样的谎话来拒绝吴雨？对这个掏心掏肺对自己的男人这样撒谎，并且撒得那么自然和轻松，她在那一瞬间真的是恨透了自己，瞧不起自己，觉得吴雨真的爱错人了，自己根本不值得他所有的真心付出。

跟吴雨唯一的浪漫夜晚，就在这种狠心的谎言中褪尽了它所有美丽的色彩，变成了雪绒一生中最痛苦的回忆之一。

第十三章　一个美国男人可以浪漫到骨髓

好多天,雪绒都在想着同一个问题:是不是爱情必须跟谎言、仇恨和背叛这些所谓的人性中的“恶之花”像连体兄弟姐妹那样衍生在一起?

在拒绝了和吴雨一起过情人节的第二天,雪绒收到了蓝塞的邀请:

> 雪绒,二月十四日情人节晚上可以邀请你和我一起吃晚餐吗?如果可以的话,我们晚上七点准时在红龙虾餐厅见面!请相信我吧,雪绒,我们会有一个最最浪漫的情人节!

电脑上这份打印的邀请信在结尾处跟了一串粉红色活蹦乱跳捧着红心的小猪。

虽然对吴雨感到十分愧疚,但雪绒还是毫不犹豫地接受了蓝塞的邀请。因为在收到蓝塞的邀请信之前,她就在吴雨面前做出了选择,把情人节留给了蓝塞。她觉得自己很坏,很堕落,很无情,但是她现在已经完全没有办法以理智去控制感情了。

离二月十四日情人节还有几天时间,整个校园和整个社区就已经充满了浪漫的气氛。那些曾经闪耀着圣诞节红绿灯饰的街树上,全换上了精致无比的小红灯。在很多房子的窗玻璃上,人们还挂出了各种各样的心形灯。所有商店的橱窗装饰是红色的,里边卖的内衣内裤也是红色的。那些花店和首饰店里更是人头攒动,热闹非凡。

雪绒走在校园的路上在想,在宿舍里睡觉时也在想,在餐厅里吃饭的时候也在想,她要送给蓝塞一个什么样的情人节礼物呢?这是一个多么艰难的决定啊。这是她在西方过的第一个情人节。在中国时,中国男生送女生最多的就是鲜花和首饰了。而女生呢,女生几乎是不送礼物给男生的,要送也是送一些巧克力,浪漫一点的会送条领带什么的。那么现在对一个美国男生该送些什么呢?她上了雅虎、亚马孙等等网站,很快就发现,美国人过情人节跟中国人过西洋情人节并没有什么根本的差别,送得最多的礼物也是鲜花、巧克力和首饰等东西。但比中国人略胜一筹的是,美国男人女人之间还会互相送性感的内衣内裤。一想到送这种东西,雪绒就觉得脸红心跳,不可思议。

最后,离情人节只有两天时间了,她在购物中心心神不定地瞎逛的时候,突然看到那个"自己动手造熊宝宝"的店门口挤了一大堆男男女女,好不热闹。她赶快凑过去一看,原来大家在那里排着队等着做熊宝宝呢。这个连锁店专门为情人节推出了一对双手托着一颗红心的情侣熊宝宝。如果你是男生,那你就挑一个女的熊宝宝在店里亲手缝好之后送给你心仪的女生;如果你是女生的话,那么你就挑选那个男生熊宝宝,做好后送给你心仪的男生。

虽然雪绒觉得这种礼物还是不够独特,不够浪漫,但在她脑子里实在想不出什么更有创意的东西了。再加上那个毛茸茸的熊宝宝好可爱啊,他头上戴了一个三角形的红头巾,手里捧的那颗红心上还写着稚气的"我爱你"三个字。那个女生熊宝宝头上戴的则是一个粉红色的蝴蝶结,脸颊上还缝上了两个粉红色的小酒窝,真的是超萌超可爱的了。

当雪绒从这家店里走出来时,手里捧着的就是男生熊宝宝。排了几个钟头的队,再加上自己用手一针一线缝出来的熊宝宝,现在看上去再也不是一个在架子上向人示范的可爱商品了,它在一瞬间就和雪绒建立起了一种感情。雪绒想,这种感情可能就是那些十月怀孕生下宝宝当了妈妈的人的感情吧。想想再等两天就要把这个融入了自己感情的熊宝宝送给别人，她心里还真的有几分不舍呢。

二月十四日情人节终于来了！从早上起，雪绒就在试穿自己准备的衣服。街上到处都是那些夸张的红色的粉色的东西，看来看去都觉得很俗气。但是又总不能穿那些灰的、绿的衣服去扫别人的兴吧。打电话问了问她那些要去约会的女朋友，大家不是穿粉就是穿红，雪绒当然只有随大流，专门为自己挑了一件剪裁简洁的齐髁的黑色长裙，上身配了一件大红色的领口和袖口都镶着黑色蕾丝花边的中式无袖圆领衫，把修长白皙的双臂一览无余地裸露在外边。当她穿好衣服往镜子面前一站时，顿时觉得自己活脱脱变成了一个性感迷人的中国情人。然后她把自己平时总扎着的那束马尾巴拆散开来，松散地披在肩上，再给自己脸上画上了淡淡的晚妆。当她在为自己作最后的点缀——挂上那对摇曳生辉的银色耳环时，她对着镜子不停地告诫自己："丁雪绒，今天晚上，你一定要让自己比所有的美国女人都美丽和性感。你一定要做到。如果蓝塞在舞会那天让所有的女人为他倾倒，那么，我今天在情人节上也要让所有的男人为我而倾倒！"

仅仅是这种从未有过的大胆和俗气的想法本身就足以让雪绒全身像触电似的潮热起来，连脸都是红扑扑的了。她的情人节还没有揭开序幕，但这位中国小妖精却已经浑身散发着迷人勾魂的魅力了！

雪绒，就是这样风情万种地走进红龙虾餐厅的。大门边穿着黑色小马甲、打着红色蝴蝶结领带的男侍将她带入到早已是灯红酒红人声鼎沸的餐厅里面。果然不出所料，她的出现，马上引起了一阵注目礼，甚至还有人俏皮地吹了几声口哨。当她被带到一个点着柔和的红蜡烛杯灯的桌子旁边时，她突然发现，那桌子还是空的，蓝塞并没有在那里。她的心里立即浮现出一丝不快，哪有男生在情人节会迟到呢？

还没等她坐下，就听到餐厅的大门口那边传来一阵喧嚣声，门突然打开了，出现在众人惊骇目光下的那个人，竟然是蓝塞！“天啊！”雪绒捂住了嘴！眼前的蓝塞居然摇身一变成了强尼·戴普——那个加勒比海海盗船长！他额头上捆了条红头巾，紧紧地扎住那些狂野散乱夹杂着小辫子的乱发；两个眼圈涂得黑黑的，大而有神的眼睛闪烁其中，傲视众生，显出绝对玩世不恭的英雄本色！当然还有嘴唇上边镶的那一溜黑色的假胡子！配上一袭松散的亚麻白衬衫加紧身小马甲和下面的灯笼裤长马靴——活脱脱一个海盗船长重现江湖乱世！

当他摆出姿势潇洒地往门口那里一站，所有在餐厅里的人都立刻惊叫起来，通通站起身来，以为是餐厅为情人节给大家制作的一个特别娱乐节目。没想到这时蓝塞右手拎起了一把古董模样的青铜西洋剑，左手从容不迫地从身后托出一个电影里海盗船长的那个金色的藏宝箱，把它高高地举到头顶上，双眼炯炯有神地往餐厅的一个角落一扫，下巴朝那里一抬，“砰砰砰！”随着几声震天动地的节拍声，《加勒比海海盗》电影主题曲就波澜壮阔地响起来了！

雪绒曾经给蓝塞提起过，自己最喜欢的西洋电影是《加勒比海海盗》，自己最喜欢的美国男星是强尼·戴普；自己在乐团里最喜欢演奏的曲目是《加勒比海海盗》电影的主题曲！今天晚上，她最喜欢的，全被蓝塞“山寨”了！一切的一切都那么惟妙惟肖，让所有的人无不叹为观止！

当乐声大起的那个时刻，蓝塞高举着箱子，拎着他的剑一步一步地朝雪绒走来！

太浪漫了！那种浪漫逼人的气息简直让雪绒窒息，她觉得自己马上就要晕过去了！她的全身开始发冷发抖，她满脸惊恐地看着这个英武性感的男人向她一步一步地走近！

全场的人都“high”翻了，笑声，掌声，口哨声，欢呼声，音乐声！有的人更在餐厅的走道上跟着节拍跳起了舞。当一大群人簇拥着海盗船长蓝塞来到雪绒身边时，雪绒却神情恍惚，手足无措地呆在那里。蓝塞走到她面前站定,两眼火辣辣地盯着她。旁边的人突然叫起来:“跪下!船长跪下!还等什么,船长快跪下!”在此起彼伏的叫嚷声中,蓝塞果然在雪绒面前“扑通”一声,单腿一跪!所有的人都拍桌子打板凳高声欢呼起来!

这时,跪着的船长用古英语对着雪绒一字一顿地说:“请您把您高贵的手给我好吗?”

雪绒完全吓傻了,心一慌,不知道自己该递给他哪只手才对。于是人群又立即鼓噪起来:“右手,右手!快,是右手!”

雪绒赶快把右手伸出去。

蓝塞接过雪绒的手,绝对像所有经典电影里的绅士那样姿态无比优雅地轻轻吻了吻她的手背。雪绒被这样一吻,竟然像突然触了电一样,满脸绯红,引起所有围观者哄然大笑。在笑声中,海盗船长蓝塞把手中的剑放在地上,从胸口那里“哗”地掏出一条跟他头上戴的一模一样的红布头巾。“哇!情侣巾!”观众又是一阵惊呼!蓝塞这时用一只手指头潇洒地示意叫雪绒弯下腰来,然后敏捷地把那头巾缠在她的长发上。“哇,太棒了!”这又引起围观者一阵赞叹!

蓝塞又从怀里掏出一把小小的金钥匙,把雪绒的另一只手拉过来,把钥匙放在她的手掌心里,然后再把那只海盗金银箱呈递在她面前,斜着头,用那极其浪漫的挑逗的眼神示意她用手中的钥匙去打开那个华丽神秘的箱子。

“打开它!打开它!快打开它啊!”就在雪绒又手足无措的瞬间,人们又开始狂烈地吼叫起来!这时《加勒比海海盗》主题曲也正演奏到最高潮最激动人心的地方。雪绒在人们的鼓噪声中,颤颤抖抖,哆哆嗦嗦,终于打开了金银箱——“是心形项链!”眼睛最尖的那个观众第一眼识别出了宝物,“船长给她戴上!快给她戴上!喔哈哈!”

海盗船长蓝塞在大家的簇拥下,把项链挂在雪绒白皙得像月光一样的脖子上。

"亲她！亲她！快亲她！"马上又响起了另一波更加热烈的鼓噪声。雪绒一听见这句话，扭头就想跑，结果被蓝塞一把拦腰抱住！那双温柔迷人的蓝眼睛一眨不眨地凝视着她，"Will you？——你愿意吗？"他轻声地问。

全场立刻鸦雀无声，所有的人都屏住呼吸等待着雪绒的回答。

此时此刻的她，觉得自己的那颗心已在心房的强烈颤抖中完完全全地被融化掉了，被融成一团云，一卷风，一滴水，一首歌，真实和虚幻的，都不复存在了。她的双眼轻轻地一闭，双唇立即像触了电似的——蓝塞的嘴唇居然是那样强悍又温柔，温柔又甜蜜，甜蜜又火辣，火辣又性感……

一股滚滚燃烧的血液在她全身疯狂、浪漫地奔跑，她脑海里留下的唯一感觉就是那《乱世佳人》电影海报上的经典画面：格兰特拥抱着费雯丽，身后是滚滚硝烟战火，人间红尘！

小时候，当她第一次看到这幅电影广告宣传画时，就对爱情有了感觉和期待：真正的爱情就应该是这个样子的。但是她连做梦都没想到，就在今天，自己也会成了那幅画中的女主人公，而且这不是在演戏，她不是演员，她就是那个赫思嘉，就是费雯丽。她真真实实地坠入情网，真真实实地在亲吻，真真实实地在经历这人世间最美妙最珍贵最心动的一瞬！

第十四章　刺痛他的心时，她的心也被刺痛

半夜，告别了红龙虾餐厅那里的喧嚣和浪漫之后，蓝塞开车送雪绒回宿舍。在车上，雪绒一直回避蓝塞那双眼，她的脸仍然发着烧，手心里还有些湿润，显然还没有从刚才的那份激情中恢复过来。她的头一直侧着，向车窗外看着。其实，在这二月寒冷的夜半，她所能看见的，只不过是大自然里的一些朦朦胧胧的影子，而她唯一能真实看见的却是自己那像剪影似的脸部轮廓。

蓝塞此时已摘下了那些海盗船长的行头，就像大海波澜壮阔的潮汐退去以后只留下平静的海滩一样，蓝塞又变成了平日的那个蓝塞。这样的大起大落却给了雪绒一种恍如隔世的感觉，好像刚刚在餐厅里发生的一切都像是童话故事里的场景，等十二点的钟声一响，她就从绚丽的梦幻中回到了残酷无比的现实生活。

蓝塞微微探过头来，微笑着问她："你喜欢吗？"

雪绒不得不扭过身来低着头，小声地"嗯"了一下。沉默了一会儿，她才说："可是觉得刚才那一切好像是一场梦。"

"哈哈哈哈！"蓝塞忍不住笑了起来，"我可爱的密斯丁，你不知道，当有真爱存在的时候，生活的每一个瞬间都不是好像是一个梦，而是真正的就是一个梦，一个最美好的梦！"

雪绒的脸又一下绯红了，她想到刚才他们的那一吻，那个不知道是不是标志着真爱的吻，对她，那可是二十四年人生旅途的第一次啊！是她守候了多少年的最珍贵的第一次啊！现在居然在一个梦幻似的瞬间，就被眼前这个美国男人以真爱的名义掠夺去了。此时她的心里虽然十分甜蜜，但是隐隐约约之间却又有几分不甘：

那的确是真爱吗？于是她轻轻地问道:“那也是你的第一次吗?”

话刚一出口,雪绒马上就后悔了,觉得自己的问话非常含糊,所以显得十分愚蠢:你是在问蓝塞,那是他的第一次扮演海盗,还是他的第一次吻啊?

听到这样问,蓝塞“扑”地把车停到路边,然后用双手捧住雪绒的脸,深情地对她说:“我亲爱的绒,你听好了,无论这是不是我的第一次耍酷,第一次扮海盗,或是第一次吻,这些都不重要。现在最重要的是:你是我这一生中第一次真正爱上的女人,你也是我这一生中唯一值得我去爱的女人!”雪绒感觉得到蓝塞托着她脸的那双手在轻微地颤抖,他那双蓝眼睛一眨不眨地看着她,直到眼眶慢慢地模糊,慢慢地湿润,最后变成一滴一滴的泪珠掉下来。

雪绒再一次紧闭上了双眼。

什么叫甜蜜？以前每次读到这两个字的时候,雪绒心里都不以为然,难道这个世界上真的还有被称之为甜蜜的那种感觉？在中国的时候,她觉得在她认识的男男女女中,“幸福”这个词是可以真真实实地存在的,是看得见,体会得到的;而甜蜜这种感觉在中国人的感情生活里却是一种臆想的、虚幻的、可望而不可即的境界。而现在,在美国这样一个浪漫的夜晚,在一个守着她流泪的美国男孩子面前,她确确实实尝到了这种叫做甜蜜的感觉!

终于,车子开到了她的宿舍楼面前,雪绒一看时间,快十一点了。蓝塞先跳下车去,为她打开了车门,并伴送着她往宿舍里走。雪绒突然感觉到了空气中迎面而来的寒气,两人一把牵起手,“咯咯咯”一溜小跑。刚跑进大门,雪绒一下子愣住了:吴雨手里捧着一束玫瑰花正等在电梯旁边。“天啊!”她惊讶地捂住了自己的嘴。此时吴雨也看见了她,不,准确地说,是看见了他们。他先呆呆地看着蓝塞,然后又呆呆地看着雪绒,逐渐地,他手中的那束鲜红的玫瑰花开始颤抖。“你为什么要对我说谎?! 为什么?!”随后,玫瑰花撒落在地上,吴雨扭头就不见了！雪绒双手一把蒙住了自己的脸,突然回过神来,向门外追去。但是,太晚了,吴雨早已没有了踪迹。

很久很久之后，吴雨都想不起来，那天晚上他是怎么回家的。小时候，当他输了重大的音乐比赛时，爸爸把他往死里打，他也没有那么痛过。但是现在这种痛，却是一种说不出痛在哪里的感觉，好像整个肉体，整个精神都在痛，痛得生不如死，心死如灰！

打开门，他做的第一件事就是扑向电脑。他的心在颤抖，嘴在颤抖，手也在颤抖。哆哆嗦嗦好不容易打开了电脑，他马上疯狂地在各大航空公司的网站上搜索机票。他要走，他必须走，他必须马上回到中国去！马上要回去，一刻都不能等。他必须走，必须现在就走，不走就得死在这里了！

匆匆地订好票以后，他开始疯狂地收拾行李。大部分的东西都被他随手扔到地上，扔进垃圾桶里去了。最后，他把自己上衣口袋里装的一个数码相框也掏出来，上面是他和雪绒在十岁那年第一次同台合奏时的那些照片，也是他为雪绒准备的情人节礼物。他的心又是一阵绞痛。他闭上眼，一下子把那数码相框扔到垃圾桶里去了。

当他收拾完这一切，早已是精疲力竭。他走向窗户，缓缓地把落地窗窗帘打开，外边的天空还是漆黑漆黑，只有零零星星的几片小雪花从半空中结伴走来，落在凄凉的玻璃上。他颓丧地坐下去，坐在窗子面前的地板上，一动不动地凝视着那些小雪花，脑海里又一次浮现起他爸爸带他和雪绒一起去看《音乐之声》电影时的情景。当电影里的男主人公唱着“雪绒花”，吴雨忍不住悄悄扭过头去问雪绒：“丁雪绒，你的名字是不是照着这电影里取的啊，要不然会那么巧？”雪绒狠狠地瞪了他一眼。那黑暗中向他瞪过来的那双亮闪闪的大眼睛，让他的心脏在那一瞬突然一跳。那是他第一次在雪绒面前有心跳的感觉。当时，他还只是一个十岁的少年。从那以后，每次见到雪绒，他就有类似的心跳，这颗心就那样从小跳到现在，从东方跳到西方。

结果呢？她为什么要对我撒谎？她为什么要对我撒谎？吴雨

整整想了一夜也没想明白这个问题。准确一点说,是他不想去想明白的一件事。认识雪绒二十年了,二十年里,雪绒从来没有在他面前撒过一次谎。那就是他所熟悉和喜欢的雪绒:无论是打他也好,还是讨厌他骂他也好,雪绒都是真实的、坦率的。现在她居然对我撒谎,撒那种丑恶不堪的谎,为什么要那样?难道真的是为了那个像花花公子一样的美国人蓝塞?他不想也不敢再往下去想。尽管在那次舞会上第一次见到蓝塞他就模模糊糊地预感到了今天这种结局,但那种预感真正成为现实的时候,他还是完完全全地被震怒了,被判决了!他喜欢了那个女孩子十几年,付出了十几年,他的人生,他的未来全是建立在那个女孩子的人生和未来之上的。没想到,真没想到,蓝塞在短短的几个月之内,就轻而易举地赢过了他,让他成为一个可怜又可笑的失败者!

向落地窗扑过来的雪花越来越密集,越来越纷乱,碰上玻璃的那个瞬间马上就融化了,让人甚至来不及认真地看上它们一眼。吴雨的所有自尊和自信也在同时随着这些由融化了的雪花汇集成的小水珠,从寒冷的玻璃窗上流下来,最终坠落到冷酷无情的地面。当外边的天空刚刚露出一抹灰白的时候,吴雨从地上慢慢地站起来,拖着行李箱,准备永远离开这个曾经容纳他和他那美丽幻想的地方。当他走出门去,要拉上门锁的那个瞬间,他又情不自禁地匆匆折回到屋子里,从垃圾箱里把早先扔进去的那个数码相框捡起来,小心翼翼地放回到自己的上衣口袋里。最后,他终于走了出去,再也没有回头。

对雪绒,这也该是个完全的不眠之夜。在看到吴雨那绝望的眼神,在听到他愤怒的责问,在向他撒了那样一个可怕的谎言之后,难道她还能心安理得地睡觉吗?她从小到大都不是一个会撒谎的女孩子,别的女生为了达到自己的各种目的,甚至为了多吃上一颗糖都可以随便撒谎;而她,却是绝对不可以撒谎的人,这并不是因为她比别人高尚,而是因为她觉得自己根本不需要撒谎就可以获得别人需要撒谎才可以获得的东西。

那么为什么要对吴雨撒谎？为什么要那样伤害他？自己在撒谎时难道没有想到那谎言可能被戳穿？难道没想到那样撒谎可能会有严重后果？为什么自己会那么冷血？更糟糕的是吴雨居然相信了她的谎言，所以那么晚了还会来等她，结果目睹那么残忍的一幕！全天下的人她都可以不在乎，但她却不得不在乎吴雨，因为吴雨是和全天下的人都不一样的人。她可以伤害任何人，但绝对不能伤害吴雨！

整整一夜，她都在给吴雨打电话，但他早就关机了。她又给他的手机发短信，从电脑上发电邮。折腾了一晚上还是没有任何回音。第二天上班时，她又打电话到吴雨的公司。公司说他还没有来上班，也没有请假，说估计他下午可能来。雪绒又等到下午再打电话到公司，对方说吴雨还是没有去上班，大家都不知道他发生了什么事。雪绒这时心里有一种不好的预感，一分钟都不能再等了。她抓起围巾裹在头上就跑去找吴雨了。

转了好几次车，好不容易找到吴雨的公寓楼时，雪绒在心里不停地对自己说，吴雨，你一定要在这里啊，一定要在啊！老天啊，就拜托你这一回了！215 号……对，这就是吴雨的房间号。她使劲地敲门，使劲地敲，使劲地喊着吴雨的名字。里边没有任何回应，她还是不断地敲打着，直到隔壁一个白人邻居走出来对她说："小姐，你要找的是吴先生吗？我今天早上下夜班回来时，看到他拎着行李箱走了。"雪绒全身一下子瘫了，瘫坐在地上，完全没有重新站起来的力气了。她的直觉告诉她，吴雨一定是回中国去了，把她丢下，永远都不会再回头了。从小到大，她知道他的个性，知道他的自尊，知道他的决断，她真的是永远失去吴雨了！

她再也忍不住哭了起来，想着第一次到他家去出来给她开门的那个嘟着嘴的小男生，想着那一次为了比赛还打了他一巴掌时的情形，想到他千里迢迢来美国突然出现在她琴房的那个瞬间，又想到他给她新买的那把小提琴……他真的用了二十年的心血在自己身上，为什么自己从来都没有珍惜过看重过？即便自己最终选择了蓝塞，也千不该万不该用谎言去伤害他啊！自己为什么要随口撒那个无聊的谎？如果当初吴雨问她情人节要怎么过的时候就坦率地告诉他，已经有计划和另外的朋友一起过就行了，为什么要那么无耻地对他撒那个愚蠢的谎？

内疚、惭愧、伤心、后悔，所有这些词都远远不足以表达她此时此刻的复杂心情。她觉得真正羞愧的是自己那么轻而易举就让蓝塞夺去了自己的心，那么肤浅地就迷上了那个号称为她而疯狂的美国人。她觉得自己在这个世界上就像一只飘来飘去的风筝，以前妈妈还在世时，是妈妈在风筝的那一头抓住她，让她怎么飞都不会迷失自己。自从妈妈走了以后，取代妈妈的那只手来抓住风筝线头的人就是吴雨了。她承认自己非常喜欢和迷恋蓝塞，但她同时也绝对不想因为蓝塞而永远失去吴雨。尽管在潜意识里觉得自己总有一天必须在吴雨和蓝塞之间二者选一，并且感觉自己的心很可能会选择蓝塞，但如果这种选择要以放弃吴雨作为前提的话，那么她是绝对不会选择放弃吴雨的。这种想法连她自己都觉得荒唐和不合逻辑，但这的确是她最最真实的愿望了。

她为自己的自私和卑鄙感到羞愧万分，现在在这里不管洒上多少眼泪都不能洗刷她对吴雨的愧疚和对自己的自责。自己究竟是不是真正地爱上了蓝塞？如果是真的爱上了，那么那种爱的种子注定要长成一株“恶之花”，充盈着丑恶和谎言吗？她的心很痛，此时此刻，她的心第一次真实地感觉到了吴雨的心。

到达机场后，吴雨在候机大厅的酒吧里喝了许多酒，然后他又拖着行李箱在底特律机场那横贯登机口的长廊上来来回回地走着。他徘徊着徘徊着，从长廊的一头走到另一头，又从另一头走回到这一头。他的飞机应该是在下午两点半起飞的，可是他从清晨就逃到了这里，因为他不愿意再待在离雪绒很近的地方，他要逃得离她远远的，越远越好，越快越好。

喝了酒，心里还是空空的，脑子里也是空空的。他那整个人都像一个影子一样，黑幽幽的，找不到一个悬挂的地方。这是他一生中最漫长的一次等待,这短短的七八个钟头竟然比等待雪绒的那十几年还要漫长。时间老人在他二十六年的人生中好像潇洒地对他挥一挥手便走过去了,但是今天,这位老人好像是真的老了,太老了,在他面前总是蹒跚不前。总算到了登机的时间,所有在9号候机厅的陌生人都走向了登机口。吴雨也排在队列里边。轮到该他检票的时候,他突然觉得胸口发闷,头上一阵晕眩,几乎喘不过气来。那个检票的空服员关切地问他:“先生,你还好吧?”

就在这最后一刻,吴雨一扭身,从检票口退了回来,颓丧地坐在候机厅的一个角落,眼泪顺着脸颊无声地流淌了下来。这是从昨天晚上看到那一幕之后他第一次哭泣。先前他是完全被惊呆了,被震麻木了,他的眼泪早已被愤怒和绝望所压制。而到现在,在这人生的最重要的关口,他的心突然恢复了感觉,他重新感觉到了它的跳动,依然在为那个女孩子跳动。除非他死去,只要有心跳,只要他还活着,他就离不开雪绒。他的感情淹没了他的理智,他的爱原谅了他的恨。他的双眼模糊迷茫,他的双脚软弱无力,他再也无法走出这个国家了!

“孔雀东南飞,十里一徘徊。”这是小时候语文老师给他们读过的一首诗的开篇句子。当时,他心里还在笑,这些古时候的人就是那么无病呻吟的啊,人家是只鸟儿,自由自在的,想往哪儿飞就往哪儿飞,干嘛把人家写得那么傻里傻气啊。现在,他才终于明白,自由自在的鸟儿如果不得不劳燕分飞的时候,那份惆怅和牵挂怎么舍得下,又怎么走得开?

什么叫爱?吴雨曾经觉得那是很清楚很简单的一个概念,那就是一心一意喜欢一个人,为她付出一切,为她倾其所有。现在,对他来说,“爱”这个字,只有用“刻骨铭心”这四个字来表达。无论那个女孩子对他做过些什么或是将要做些什么,都不会让那种渗入在骨髓里的情和铭刻在心里头的爱有一丝一毫的减少。

绝望在挣扎,痛苦在燃烧,爱她,爱她,还是无法不爱她!

最后,他拖着行李又回到了宿舍。

天已经黑了。北美的天空雪夹着冰,冷酷无比。

雪绒还抱着头,缩成一团,坐在他宿舍房间门口的墙角边。听到脚步声,她猛地抬起头来,惊喜地喊:“小雨!”说完鼻子一酸,马上站起来扑了过去,像小时候那样狠狠地打了吴雨一下,“你真坏!我还没给你道歉呢!”

吴雨把雪绒掉在地上的围巾拾起来给她重新戴好,感伤地对她说:“绒儿,你真的是长大了,不需要我了。但是我还是回来了。”说到这里,他的声音哽咽起来。过了一会儿,他又接着说,“我还是怕万一有一天你从这个寒冷的天空中摔下来,没有人伸手接住你怎么行?”他整理了一下思绪又说,“从今以后,我没有办法像过去那样自信地面对你,装着像什么事情都没有发生过。我只有站得离你远远的,像小时候望着天上的星星那样望着你。”

听到这里,雪绒已经哭成了泪人。“你不要那么哭,看见你这样哭,你妈妈在天上也会心痛的。”说到这里,吴雨的眼泪也流了出来。他从怀里拿出那个数码相框,“这是昨天准备送你的礼物,上边有我们小时候在一起的一些记录。还是想给你留个纪念:你曾经有那么一个傻傻的吴雨哥哥。”

“你不能这样!你不能这样对我!你要再给我一点时间!”雪绒哭喊着,抽抽噎噎,痛不欲生。

吴雨把雪绒的手拿过来,把相框放在她手上,“你不用顾忌我,跟着你自己的心去吧。从今以后你就要自己照顾自己了。你知道在这个世界上,无论在哪里,只要你哭泣,我的心也会痛的。”说到这里,吴雨已哽咽得不成声,最后,他放下雪绒的手,决断地对她说,“你走吧!”

雪绒心如刀绞,知道一切都无法挽回,就此撒手吧!她悲哀地转过身去,突然听到吴雨在她身后说:“绒儿,我曾经对你有个承诺:凡是你要的,我都会给你。无论你今后生活中发生什么,记住,这句话都永远有效!”

从此,雪绒与吴雨,人海茫茫,咫尺天涯,何时再相聚?

第十五章　只是动心,还是真的爱上了

吴雨从此从雪绒的视线中消失了。生活还是在继续,他们这一帮人还是继续去提姆的钢琴酒吧。与以往所不同的是,现在他们中间少了一个人。酒吧里还是一如既往地充满了那种慵懒的气氛,提姆的钢琴声激越一阵后又消沉一会儿,不时在整理着人们疲惫的神经。雪绒常常从一开始就坐在那里恍恍惚惚地发呆,无论黑眼苏珊他们在那里说什么笑话,她都开心不起来。

有一天,当酒吧的人都快走光了的时候,提姆看见雪绒还坐在那里闷闷地想心事,便忍不住走到她身边,俯下身来对她轻轻地说:“今天让我专门为你弹一首歌吧?”他走回钢琴那里,侧过头来看看雪绒,眼睛里流露出十分关爱和怜惜。雪绒朝着他微微地点了点头,于是,提姆那十个修长灵巧的手指在琴键上游走起来。“嗦哆哆哆咪……”刚听了前边几个音符,雪绒马上就知道那是电影《魂断蓝桥》里的苏格兰民谣《友谊地久天长》。那是一首多么熟悉的曲子啊!妈妈年轻的时候也很喜爱这首曲子,还专门把这首曲子的各种中文译本都收集起来,一首一首细细地去品读和欣赏。记得妈妈和自己最喜爱的一个译本的歌词是这样的:

怎能忘记旧日朋友
心中能不欢笑
旧日朋友岂能相忘
友谊地久天长

雪绒热泪盈眶，情不自禁地跟着提姆的琴声唱起来：

友谊万岁
朋友，友谊万岁
举杯痛饮
同声歌颂友谊地久天长

在这里加了几小节变奏曲之后，提姆迎合着雪绒歌声，又一起边弹边唱下去：

我们曾经终日游荡在故乡的青山上
我们也曾经历尽苦辛
到处奔波流浪
我们也曾终日逍遥
荡浆在微波上
但如今已劳燕分飞
远隔大海重洋
我们往日情意相投
让我们紧握手
让我们来举杯畅饮
友谊地久天长
……

在歌声结束时，雪绒走到提姆身边，紧紧地拥抱了一下提姆。提姆拍着雪绒的肩膀，语重心长地对她说："雪绒，如果是一种真的友谊，它一定会地久天长，会永恒地存在于心中，永远得到珍惜，永远不会被遗忘，对吧？"雪绒点点头，完全地领悟了提姆的话的意思。提姆又继续对她说："人生有的时候，是必须要对未来作选择，对过去说再见的。你也明白这点吧？"但她此时再也说不出一句话来,泪水又顺着脸颊滚落下来。

雪绒的伤口,蓝塞也在默默地尽量地为她去抚平。

在情人节那天晚上,当他和雪绒撞见吴雨时,吴雨对雪绒用中文说了一句什么话,他没有听懂,但却猜到了那句话的意思。他此后一直没有去问雪绒她和吴雨之间究竟发生了什么事,他在雪绒面前也从此不再提吴雨的名字。作为一个男人,他知道在这场战争中,他的确是个胜利者,但他也没有忘乎所以。看到雪绒当时的表情和随后这些天所流露出的自责和伤感,蓝塞完全明白了吴雨在雪绒心中的地位,有时甚至还觉得有些酸酸的。

就在这种伤感的时候,有一件有趣的事情分散了雪绒的注意力。原来,这回又有人把雪绒和蓝塞情人节在红龙虾餐厅的所作所为全程拍下来传到了社交网站上。一时间,有关他们俩的旧事又被翻出来,加上最新的八卦,马上又被炒得沸沸扬扬。网上那些旧雨新知纠结人马,聚集在一起,重新开始了口水大战。但这次与上次星巴克咖啡店里湿淋淋约会被传到网上后的最大区别是:这次雪绒在中国女性中拥有了许多粉丝和知音群,并成为许多二十岁到四十岁这个年龄段的中国女性的新一代崇拜偶像。她们中的许多人都从头到尾目睹了雪绒跟蓝塞由星巴克的一对怨偶最终演变成为一对浪漫到骨髓的情侣的全过程。这样的异国恋不知道羡煞了天下多少男女啊!而这件事最直接的劲爆后果是给那已经逐渐降温的外嫁热又重新点上了一把火。

在中国改革开放的最初十年,由于当时整个国力还没有达到国富民强这种水准,许多中国女人莫不把嫁洋老外当成是一个逃出苦海跃入龙门的一个便捷之道。大部分国女这样做的目的不外乎是为了钱,为了地位,为了虚荣,为了一个洋国籍而已。面对那样的外嫁潮,中国男人万马齐喑,听不到来自于他们的任何反抗声音,因为确实自己和自己的国家都是底气不足。现在在改革开放后的第三个十年,没想到中国摇身一变,今非昔比。对中国女人外嫁,中国男人失去了容忍度,开始齐声讨伐。而对于很多中国女性而言，嫁个洋老外，再也不是那么一件值得炫耀，那么具有吸引力的一件事了。现在的中国男人可以说是财大气粗，多情又多金。这既给中国女人带来了实惠，也带来了机会。一般的中国女人干脆就地取材，嫁给国男算了，从此打消了外嫁的念头。然而还是有很大一群女性——她们以大都市的白领金领单身贵族为主，由于她们自己包包里也有点钱，所以宁缺毋滥，不愿委屈自己去当别人的二奶、小蜜，把自己随便打发出去。她们宁愿去追逐一种超越物质的、新奇的、比较有品位的在精神层次上的东西。于是，她们在雪绒和蓝塞这段离奇的异国情缘中看到了那种中国男人身上缺少的东西———种叫做“浪漫蒂克”的东西。那种东西曾经在三毛的书里出现过，后来又被人渐渐地遗忘了，现在又在雪绒和蓝塞这里被重新唤醒。好多中国女性都在雪绒的博客里留言，有叫她帮忙在美国牵线搭桥的，叫她开专栏介绍和老外相处的经验的，还有和她讨论找国男还是找洋男的各种利弊比较的。更让雪绒叹为观止的是，如果第一次星巴克约会让她成为一个网络小红人，那么此一事件又让一个新名词被贡献到中文字典里边去了，那就是“外恋”。而雪绒，则被一千网友理所当然地推上了“外恋小教母”的荣等宝座。

看到这一浪高过一浪的追捧，雪绒常常在心里苦笑，自己内心的痛苦如今成了大众的欢乐，这个世界不就是这样阴差阳错，把欢乐建立在别人痛苦之上的吗？有人越痛苦，有人就越欢乐。但是话又说回来，也不能完全怪那些网友啊，他们怎么知道这些浪漫外表下的辛酸故事呢？他们又怎么会知道她内心的挣扎和煎熬呢？

无论如何，这些网上的风风火火至少是部分转移了雪绒的注意力，大众网络的力量真是不可低估。雪绒的自我救赎最终来自于网络，无论是那些唇枪舌剑或是拍砖挨砖，她都做得十分投入，她完全没有时间和空间去想吴雨和自己——那一个中国男人和一个中国女人不为人所知的伤心故事。

时间就这样一天一天地过去，无论雪绒怎样将自己沉湎在网络之中，该来的事情还是来了，该她面对的事情她必须要面对。她现在必须要面对的是她一生中最艰难的抉择：去，还是不去拉斯维加斯？

离出发的既定日期只有三天时间了！

雪绒心里很明白，如果一旦答应了跟蓝塞一起去，那么她跟蓝塞之间的关系就将不可逆转，他们毫无疑问地就会成为那种真正意义上的情人了。对她一个还算传统的中国女人来说，这个决定一旦作出，自己的一生就将要交给这个男人了。

雪绒力图让自己保持一个清醒的头脑。她一直在心里想，如果妈妈现在还在自己身边，她会怎么说？妈妈毕生的唯一愿望就是把她送出国去，让她有一个比自己好的归宿。为了妈妈，为了自己都一定要作出最理智和最慎重的决定。是去，还是不去拉斯维加斯？她首先应当面对的是一个最真实的自己：自己究竟应当选择蓝塞，还是吴雨？尽管吴雨已暂时消失在她的视线之外了，但她还是把他放在自己的选择之中。因为她知道，无论什么时候，只要听到她的召唤，那只沉睡在冰海深处的小船便会重新向她驶来。现在是要选择跟蓝塞前往拉斯维加斯，还是回过头再去找吴雨？

那么她究竟是爱蓝塞，还是吴雨？

两个男人的影子在她的脑海里轮流出现：一会儿是吴雨和她在机场一起把玩新的小提琴的情景，一会儿是蓝塞英挺的海盗船长的扮相，同时还交错着从小跟吴雨在一起度过的童年岁月的点点滴滴，然后又是在星巴克咖啡店里那张写着“刚刚结婚”的“宣言”。和吴雨相处的岁月是漫长的，点点滴滴的，像小溪的水流那般舒适和温情的；和蓝塞在一起时，则像火山爆发或是大海海啸那样，时刻充满着危险，时刻就要喷发，时刻汹涌澎湃。和吴雨，也许是因为漫长的岁月早已磨平了所有男生女生在一起应当产生的那种冲动和激情，以致如今雪绒回想起来，那些相处的细节由于太多、太冗长而像沉淀在海底的沙子，平凡而又平淡。而和蓝塞，他每向她走近一步，那一步都让她感到压力，感到窒息，感到晕眩和喘不过气来。然而在这个世界上，人们赞叹的多半是大海海水的波澜壮阔波涛汹涌，而很少有人去讴歌那些潜沉在海底安详静卧的细小沙粒。

这就是为什么每当她想到和蓝塞亲吻的那一瞬时，总是会脸红心跳，但是她绝对无法想象自己有可能去亲吻吴雨，或者是接受吴雨的亲吻，甚至冒一冒那个念头都让自己觉得浑身难受，就像是要让自己去亲吻自己的亲哥哥那样违背伦理和不可思议！

最后，雪绒终于觉得自己整理好了自己的心：对吴雨，是亲情；对蓝塞，是一种不同于亲情的情。

那么如果对蓝塞的那种情不是亲情，那种情是不是人们所说的爱情了呢？

雪绒记得曾经有人这样写过：天下的幸福都是一样的，天下的不幸则是各不相同。对于“爱情”这两个字，雪绒至今都没有一个明确的概念。她对爱情的感觉大多数都是从小说、电影和周围同学的恋爱故事里得来的。记得在大三的时候，一位叫韵琳的好朋友，爱上了外文系的一个男生。后来这个男生劈腿，背着她又跟本系的一个女生好上了。由于这件事，韵琳受到刺激，在一夜之间就疯了。每次在校园一看到那个男生，就会拿着一把伞冲上去，要给他打伞。因为他们俩的第一次约会，就是在雨中，而那个男生当时就是给这个女生撑着伞的。

韵琳的事在雪绒心中产生了极深的影响：这就叫爱情吗？这种叫作爱情的东西真的可以让一个正常的好女子落到到丧失心智的地步吗？照雪绒看来，爱情还真的像是一朵“恶之花”，她可以甜蜜，可以美丽，可以让人销魂；但她也可以是毒药，可以是利剑，可以把一个女人刺得伤痕累累，痛不欲生。所以，长期以来，雪绒期盼着爱情，但同时也在潜意识里排斥和抵抗着爱情，直到蓝塞的出现。但是她对蓝塞的感觉毕竟还没有达到那种痴迷的程度，她也没有觉得自己喜欢他而发狂，喜欢到每天见不到他就会寝食难安彻夜难眠；喜欢到离开了他自己的世界就要崩溃了那样的地步。

只有一点雪绒是确定的：在她二十四岁的人生中，蓝塞是第一个让她心动的男生，有时候甚至想到他的时候，自己不知不觉会脸红心跳。和蓝塞每次在一起时的那种感觉都是不平凡的、浪漫的、甜蜜的、梦幻的。这种感觉难道是可以用除了“爱情”以外的词来解释吗？不可能！雪绒心想，尽管天下的爱情和幸福都是一样的，但爱情和幸福的程度却是不一样的。有的人爱得强烈，爱得疯狂，像夏天的雷霆风暴；而有的人则可以爱得温柔，爱得纯净，爱得像春天的涓涓溪流。爱，是可以不一样的，她爱蓝塞，就是爱得像一首奏鸣曲，是愉悦和随意跳跃的。她觉得自己将永远不可能再超越这种爱一个人的程度，因为自己的身世、自己的经历和自己比一般女孩子内敛和理想的个性都不容许自己超越那个极限。蓝塞是她生命中第一个爱上的男人，也将是她生命中唯一可以爱上的男人。试想，在这个世界上，在她所遇见的所有男性中，还有哪一个男生像蓝塞这么完美呢？

那么，如果自己真的爱上了蓝塞，那蓝塞是不是一个值得自己去爱，值得自己托付终身，像妈妈说的那种“真正有良心的男人”呢？他是不是那个让自己不远万里，只身从东方寻觅到西方的那个男人？

在一般人的眼里看来，长得英俊的男生，不仅是你喜欢，全天下的女人也都喜欢。爱上这种男生，并且要守住这个男生，都是一件十分辛苦的事。因为她要面对的是来自其他女人的随时随地的挑战，常常会让自己没有安全感。然而从她对蓝塞的了解来看，雪绒觉得蓝塞绝对不是一个只会用下半身来思考的男人。试想如果一个如此帅气的男人，从青春期开始就不知道被多少女生注目过和追求过，如果他真是那种没有品位，没有精神追求的男人，在星巴克被她泼了咖啡之后，就该打退堂鼓转而去追求别的女生了。在慈善舞会上，在日常生活中，他是那么受人瞩目，但他从来没有因此而洋洋自得，主动去挑逗那些女孩子。

在感情上，雪绒觉得蓝塞是浪漫的，也是严肃的。从她认识他的第一天开始，无论他们之间发生了什么，蓝塞的目光从来没有从她的身上移开过。雪绒认为，蓝塞真的是一个值得自己去爱和托付终身的人。

辗转反侧到如今，雪绒觉得对待自己的感情是非常理性和严肃的，对自己对妈妈对吴雨都有一个很不错的交代了。天下凡是坠入爱河中的女人，有多少可以像她那样坐在那里像梳头似的把自己和对方整理得那么清楚？她的那些朋友和同学，在爱神降临的时候，几乎都是百分之百的头脑发热，马上坠入陷阱之中不能自拔了，其结果是她们中至少有一半的人在短短的时间内就以悲剧而收场。雪绒，冰雪聪明的雪绒，绝对相信自己是不会重蹈这些女孩子们覆辙的。

离去拉斯维加斯的日子只剩下最后两天了。蓝塞从电脑上发短信对雪绒说：

> 我现在不想知道你会作出什么样的决定，但是我后天一定会准时在机场等你！

虽然觉得自己把有关蓝塞的过去、现在和未来都已经想得很透彻了，但是不知道为什么，她心里还是下不了最后的决定。

中午，在学生食堂吃饭的时候，黑眼苏珊端着盘子向她走来。她今天还是像往常一样精心打扮自己，披着修剪得像日本漫画里美少女那种时髦的直发，眼睛、眉毛和嘴巴的轮廓都经过十分刻意的修饰。她背挺得直直的，却又歪着头看着雪绒，眼里充满了挑衅，“我可以跟你谈一谈吗？”

苏珊这句听上去语气十分气严肃的话，还真让雪绒有些吃惊。她觉得自己和苏珊一直都相处得很好。虽然由于在家庭背景和生长环境方面都有很大的差距，她们的交情还没有到真正的闺蜜那样的地步，但她们俩还是非常要好的朋友，常常一起去提姆的钢琴酒吧，一起去超市买菜或是一起去逛街。

那么今天,苏珊怎么一下子这么认真严肃起来了呢?她要跟我谈些什么呢?雪绒觉得有几分纳闷。不管怎么样,她还是顺从了苏珊的意思,端着饭盘子,跟她来到了一个清静的角落。

"你会觉得很奇怪,我要找你谈什么吧?"苏珊看着雪绒,话音里的挑衅的味道更浓了。见雪绒仍然是十分迷惑地看着她,她又接着说,"我是来跟你谈论蓝塞的!"

"跟我谈蓝塞?"雪绒眼里流露出更多的不解和茫然。

"我就直说了吧,我想跟蓝塞去拉斯维加斯。你把那个机会让给我吧!蓝塞为你创造了那么多奇迹,我们这样做也算是给他创造一个奇迹吧!"苏珊的声音里充满了激情。

"为什么?"雪绒被苏珊的这句话彻底震懵了,觉得自己全身的血液都停止了流动。

"听说你到现在都还没有打定主意要不要跟蓝塞去拉斯维加斯。我想,你一定是不够爱这个男人吧。既然是这样,那就不要勉强自己,还不如把这个位置让出来给别的更爱他更珍惜他的人算了吧!"

"你有什么资格去?蓝塞有邀请你吗?"雪绒的声音突然提高了八度,愤怒到了极点。

"我有什么资格?"苏珊两眼直盯着雪绒,一字一顿地说,"我的资格就是:我比你更爱这个男人!"她的脸上露出一种可怕的表情,"我在三年前看见蓝塞的第一眼时,就对这个男人一见钟情。从此我苦苦地等待和追求了他整整三年!蓝塞是个金玉其外也金玉其内的完美男人。不错,他的确是每个女人梦寐以求的男人,他有选择和得到任何一个女人的权利!但是,那个女生绝对不可能是你!"苏珊恶狠狠地对她说。

雪绒气得"刷"地站起来。

"请你坐下!只有弱者才会以粗鲁的方式来解决争端。"

"好,"雪绒坐了下来,拼命压制住自己的怒火,"那你告诉我,为什么你说那个女人绝对不可能是我?"

“为什么？我已经观察你很久了，你虽然作为一个幸运的女人被蓝塞挑中，但是你并不是真正地爱蓝塞，你是被蓝塞对你的浪漫追求所打动，而不是被他的心所打动……”

“你错了！”雪绒打断她的话说，“你自以为是，犯了判断上的低级错误！你所看到的听到的怎么能代表我的真实感受？现在我明明白白地告诉你，我爱蓝塞，我爱这个男人。现在你听懂了吧？”

“你爱蓝塞？得了吧！像我这样用整颗心去爱一个人和你用半颗心去爱一个人是完全不同的两回事！你是一个十分自恋又十分贪心的女人！蓝塞无论做出多少努力，都永远无法满足你的贪念！你得到的东西永远也不会去珍惜！”她做出一个手势不让雪绒打断她的话，“一个女人一辈子只要得到像蓝塞那种男人给你付出的百分之一就够了，就满足了。能够在情人节里受到一个男人那样对待的女人天下无几，那是一个女人一生中都经历不到一次的事！作为一个只有一点小聪明小姿色的女人，你早就应当知足了。但是你不知足，永远不知足！你不是一个值得得到蓝塞的爱的女人，你退出吧！”苏珊端起自己的盘子，一甩长发，扭头就走了。

雪绒浑身都在发抖，气得说不出一句话来。如果是在中国，她可能会追上去扇她一个耳光，但是这是在美国，她绝对不能以那种中国女人的方式去解决问题。她觉得苏珊简直是一派胡言。自己为什么瞎了眼交了这样一个朋友？交了一个情敌自己都还浑然不知！她凭什么说我是个贪心的女人？又凭什么叫我把蓝塞让给她去？这个不要脸的女人！

晚上回到宿舍，当雪绒坐下来细细回想白天那一幕时，她的头脑才开始慢慢地冷静下来。她开始慢慢地去思考苏珊说的那些话。她的话虽然很恶毒，但是其中有一句话雪绒认为她是讲对了。自己的确是个不太知足的女人，没有好好地珍惜蓝塞对自己付出的爱。当她悟出这一点时，她的心里马上有了一种前所未有的冲动：蠢丫头，你还犹豫什么？得赶快告诉蓝塞，我愿意！我愿意跟他去拉斯维加斯,愿意跟他去天涯海角,愿意跟他白首偕老,一生一世走下去!

她坚定地告诉自己:丁雪绒,人生就是一场赌博,与蓝塞是一生一次的相遇,也是一生一次的赌博。下了决心就该一直往前走,即便以后证明自己赌输了,也是此情无憾,终生无悔!

当天晚上,雪绒怀着一颗最诚挚的心,在电脑上给蓝塞写了一封她这一生中最长的信,信的开头是这样的:

> 亲爱的蓝塞,你曾经这样给我说过:我走进了你的心,但是我的心没有被你走进。现在我想给你一把钥匙,让你用它去真正地打开我的心扉。如果你读完了这些故事之后不改初衷,仍要我跟你一起去拉斯维加斯,那么我会在十三号中午十点在登机口等你。

第十六章　一封回忆男人背叛女人的长信

1　我外曾曾祖母的故事

要说外曾曾祖母，首先要从我的外曾曾祖父说起。我的外曾曾祖父姓苏，叫苏贤礼，是四川江安县人。由于苏家是宋代词人苏东坡儿子苏洵的后人，所以世代书香门第，在当地是望族。在十九世纪末二十世纪初世纪交替的某一年，我的外曾曾祖父在当时清朝的全国科举考试时中了第三名探花，顿时声名大振。当然，自古以来，中国文人都是以"学而优则仕"为读书的目的的，所以，我的外曾曾祖父也就顺理成章地入朝为官，登上仕途，很快便官至朝议大夫。

由于少年得志，前途无量，当时的皇亲国戚莫不想把这位青年招为自己女婿。于是，外曾曾祖父就在入朝为官的同年娶了我外曾曾祖母做正房。你也许不知道中国词典里的"正房"是什么意思吧？中国在上个世纪中叶以前的婚姻制度都是一夫多妻制，用通俗一点的话来说，就是妻妾成群。正房就是这个男人所有太太中第一位被娶进门的女人，只有她，才可以被称之为西方意义上的妻。而在这妻之后再被娶进家门的女人，就只能被称作是妾，或者是小老婆了。在这一群女人里边，妻就等于是妾的领导，在家里是除了丈夫和婆婆以外最有权力的女人了。

我的外曾曾祖母，是满族朝臣之女。那时，中国的贵族通常被人称为"八旗子弟"。在中国历史上，汉民族的统治就是由北方的一个叫"满族"的游牧民族推翻的，在推翻明朝入驻北京之后，满族里所有带兵打仗的八旗首领都得到封官晋爵，成为特等贵族。而我的外曾曾祖母，就是这种显赫家庭出来的大家闺秀之一。据我妈妈听我外婆和其他同族里的长辈们描述，说外曾曾祖母是一绝世佳人，长得标致极了。她有着圆圆的瓜子脸，白皙的皮肤和姣好的身段。听说当时八旗直系里想要嫁给我外曾曾祖父的淑女一打有余，而我外曾曾祖父却偏偏选中了我外曾曾祖母，就是因为他看上了我外曾曾祖母的那双眼睛。据说我外曾曾祖父还专门为那双眼睛写过一首浪漫的情诗呢。而那双让我外曾曾祖父一见钟情、失魂落魄的眼睛，就是中国民间说的那种丹凤眼。

你一定会十分好奇，什么是丹凤眼呢？其实只要你认真注意看看我的眼睛，就大概知道什么是丹凤眼了。就是那种上眼皮似双非双，然后眼角往上微微翘起的眼睛。从我这位外曾曾祖母开始，我们家族后边的几代女人，包括我外祖母、外婆和我妈妈，都是丹凤眼。

话又说回到我那外曾曾祖父那里。可能是由于遗传的原因吧，他跟他的祖先苏东坡苏学士一样桀骜不驯自命不凡，终于有一天因此而得罪皇帝，一夜之间就被贬至偏远的云南做了州官。由于当时的云南还是荒蛮之地，根本不是贵族家眷去的地方，所以外曾曾祖父便把外曾曾祖母和他们的儿子从北京先带回到自己的四川老家，然后便只身去云南了。

从繁华的京城到四川的穷乡僻壤，那种生活的反差该是有多大的天壤之别啊。外曾曾祖母虽然人长得漂亮，又有文化，但是到了这一贫如洗的乡下之后，却怎么也无法适应当地的生活。首先是她的那一口京腔，几乎无人能听懂，再加上手下又没有了丫环侍候，生活顿陷窘境；然而最大的问题是这位外曾曾祖母有一个最大的坏习惯，那就是抽大烟，每天家里要拿多少银子去给她浪费啊！

刚开始时，外曾曾祖父还按时寄银子回来补贴家用，日子也还过得下去。外曾曾祖母的儿子也渐渐长大成人，娶了我的外曾祖母，又生下了我外婆和她的两个弟弟。后来，外曾曾祖父在云南又东山再起,仕途兴旺,官运亨通,一连又娶了好几房太太,整天花天酒地,沉湎酒色。从此抛下这四川的妻小,再也不往这个家寄银子了。

外曾曾祖母一家很快就陷入穷困之中。她的儿子,即我的外曾祖父,只是在县衙门里帮人写诉状的小文书,那点微薄的薪水完全无力养活一家老小。而让他们一家雪上加霜的是,全家人连饭都吃不饱,却还要挤出钱来给那北京来的老祖母买大烟抽。

有一天,我那外曾曾祖母最疼爱的长孙女半夜实在饿得睡不着,跑去厨房里想舀碗凉水喝,结果饿晕倒在水缸边,差点死去。外曾曾祖母抱着她可怜的孙女号啕大哭,顿足捶胸,说自己是个老不死的废物,不仅抽大烟害了全家,现在还差点害死了自己最疼爱的孙女。第二天晚上,她就在自己的卧房里上吊自杀了。

2　我外曾祖母的故事

从我外曾曾祖父说到我外曾祖母的那一代时,清朝已寿终正寝,易帜民国了。我外曾祖母的娘家本姓王,也是当时四川江安县上的另一望族。外曾祖母是家里的独生女儿,自小受到父母的百般宠爱,也是当地出了名的大美人,追求者甚众。当然,风度翩翩的外曾祖父自然是君子好逑,也前去求亲。对方王姓父母看到外曾祖父是望族苏家的长子,虽然家道有些中落,但本人也是一表人才,知书达礼,觉得他们门当户对,也就应允了这门婚事。

然而这位王大小姐的不幸却从一踏进苏家门槛的那一刻便开始了。在洞房花烛夜那一春宵时刻,当新姑爷浪漫地缠着新娘子要举酒吟诗作画时,才发现眼前这个大美人原来是个斗大字都不识的文盲。在那个时代,其实大多数中国男人对女方文化上都没有什么要求,因为女子无才便是德,男人识字的亦屈指可数,哪里还敢奢望一群小脚女人有多少文化?那些知书达理的新女性多半是在大都市里的女学生,而在乡下则是凤毛麟角了。我们那位外曾祖父,虽然也只读过私塾,从来没有进过洋学堂,却因为有祖传,写得一手好字，也写得一笔好文章，所以自命不凡，心高气傲，当天洞房花烛夜看到我外曾祖母大字不识一个时，立即摔杯拂袖而去，从此对她嫌弃不已。

从那一夜起，就注定了外曾祖母在苏家的悲惨命运。在她嫁进苏家时，苏家就已开始没落，她丈夫只是县府里的一个区区文书，薪资本来就十分微薄，随着三个孩子相继出世，苏家的日子越加穷困。特别是远在云南的公公对这个家不理不问，不再往回寄钱之后，苏家几乎已是到了揭不开锅的地步了。为了补贴家用，外曾祖母便开始出去找零活，先是帮人缝缝补补，烧饭煮菜，但那点钱实在在太少，无济于事。后来她又干脆出去帮人洗衣服，无论是数九还是腊月，外曾祖母一天到晚都弯着腰，坐在洗衣盆前，在木搓衣板上洗衣服。不到三十岁，就落下一身的病痛来。

本来如果就是靠外曾祖父和外曾祖母两人的辛苦劳作，那个家也还是可以勉强维持下去的。然而我那自命不凡的外曾祖父，却一门心思地认为待在这个小地方埋没了了他的人才和文采，于是就在一年秋天搭上了去大城市渝州（也就是现在的重庆）的木船。没想到在半路上，外曾祖父突然上吐下泻生起病来，重庆暂时去不成了，就只在一个小县城找了个小旅店住下来。这一住就住出一段风流故事来。

外曾祖父不仅继承了他父亲的一手好字，同时继承了他父亲那种风流天性。在旅馆本是养病，却不料和那旅店的老板娘三下两下，眉来眼去，竟勾搭上了。那老板娘本已嫁为人妇，是有着两个儿子的妈妈，岂料她和外曾祖父竟然像干柴点燃烈火，在一星期内，这女人就抛夫弃子，跟我外曾祖父一起私奔，亡命天涯了无踪迹了。

更为荒唐的是，那王姓女人的丈夫，竟然还带着一帮人，找到江安外曾祖母家，向她要人，要她把自己的老婆交出来，要不然就要把苏家告到衙门去。大字不识、个性懦弱的外曾祖母不仅失去了丈夫，居然还要受那个勾引跑她丈夫那个女人的夫家的讹诈，只有痛哭流涕的分。最后还是家族里一位在县衙门里做官的长者出面,才把这群无赖赶走。

现在丈夫与人私奔,撇下一大家人不管,家里一贫如洗,三餐不济。前边讲的外曾曾祖母上吊自杀就是在这个时候。三个小孩子,最大的是我外婆,才九岁,就要帮着妈妈去给人洗衣服,并且照顾弟弟妹妹。我外曾祖母就这样含辛茹苦地撑着这个家过日子,没想到收到的却是外曾祖父的休书一封。

什么叫做“休书”?那是旧中国的一种最荒唐的婚姻法:一对夫妻,只要那个当丈夫的愿意并且有财力,他都可以合法地娶三妻六妾;但是,只要这个丈夫出于某种原因和什么理由,或没有什么原因和理由,不想跟他这个妻或是那个妾一起过下去了,他就可以白底黑字地在一张纸上写下他终止关系的决定,这张纸就叫“休书”。他只要把这封休书交给这个女人,这个男人从此就还回其自由之身,不用去法院,不用请律师,不用给女方赡养费,不用对她再承担什么责任;而女方一旦收到这封休书,便立即成为下堂妻,大多数都被赶回娘家,从此在街坊邻里抬不起头来,凄凉地度过余生。

我外曾祖母就收到了这样一封休书。然而如果只是她一个人带着三个子女苦苦挣扎过日子也还好,但以后所发生的事那才叫不可思议到了极点。

几年以后,外曾祖父和那个跟他私奔的张姓女人又生了一男一女。但或许是遭到了天谴吧,有一天黄昏,当他们一家四口在长江边上准备搭渡船过江的时候,由于天色已晚,又刮起了很大的江风,张姓女人不知道为什么,一脚踩空掉下江里去,泡泡都没有翻一个,就永远不见了人影。

张姓女人就这样撒手而去,留下一双年幼的儿女。外曾祖父竟然还有脸请个熟人把那两个孩子带回到江安乡下的老家,叫被自己休掉的下堂妻收留他们。最荒唐的是,外曾祖母居然二话没说就接受了他们!所有的邻里乡亲都认为,外曾祖母一定是发疯了,认为她收留那两个孩子是为了让她从前的男人能够念及她的好而回心转意。

三个自己的孩子,再加上别人的两个孩子,一个弱小女人要靠给别人洗衣服来供养六张嘴,再加上当时正值八年抗战时期,日本人的飞机已轰炸到四川像江安这样的小县城里,人们一天到晚都要躲飞机的空袭,民不聊生,生灵涂炭,哪里还找得到那么多的衣服去洗?

外曾祖父在丢下两个成为他累赘的孩子以后,只身去了十里洋场的上海,想在兵荒马乱的大世界里混出一番作为来。凭着他的家世和一手绝好文笔,他居然在国民党上海警备司令部谋得了一个相当不错的职位。以后又被连连提拔,春风得意起来。刚开始时,他也还不时寄一点零用钱回老家,后来,好像是天雷勾动地火一样,他又爱上了一个江南女人,很快娶她为妻,从此断绝了与老家的一切联系。外曾祖母接受了多抚养两个孩子的沉重负担,换来的不是外曾祖父的回心转意,而是为他减去了麻烦累赘,让他更加逍遥自在地过他风流快活的日子。

终于到了一九四九年,旧中国变成了新中国,共产党代替了国民党,一个政权代替了另一个政权。对国民党而言,官大的或是被枪毙,或是成为阶下囚。我外曾祖父由于好歹只是个国民党的文职人员,逃脱了前两种命运,但他也被当作反动分子中的一员,发配回原籍四川江安老家乡下,成了一条名副其实的落水狗。当然,他在上海的那个江南太太,毫不犹豫地与他一刀两断,马上走了人。外曾祖父回到乡下以后,居然跑回老家向我外曾祖母乞怜。当时他的几个子女已经长大,全部联合起来阻止母亲打开家门回收这个忘恩负义的男人。而我们那可悲可叹的外曾祖母却坚持将家门打开,重新收留了这个男人。她对孩子们说:“他再有不是,也是你们的父亲!”唉,最后这个所谓的父亲因为其过去政治历史问题,被发配到田里干粗活。一天黄昏,他突然倒在田坎边,再也没有爬起来过,总算了了结了他荒唐的一生。

3　我外婆的故事

外婆在我的记忆里，也是一个大美人。小时候听我妈妈说，她们两个姐妹加起来都比不上我外婆美貌的一半。外婆出生于军阀混战的一九二九年，就是我前边故事里讲到的那个外曾曾祖母的长孙女。她九岁的时候，亲眼目睹了祖母上吊自杀的惨状，然后为了生计又跟着她母亲去帮人洗衣做杂事来共同承担养活弟弟妹妹的责任。

然而，我外婆的命运比起她的母亲，也就是我的外曾祖母来，还是有本质上的不同的。首先，她不再是一个文盲，而是一个有文化的知识女性。为什么会是这样呢？这还是得归功于她的母亲。我的外曾祖母一直认定，自己从新婚之夜就遭到丈夫嫌弃，完全就是因为自己没有文化，所以她就下定决心，凡是她的女儿，无论生活有多么困难，她都要让她们读书识字。所以在我外婆七岁的时候，就把她送进了苏家的私塾。这样的代价是，她自己每天必须多洗三大脚盆的衣服，并且还要熬夜帮有钱人家缝制新衣。

在那些年代里，大家都说“女子无才便是德”，但是外曾祖母从自己的遭遇里认识到，女子无才便是没有了德，只有落得个被丈夫抛弃的下场。所以她就是拼了自己的性命也要让自己的女儿去上学。

而我的外婆，不愧是苏家出来的孩子，天资聪慧，读书过目不忘，吟诗作赋，脱口成章，加上又写得一手好字，很快便在家族的孩子里边崭露头角。所有的叔叔婶婶，逢人便夸我外婆，说她是苏小妹再世，今后必定前途无量，有大出息。

在大人们的夸奖和鼓励下，我外婆更加勤奋念书，很快便以第一名的成绩考入了县立中学。在中学毕业以后，又经历了无数艰辛，考上了省城的著名大学——在她整个求学过程中，外曾祖母不知道付出了多少心血啊！

到了一九四九年，也就是在外婆去省城成都念大学一年之后，中国社会发生了翻天覆地的变化,共产党以席卷雷霆万钧之势,把国民党逼到了台湾。在共产党的号召下,外婆和所有的进步学生一样,以高涨的革命激情,投身到革命中去。对外婆个人来讲,她的革命则比别的学生来得更彻底些,因为她的身世太过于悲惨了,她是从这个社会的最最低层爬出来的。她的求知之路,是她的母亲用性命和健康换来的,是用每一个铜板铺垫起来的。为了解救更多像自己的母亲那样的劳苦大众,让天下每一个母亲都不愁无米之炊,让每个孩子都念得起书——这样的理念就百分之百地成了她的理念和信仰。

就是外婆这种纯粹的革命信念让她毅然决然地放弃了大学学业,跟一群志同道合的同志一起加入了革命大军,并加入了解放军在四川西部的一个军区文工团——那是一个光听着名字就足以让一个青年学生热血沸腾的地方,那所革命的大学纳入了多少像外婆那样的青年学子,又孕育了他们多少青春洋溢的美好梦想啊!

很快,外婆就以自己的出众的才艺和娟秀的外貌得到文工团领导的重视。经过一定的锻炼和考察,她被吸纳成为共产党员。于是外婆就顺理成章地得到了部队中许多革命男同志的重视。在五十年代初期,很多工人农民出身经历过南征北战对共产党有贡献的军人,都是早在家乡有妻室的男人。那些留守在家乡的妻子,由于无知无识,很快就被他们当成旧社会留下的婚姻枷锁,被一脚踹开。他们热烈地追求这些已投身于革命队伍中,与自己革命身份相匹配的年轻漂亮又有知识文化的女战士。他们当中,又有很多人把目光一齐投向了我外婆。

然而,我外婆虽然来自穷苦家庭,但毕竟血脉里流着的是书香门第贵族文人的血统。就是因为骨髓里这种连自己都浑然不知的傲气,让她看不起那些大字不识一个的大老粗领导。她知道这些人有地位,有实权,跟着这些人保准能够平步青云。但是外婆却单纯地认为,革命和嫁人毕竟还是有些微妙差别的。当然,毫无疑问,她的大前提是一定要找一个革命队伍中的男同志。但与此同时,她也是要找一个有知识的革命男同志,一个可以一同吟诗作画,可以满足她潜意识中的小资产阶级情调的那样一个男人作为自己终身革命伴侣。在整个军区中,与文工团女团员接触得最多的就是政治部宣传处的那几个男同志。其中有一个个子高高的、戴着一副黑框眼镜的英俊男人,听说他在参加革命之前也是一个大学生呢。

当外婆将她的目光投向这个男人的同时,这个男人也把自己的目光投向了她。

外婆在文工团里的每次演出,这个男人都会坐在前排兴致勃勃地观看着她的一举一动;每当演出结束后,这个男人又总是从人群中第一个站起来,振臂一呼:“文工团再来一个好不好?”此时又必定是一呼百应,所有的观众都立刻站起来跟着嚷:“再来一个,再来一个!”而每次以外婆为主角的团员们又总是在观众的热烈喝彩声中继续载歌载舞。

男女之情就是在这种革命活动中慢慢地滋生起来的,显得特别朦胧和浪漫。很难想象,在当时那种打土豪分田地平叛乱的激烈阶级斗争中,在革命的摇篮里,在革命军队的大红伞下,竟然也能开出这么小资、这么浪漫的花朵。

外婆记得当时她给那个男人送的第一件礼物是苏俄革命诗人马雅可夫斯基的一本诗集。那个男人连夜读完,彻夜不眠。第二天,他悄悄地塞给外婆一个纸条,上面写着:

> 这是我一生中读过的最优美的诗句,这是我一生中收到的最珍贵的礼物!

当外婆与一群革命战友被派去四川西部少数民族地区作巡回演出时,她沿途都用笔记录下了西部原始旖旎风光和少数民族的多彩风情。每走一站,她就寄一封信回去给他;而他,则对她的每一封来信都爱不释手,说这些信稿是他一生中读过的最优美的散文,并且在回信中总是赞美她是“冰心第二”,一个真正的革命才女。

而这位戴眼镜的革命书生,最终就在部队党组织的认可和促进下与我外婆结为了夫妻。

结婚前和新婚之初,外婆都觉得自己是天底下最幸福的女人,这种文化人之间的革命加浪漫的结合是天底下最美满的男女关系和最美满的婚姻。她觉得自己比起母亲不知道要幸福多少倍！真的是天可怜见,让母亲受的所有苦难在她身上得到了补偿。她觉得好感谢母亲,是母亲让她有了文化,有了文化才能找到这种有文化的革命伴侣,才能过上这种平等的,自己尊重对方,同时也被对方尊重的家庭生活。

在外婆的二女儿,也就是我的妈妈出生后不久,共产党开始了夺取政权之后的第一次大规模政治清洗运动,那场叫作“三反五反”的运动同时席卷到军队。她的革命书生,她那对革命赤胆忠心的丈夫,我的外公,一夜之间就被揭发出有“政治历史问题”,说是他在进入部队以前曾经加入过国民党的三青团。一下子风云突变,外公马上被关了起来,被隔离审查。随之而来的是抄家,外婆也被隔离,让她老老实实地交代她丈夫的问题。

不幸中的万幸是外公真的找到了自己的老上级,那位老上级为他证明了他加入国民党三青团,是奉地下党的命令去进行策反活动。外公总算通过了隔离审查,保留住了党员的身份。但是他档案中记载的“曾经加入过国民党三青团”的这句话就成为了他的历史污点,让他在今后漫长的人生道路中吃尽了苦头。

首先外公马上被部队踢了出来,下放去一个市委机关当了一名可有可无的闲职秘书。然后我外婆也被调离文工团,发配到一所中学当了音乐教员。他们在各次政治运动中被强迫写材料来告发对方,从而夫妻反目为仇。很多亲友都曾好心地劝外婆,叫她跟那个“运动员”丈夫分道扬镳离婚算了,以免以后受到更多株连。但是外婆看着眼前两个孩子,想着自己小时候没有父亲的那种凄惨日子,决定无论如何都不能让孩子没有父亲。

给这脆弱夫妻关系最后一击的是六十年代后期那场举世闻名的“文化大革命”。外公由于有“明显的历史问题”,被发配到本地一个纺织厂去扫厕所接受工人阶级的再教育和劳动改造。就在改造进行到第二年,外公在他每天打扫厕所的地方和一个纺织女工悄悄好上了。有一天晚上,突然东窗事发,外公和那纺织女工衣衫不整地一起被扭送到工厂革命委员会那里去了。他们要她在第二天在对外公的批斗会上揭发那个老反革命分子是如何以肉体为反革命工具勾引革命女工,妄图腐化工人阶级队伍而实现他资本主义复辟美梦的。外公在凌晨时分趁看守他的工人宣传队员不注意的时候,从楼上的窗口上一跃而下,当场气绝身亡。

尸体,是工厂方面通知外婆去领回来火化掉的。这是外婆一生中亲眼看到的第二次最亲的人自杀。外公的走虽然让她得到一种政治上的解脱,但让她最悲哀和最想不通的是,像外公这种有知识有文化,有人格有追求,又受到共产党严格教育规范的知识分子,怎么能在感情上背叛这个跟他浪漫恋爱,后来又为他吃尽苦头的女人去和一个女工苟合?她真心诚意爱上了这个男人,为这个男人付出了一切,并且准备为他作出更多的牺牲,但换来的还是一个像自己母亲那样被丈夫背叛和抛弃的命运。

很多很多年过去了,外婆还是说,只要自己活着一天,就永远不能原谅外公。

4 我妈妈的故事

我最最亲爱的妈妈,从我记事开始,就觉得她特别美。我妈妈不是那种让人一眼看到就会惊为天人的那种大美女。我妈妈的美不仅是外在的,更多的是内在的。她是那种让男人与她擦肩而过时不会注意到她,但是走了几步之后却想起来要回头望一望她的背影的那种女人。妈妈是文静、贤淑的,但又是有自己想法的女子。

我妈妈是我外婆生的小女儿，所以在家里受到父母的宠爱也多一些。我妈妈也似乎是两姐妹中唯一继承了外婆他们苏家传统美貌的人。她也像我一样，有一双独特的丹凤眼，并且也是写得一手好字。我妈妈是在一九五七年出生的。刚生下来不久，她的母亲，也就是我的外婆，便因为一些“右倾言论”，被隔离审查。由于没有得到足够的母乳哺育，所以她体虚力弱，被病痛缠绕。

“文化大革命”当她父亲跳楼自杀的时候，她才十二岁。那件事给她的震撼可以说是毁灭性的。在以后很多很多年里，父亲跳楼被抬走后，楼下泥土上被他的身躯砸出的那两个坑，永远留在她的脑海里，让她经常做噩梦，醒来后便是无休无止地哭泣。外婆毕生所做的最后悔的事情之一，就是不该把两个孩子带去出事现场，让她们亲眼目睹了这一场人伦灾难，那可是她们的父亲啊！

那件事为这个家剩下的三个女人留下了永远的耻辱。可以想象她们当时在学校和机关的家属大院里受到了多少的白眼和羞辱。

几年以后，父亲的事才被人们慢慢地淡忘了。姐姐相应毛主席的伟大号召，当了知青，去了四川的一个偏远的乡下。姐姐走后没有人做伴，我妈妈的日子更为孤单。她在那些年月里的大部分时间都是在家里的旧书堆里度过的。由于外公生前精通好几种外国语言，所以我妈妈就从爸爸留下来的《马克思恩格斯全集》的英文版、德文版和法文版中自学了这几种语言，阴差阳错地为自己选择了一条未来的职业道路。

高中毕业了，按照当时的政策，我妈妈因为是家里唯一剩下的孩子，不用像姐姐一样去农村插队落户接受贫下中农的再教育。但是我妈妈却一门心思地想离开这个家，这个城市——让她受尽屈辱和白眼的伤心之地。她想走得远远的，越远越好。虽然我外婆也是万般不舍，但是考虑到如果把孩子留在本地，丈夫遗留下来的各种问题今后可能会影响到孩子的前途，还是下决心把她送得远远的，让她自由自在地去飞吧。

所以，我妈妈就志愿申请去了四川最偏远的少数民族地区大凉山。幸运的是，她去的那个公社，是山区中唯一的一块平原，并且是汉族的聚居地，物产丰富，比她姐姐去的地方条件好了很多。也恐怕是在那种少数民族大环境的原因吧，当地的农民对城里去的汉族知识青年特别友善。我妈妈去的那个公社有六个大队，每个大队都分配了五六个城里来的知识青年。这些知青或是集体住在一起，或是分散住在农民家。无论是在哪里，当地农民总是把最好的房子留给他们，把最好的米面分给他们。乡民的淳朴和善良让我妈妈非常感动。从小，在机关大院里经历的全是明争暗斗和政治运动带来的血雨腥风，她从来不知道这个世界上还真的有世外桃源，还有那么一种真诚和淳朴。

由于我妈妈写得一手好字并自学过好几种外语，正值公社中学恢复英文课到处找不到英文教员，她就被选到公社中学里去当了民办教师。民办教师并不是捧国家公职铁饭碗的终身老师，而是由本公社各大队资助的临时代课老师，所有的粮食和补贴全是所在生产队里扣除，并且和本队农民一起分菜分粮分肉。平时学校开学时，在学校教课，学生放学后或是寒暑假时，民办老师都要回到生产队去和农民一起干农活。

我妈妈对这个民办老师的工作满意极了。她认为这是老天爷有眼，让她选择到这个地方，和淳朴天真的学生和农民们在一起，终于逃离了苦海。那段插队落户当民办老师的日子，是她人生中最最愉快的日子。

她和我爸爸，就是在那个时候认识的。我妈妈是六队的知青，而我爸爸是二队的。在我妈妈住的地方后边有一条小河，河上有一座碾米房，彻夜不停地为社员们碾米。碾米房隔壁有一个专门放置工具的房间，我妈妈下放到六队去后，队长就决定把她安置到那个独家独院的工具房里去。那是所有公社知青中待遇最好的一个。队长觉得这个女知青的家比一般本县城或是省城里来的知青都远多了，要坐两天两夜的火车呢，所以对她格外照顾。再加上我妈妈的确也是个人见人爱的女秀才，能写会画，能歌善舞，乡民们特别尊重她。

前边提到的那条河，是一条非常古朴的河。它一衣带水弯弯曲曲延延绵绵地连接了几个生产队，穿过六队的村庄之后，再往别的地方流去。也许就是因为这条河，它在冥冥之中连接了我爸爸和我妈妈的一段美好情缘。

从六队到二队，沿着河边走，可能要走上半个多小时。我妈妈现在怎么也记不起当初是怎么认识我爸爸的了。她只记得一些让她永远无限感叹的事，那就是每当她从学校回来或是从地里收工回来以后，开门的第一件事就是赶快烧饭做菜，匆匆把饭吃了。通常在那以后，天也就完全黑下来了。这时，她就会走到工具房里唯一的一扇窗子旁边，在下方的木桌子前坐下，在昏暗的灯光下静静地倾听窗外小河的流水声和磨房的碾米声。远处有时偶尔也会传来一两声狗叫声和农民赶水牛回家的吆喝声。就在这种散发着泥土芬芳和充满大自然恩赐的夜晚，我妈妈很快就会听到“扑通”一声，那是一块小石子打在窗子上的声音。每当她听到这个声音，就会马上把窗户掀开来，探出头去，就会看到站在小河对面年轻时的我爸爸。他戴着一顶旧军帽，穿着一身旧军装——当时是很时髦的知青打扮——他一看到我妈妈探出头来，就马上咧嘴笑起来。在黑夜里，妈妈说，她只看得见他笑着时露出来的那一排白白的牙齿。

只要确定了我妈妈在家，我爸爸马上就会用双手攀住河对面向河这边伸过来的一个弯弯的大树枝，随着它的弹力纵身一跳，跳到河这边的窗子下，踏着青草和石头，扶着墙根走到工具房里边来和我妈妈相会。每当妈妈给我讲起这段无比浪漫的和爸爸相识相交的故事时，都会泪流满面。她会说，当时还是“文化大革命”啊！我们居然可以在那种惨无人性的时代里找到一点心灵的安慰，享受一点青春的少男少女的纯真浪漫，真是一个奇迹。

妈妈还记得有一天晚上我爸爸跳进门来的时候，手里居然还拿着一本封面是牛皮纸包起来的书，说这是世界上最美的一本书，他要送给我妈妈。我妈妈听到那句话的第一反应就觉得好像这一切都是命中注定，不可抗拒。在五十年代初，她爸爸妈妈刚开始谈恋爱的时候，妈妈送给爸爸的第一份礼物也是一本书！

妈妈从爸爸手里把那本书匆匆接过来一看，原来是一本手抄的书，是我爸爸亲手抄的印度诗人泰戈尔的诗集《吉檀迦利》：

你已使我永生
这样做是你的欢乐

刚读到这开篇的两句，我妈妈的心就被完全地震动了。我妈妈说，她当时几乎是屏着呼吸一口气把这本泰戈尔的手抄诗集给读完的：

在你双手不朽的安抚下
我的小小的心
消融在天边快乐之中
发出不可言喻的词调
你的无穷的赐予只倾入我小小的手里
时代过去了
而我的手里还有余量充满
……

在诗集的最后一页空白的纸上，我爸爸也给我妈妈题了一句诗来共勉：

让我们在青春的驿站上留下深深的足迹
那将是我们生命大书中闪闪发光的字句

我妈妈说，当时那本诗集给她造成的心灵震撼是前所未有的，这些美过天籁的诗句像是为她苦难的人生注入了生命的琼浆，重新点燃了她对这个世界上那些最美好的事物的憧憬和希望。

对那一段萌萌的初恋，最让我妈妈感叹的是，她和我爸爸尽管每周都要悄悄地约会一两次，但是他们双方都绝对没有再往前越过雷池半步：没有爱的表白，没有亲吻，甚至连手都没有拉一下。那是一种多么淳朴朦胧又跨越时空的两情相悦啊！他们相互依偎着在那困苦的年代里彼此取暖，相濡以沫，除了真诚还是真诚，除了纯洁还是纯洁。

后来“文化大革命”终于结束，中国恢复了高考制度，以后发生的事真的该叫做是命运的安排了，他们考大学居然又考在同一个城市里。我妈妈还记得，那个时候，他们看的外国电影很少。每次我爸爸的大学要放外国电影时，我爸爸就会事先通知我妈妈。我妈妈无比感慨地说，每次她去他们学校放电影的学生大礼堂的时候，那里早已人头攒动，很难一下子看到我爸爸。往往就在那个时候，我爸爸就会站在礼堂里的某个长条木凳上，以一览众山小的姿态，向着从大门口进来的妈妈高高地挥手。最让我妈妈感动的是，他手里还拿着一条小毯子，那是他专门为妈妈准备的坐垫。因为在冬天，礼堂里的木凳子都很冷，他怕妈妈在上边坐久了会感冒。他那些体贴入微的小小的举动，都让我妈妈觉得很温暖。四年大学毕业以后，他们向各自的大学申请留在了同一个城市。

之后，他们就像天下很多幸运的有情人一样终成眷属，几年后就有了我。生下我时，我妈妈终于松了一口气，认为自己终究是摆脱了自己家族里几代女人的噩运，可能那只专门扼杀婚姻的罪恶之手被他和她丈夫真心相爱的故事所感动，从此将她放过了吧！

在我的记忆中，从我懂事开始，我们都是一个非常幸福的小家庭，虽然爸爸妈妈偶尔也会为一些小事情争吵。爸爸妈妈都是大学老师，爸爸的学校离家比较远，每天花在上班的路上的时间很多，晚上回到家的时候已经是筋疲力尽。所以，带我去幼稚园，上学，放学，我的三餐饭，还有学英文、学琴这些事情，几乎是妈妈一个人在打理。

记得在我六岁时的有一天，妈妈突然很神秘地对我说："今天是你爸爸的生日，我们一定要给他一个特别的生日礼物：我们母女俩坐公车去你爸爸的学校接他回家好不好？"

我们拎着生日蛋糕，转了几次车，才找到爸爸的学校，又绕了好多大楼，才找到他的办公室。进去以后，不知道爸爸去哪里了，我和妈妈就在他的办公室里等。我妈妈无意中打开爸爸办公桌下的一个抽屉，发现里边有一沓书信，信封上的笔迹娟秀，像是一个女孩子的。我妈妈好奇地打开了一封来看，天哪！居然是一个女人写给爸爸的情书！我妈妈一连又看了几封，全是同一个女人的情书。他们两个彼此以"爱人"相称，已经有好一段时间了。从信里得知，那个女人是爸爸同院的一个秘书。自己母亲的命运，现在又血淋淋地重现在她面前：她也被这个她认为是世界上最真心、最高尚、最忠诚的男人背叛了！

就在我妈妈看到那些信的时候，爸爸回到办公室来了。他一看见我们就愣住了，当他注意到妈妈正在读他的那些情书时，他一下子跳了过来，一把把那些情书抢过去，塞回到抽屉里边，一把锁上。我妈妈气懵了，满脸苍白，一句话都说不出来。我也吓得发抖，不知道爸爸妈妈之间突然发生了什么事。这时，我爸爸一下子用力地把我和妈妈推出办公室，不停地说："这里是单位，大家都是老师，有什么事我们回家再说吧！"我还记得爸爸当时的表情，看上去，远比妈妈镇静多了，依然温温和和的，好像什么事都没有发生过。

我和妈妈就这样被他强送了回家。

一进家门，妈妈就忍住泪水，严厉地质问爸爸关于那个女人的事。爸爸居然一口否认，还说是妈妈无中生有，诬陷了他。吵了一夜，没有什么结果，爸爸第二天一早就回到学校去教课了。妈妈越想越气，越想越想不开，明明是他犯了错，居然还死不承认，也不道歉,还要强词夺理,完全没有廉耻之心,她完全无法接受这个事实。于是一气之下就跑去爸爸的学校找他的领导,说我爸爸有外遇,要和我爸爸离婚。当时的社会还没有现在这样开放,对婚外情的容忍度很小,对出轨一方的惩罚往往提到一个政治和道德的高度。

万万没有想到,我爸爸当着领导的面爬到几层楼高的窗口边就要往下跳。他对领导说,这一切都是因为我妈妈长期神经衰弱服用了过多的安眠药而造成的幻觉,他是绝对冤枉的。自己敢对天发誓,绝对没有做出任何对不起我妈妈的事来,如果大家不信,他可以从窗口跳下去,以死来证明自己的清白。眼看爸爸就要往下跳,妈妈急了,心一软,一下冲过去,把爸爸拉下来。领导对我妈妈说:“你说我们这位同志跟别的女人有不正当的关系,你有什么证据吗?”我妈妈当场傻眼!

爸爸和妈妈从此反目为仇,爸爸再也没有回家来住过。他还到处说我妈妈跟本系平时工作上来往频繁的汪老师之间有暧昧的关系,一心想要跟他离婚,才编造出他跟别人有染的谎言来诬陷他等等。

我爸爸这样散布我妈妈和别的男人的谣言,也等于毁了我妈妈的名声,让所有不明真相的人都对她指指点点,切断了我妈妈的一切外援,逼得我妈妈一个人孤军和他战斗。在这种四面楚歌的情况下,只有吴雨一家,一直坚定地站在我妈妈这边,给了她所有的帮助和精神上的安慰。

在我爸爸妈妈闹离婚的那个时候,虽然“文化大革命”已经过去了好些年,但是中国社会仍然是一个比较封闭的社会,知识分子还是普遍十分看重自己名节的。闹来闹去,爸爸的面目越来越狰狞,妈妈反而不要离了,她不想就那样便宜了爸爸和那个女人,以致最后爸爸坚决要跟妈妈离婚,并且非离不可。当时,两个大学老师要离婚,如果有一方坚持不离,而另一方则要离,并不是一件很容易的事,特别是双方都在指责对方有外遇,而双方都没有确凿证据的情况下,离婚更是难上加难。而我爸爸却十分幸运,他那情妇的亲叔叔在本校有权有势,并且有海外关系,爸爸就利用她的关系和钱财贿赂了学校领导,爸爸居然离成功了,毫发无损地走出了婚姻!

除了我之外,我妈妈失去了一切,包括她的心,她的健康,她对中国男人和中国社会的整个信念。

记得爸爸离婚之后最后一次到家里来拿东西时,妈妈不在家,只有外婆带着我。我爸爸进门就和外婆吵了起来,最后他背走了我妈妈最心爱的手风琴,他说那是以前他出钱给妈妈买的,所以要拿走。他还从我外婆手中抢走了我们家最保暖的一床毛毯,说那是他们学校发给他的。

爸爸就是这样抛下我们母女的。我觉得连"撕肝裂肺"都不足以来形容我妈妈当时的那颗心啊。想想吧,那个当年顺着小河来给她泰戈尔诗集的青年,那个相濡以沫、心心相印的男人,如今却像豺狼虎豹,禽兽不如!

后来,我妈妈对我说:"绒儿啊,要不是为了你,我早就从长江桥头一头跳下去了!"

我当时受到惊吓,好长一段时间都记不起爸爸的相貌来。

我爸爸离婚后,就跟那个女秘书悄悄结了婚,并通过她的关系出了国。当时,对于一般的中国老百姓,出国还是一件让每个知识分子十分羡慕和向往的事。"不就是想出个国啊?为什么他要把自己变得像只禽兽一样?"我长大了以后曾经有一次问妈妈。妈妈说:"孩子,那不是禽兽,那是人渣!"

蓝塞,以上,就是我家的全部故事。你知道我是以一种什么心情来写这些故事的吗?我也很想知道你是以什么心情来读完这些来自东方的真实得不能再真实的故事的。"被男人抛弃和背叛"似乎成了我家所有女人都逃不过的一种宿命,这种宿命让我妈妈感到很害怕,所以她无论如何都要把我送出中国,以逃脱这个几代中国女人的宿命。我妈妈临终时嘱咐我到这个西方世界来,睁开自己的眼睛,去找一个"真正有良心的男人"。虽然我至今仍然不懂什么叫“真正有良心”这几个字，但我相信我们彼此都能感觉到这几个字的沉重分量。

读完这封信后，如果你认为你就是我在寻找的那个“真正有良心的男人”，你就到登机口来吧。如果你认为自己不是，就不要出现在那里，让我们从此在心里默默地对对方说声再见，永远不要伤害对方吧！

第十七章　在拉斯维加斯，凡是爱，都会燃烧到最高潮

三月初的北美，依然残留着冬天的感觉。雪绒几乎一整夜都没有合眼。自从给蓝塞发出那封长信之后，她的心就被一种复杂的思绪缠绕着。有时她觉得后悔，不管怎样说，蓝塞也是一个与自己背景完全不相同的异国人，给他讲一个女人和一群女人的悲惨故事，是不是会让他感到莫名其妙，或者干脆被吓住了。对她这样有着这么一个沉重背景的女人，像蓝塞那样无忧无虑的美国人能够承受得了的吗？雪绒这个时候觉得自己根本就不应该给他写那样一封信，应该就让自己在美利坚这块土地上一切从头来过就行了，为什么老要给这种全新的生活上罩上一层过去的阴影呢？蓝塞会有什么反应呢？他会认真地读完我那封"万言书"吗？读完后他会怎么想我呢？是会更珍惜我呢，还是会认为我们这些中国女人都是些怪物？

过一阵她又想，蓝塞会不会去登机口呢？他会从此退缩了吗？应该是不会的吧。蓝塞是一个乐观和勇敢的人，如果他对我是真心的，他就应该明白我写这封信的用意了。这封信无一不在对他暗示：我对我们之间的关系是严肃认真的，一旦我跟你走了，就表明我把自己的一生都交给你了。我不要重复家族里那些女人被男人背叛，被抛弃，被践踏的悲惨命运。如果我给你讲清了我的过去，就表示着我要求你负责我的未来。这就是一个中国女人的底线：你真心爱我，可以，我真心爱你，也可以。但是要让我从此跟你走，那你就要牵着我的手往前走一辈子，你就必须作出那个承诺，

一个中国人创造出来的古老承诺:同甘共苦,白头偕老,相濡以沫,不离不弃。虽然这是中国人对婚姻的最高境界,很多中国男人都没能做到,但是蓝塞,你,如果是一个真正有良心的男人,就一定能做到!

三月十三日清晨,收拾了些些简单的行李,雪绒就准备出门了。在离开房间以前,她在衣橱上的镜子前重新仔细地看了看自己,今天她的嘴唇特别红润,别的女孩子在这种冬天也许需要抹很多唇膏,但她不用。然后她再看了看自己的眼睛,由于没有睡好觉的原因,那双丹凤眼上的两道褶子现在变得更淡了,让她的双眸有几分蒙蒙眬眬,似喜若忧的感觉。她的心里突然涌上一丝悲凉:"妈妈,从拉斯维加斯回来的时候,我就不再是一个女生,而是一个女人了。我的这一步究竟是不是走对了?我究竟有没有看清我前边所要走的道路呢?"有时觉得有,有时又觉得没有,但是在这一刻,雪绒已经没有退路可走了。无论如何,她都必须遵守自己的诺言:去登机口,在那里再等待命运为自己作出最后的判决吧!

雪绒提前了半个小时去机场。为什么要那样?她自己心里也不知道。她先在候机厅那里买了一杯咖啡,然后就拖着小旅行箱在去拉斯维加斯的登机口附近坐定了下来。一时找不到什么事做,她就把玩自己手腕上那个粉红色的腕表。那是妈妈在她十六岁生日时送给她的礼物,是她最喜欢的"Hello Kitty"的牌子。在表的正上方有一个凯蒂猫猫的小脑袋,秒针每移动一步,那个小猫猫的头就晃一下。当时她爱极了这个表,直到今天,虽然那粉红色的塑胶表带已经有些暗淡发黑,但是她从来都舍不得换一只另外的表。这是妈妈的礼物,代表妈妈的心的礼物。现在这个礼物正在帮她一起度过人生中最重要的时光。

登机的时候快到了,本来是冷清清的登机口,突然拥来了那么多人。雪绒坐在凳子上,双眼不由自主地在人群中搜寻,没有,蓝塞没有来;再看一次,还是没有来。这时,原先坐在她旁边的那些旅客,也站起身来,陆陆续续往登机口走去,在那里规规矩矩地排成两条线。

蓝塞还是没有来!

开始检票了,人群在缓缓地往前移动。蓝塞还是没有出现;雪绒的眼眶在这一瞬间突然湿润了,她猛地低下头,眼泪滴滴答答地洒落下来。

忽然,一双温暖有力的大手从她身后将她紧紧地抱住,雪绒扭头一看,竟然是蓝塞!

蓝塞此时把她搂得更紧了,他深情地对雪绒一字一句地说:"你写了那么长的一封信来确定我是不是真心爱你;而我要确定你是否真心爱我的方式是看你会不会为我流泪。现在我看到了,亲爱的!我们什么都不用说了,快去上飞机吧!"

他一把拉起雪绒,往她手里匆匆塞了个东西,两人一块儿往登机口冲去!

检票的几个空服小姐,看到雪绒和蓝塞时,一下全愣住了,她们手上的动作全部停顿下来,连那个在柜台后像机器人一样操作电脑的黑人老妈妈也把目光转向了他们,准确地说,是把目光转向了蓝塞手里拿的东西。顺着老妈妈的视线看去,雪绒这才发现,蓝塞手里抱着一个枕头,一个那么奇妙的枕头:枕头上画着一个线条简单的卡通小男孩,他侧着身,手里拿着一个话筒放在嘴上边——里边飘出来的话竟然是一段像波浪一样的五线谱,波纹上边欢快跳跃的音符竟然是一颗颗红色的小心心!

还没等雪绒搞清楚,这群女人马上转过视线,指着她手里的东西尖叫起来!雪绒这才看到自己手里的东西,原来蓝塞塞在她手里的是一个一模一样的枕头,唯一不同的地方是,她的这个枕头上边画的是一个卡通小女生,她双手摆在膝盖前拎了个小包包,并着腿,羞涩地站在那里,悄悄地聆听着那男孩子话筒里传过来的五线谱,那波浪形的谱子下方写着歪歪斜斜的一行字:"你如此美丽——对我!"小女生脸上一片潮红。

"啊!情侣枕头!""哦,好浪漫啊!"惊叫声仍然在继续。这时蓝塞高声地问她们:“你们不介意我们在飞机上把头靠在枕头上讲悄悄话吧!”又是一阵哄笑!雪绒的脸一下子羞红了,她赶快用手抱起枕头,冲过登机口往前跑走了。蓝塞也赶快举着枕头,高声嚷嚷着紧紧地追上去。那些有幸亲眼目睹过这一真实镜头的陌生人心中都在感叹:青春和爱情的确是太无敌、太浪漫、太让人羡慕了!

事后,很多网友或者说是他们的粉丝,都十分好奇,他们俩究竟在飞机上说了些什么?做了些什么?而雪绒绝对不是那个泄密的人,大家只能从蓝塞那里打听出一些零零碎碎的片段来。

其中之一是:蓝塞体贴地把枕头垫在雪绒的头底下,并对她说:“我想,你写了那么长的一封信一定很累了,所以就躺在这有着很多爱的枕头上好好地休息一下吧。我会在另外一个枕头上看着你,永远守护在你的身边。你从此可以无忧无虑地睡觉,无忧无虑地醒来,无忧无虑地去爱,去生活,去成就你自己吧!”

满载着爱的承诺,飞机在拉斯维加斯下午金色的阳光中徐徐地降落。雪绒和蓝塞手牵着手走出了机场。刚开始的时候,雪绒并没有像大部分游客一样,一看到机场里那些像士兵一样到处整齐排列着的吃角子机就万分激动,但是当她和蓝塞一起坐上出租车进入拉斯维加斯市区那举世闻名的中心大道时,她觉得自己好像是突然来到了另外一个星球。马路两边都是婀娜高挑的热带棕榈,树下的人行道上散布着各种层次、各种肤色的游人。由于天气湿润潮热,大部分男人都穿得花里胡哨,而大部分女人们则穿得袒肩露背。男男女女脸上都带着一种莫名其妙的笑容,一种近乎于天真的、傻傻的笑容;轻佻的“咯咯咯”的笑声,随处都可以听到。

但是很快雪绒就感觉到,这些游人远远没有马路两旁那些应接不暇的稀奇古怪的东西好看。她首先看到了拔地而起的金碧辉煌的韦恩大赌场,它就像是天神宙斯的一只眼睛,通体的金色曲线和光芒万丈的金色阳光共舞,为平凡的天空点缀上那么一颗璀璨的人工宝石。接下来,雪绒又看到了埃及的金字塔,看见了狮身人面像,看见了纽约的摩天大厦,又从自由女神旁边看到了恺撒大帝的恺撒宫,看到了巴黎的埃菲尔铁塔,看到了威尼斯的小桥流水,从小桥流水又看到了风驰电掣般的云霄飞车……

在来拉斯维加斯之前,雪绒曾经在心里想过,世界上有那么多名城让人可看可叹,古老的如巴黎伦敦,现代的如纽约甚至上海,为什么还是有那么多人对拉斯维加斯情有独钟呢?走过了拉斯维加斯的中心大道,雪绒才知道了这个问题的答案。名城如巴黎伦敦,有它们独特的欧洲风格;而纽约和上海,有世界顶级大都会的风格;而拉斯维加斯则是把全世界的所有风格都网罗到这里,浓缩在这袖珍的沙漠城市里,结果就形成了它自己最最独特的风格。那个风格在英文字典里叫作"glamorous"。中文直接翻译为"有魅力的"、"迷人的"。然而雪绒觉得,这种翻译远远没有达到出神入化的境界,完全不足以勾勒出拉斯维加斯的独特魅力。

雪绒不知道怎样才能将"glamorous"这个词用中文更加准确地传达出来,比如说"浮华",不像;"纸醉金迷",也不像。其实她明白,这个"glamorous"的词之所以很难传神地翻译成中文,那是因为在中国根本找不到这个"glamorous"的地方,也找不到这些"glamorous"的人。在这里,"glamorous"这个词是仅仅用金钱和繁华堆砌不出来的。只有来到这个"glamorous"的地方,人们才会脱去他们在日常生活中为自己披上的外衣,在赤裸裸的追求金钱和放纵欲望里找到一种最伟大的享受同时,也在最终失去金钱的颓丧和绝望里找到一种最另类的快乐。在这个城市里,金钱超越了人性和理智,金钱也超越了所有的固有文化价值和道德底线——金钱在这里绝对取代了上帝。这是一个腐化人类灵魂的城市,一个罪恶的城市;但正是如此,它也就是一个当之无愧的可以被称之为"glamorous"的城市,一个可以让人为所欲为的城市,一个可以让人在里面因为完完全全地放纵自己的天性而感到彻底的精神自由和完全的心灵解放的城市。

"你觉得怎么样?亲爱的?"下了出租车以后,蓝塞搂着雪绒,调皮地问。

"我好像刚到全世界旅行了一趟似的!"

"哈哈哈哈!"他们两个一起大笑起来。

"但是,你为什么偏偏选中了这个地方呢?"雪绒忍不住好奇地问。

"想知道为什么吗?"蓝塞很神秘地说,"等我们的蜜月过完了,你就知道答案了!"

"谁跟你过蜜月了?你再敢乱说一次!"雪绒举起了拳头。

蓝塞一下跳到一棵棕榈树下,举起双手高声吼起来:"我——爱——丁——雪——绒!"

两个人就这样背着书包,追追打打,嬉戏到一个旅馆的大门前。蓝塞一把拉过雪绒,在她的耳边轻声说:"这就是我们要住的饭店。在这里,我们可是要当一回真正的绅士和淑女了!"

"这是什么店啊?怎么订这么华丽的地方?"雪绒看着那巨大的玻璃旋转门里,走进走出的都是一些衣着光鲜绚丽、有着富贵人派头的男男女女。还有穿着黑色礼服的人彬彬有礼地在礼宾车道上专门代客停车。

蓝塞听到雪绒的问话,突然站在原地不走了。他把雪绒拉到自己面前,"亲爱的,你现在看着我的眼睛,把我现在要说的话听到你心里去:你,是我生命中真正爱上的第一个女人。你,也是我愿意共享这种毕生才一次的奢侈和浪漫的唯一的女人。就让我们的爱从密西根开始种植,到拉斯维加斯开始收获吧!"

在这一刻,雪绒认定,自己绝对没有看错这个男人!就是这一瞬间的感觉,让她的眼眶再一次为蓝塞而湿润!

"Bellagio"——"百乐宫",这个酒店赌场的名字永远是和著名的音乐喷泉连在一起的。以前在国内时,雪绒在一个朋友家里偶然听到了莎拉·布莱曼的一首歌,从此便对她的天籁之声着迷。后来在网上搜索莎拉的曲子时,才得知莎拉最有名的一首曲子是《告别的时刻》。那首曲子被举世闻名的拉斯维加斯百乐宫大赌场选为他们音乐喷泉的曲目之一。自此,凡是到拉斯维加斯的人,无一不慕名前来此喷泉边倾听莎拉这一首美得让人荡气回肠,天上人间无比隽永的歌曲。这次在来之前,蓝塞曾对她许诺过,说是要一起在这音乐喷泉前听歌。

从旋转门进入百乐宫之后,雪绒马上被迎宾大厅里的那种强烈的风格给震慑住了。在大厅的天花板上密密实实地垂浮着一些巨大的光艳夺目的玻璃花。那些花儿,有的是深紫色,有的是红色、黄色、橙色、绿色。最为绝妙的是每一个花朵的颜色都不是固定在单一的一个层次上,而是像扎染那样,以花的中心为色彩最深的起点而向花瓣慢慢放射出去,慢慢转淡,最后在花瓣的边缘趋为透明。

更令人惊叹的是,那些玻璃花后边都打上了明暗度迥异的灯光,通过光线的反射,那些人造的无生命的玻璃花朵好像被陡然赋予了灵魂,让它们看上去既像艺术品,又非艺术品;既像花朵,又非花朵;既像少女,又非少女。有的狂野,有得宁静;有的硕大,有的弱小;错落有致地簇拥着,又随心所欲地张望着,散乱而又优雅地挑逗着每一个观者。

雪绒万万没有想到,在拉斯维加斯这些表面上看去浮躁又做作的建筑物之内,原来也隐藏着这么多货真价实巧夺天工的艺术品。这就跟纽约那个城市一样,它的吸引人之处,不仅是因为它有着帝国大厦和华尔街,也更因为它有着百老汇,有着大都会博物馆,还有格林威治村!

离开了玻璃花,他们又来到百乐宫里边的植物花园。在透明钢精玻璃搭成的天穹下边,是栩栩如生的似真似假的野鸭、野花、野草、野树;上边高高低低,自自由由又非自自由由地飞舞着七彩蝴蝶和有着透明翅膀的蜻蜓。真实的世界在这里得到了艺术的夸张而建立起另外一种永恒:那种不同于真实而又超过真实的意象非常真实地铭刻在每一个观瞻它们的人的记忆深处,永远给人无穷的回味。

照蓝塞的话来讲，雪绒到现在看到的还只是拉斯维加斯梦幻世界的冰山之一角，他还要带领她一步一步地走进美国文化的心脏。

逛完了百乐宫，已经是华灯初上了。以前小时候老师在课堂提到“华灯初上”这几个字时，雪绒的体会便是她在长江之滨的家乡夜里可以看到的两江夜景了。“两江”指的是长江和嘉陵江。小时候，当山城重庆还没有像今天这样繁华的时候，当地人对这个城市最引以为傲的地方就算是那个山城夜景了。每到节假日或有外地亲朋好友到访时，本地人无一例外地都是要邀约着去像鹅岭公园那样的地方，在夜幕降临之时，居高临下一望：山下繁星点点，一览无余，一望无际。

后来山城重庆成了直辖市，政府又在江边修了滨江路，沿江的高楼大厦彻夜灯火通明，各个制高点定时交叉发出七彩激光灯柱，直射到江水中央，在江面上画出各种图案和文字。比起传统的灯光来，这种加上了现代元素的灯火是不是对“华灯初上”这四个字更贴切的诠释？

后来，雪绒又去过上海，见过了那全中国闻名的上海滩，觉得比起这个十里洋场来，山城重庆又是小巫见大巫，“华灯”这两个字还是送给洋里洋气的上海好了。更奇妙的是到了美国以后，由于要在纽约转机，在飞机上才又见识了纽约的灯火，又觉得曼哈顿的灯火那才真是叫“华灯”啊。

没想到今天又随蓝塞来到拉斯维加斯，这个城市的白天，虽然也炫目得足以让雪绒惊叹，但是还没有让她的感官得到极端的震撼。可当她被蓝塞指引着来到位于曼德利海湾大酒店顶楼的Mix法国餐厅，在落地窗前登高再往下一望时，雪绒才真正地倒吸了一口气：天哪！原来这个世界上真正的“华灯”在这里啊！那些白天看起来像一个个文化拼图的地标，在此刻经灯光的魔指一点，竟然完全复活了过来，成为栩栩如生的东西，整个城市从杂乱无章的浮躁中摇身一变成为眼下的梦幻之城、魅力之都。它汇集的不是一个城市，一个国家，一种文化的华灯，而是汇集了每个城市，每个国家和每个文化的华灯，汇集得如此璀璨，如此炫目，如此协调，如此巧夺天工——人类最优秀的大脑在拉斯维加斯的夜晚证明了自己最为智慧的设计——正是这种最智慧的华灯吸引了全世界的人的眼球，刺激了所有人的感官，让他们慕名而来，心服口服地不知不觉地乖乖地从自己的口袋里掏出钱来，顶礼膜拜似的将它们诚心诚意地奉献在这华灯之下。

如果拉斯维加斯的夜景可以美到让人眩晕的地步，而雪绒此刻所在的曼德利海湾大酒店 Mix 餐厅里，真是让雪绒找不到什么形容词来描绘。高雅，不只是高雅；现代，不只是现代；华丽，不只是华丽；美，那又岂止是一个“美轮美奂”所能形容的？

蓝塞告诉雪绒说，这个餐厅是拉斯维加斯十大最名贵的餐厅之一，在过去几年，都在最权威的旅游杂志和“富比士”的评选活动中名列前茅。在拉斯维加斯各种争奇斗艳的餐厅中，Mix 是其中“气势最恢弘，格调最高雅，气氛最浪漫的餐厅”。所以蓝塞选在这里和雪绒一起共进他们在拉斯维加斯的第一个晚餐。

虽然，到此时此刻，雪绒还没有找到一个最恰当的中文形容词来描述这个叫做“Mix”的法国餐厅，但她觉得蓝塞口中所说的“气势恢弘”一词倒是还比较接近准确。

首先，就气势来讲，Mix 是雪绒这辈子见过的最壮观的吃饭场所了。然而，Mix 与众不同之处并不在于它有多大，再高大也是高大不过人民大会堂两会代表吃饭的那个地方。这个餐厅的主要魅力在于它对空间的独具匠心的利用。这个空间究竟有多高，雪绒也说不准确。但是就仅仅去了解一下那从天庭上倒挂下来的枝形吊灯的长度，那个餐厅就高得吓人了：枝形吊灯每只长二十四英尺，每只灯都是由大小不一的手工吹制的透明玻璃球串起来的，像金鱼吐出的气泡由透明的鱼线穿成一串似的，从天庭一直悬吊下来。如果这种玻璃球穿成的只是几只或是十几只吊灯，那么就算不上是什么惊人之举了。这里一共有十五万个空心玻璃球穿成的长短不一的巨大枝形吊灯，在餐厅的中心部位的十几张餐桌上方满满地围成了一个大圆圈。那个大圆圈正中央的枝形吊灯的长度是最短的，但是上面的玻璃球却是银色的。从中心往外辐射出去的分枝则是长短不一的，而这种长短不一虽然看起来是散漫的、不经意的，但它们却是极有规律可循的：在靠左边的那些餐桌上，吊灯的枝干一直垂悬到客人坐椅的椅背后边；而在右方的那些餐桌，它们则是悬吊在离客人头上好几米的地方。

整个餐厅的基本色调是白色和乳黄色，地板也是用有着天然石斑、鲜活又不带一丝俗气的乳黄色的大理石铺成。桌子上的桌布、餐巾都是纯白色的，只有桌上摆的蜡烛小罐是红色的。那种调制得十分鲜艳但又有几分含蓄的红色，点缀在白色的桌子上，与整个餐厅里的色彩基调形成鲜明的反差和强烈的对比。就是这些小小的蜡烛罐，如画龙点睛一样，将这本来就够辉煌的餐厅衬托得雍容华贵，浪漫无比，并具有极浓厚的人情味。

"我好喜欢这里啊！谢谢你！"当他们俩最后在属于他们的那个小餐桌边坐定时，雪绒忍不住对蓝塞说。

蓝塞伸出手去，温柔地理了理雪绒额前的几绺零散头发，微笑着对她说："我可要吃醋了啊！你应该更喜欢我才对啊！"

这就是蓝塞，无论在什么情况下，他都能让你从忧愁变到不忧愁，从开心变到更开心！雪绒心里觉得，怎么造物主会创造出这么会逗人欢心的男人啊！自己真的是很幸运很幸运。

虽然号称是法国名厨主掌的法国餐厅，菜单上印的全是英文。尽管雪绒英文也还算不错，但对于一个才来美国一年都不到的年轻中国女子来说，这个菜单的确是有些太超前了！首先，照着美国人的习惯点头台。第一项，她读懂了，那是龙虾沙拉。一看右边标的价钱，天哪，二十六美元！下边几项她看得半懂不懂的，好不容易看到了一个头台里边夹杂了"泰汤"两个字。雪绒猜，那一定是"泰式浓汤"的意思了。看了看价钱，十四块，是所有头台里边最便宜的了。好，就要这个吧。

她又将眼光移到正餐那里。在"鱼"的那一项下边，所有的菜都在二十九到三十八块之间。再往下看，在"肉和鸡"的大类下边，所有的菜更在三十四到四十八块之间游走。天哪！怎么肉比鱼还贵？她怎么也想不通，还是赶快把目光移回到"鱼"那边去。看来看去，都没有看懂是些什么鱼配些什么菜。最后在一个菜目长长的一串字汇里总算找到了一个她最熟悉不过的字，"Rice"——"米饭"。怎么用鱼做的菜里边又跑出米饭来了呢？雪绒这时才觉得自己的的确确像是刘姥姥进了大观园，平时内心的那股子傲气，这时全被悄悄地抛到爪哇岛去喂真正的大鱼了！

不管怎样，就订这个"Rice"了！真够忽悠，就这个鱼加米饭也要二十九块钱。好了，最后再往下看"餐后甜点"一项，凡是她看懂了的带"巧克力"、"起司蛋糕"这样字眼的东西也是从十块起价。

而蓝塞这时还在问她，要喝什么酒？

雪绒迅速地在心里计算出，这已是五十三块钱了！还要加酒，加小费，加税，天啊！像这样几顿吃下来，非得把自己吃破产不可！但让她稍微能喘口气的是，幸好在飞机上，她就对蓝塞有言在先，她这次到拉斯维加斯的所有费用，以后全由她为蓝塞所主持的学生慈善团募捐会的演出来偿还。雪绒这时暗自庆幸，幸好自己还有一门才艺可以拿来作抵消，要不然，这一趟拉斯维加斯之行……她连想都不敢往下想了。

那么，蓝塞，一个跟自己一样，是个普普通通的学生，又是以什么来负担这样奢侈的消费呢？雪绒这时突然觉得心里有一种不公平。她告诉了蓝塞所有有关她家的秘密，然而，她对眼前这个美国男人，自以为很了解，到现在却发现自己并不真正了解他的一切，但是她现在却比任何时候都想要知道他的一切！

头台很快就上来了。雪绒拿汤匙在乳白色的稠汤里搅了一搅，尝了一小口，马上就搞清楚了状况，那不过就是放了椰子汁和鸡肉的普普通通的汤而已。汤喝了，过了一下，主菜也上来了。硕大的白盘子中间只有象征意义的一小堆黑棕色的米饭，一小块上边浇了些酱料的鱼点缀似的横躺在旁边。原来真的是有鱼的。雪绒拿刀叉切了一块尝了尝，不过就是普通的三文鱼罢了，味道也和密大旁边的美国小餐馆里的三文鱼差不多，还法国名厨呢！

她旁边的蓝塞，却在那里自顾自地满口惊叹叫绝，惊叹这是世界上他吃到过的最美味的法国精品了。雪绒忍不住笑了，她对蓝塞说，我吃你们欧美人的菜，从密大的学生食堂吃到这里的 Mix，全是一个味道；而你们欧美人，从校园旁的中国餐馆吃到我中国家乡的小天鹅餐厅，也全是一个味道，这就叫："两只老虎，两只老虎……"蓝塞也马上加入合唱："跑得快，跑得快，一只没有耳朵，一只没有尾巴，真奇怪，真奇怪！"两人唱完，又笑，笑啊笑啊，肚子都笑痛了！

吃了晚餐，甜品上来了。这时，蓝塞坚持要了两杯一九四七年的红酒。他看着杯子里红色的酒，沉默了好半天，突然抬起头来对雪绒说："我知道，任何一个像你那样对待爱情和男人都十分严肃的女人，此刻一定很想知道我的故事，因为你已经告诉了我你的故事。现在轮到我了。然而我觉得比起你的故事来，我的既浅薄又简单，真为自己感到羞愧。我得先喝一杯酒给自己壮壮胆之后，才能给你讲我的故事。

"我出生在一个富裕的家庭。'富裕'这两个字怎么讲？我指的是当我们开车经过拉斯维加斯的中心大道的时候，那条大道上就有好些我们家族的产业，所以我对这里的一切都了如指掌。另外，我家在加州、佛州还有南卡等地都有产业。反正，我是在纽约长岛长大的。从我一生下来起，我都觉得自己是十分幸运和幸福的，因为我在生活上应有尽有，还能坐家里的私人飞机去度假，进最昂贵的贵族学校去上学。我也是属于那一帮最受同学羡慕和最受女生宠爱的人。大概在十四岁的时候，我突然开始对我周围的一切感到厌恶，开始放纵自己。记得在我十四岁生日派对的那天，我偷偷地喝了酒，很快，我就开始交女朋友。

"你知道，作为一个有像我这样家世的男生，当然是学校里所有女生追逐的对象。你只要摇一摇手指,便马上会有女生冲过来与你苟合。在十四岁到十五岁那一年,我一共交了六个女孩子。其中有一个才交往了几天,我就把她像垃圾一样扔掉。虽然由于这样而臭名昭著,但还是有女孩子前赴后继,愿意跟我交往。到了十六岁,我已经对女孩子,不,是对所有的女人都感到厌倦,觉得她们都像是苍蝇和垃圾。我开始恨自己,也开始恨这个世界上的一切,包括财富。我认为让我堕落的根源就是财富,金钱就是毒药。我想如果我是一个普普通通家庭里长大的孩子,我完全可以像普普通通的孩子那样身心健康地活着,真心地去爱,真心地被爱,而不用生活在唯利是图的虚情假意当中。

"不知道什么时候,我开始吸毒。这种越来越深的堕落也让我的父母感到万分恐惧和焦虑,但他们并不认为是他们的财富让我堕落,因为同样出生在一个家庭的我的两个哥哥和姐姐,都像大多数富家子弟那样严于律己,品学兼优。他们进的是常春藤学校,毕业以后,又一同在我父亲手下打拼,帮助家族创造更多的财富。他们认为可能是我的问题,带我去看心理医生,去心理咨询……这一切对我来讲似乎无济于事。我恨那种生活形态和生活方式已经恨到了骨髓里边去了。高中毕业以后,我就跷家了。我背着简单的东西,落脚到了中西部,进了密大。我拒绝了来自父母亲的所有资助,因为我不想在他们那种金钱影响下回到我过去的那种生活。我想成为一个最最普通和最最自由的人,照自己的生活方式无忧无虑地生活,不要金钱来对我负责任,我也不用为金钱去尽责任。

"就靠着借贷和打工,我完成了本科学业。在学校,没有人知道我的背景,没有人用不同的眼光看我。我和所有其他男生一样,活得既忙碌又充实。那是我一生中最愉快的时光,我真正体会到了通过自己的努力来达到人生目的以后的甜蜜。我学的是工程,与我家族的事业是南辕北辙,但那样让我更有成就感。每考过一次试,每拿到一个好成绩,我都在向自己的人生目标迈近一步。每天当我端起盘子,啃着自己打工赚来的钱买的面包花生酱做的三明治时,我心里都有一种想哭的冲动。我觉得那是一种幸福、一种甜蜜,那是我存在的意义。

“就在大四毕业的时候,最疼爱我的祖母去世。她生前在佛州的南部有一个在那个圈子里非常有名的种马场。在她去世以前,她把那个马场卖掉,然后把卖得的钱全部信托在我的名下,规定我在二十四岁生日那天就可以动用。尽管我又进了研究所念书,并且已经过了二十四岁,又满了二十五岁,但是我从来没有动用过一分钱。这次到拉斯维加斯,是我第一次使用那个钱。我觉得那是天意,一定是上帝让我有这个能力,让我带着自己最心爱的女人,一起度过人生最美好的一段时光。我想,我祖母此时也一定在天堂慈祥地对着我们微笑呢!”

说完他的故事,蓝塞仰着头,朝那高高的悬挂着玻璃球吊灯的天庭望去。

在静静聆听蓝塞叙说他的故事的时候,雪绒心里也同时在叙说着另外一个故事,那是猎人海力布的故事。一天,猎人海力布在森林里打猎,突然小鸟们惊恐地飞走了,森林里的各种动物也四散而逃。海力布完全不知道这里发生了什么事,赶快问一只好心的小鸟。那只小鸟对他说:“海力布,你赶快和我们一起逃命吧,洪水就要淹过来了,这里的一切马上就要被毁灭掉了!”海力布说:“我们村子里的人还不知道洪水来了,我要回去告诉他们才行啊!”小鸟说:“海力布,这个消息除了你以外,不能告诉其他人!如果你把这个秘密告诉了他们,你就会变成一座石像!别傻了,还是跟我们一起赶快逃命吧!”

海力布往小鸟他们相反的方向跑去:他要去救他的乡亲们!他跑回村子里,高声地对村民们喊:“洪水快要来了,洪水就要来了!大家赶快逃命吧!”就在人们跑出家门逃命而去的时候,海力布的双脚已变得冰冷僵硬,他一步也走不动了,然而他还是用尽最后的力气高喊:“洪水就要来了,乡亲们快逃命吧!”喊着喊着,他的双腿,然后是他的腰,然后是他的胸,都逐渐变成了石头。他的声音变得越来越微弱，最后终于听不见了……他整个人都变成了石头。洪水冲刷淹没了他，而整个村庄的人却得救了！

现在雪绒的感觉就是这么荒谬，有一个声音好像是在告诉她：“洪水来了，快逃命吧！”而她，却在原地慢慢变成一尊石像，无处可逃！

她惊呆了。

从小到大，雪绒跟天下所有的女孩子一样，都在做着同一种白马王子和灰姑娘的梦。第一次参加慈善舞会的时候，她觉得自己仿佛是美梦成真，蓝塞就是达西，自己就是伊丽莎白。然后情人节在红龙虾餐厅，蓝塞又变成了她的货真价实的白马王子，让她的美梦再一次成真。但是，现在，当所有的童话色彩被抹去，现实生活以最严肃的面孔走到她面前的时候，她才突然明白，梦幻和现实毕竟是完全不同的两码事。白马王子和灰姑娘只是一个美丽的童话故事而已，而在现实生活中，她绝对不要当一个恶俗的灰姑娘，可怜巴巴地等待一个白马王子来改变自己的命运！

她不可以想象眼前这个普普通通的美国男孩子有这么一种天方夜谭似的身世，让她最生气的是他那富家子弟的背景。蓝塞，不就是大家所说的“富二代”、“富三代”吗？跟这种家庭出来的人交往太冒险了，虽然现在看起来蓝塞好像是浪子回头了，但会不会骨髓里仍然还是个纨绔子弟，只不过现在处于暂时的叛逆期，压抑了自己的天性，今后有一天总是会旧病复发呢？本来雪绒认为自己和蓝塞的交往是非常平等的，虽然蓝塞长得一表人才，无可挑剔，但纵观各色各样的美国男人，像蓝塞那样帅气的男生多了去，哪怕是一个电工，一个卡车司机，一个推销员，只要一穿上西装打上领带，马上变成大帅哥一个。他们白种人就是那样，一点也不稀奇！而自己，在中国女人里，也是公认的美眉了，在外表上和才智上，雪绒都对自己有充分的自信，她和蓝塞真是齐眉举案、旗鼓相当的金童玉女。

然而现在这种平衡，这种她内心深处建立起来的平衡，已经被打破了:蓝塞成了名副其实的白马王子,而自己和他相比,就成了货真价实的灰姑娘。太具有讽刺意味了。她没有家,没有亲人,更没有钱,连在这个国家长期待下去的身份和工作都没有,自己的确是个灰姑娘。

然而,雪绒却绝对不允许自己当个俗气透顶的灰姑娘。

在中国时,由于妈妈身体不好,不能像别的英文老师那样去教很多补习班来赚外快,还要把收入里的很大一部分存起来作为她以后出国留学时的费用,再加上她学琴花费不少,所以她和妈妈的日子过得贫穷寒碜,捉襟见肘。尽管那样,她也不觉得自己是个灰姑娘,低人一等。她总是把自己的头昂得高高的,腰挺得直直的,对那些有钱有势的富家公子追求者看都懒得看一眼。到了美国以后,在所有国内来的留学生中,她又是最寒碜的一个。就是这样,她也不认为自己就是个低人一等的灰姑娘。她绝对相信,贫穷和寒碜都只是暂时的,是可以通过自己的努力最终加以改变的。为什么要依附一个有钱男人,让他在一夜之间用金钱来把自己从灰姑娘变成贵公主?为什么要去穿男人给的水晶鞋?为什么要苦苦地等候奇迹发生,让男人来改变自己的命运?她,丁雪绒,不相信任何外人和外力。她只相信自己!

而现在,似乎命运之神在故意作弄她,让她真的美梦成真,在顷刻之间变成一个庸俗不堪的走了好运的灰姑娘!

面对着呆如木鸡的雪绒,蓝塞许许久久都无话可说,只是慢慢地喝他杯子中的红酒。当最后一滴酒也喝干了的时候,蓝塞伸出手去捂着雪绒的双手,难过地对她说:“我就知道你会有这样的反应,所以我才一直没敢告诉你我的身世,我真的怕失去你!”他停顿了一下,往旁边看了看,“我们每个人都是无法选择自己的父母和家庭的,对不对?我无法把我过去的一切一笔画掉,我也没办法跟我的家庭一刀切割。虽然我尽我的全力那样去做了,但我不得不承认那个家庭和我的过去对我的影响。有的东西是不会随着人的意志而改变的,但是,只要我们彼此相爱就行了,不是吗?”

雪绒此时没有办法回答他的任何问题。她的脑袋里像是被抽得空空的,但同时又像是被塞得满满的。她的眼前一会浮现着蓝塞跟别的女孩一起放荡不羁的画面,一会儿又浮现着她站在他父母亲哥哥姐姐面前那种小心翼翼、卑躬屈膝的受气包样子——这个男人的过去远远不像他表现出来的那样单纯,他的过去太复杂了,所以和这个人在一起的未来也因此而显得太可怕了。她的心越来越冷,冷得快要冻成冰了。

当蓝塞再次握紧她的手时,她把手轻轻地抽了出来,喃喃地说:“我要回家!”

第十八章　从湿淋淋的爱走向湿淋淋的性

“我要回家”一句话，让蓝塞的脸一下变得煞白。在这之前，他一直没有告诉雪绒有关自己的经历是有两个原因的。第一个是非常自私的想法，他想看看雪绒是否跟自己以前交往过的女人一样，是为着他的家世和钱财而来的拜金女。他见过的这种女人太多了。如果他一早就告诉了雪绒，就不能深入地了解和正确地判断这个女孩子愿意跟他交往的真实意图。第二个原因则是不太自私的，他不想一开始就告诉雪绒自己的过去，当彼此还不确定对方对自己的感情的时候，这样做很可能会从此在彼此之间留下阴影甚至产生裂痕。知道雪绒最终决定跟他到拉斯维加斯，并且在十分确定雪绒对他的感情之后，他才选择在这种时候向她开诚布公。本来他不想把自己荒唐的过去和盘托出的，但是，最后，他还是想通了，如果自己真的爱这个女人，就应当真诚坦白地告诉她有关自己的一切，彼此之间不应当再有秘密。如果雪绒真的爱他，那么她一定会理解并原谅他过去的一切。

蓝塞完全没想到，雪绒的反应是如此强烈。他认识的很多曾经十分放荡的美国人，在娶了中国妻子之后都浪子回头，生活得十分美满幸福。他们的妻子从来都不会去追究他们荒唐的过去，并且以丈夫的富有为荣。为什么雪绒和她们不一样？我并没有欺骗她，我只是选择了在适当的时候告诉她这些而已。她的人生在追求什么？她要的是什么？他对我的期待又是什么？她为什么会这么生气和失望？

面对着这些想问又问不出口的问题，蓝塞沮丧得完全说不出话来。

两个人像泄了气的皮球，拽着沉重的步子离开了那恢弘浪漫的餐厅。

回到百乐宫大酒店，他们看到好多人已聚集在外边那座举世闻名的喷水池边，等待着看那半小时上演一次的水舞了。在拉斯维加斯夜晚独特的氛围里，这些人三五成群，说着不同的语言，穿着不同的服装，兴高采烈地想着各种法子娱乐着自己。他们在黑暗中互相交谈着嬉笑着，人群中不时爆发出一阵阵兴奋的叫喊声。由于人太多，所以空气里也充满着各种奇怪的味道，有雪茄的味道、香水的味道、酒精的味道，当然还有汗水的味道。远处跳动的霓虹灯光不时掠过人们堆满笑容和期待的脸庞，似乎在预示着一个即将来临的美妙时刻。

蓝塞和雪绒好不容易挤进了人群，占领了一个绝妙的位置。从那里，雪绒才有机会好好地观察一下这个在暗夜中暂时沉睡的音乐喷泉。在来拉斯维加斯以前，她就专门在网上的旅游指南上搜索过有关这个音乐喷泉的资料。上边介绍说这个喷泉占地八点五英亩，以电脑控制的水柱可以达到二十八尺的高度，并且每表演一次，就要用掉六千块美金。据说如果来了拉斯维加斯而没有去看这个水舞的话，就不算真正地来过了拉斯维加斯。

这世界上真有那么神奇的水吗？雪绒在中国时，曾经去贵州看过有名的黄果树瀑布。也许是在冬天枯水季节去的吧，结果大失所望，败兴而归。到美国来之后，又与同学去看了尼亚加拉大瀑布，觉得也不过如此。自然可以创造出包括生命那样的奇迹，相比之下，那种水的奇迹虽然会让人叹为观止，但却不会让人有心灵的共鸣。

由于在餐厅里的不愉快，到现在为止，蓝塞和雪绒彼此之间都没有再讲上一句话，只是静静地在那里等待着这人工创造的奇迹的出现。

突然，人群一阵骚动，“那里，来了，来了！”人们惊叫起来！

一个划破黑夜的光点在水中猛地向前一泄而去,像流苏一样洒出一排雪白的由低至高的水柱。天籁一样的歌声,也在这一瞬间同时响起。那歌声既像是在深山里穿透出来的,又像是在湖面上激荡开来的,是那么深邃和空灵:

当我独自一人的时候
我梦见地平线
而话语舍弃了我
……

"天哪!"雪绒一转身激动地抓住了蓝塞的手,"这真的是莎拉·布莱曼的歌啊!我是不是在做梦?!"

蓝塞温柔地吻了吻雪绒的头发,在她耳边轻轻地说:"这不是梦,亲爱的!"

随着这空蒙中带点激越和凄美的歌声,那湖中央水的舞蹈更加美得让人晕眩。一排排冲天水柱,看上去活脱脱的就是一排排在水上跳着集体舞蹈的芭蕾舞者。而这些由水而生的芭蕾舞者却比现实舞台上的芭蕾舞演员更加让人惊叹,因为她们更加壮观地出现,更加整齐地列队,更加柔和地弯腰,更加妩媚地舞蹈,更加炫目地变幻!她们在瞬间变成直线,又在一瞬间组合成圆环,时而随着歌声急促地飞奔而去,时而又随着水波婉转地徘徊。白色的舞者与黑色的夜空形成巨大的视觉反差。这种反差更在莎拉·布莱曼的歌声中渗入人心而得到最美的升华:

没有阳光的房间里
也没有光线
假如你不在我身旁
透过每一扇窗
招展着我的心

我那已属于你的心
你施予到我心中
你在路边
所发现的光
是告别的时刻了
……

就在这一时刻,雪绒感觉到蓝塞的手突然从后边拦腰把她紧紧抱住,他的头深深地埋在她的脖子上,她感觉到他的身躯开始抽动,泪水慢慢地浸湿了她的头发。"不要离开我,请不要离开我。我真的爱你,我不能没有你……"蓝塞的热泪还在继续润湿着她的情感,那水中的歌声还在继续燃烧着她那原以为已冷却了的心:

那些我从未看过
从未和你一起体验的地方
现在我就将看到和体验
我将与你同航
在那不再存在的海洋
我将与你一起让它们再通航
是该告别的时候了
……

这时,雪绒也无法再控制自己的眼泪,她转过身去,悲哀地问:"难道爱你也有什么错吗?"

"没有,亲爱的!爱情今天晚上说:我们要永远在一起!"

在对那歌声的无限留恋中,蓝塞拥着雪绒从电梯里出来,带着她来到一个装潢得十分高雅的房间门口,门上用烫金的字写着'Cypress Suite10001'。正当雪绒暗自揣摩这个奇特的房间号码时,蓝塞笑着对她说:"这就是百乐宫里有名的柏树10001房间,你以后有空'谷歌'一下,就会觉得十分骄傲:我们也总归是到此一游了!"蓝塞很快又恢复到了他那幽默爱打趣的老样子。

当门一打开,雪绒就被迎面而来的一大束鲜红的玫瑰花所惊呆:一定又是蓝塞所为!当她一步一步地往里走的时候,地上全是玫瑰花瓣,桌子上也是,沙发上也是——到处都是那种红色,到处都可以闻到芬芳;这些红色铺张地点缀着以浅灰色和乳白色为基调的房间;而房间里到处都是镜子,到处都是名贵的水彩画。走过客厅,再往里边走,雪绒看到了卧房,她的脸刷地红了。那房间里唯一的大床上,铺着那么柔和和温暖的被子,一双巨大的肉色枕头蓬蓬松松地靠在那里。在床头两边的灯柜上的柔和灯光的抚摩下,那张床显得是格外性感和迷人。

蓝塞几步走到床脚正对的落地窗那里,"啪"地按了一个键钮,窗帘就自动徐徐地拉开了。哇,原来这落地窗正对着外边不远处的音乐喷泉,而此时那些水的舞者正在重新翩翩起舞。"就这样了,你睡着也可以听,醒着也可以看,可以让你享受个够了!"

雪绒"扑哧"一下笑了起来。从音乐喷泉那里再往远处眺望,那是夜光中的巴黎埃菲尔铁塔和整个拉斯维加斯的华丽夜景!现在,她才明白,为什么这个柏树 10001 房间是如此名贵了。

更让雪绒感到绝妙无比的是,这个柏树 10001 房间的卧室里居然有两个洗手间,靠大床左边的那个是男士专用的,右边则是女士专用的。里边不仅地板、墙壁和浴缸全是大理石,在浴室的一角还有一个液晶平板电视。雪绒好奇地拉开了浴室墙上的窗帘,居然马上又看到了拉斯维加斯的另外一个方向的夜景!"真是奇妙啊!"雪绒除了这几个形容词外,再也找不出其他文字来形容自己的感受。什么叫做人类的智慧?人类的智慧不仅创造了电脑之类给予人类思想与方便的东西,它也创造了这些让人们的感官得到最高层次享受的东西。

洗完澡,换上睡衣,雪绒突然觉得手足无措。一想到那个巨大的床,她就心慌意乱起来。其实在来拉斯维加斯之前,她已作好了这种思想准备,如果答应了蓝塞跟他到这里来,就等于把自己豁出去,将不再是个女生,而要变成一个女人了。可是当真正面临这个即将从女生转变到女人这个关口时,雪绒心里一下子感到害怕了:我还是个处女啊!现在,在这里,就这样,和这个男人?天啊,她紧张得透不过气来。她想再在这里待下去她会要死。她无力地瘫坐在浴室的大理石地板上,委屈得想哭。

这时,她前边的浴室的门轻轻地开了一条小缝,一只手缓缓地伸了进来,正当雪绒要惊叫的时候,她突然看见那只手的掌心里放了一枚闪闪发光的银色的戒指,同时也传来了蓝塞的声音:"我最亲爱的雪绒,我知道你爱我,但是如果今天晚上我也能够让你爱上我的肉体的话,你能不能答应嫁给我?"

"天啊!还不赶快把灯关上!"雪绒尖叫起来。

瞬间,蓝塞已在黑暗中从浴室里抱起了雪绒,把她放到了那张十分性感的大床上,轻轻地为她解开了睡衣。当蓝塞那火烫的双唇一触到她坚挺的乳房,雪绒的全身就瘫软了,觉得自己的下身突然像是决了堤似的,热乎乎的,湿淋淋的,并在四周迅速地扩散开来。她的手情不自禁地勒紧了蓝塞赤裸又健壮的腰杆,她闻到了蓝塞身上那种也许是男人特有的味道,她的胸部也感受到蓝塞那些柔软的胸毛,性感的胸肌,还有那强大无比的双臂。在一寸一寸地吻过雪绒的全身之后,蓝塞俯卧在雪绒身上开始颤抖和呻吟,他滚烫的肉体不停地在雪绒那无比细腻的肌肤上上上下下激烈地摩擦着。雪绒觉得自己的全身也跟随着这一波强过一波的摩擦开始痉挛,从心底到咽喉,从骨髓到血液,从里到外,从下至上,她感到一种前所未有的饥渴,那种得不到就会要了她的命似的饥渴……她突然在黑暗中睁开眼睛,对着蓝塞高喊:"我要!"猛地一下,立即有个坚硬无比的物体插进了她饥渴万分的躯体。在那一瞬间的剧痛之后,她感到的是全身血脉的膨胀——那股冲击波立刻从那里扩散到她身体的各个部位,向她的神经传送着最最放荡的人间快乐。她,再也离不开这个男人了!

他们就这样保持着最后的姿势过了好久，因为雪绒还沉浸在那种幸福之极的感觉里，不想让蓝塞离去。蓝塞一边温存地吻着她，一边轻轻地问："亲爱的，喜欢吗？"一听到这句话，雪绒觉得自己刚刚才趋于平缓的血脉又重新开始奔腾，她的乳房又开始膨胀，她的下体又开始发热发湿，"我还要！"

话音刚落，她就马上感觉到蓝塞的嘴唇正在寻找她的手指，还没有等她明白过来是怎么一回事，蓝塞已找到了她的无名指，并把衔在口中的戒指一下子套在上边。"你，永远是我的了！"说完这句话后，蓝塞又紧紧抱住她……

他们就这样从床上翻滚到床下，从床下的玫瑰花瓣里又翻滚到沙发上。

整整一夜……这，就是一个中国女人的初夜！

第十九章　在爱的隧道里，再次上演浪漫无穷动

当早上的阳光从咖啡色的落地窗帘泻进房间，泻到他们十分凌乱的大床上时，雪绒终于慢慢地醒来了。刚开始时，她觉得自己好像是在中国，她要回她原先拉琴的乐团去报到，结果被告知，自己已经被除名了。她一下子就被吓醒了，浑身冒出冷汗。醒来之后，她才发现自己现在是躺在拉斯维加斯的柏树 10001 房间的大床上。她侧过头去，看到身边裸露着身体，睡得像婴儿一样香甜的蓝塞。有关昨天晚上发生的一切，立即像放电影似的浮现在她脑海。那是一个多么疯狂的夜晚啊！她记不清究竟和蓝塞做了多少次爱，也记不清他们是什么时候倒床睡觉。现在蓝塞的一只手还搭在她的腰上，好像一个已经睡着了的小男孩仍然离不开妈妈似的。因为昨天晚上一切都在黑暗中进行，现在她才可以借着早晨的阳光肆无忌惮地细细品尝着这个已经属于她的男人。那双闭着的眼睛上长长的金黄色的睫毛，那由于一夜做爱被汗水浸湿又干了以后结成的一绺一绺的微微鬈起的头发，还有那展露着无限青春和力量的性感的肩膀和胸脯……

雪绒深深地吸着气，尽情地嗅着空气中两人做爱时余留下来的气息，这种略带腥味的刺激感官的淡淡的味道，让她全身上下感到一种前所未有的满足和幸福：自己的第一夜真的是青春无悔了。

这时，蓝塞翻了一下身，在睡梦中又回过身来一把搂住雪绒，把她紧紧地捂在自己的怀里，又继续睡了。

如果世界上还有一种感觉叫甜蜜，那么，这就是了。她看看自

己右手无名指上戴的戒指，回想起她和蓝塞在苹果树下的第一次邂逅，到咖啡店里的吵闹，到门上那些“我爱你”的折纸，到情人节惊天动地的创举，再到昨天晚上为自己带来肉体上的最高潮……此时，雪绒再也不怀疑蓝塞的真心，再也不怀疑自己的选择。她心里想，有哪个中国男人，哪怕是吴雨，可以像蓝塞那样带给我那么多那么多的幸福感和满足感呢？又有哪个有着像蓝塞那样身世的美国男人，可以像蓝塞那样对一个中国女人那样谦卑和尊重？

温柔的爱，热烈的爱，浪漫的爱，心灵的爱，肉体的爱，甜蜜的爱……雪绒觉得自己现在就是在这种怎么数也数不清的爱的云朵里被包裹，被抚慰。好像过去人生的所有痛苦都在这一刻被遗忘，过去所有的磨难都是在为这一刻的幸福做准备！

她想到了亲爱的妈妈。她对妈妈说：“妈妈，如果你现在在天空中看着我，你一定会为我感到高兴，并且一定会为我祝福。你的女儿没有辜负你的希望，她在这个美丽的异国他乡找到一个真正的好男人。你的女儿从今以后再也不会孤独，他会替你永远陪伴我去走完我的人生道路。”

雪绒的眼泪顺着眼角滴到蓝塞的手臂上。“你怎么了，亲爱的？”蓝塞一下醒了，双手托着她的脸，关切地问。

“我想我妈妈了。”雪绒感伤地说。

“妈妈现在在天堂应该为她的女儿感到高兴！”蓝塞把雪绒戴着戒指的那只手举起来，“妈妈，你看，今天你的女儿就要和一个这个世界上最爱她的人结婚了！你祝福我们吧！”

“今天？”雪绒疑惑地问蓝塞，“你确定你跟我结婚不会后悔吗？”

蓝塞没有立刻回答她的问话，而是翻身走下床去，从行李包里掏出一张粉红色的纸，拿到雪绒的面前。“你还记得这个宣言吗？”

雪绒一看，“扑哧”一下笑了起来，“你这个坏蛋，还保留着这么无聊的东西啊！”原来那张纸就是当初在星巴克咖啡店里蓝塞随手涂鸦引起那场轩然大波的“刚刚结婚”的告示。

蓝塞用手轻轻地抚摩着那张告示对雪绒说：“自从在星巴克写下这个告示被你泼得湿淋淋的那一天起，我就发誓，一定要娶你为妻！”蓝塞得意地笑着说，“你看，你还是没逃出我的掌心，成了我的女人了吧？我们今天就要去结婚，我要把这个告示再一次向所有的人正式展示：蓝塞不是在开玩笑，蓝塞和雪绒真的是结婚了！”

拉斯维加斯是那么一个最奇妙和最富有戏剧性的地方。在一个钟头之内，雪绒和蓝塞就在当地法院办妥了结婚手续，拿到了结婚许可证。又在一个钟头内，蓝塞和雪绒又在拉斯维加斯的车行买了一辆据蓝塞说是“专门用来装载我最美的新娘”的车：一辆雪绒从来没有看见过，也从来没有梦想过的银色的敞篷 BMWZ4 跑车。雪绒不知道那是蓝塞付了多少钱买的，她甚至不想去过问一切有关钱的事。她给自己定下一个规矩：虽然现在已和蓝塞成了夫妻，但是她要永远保持自己的尊严，永远不会去过问蓝塞的钱财。

开车回到百乐宫的柏树 10001 房间里，蓝塞神秘地对雪绒说：“现在我们要去一个地方举行婚礼。”

“我们不是已经在法院结婚了吗？”雪绒指了指床上放的结婚证书，又对蓝塞摇了摇戴着钻戒的手指。“连蜜月我们也在这拉斯维加斯度过了，这就足够了！”

“做我的新娘，怎么可能没有婚礼？”蓝塞的眼睛瞪得大大的，“你什么都不要管。我早就把一切都安排好了，你只要把这些东西穿戴好就行了！”蓝塞递给雪绒一个大纸袋，雪绒一看，里面是一件华丽的婚纱还有所有与之相配的整套行头。蓝塞继续对雪绒说，“里面什么都有了，就缺一双水晶鞋！我想你本来就不是灰姑娘，根本就不需要水晶鞋，对不对？”

雪绒忍不住笑了，拍打了一下蓝塞的头。“你真聪明！”雪绒忍不住好奇地问，“那你的呢？”

蓝塞不知又从什么地方拎出一个纸袋来,“不要担心,我的都在这里了!”他信心满满地对雪绒拍了拍那个袋子,不怀好意地对雪绒笑了起来。“你去你的女洗手间换衣服,换好了就出来。”说完,就不由分说地把雪绒推到那华丽的女洗手间里,并帮她把门关上。

半小时以后,雪绒已在自己的洗手间里换好了礼服。她在镜子面前仔细打扮了半天。头纱、婚纱、珍珠耳环、项链、手链,一切都美轮美奂,这些一定是蓝塞在来拉斯维加斯之前就悄悄准备好了的,没想到他是一个那么细心和体贴的男人。雪绒感到很窝心。最后,她在镜子面前站定,再一次认真地端详着自己。今天,我真的是世界上最最幸福的新娘了!如果真的有上帝的存在,请你永远不要把我的幸福拿走!

当雪绒走出女洗手间时,蓝塞正在往床底下塞着什么,听见雪绒的声音,他赶快一下子站起来。“天哪!”雪绒捂住自己的嘴,惊吓得说不出话来!蓝塞突然变成了女人!一个高大但十分俊俏的女人!他披着齐肩的金黄色头发,穿着跟雪绒类似的婚纱,也戴着水晶耳环、项链和手链。他那粗壮的一只脚腕上,还套了一条水晶脚链。刚才他弯下腰去,想必就是在折腾他那只脚了!

听到雪绒的惊叫声,他抬起头来对雪绒妩媚地笑了起来,他的脸上涂上了厚厚的粉底,他的眉毛、眼眶全都用笔重新描过,还涂着腮红和口红。看到他这一笑,雪绒差点要晕死过去。蓝塞见状不妙,一步跑过来把雪绒扶住,用手不停地拍着她的脸,笑着对她说:“亲爱的,你醒醒!我还是蓝塞啊!”

听到这句话,雪绒才敢睁开眼睛。她盯着离自己只有三寸距离的蓝塞那张不男不女、浓妆艳抹的脸,有气无力地说:“密斯特蓝塞,我还没有被你娶进家门,就快要被你吓死了!”

蓝塞顺势把雪绒抱起来在房间里转了几个圈,“亲爱的,你不是就是喜欢这个永远能逗你开心、永远给你惊喜的开心果蓝塞吗?”

是的,这的确就是我喜欢的那个蓝塞！这就是我的欢乐！这就是我选择的幸福！

当他们手牵着手,穿着婚纱,赤着脚走出旅馆电梯时,陌生人全部停下来,对他们行注目礼。连酒店里那些见过大世面的服务生,也无一不停下手中的杂活,互相窃窃私语。

蓝塞牵着雪绒的手,把假乳房挺得高高地往前走。而雪绒却羞涩得简直无地自容。她紧张地迈着每一步,目不斜视地跟着蓝塞战战兢兢地往前走。最后走到车里,雪绒这才松了一口气,“这个婚礼总算走完了吧?”她伸手就要摘去头上的披纱。

“别动那个！谁说那就是婚礼啊?婚礼还没有进行呢！你干吗那么沉不住气!”蓝塞大声地说。

“你这个坏蛋,你还要让我继续丢丑吗?我不……”还没等她说完,蓝塞就一把抱住她,用自己的嘴堵住了她的嘴。雪绒无奈,只得狠下一条心,今天就是上刀山下火海,也随这个男人去折腾了吧!

几分钟后,蓝塞的车一下子就开到了拉斯维加斯中心大道旁边的一座白色的小楼旁边。雪绒抬头一看,那个三层小楼的白色墙上印着几排红色的大字“小白色婚礼教堂”。雪绒一下觉得这个名字好熟悉,还没等她反应过来,蓝塞已把车开到小白楼的另一侧,一座用白色圆柱撑起的隧道大门突然出现在雪绒面前,拱形大门上方用烫金的大字写着“爱的隧道”“——欢迎你们来这里结婚”!

“天啊!”原来这里就是那全世界最有名、最浪漫的爱的隧道!当年小甜甜布兰妮就是在这里闪电结婚的。当时就是在世界各大媒体的轰动报道下,雪绒才知道了这个叫“爱的隧道”的地方的存在。据说好多名人,包括影星黛米·摩尔、球星麦克·乔丹、歌星法兰克·辛纳屈都是在这里结婚的。

当他们到达的时候,正是下午三点整。很幸运,爱的隧道里正好空无一人。他们不用等待就直接开车进去。

蓝塞理了理自己的婚纱，把雪绒小包包里的口红赶紧掏出来把自己的嘴皮涂了又涂。雪绒由于紧张，背都快要湿透了。她一把夺下蓝塞手中的口红央求道："我看我们还是到此为止吧。我怕。"

蓝塞转过脸来，张着血盆大口说："亲爱的，怕什么？我们又不会吃了他们！"他坚定地拉起雪绒的一只手，一踩油门，驶进了爱的隧道！

刚到里边，一种浪漫又神圣的感觉便向她袭来：隧道里的拱形顶部全是蓝天白云，各式各样可爱的小天使在上边自由地飞翔，有的在拨竖琴，有的在吹长笛，有的聚在一起唱歌，有的在伊甸园上嬉戏；在天幕的正中有一行字无休无止地一直往里延伸着："我爱你，我需要你，我不能没有你……"隧道两旁，那些白色的圆形柱子之下连接着一排排白色栏杆，上边每隔几步就缀着一颗爱情之心。再加上沿路随处可见的一簇盖过一簇的粉红色的蔷薇花树，真的是太美妙无比了！难怪全世界有那么多人选择在这里结婚呢。跟蓝塞在这里绕上这么一圈，也是此生无憾了！

而让雪绒更加毕生难忘的事还在后边。

当他们缓缓地终于从爱的隧道开到一个缀着玫瑰花环的地方时，蓝塞的嘴里不知道念叨了一句什么，一个埋在玫瑰花里的窗口突然在他们面前打开了，就像《阿里巴巴和四十大盗》里的那扇门一样，《婚礼进行曲》也随之突然响起！在音乐声中，一个秃头戴着眼镜的老牧师捧着一本《圣经》来到窗口。当他往这对新人的脸上看去时，老牧师的眼镜差点掉下来了。他赶快转过身去给里面的人打了个手势，《婚礼进行曲》戛地停了下来。然后他又返回到窗口来，用双手撑在窗沿上，一会儿看看雪绒，一会儿又看看蓝塞，看了好半天，才用十分疑惑的口气问："你们真的是来结婚的吗？"

这时候，一大群记者突然围了上来。所有的镁光灯"咔嚓嚓"地响个不停！

雪绒吓得惊叫起来，猛地一下倒向蓝塞。蓝塞一把把惊恐万分的雪绒紧紧地揽在自己的假乳房上。这下，记者们凑得更近了，“啪啪啪”，人也来得更多了。雪绒还听到有个记者在对着麦克风现场连线说：“亲爱的观众们，这里是拉斯维加斯最著名的爱的隧道，大家一定记忆犹新，这里是当初布兰妮结婚的地方，但是今天要在这里举行的是……一对女人的婚礼……”他停了停，拿开麦克风，迅速探头往他们这边望了望又继续说，“可惜的是，现在这对夫妻中好像有一个可能已被那个老牧师的粗鲁态度吓晕了！”他又很快看了这边一眼，纠正说，“对不起，不是已经吓晕了，是快要晕了！”

尽管有这种突发状况，但是那个秃头老牧师却依然故我，一副见惯不惊的样子。想来也是，这种大场面，他见得太多了，一点都不稀奇。而他真正觉得稀奇的是，这两个坐在 BMW 跑车里的女人，为什么会出现在这种基督教的婚礼圣地。哪怕是在这个被叫做“赌城”的地方，他还是坚信不疑地认为，自己无论如何都是个上帝的办事员，怎么能违背上帝的旨意去施行一对女人的结婚仪式，让她们结为夫妻呢？

“除非你们得到内华达州的法律允许，否则我不能给你们宣誓，对不起。”说完，老牧师就要关窗户。听到这话，记者们全鼓噪起来。

这时，蓝塞不慌不忙地从自己手上拎的那个镶着珠珠的小手袋里掏出那份结婚证书，悠然自得地递给了那位老牧师。老牧师将信将疑地接过那页纸一看，下巴一抬，脸上马上换了副表情。他把那张纸一折，还给了蓝塞，然后转身去对里边的人打了一个手势，辉煌壮丽的《婚礼进行曲》又重新响起！

所有的记者都呆了一下，突然又像睡醒过来了一样，赶快往窗口那里扑过去。他们纷纷举着采访麦克风问那老牧师：“你刚刚看的那张纸上写的是什么？”“是内华达州的新法律吗？”“同性恋可以在你这里结婚了吗？”

那老牧师面无表情地把靠近自己嘴巴附近的那些镜头和麦克风通通推了开去,然后对着车里的雪绒和蓝塞说:“你们两位准备好了吗?”雪绒和蓝塞不约而同地点了点头。“那么我现在为你们彼此宣誓。”他先问蓝塞:“蓝塞先生,你愿意娶雪绒丁为妻吗?”虽然牧师把雪绒的名字念得像“成龙”,但蓝塞还是马上说:“我愿意!”他女生女气的声音差点让雪绒笑岔了气。

所有记者听到牧师称蓝塞为“先生”的时候,都大惊失色。有连线的记者马上对着镜头播报:“看来显然是为了获得金斯顿牧师的同意,这位女士把自己的称谓改成了‘先生’。他们是否想以这种方式蒙混过关,绕过美国法律?还不得所知。我们的现场记者一定会深入追踪下去……”

这时金斯顿牧师全然不理睬那些记者的鼓噪,把头转向雪绒,“成龙丁,你愿意嫁给这位蓝塞·霍顿先生做妻子吗?”

雪绒小声又急促地说:“我愿意。”她此时恨不得在车下边打个洞钻到地里去算了。

后边牧师又叽里呱啦地念叨了些什么,雪绒全都没有心思去听。最后,牧师提高了声音说:“你们俩从这一刻开始就是夫妻了!”

蓝塞一把把她揽过来,给了她深深的一吻!这一吻,无疑是给众记者的镜头添了最劲爆的佐料。雪绒只有用眼睛气鼓鼓地瞪着蓝塞,瞪着瞪着,自己也忍不住“扑哧”地笑起来!

牧师又说:“现在请你们走下车来,我们照惯例要给你们拍一张结婚照作为你们的永久纪念。”

一听到这个命令,蓝塞就悄悄地附着雪绒的耳朵说:“昨天还是不该打电话把这些讨厌的记者叫来。完蛋了,这下可能要穿帮了!”他故作镇定地把自己的披肩长发理了理,对记者作出一个十分妩媚的表情,然后伸出右手优雅地牵起雪绒的手,左手的三个指头则摆出像淑女的兰花手那样捻起自己的婚纱,从车里一摇一拽地往外走。

当雪绒看到蓝塞那双赤裸的大脚落在地上的那个瞬间，她心里一沉，完了，这下可要穿帮了。为什么他要多此一举，为了不让我当灰姑娘，他也不穿鞋了呢？

当然，火眼金睛的记者马上发现了蓝塞的那双脚，他们一窝蜂拥到前边来，差点把蓝塞和雪绒推到在地。大部分的特写镜头都对准了蓝塞的那双脚，有的镜头离蓝塞的脚趾头很近。雪绒想，他们一定是想照出蓝塞脚指头上边的汗毛吧！当然也有一小部分人的镜头是对准雪绒的脚，雪绒也完全能判断出这是为什么：这些人是要把她的脚和蓝塞的脚来作一个对比，以揭示出真相！

好不容易，爱的隧道的摄影师才推开众记者，给蓝塞和雪绒拍了一张结婚照：雪绒挤在旁边像只受到惊吓的小老鼠，而蓝塞则叉着一双大脚门神一样站在那里，活脱脱一个傻大妞！

照完相，记者又一拥而上，用话筒对准蓝塞问："请告诉我们，你究竟是男人还是女人？""请告诉我们，你的那双脚上怎么会长有男人的汗毛？""为什么你们都不穿鞋？""为什么牧师可以给你们举行宣誓仪式？"

听着这些愚蠢的问题，连雪绒都忍不住大笑起来。

蓝塞拉着她迅速地跳进车里，"砰"地关上车门，一手揽着自己心爱的女人，一手握着方向盘，猛地一踩油门，甩开记者，往远处开去，把那一串串"哈哈哈"的爆笑声永远留在了爱的隧道里！

下　部

第二十章　没有了雪绒，吴雨的路怎么走

蓝塞和雪绒结婚后，由于雪绒厌倦了大城市里的吵闹和喧嚣，喜欢小城市的宁静和与世无争，所以蓝塞就在一个风景如画的密西根湖畔小城的一个电器公司里找到一份工作，他们就在这里定居了。这里离雪绒还在念书的密大有两三个小时的车程，雪绒不得不放弃了她的学业，同蓝塞一起搬到这个小城里来了。

住了一两个月的公寓以后，蓝塞就用祖母留给他的钱买了一个建于六十年代后期的红砖房子。这个房子虽然是在城里，但是却坐落在一个小山坡上，三面都被绿树覆盖，右边的小树林下边还有一条涓涓而淌的小溪。后院是一块有几个网球场那样大的绿草坪，草坪的四周密密实实地围着整齐的几人高的松柏树，非常宁静和优雅。而最让雪绒喜爱的地方是这个房子的原女主人是一个石头艺术家，在这个不大的两层楼的小屋子的四周全都留下了她的艺术的灵气。沿着墙根的石子路上，散落着比普通石头较大一些的石头，你只要蹲下去，随意翻开一块看一看，就能看到上边的艺术痕迹：有的是一个太阳与月亮的简单组合；有的是一个线条独特的心形图案；有的则是一些抽象的读不懂的文字。总之，每次只要绕着自己的房子走一圈，看一看，雪绒都有异样的欣喜。她觉得这是老天爷的恩赐：不仅给了她这样好的丈夫，同时给了她这样理想的乐园。这，就是她从小到大以来想要过的一种生活：有一个疼爱自己的先生，住在北美一个风景如画的宁静房子里，过着现代人所没有的那种田园牧歌似的生活，沉浸在自己的小小世界中，与世无争。

雪绒在后院的两棵橡树之间,像很多典型的美国人家那样,捆上了一个亚麻编织的吊床。她常常就在树荫和阳光的错落之中,躺在那吊床之上,头下枕着一个棉绒布的小枕头,身上搭着一条小被褥,手上拿着一本书,想看时,读上几行,不想看时,就发发呆,或歪着头打个小盹,让时间在她的脸上慢慢地爬过。

雪绒对这一切充满了深深的感激之情。

而蓝塞,还是像以前一样的浪漫。他把这个带着石头艺术家的房子取名为"爱之巢"。虽然雪绒觉得这个名字有些俗气,但最终还是同意了。蓝塞的创意还不限于此,在他们搬进这个爱之巢后开火做的第一餐饭,他就别出心裁地做了一道叫"爱之巢"的中国菜!这是他们俩专门到附近的中国餐馆里请教那里的大厨以后做出来的第一道中国菜。雪绒在水中放上中国面条,煮好后,蓝塞又把它们捞起来放在网勺里浸入油锅里去炸。炸好之后,雪绒又把那炸成金黄色的"巢"小心翼翼地放在一个白色的大瓷盘上。然后雪绒又把专门炒中国菜的那种锅放在炉头上,蓝塞开火,雪绒放油。等油冒烟了以后,雪绒就叫蓝塞赶快把肉放下去。油花爆了起来,蓝塞赶快找来手套给自己和雪绒戴上。然后蓝塞拿起锅铲,像狗刨一样在那些肉上做运动。雪绒跟着又"哗啦啦"一下把那些白菜、西蓝花什么的通通倒进去。蓝塞翻炒得更带劲了,雪绒又往锅里加酱油、糖等调料;蓝塞尝了一下,又叫雪绒放进去些芝麻油什么的。最后,香气出来了,红红绿绿的一堆。雪绒把火一关,蓝塞把那锅里炒好的东西准确地倒进了那个盘子上的"鸟巢"之内……"当当!"大功告成!然后是蜡烛、红酒,还有米饭和筷子。雪绒和蓝塞在爱之巢的第一次烛光晚餐,就被蓝塞用摄像机永远地留在了镜头里边。

新婚的生活,就是以这种平淡而温馨的脚步一步一步往前走的。他们共同生活的开始竟然有那么多的"第一次"啊:第一次在自己的房子里刷油漆;第一次在自己的书桌上打开电脑上网;第一次在自己家的窗口上看日出日落;第一次在自己家卧房的床上做爱。然而他们都要在做爱之前争论同一个问题:是关着灯,还是开着灯?而每一次都是以石头剪子布那样的方式来解决争论。这就是雪绒心里所感觉到的真正的家的味道,真正的甜蜜的味道。

蓝塞和雪绒共同的生活就是这样迈开了第一步。

那么吴雨呢?离开了雪绒,他怎么走下去呢?

吴雨在互联网上看到雪绒和蓝塞那惊天动地的拉斯维加斯婚礼仪式的现场直播,他翻看了几乎所有网上可以点击到的现场记者采访和各路网民的反映。而他自己的反应却是毁灭性的:雪绒居然不告诉任何人,就这样无厘头地跟那个张狂疯癫的美国人结婚了!

刚认识蓝塞时,吴雨对她没有什么特别好的印象。他觉得这个美国人与一般美国人一样,对人坦率,开朗乐观,精力充沛。而与一般美国男人不同的地方是特别喜欢作秀:他的人生好像就是在演戏,他对雪绒的追求也像是在演戏,他的爱,他的结婚,通通都像是在演戏。在蓝塞身上看不到男人对女人最重要的严肃性,所以他对雪绒匆匆忙忙就把自己嫁给了蓝塞感到十分不解和痛心。她为什么选择这样一个滑稽又会作秀的男人呢?就这样草率地把自己嫁出去了,并且是在拉斯维加斯那种地方?在没有亲友祝福,没有朋友参与的情形下结婚,为什么是这样?

为什么会这样?这是吴雨在心里想了成千上万次的问题。雪绒怎么与自己以前认识了差不多二十年的那个女孩子判若两人?他以前所认识所深爱的那个带点倔强的女孩子是一个聪慧、理智和独立的女人,是个不追逐名利,不跟随潮流,我行我素,人淡如菊的人。而现在却像疯子一样被那个蓝塞操纵于股掌之间,让她这样抛头露面,丢人现眼。那些疯狂的表演,说得好听一点是浪漫,说得难听一点是显丑。雪绒以前最憎恶的不就是这些虚假俗气的东西吗?为什么现在对这些东西趋之若鹜?难道雪绒来美国以后真的变了吗?还是雪绒本来的真实人格就是这样,只不过在中国那种生活环境里被压抑而没有机会表现出来?这完完全全不像雪绒啊！自从最后那次跟雪绒见面分手以后，他一直觉得雪绒只是被从未见识过的外国男人的热情冲昏了头脑，分不清东南西北，而当她冷静下来之后，她就会比较理智地去衡量自己和蓝塞的这种关系。吴雨甚至还很肯定地判断，雪绒目前只是跟蓝塞谈谈恋爱而已，他们之间在短时间内是不会有什么结果的，因为雪绒还没有完成学业拿到学位，她在美国还没有站稳脚跟。在这种情况下，雪绒是不会傻到放弃自己的根本而贸然做出那种一失足成千古恨的事情来的。

然而，事态发展的结果都证明他这个判断是绝对错了！

这同时也摧毁了吴雨对雪绒经年的信念。他亲眼看着雪绒从一个野里野气的小女孩长成一个亭亭玉立的大姑娘。他一直默默地爱着这个姑娘，一直默默地保护着这个女孩：她就是他的天使、他的理想、他的感情寄托和精神追求。现在雪绒像一阵旋风一样从他面前突然卷走了，跟着一个才认识了半年的美国男人疯到另一个星球上去了，还有什么值得自己留念和珍惜？还有什么值得自己付出真心和关爱？如果他的心现在还继续存在，那也只是一颗破碎的、苍白的，缺少温度和血液的心了。

可是吴雨毕竟是吴雨，早在经受了情人节那次的打击后，他在潜意识里就知道，雪绒总是会有跟别的男人双宿双飞的那一天的，只不过这一天比自己意料得早一点而已。他不止千万次地想到退却，彻底地退出雪绒的生活，退回到中国再去慢慢地舔自己的伤口。但每次他回想起情人节那次在底特律机场无论如何也跨不出这个国门的痛苦经历之后，他再也没有勇气去尝试把那种念头付诸实践。雪绒就是太阳，他只是一颗最最渺小的行星，他永远脱离不了那个固定的轨道。他只能远远地在她周围旋转，旋转，旋转……

好在吴雨在公司里的时间不长，在下属的眼中，他是一个好相处，诚实、稳重和干练的好同僚；在顶头上司眼中，他是一个聪明可靠，有实力，并且不会斤斤计较的下属；在公司女同事的眼中，吴雨则是一个不上不下的“悬浮列车”，行动迟缓、嗅觉迟钝的女人永远没法追上他的脚步；而那些早已停靠到站，地位高、眼光高、身材高的“三高”女人，却又对像吴雨这种说有钱没有多少钱，说帅气又没有洋男人帅气，说有发展潜力但又没有巨大发展潜力的男人看不上眼。很多在北美大公司给洋老板打工的这种不上不下的中国理工男人，都被冠上一种十分特殊的称号“北美猥琐男”。这些“北美猥琐男”里那些实在耐不住寂寞的，大都回国去找七大姑八大姨介绍一个美若天仙的年轻美眉带到北美来；而那些既寂寞但是还想在北美就地等吃天鹅肉的“北美猥琐男”，就不停地穿梭在附近大学里每年一次的新生队伍中，对刚到新大陆的国女们大献殷勤并希望有所斩获。如果忙碌一阵还是落得个竹篮打水一场空的话，这些“猥琐男”便将自己彻底投入到网络世界的虚无缥缈中去发牢骚，不惜余力地去攻击那些他们眼中的“外 F 女”。

在“北美猥琐男”这个标签被北美女生发明出来后不久，“北美猥琐男”也很快发明出了“北美猥琐女”这个封号，赠送给那些自己并没有“三高”条件，却硬要把自己当成“三高”，在男人堆里挑花了眼，却最终落得个剩女的在北美的中国女人。

每次在华人网站上看到“北美猥琐男”这个称号时，吴雨心里都在想，这个称号冠在自己头上还真是十分贴切的。没有了雪绒，没有了爱，没有了生活的动力和目的，在这寒冷的异国他乡，想要不猥琐都很难。每天，他除了早九晚五地上下班应付公司差事以外，就是回家吃饭，上网，睡大觉。

几个月后的一个星期六的早上，他在正午勉强醒来，看了看窗外的太阳，爬起来吃了一碗泡面，觉得还是疲倦如初，又倒在床上睡了过去。一觉醒来，竟然是晚上八点过了。他这才拖着仍然十分疲倦的脚步去洗手间刷牙。在明亮的灯光下，他一下子被镜子中自己的样子给吓着了：额头上，眼角上，都是些细细的皱纹。他一边刷牙，一边百感交集，眼泪夺眶而出。那个曾几何时风度翩翩、青春洋溢、心高气傲的吴雨到哪里去了？如果爱是一种人世间最美好最崇高最神圣的东西,为什么它让我在青年就经历了老年?它怎么可以如此残忍和粗暴地夺走了我的人生?

他刷完牙,放下牙刷的时候,突然如梦初醒:我,吴雨,今年二十六岁,不是六十二岁。从现在起,我就要以二十六岁男人应该有的样子来生活了!

吴雨就是在这种心态下认识楠楠的。

就像吴雨认识雪绒是在那个平凡得不能再平凡的下午,他和楠楠的认识也是在一个平凡得不能再平凡的下午。那天,吴雨在公司办公室的电脑上看了看时间,五点整。下班的时间到了。同事们很快拎起包包,一会儿就跑光了,只剩下吴雨慢吞吞地把文件夹合上,在电脑上最后翻看了 CNN 上最新的新闻之后,才慢悠悠地走出公司大楼。近几天,他总是尽量让自己迈着一个二十六岁年轻人应有的步子走路。一切上班的行头都已拿到洗衣店去洗过,烫过,衣服上残留的清香让他感到精神抖擞,头发也焕然一新。从此,二十六岁的吴雨就要为自己而活,对"北美猥琐男"们说声"对不起"了。

他边走边想,今天晚上要去哪里吃晚饭呢?是自己煮呢,还是去餐馆吃?如果是自己煮,冰箱里还有些什么呢?番茄?可能早就坏了。青菜还有一些,但是鸡肉在冻箱里还没有拿出来解冻,回去再拿出来可能来不及了。如果去外边吃,上次那家新开的自助餐馆并不怎么样。那么下午老美同事托尼推荐的那家泰国餐馆好像开车去很远,值不值得呢?

他一边思考着,一边走到自己那辆毫不起眼的银色福特车旁边,拉开了车门。

"哇啊!"头刚伸进车门,他就惊叫。车的后视镜上竟然垂着一个菱形水晶坠子。这肯定不是我的车!他心里这样惊叫着,赶快从车里伸出头来。还没来得及把车门再关上,就看见一双秀气的穿着黑色高跟鞋的女人的脚出现在他身旁。他抬头一看,好像是一个中国女人!吴雨窘透了,赶快用英语给她道歉:"我真的以为这个车是我的。太粗心了，对不起，真的对不起！”

那个女人看到吴雨这副狼狈相，“扑哧”一声笑了，用中文对他说：“我看你也是中国人吧？不用道歉了，没有关系，真的没有什么关系哪！”她那随和的微笑再加上那十分温和的声音，顿时让吴雨放松了。

“还是很抱歉啊！但是你的车怎么会跟我的车那么像啊？这个世界还真是很小啊！”吴雨摸着头，还是有点不好意思。

“那么你的车呢？也停在这附近吗？该不会掉了？”那个中国女人突然关切地问。被这样一提醒，吴雨的心马上提了起来，两个人不约而同地寻找吴雨的车。

“哈哈，是不是在这里！”吴雨听着她的声音赶快跑过去，真的是自己的车！原来它被一辆牛高马大的白色休旅车给挡住了。还是女人比较细心。“原来你的车也是福特的 Focus 啊？怎么也是银色的，真的跟我的一模一样，怎么这么巧啊？！”

吴雨也忍不住哈哈笑起来，记不得已经有多少月多少日，自己都没有这么开心地笑过了。

这个女孩子就是楠楠。

照中国人的说法，她和吴雨的初次见面就是非常有缘分的。楠楠也在吴雨这家公司里做事。虽然她出生在中国东部，但因为她爸爸祖籍是河南，就给她取了“楠楠”这个名字。她个子瘦小，面目清秀，除了鼻子微微有点肉肉的像北方人之外，无论从哪个角度来看，她都像个地道的南方妹妹。虽然她不是那种绝色天香的女人，但她温柔甜美，以前在国内时，有人把她称为“小邓丽君”。她举止大方，穿着素雅，风衣配黑短裙加上高跟鞋，通体显现出职业女性的风韵。当她看着人时，大眼睛忽闪忽闪的，偏偏又笑口常开，让人觉得她又是一个十分讨人喜欢的小女人。

楠楠在上海一所名牌大学工程系毕业以后，就来美国继续念研究生，又修了电脑和管理的双学位，毕业后就在这个公司找到了工作。由于为人亲和，踏实苦干，很快就得到了升迁，现在是高层管理人员了。

自从了解到楠楠的背景之后，吴雨就开始对她产生了几分好奇。首先是对她的那辆车感到好奇。如果说自己开老福特的 Focus 这种跟本田 Civic 一个层次，比丰田 Corolla 差一个层次，更比很多老中开的丰田 Camry 差了好几个层次的美国车还有些道理的话，那么像楠楠这种管理级别的人来说，真的有些像天方夜谭了。如果她出于一种公关的策略而不想开日本车，那么在美国车里，她也可以去选那些豪华舒服又安全的四轮驱动的车啊？何必挑这款廉价又乏味透顶的车呢？想来想去都想不出个所以然来，越想不出来越有好奇心。就是这种好奇心让吴雨允许除了雪绒之外的第一个女人走近他的世界。

楠楠开始通过公司内部的电子邮件系统给吴雨发电邮。当她得知，吴雨完全没有参加过公司里那些中国同胞的社团活动时，简直觉得不可思议。因为在北美这种大公司里，虽然中国人在各个小部门里看起来只有寥寥几人，一点都不起眼，但是当把每个小部门里的中国人集中在一起时，就成了一大群或者是一大团了。然后就有些好热闹的人在公司内部发起了诸如像"亚洲人协会"、"华人协会"这样的组织，定期举办各种活动，在传统的中国节假日里，都要聚在一起热闹一番。楠楠完全想不到，公司里居然还有像吴雨这样的"漏网之鱼"，她就竭力说服吴雨去参加那些中国人的社团活动。

吴雨参加的第一次聚会是在中国的端午节。那次聚会是在公司大礼堂里举行的，华人协会也邀请了当地中文学校的小孩子们来助兴。孩子们天真可爱地唱起了他熟悉的中国儿歌，跳起了扇子舞、灯笼舞，甚至还表演了中国武术。公司里那些中国人也八仙过海，各显神通。有的唱起京剧《红灯记》里的《都有一颗红亮的心》，有的拉起二胡，表演《二泉映月》。听着听着，吴雨的眼眶就湿润了。以前自己的心完完全全都被雪绒占满了，从来不觉得寂寞，也没有那么多乡愁，现在看到这么多中国老乡，他才重新找到一种归属感，毕竟自己是一个中国人啊！

表演结束了，便是中国菜正式上场。四条长长的会议桌连接在一起，上边摆满了各种各样的中国菜。不仅有大家在北美常见的春卷、炒饭、锅贴，更有那些在中国餐馆里完全吃不到的各路正宗家乡菜，像粽子、糯米丸子、甜酒小汤圆、辣椒炒鸡蛋等等。有个老太太甚至端了一大盆豆腐脑来。所有的大人小孩，手拿着盘子，排着队，吃了一盘又去拿一盘。当然吴雨也是吃撑到喉咙眼了。

他在进门的时候，楠楠老远地对他笑了笑，算是打过了招呼。在以后整个演出过程和整个吃饭的过程中，他再也没有看到过楠楠。等到散场的时候，吴雨才看见楠楠戴个围裙，在那些长会议桌上动作利索地收盘子、杯子。收起一堆以后，又把那些东西端到厨房里去，然后又赶快跑出来再捡东西，擦桌子，忙得不亦乐乎。原来楠楠这一晚上都在厨房里做这种又脏又累的苦差事，又联想到她那不起眼的车，想到她为人的朴实和低调，吴雨突然觉得这楠楠还真是个好女孩呢！

"嗨，原来你一晚上都在这里忙啊！要不要我也来帮帮你们？"他边说边卷起了袖子。

"你吃好了吧？"楠楠对他亲切地一笑，落落大方，丝毫没有矫揉造作的样子。

吴雨点点头，也开始收拾起厨房来。再也没有什么多余的话，但是吴雨心里有一种很强烈的感觉：这是第二次看见楠楠，怎么感觉上就像跟她是认识好久的老朋友了呢？也许，这叫"缘分"吧。

他们第一次约会是楠楠提议的。她对吴雨说附近的社区大学里有一个非常漂亮的人工湖，湖里有几只远近闻名的野天鹅，他们可以去那里看看。于是，在一个风和日丽的星期六中午，他们一起驱车去了那里。

在这以前的二十几年的人生中，虽然由于各种各样的原因，他去过世界上很多地方，但每到一个地方，他纯粹是个过客，总是匆匆忙忙地从一个地方转移到另一个地方，满心想的全是学习和工作,剩下的空间全被那个叫雪绒的女孩子塞得满满的,从来没有什么其他人或是什么美妙的自然风景可以让他驻足下来,慢慢地欣赏,慢慢地去回味和享受。

当他们的车驶到社区大学人工湖边时,眼前突然展现出一幅让他不甚唏嘘的美景。那个人工湖是由好几个小一点的人工湖所组成,中间有一个喷泉,喷出十几米高的水花,水花四散坠落下来,在湖里里激起一圈一圈的涟漪,由中心向湖的四周缓缓地扩散过去。在这些小小的涟漪上随波浮动的则是那些棕黑色叫不出名称来的野鸭子。楠楠说那些是加拿大飞来的野燕,而吴雨则觉得他们更像自己家乡的那些短脖子的鸭子,只不过颜色深浅不同而已。不管它们是燕也好,鸭也好,它们都是那样兴高采烈地在那一湖水中嬉戏着,游荡着。有时它们会突然一下往天上飞去,刹那间,它们又会"扑"地再次潜入水中去追逐水底的鱼儿。

右岸边,有几个看来十分悠闲的美国人,正从随身带来的包包里面往外取面包。他们把每片面包撕成一小块一小块抛向这些水中的野鸭子。这些鸭子壮硕一点的大胆一点的,敢于走到离那些喂食的人最近的地方,啄起一块面包就赶紧摇摇晃晃地扑腾开来;而那些胆子小一点的,就等着喂面包的人把手上的面包扔给它们。面包一落地,一大群鸭子一哄而上,拼命地去争抢。好一幅生趣盎然的牧鸭图。没想到大自然还有这等让人心旷神怡的无比魅力啊!吴雨觉得自己郁闷已久的心情突然开朗起来。

然而,还是不见那几只传说中的白天鹅。楠楠说,那一定是老天爷叫他们下次再来这里的意思了。没看见天鹅也不要紧,我们还可以去看看一些更有趣的东西。她引着吴雨来到围绕湖边的那些修剪得整整齐齐的矮小灌木丛那里。她弯下腰,用手把一丛树枝轻轻地往旁边一拨,那下面居然是一窝白白的鸭蛋!

好可爱的鸭蛋!吴雨忍不住伸出手去摸,手还没有触到那些蛋,旁边突然响起震耳的"嘎嘎嘎"的声音,一只母鸭子早已气势汹汹地站在那些蛋边,满脸通红,翅膀向两边张开,怒视着他,像只好斗的公鸡,只要谁敢碰她的蛋,它随时都准备豁出命来!

吴雨一下缩回手来,和楠楠笑成一团。太有趣了!更确切地说,是太有生趣了!原来生活是那么妙趣横生啊!吴雨心里十分感叹,自己以前为什么就没注意到过这些呢?自己以前为什么就没想到跟雪绒一起去看看这些有趣的地方,去做一些有趣的事情呢?虽然觉得自己在雪绒的身上用尽了所有的心思,但现在看来,生活中只想到给她买好吃的,悉心照顾她的饮食起居——那些出于原始本能的爱是远远不够的。这个世界太丰富了,人生也有太多的画面,人也有太多的需求。仅仅以自己的想法,只是往对方的一个需要,一个空间里去填入自己的爱情是远远不够的。可惜可叹啊!为什么现在才领悟到这些?

吴雨总算是觉悟,也可以说是对女人彻底地觉悟了!

在第二次与楠楠约会,一起去看电影时,他送了楠楠一盒上边打着一个泛着银光的缎带蝴蝶结装潢精美的瑞士巧克力,还附上了一个精致的小卡片。

当他得知楠楠要和公司同事一起去当地的一个著名海鲜酒店聚餐的时候,就专门去花店订了一瓶漂亮的鲜花,让送花的人在餐会上把花送到楠楠面前,卡片上写着:"祝你和你的同事们有一个愉快的聚会!"这当然引起了楠楠同事们的尖叫。而楠楠也只是淡淡地一笑,随手把花放在身边的地上。回到家后,她马上给吴雨发了一封电邮:

> 虽然我不是那种总是希望男士送花的人,但是见到你的花,还是让我一个晚上都很开心!

就是这句普普通通的话,显出了楠楠的个性。吴雨打心眼里觉得这个女孩子真的很实在,也很善解人意。她的确是除了雪绒之外,第一个让他想用点心思的女孩子。

平常在公司的午餐时间,他有时会下载一个非常新颖的手机铃声给楠楠传过去,有时他也会约她一起去共进午餐。午餐后,他都会把楠楠送回到她的办公室门口。而最让吴雨感到洋洋自得的是,他居然想得到在清晨六点就打电话把楠楠叫醒,说要在上班以前一起去吃个早点,喝个咖啡。每次都让楠楠惊喜万分!

最浪漫的一次,要数那个下雨天。当楠楠从办公楼走出来的时候,吴雨早已举着伞在楼外等着她,一直把她护送到她的车旁。她坐进车后,吴雨从怀里掏出一瓶包装精美的香水,递到她手里。"希望这个小礼物能给在阴雨天的你一份好心情!"

每次他这样做,楠楠都很高兴,总会在事后给他发些很温馨的短信。吴雨觉得自己现在成了一个真正的绅士。虽然他不知道他更像一个中国绅士还是一个美国绅士,但有一点是可以肯定的:现在自己总算是补上了一个中国男人最缺少的那一课。好在现在为时还不晚,他已经知道了怎样做一个称职的追求者,甚至十分自信地觉得自己也会成为一个很称职的情人和一个很称职的丈夫。吴雨总算是赶上了这个世界上所有男人的脚步,总算是汇入时代大潮了!

第二十一章　中国男人究竟缺了什么

那是吴雨记忆中最美丽的夏日之一。从一家日本餐厅出来并把楠楠送回家后，他一个人开着车在乡下的小路上毫无目的地乱转着。密西根的夏夜真的太美了，蓬蓬松松的各种树叶在黑夜里像一群美女随风婆娑起舞，而那些在夜晚还不知道睡眠的花朵释放出迷人的芳香。那种芬芳透过车子里的通风口一阵一阵地渗进来，让吴雨有几分似曾熟悉的感觉。他猛吸了几口，总算记起这种芳香像极了当年他在国内那所音乐学院大楼外的花园里所闻到的那种气味。他的眼睛突然又有些模糊起来，心里也忽然有好多感伤。记得就是在那个花园里，他和雪绒度过了那么多愉快的下午。练琴后，两个小孩子总是迫不及待地手拉着手跑到楼外花园里玩耍。有时雪绒采上一朵小黄花拿给他看，有时吴雨会突然捉起一只毛毛虫来吓她。对，就是那种沁人肺腑的芳香。这一瞬间既甜蜜又苦涩，多么令人难忘啊。

吴雨这几个月来一直强迫自己不要再去想念雪绒，尽量发现楠楠的好处，尽量让自己去喜欢上她，并最终相信自己会爱上她。但今天晚上这突如其来的夏夜里的芬芳，勾起了他所有对雪绒的回忆。那是整整二十年啊！这个回忆，这种感情，无论你把它藏得多深，总会在一个刹那突然跳出来，把你的心思全给占据，把你的情感重新扰乱。

他的心这时似乎不再听从他的理智的使唤，不知不觉，他又开上了那条他曾经最熟悉的道路，那条通往密大校园的道路。尽管他知道那里已经人去楼空，再也没有一个人在那里等待自己，再也没有一种力量让他开车时满心期待，精神振奋，但是他今天晚上还是要去那里，有一种力量在驱使他非去那里不可。

不一会儿，他就顺着熟悉的街道来到了提姆的那个钢琴酒吧。

吴雨在门外那熟悉的葡萄树下停顿了一下，那曾经是他们一起进进出出的大门，现在看上去一点都没有改变，还是那种十分古香古色的欧洲风味。那些弥漫着昏黄灯光的旧式落地窗上，以各种姿态漫不经心地喝酒的人们若影若现。触景生情，吴雨觉得好寂寞，好寂寞。为什还要来这个伤心之地，重新折磨自己一次呢？

还是回去吧。正当他扭过身去准备离开的时候，突然听到里边传来了悠悠的钢琴声："怎能忘记旧日朋友……"那不是《友谊地久天长》吗？不用多想，他就知道那是提姆在弹奏这首曲子，只有提姆才能把这首曲子诠释得如此平易近人打动人心。他随着琴声走了进去。

果然是提姆！他坐在钢琴前边，一会儿俯身抚动着雪白的琴键，一会儿又仰起头看着房间里的空间；他似乎在想着什么，又好像什么都没有在想，只是用那音乐在倾诉，在倾诉。当提姆看到吴雨时，一点都没有露出任何吃惊的表情，只是微微地给他点了一下头，又继续弹奏着那首曲子，直到他的右手往上一抛，画了一个优美的抛物线之后，才结束了这首歌的最后一个音符。

曲子结束了，两个男人同时陷入了沉默，提姆望着钢琴上摊开来的琴谱，而吴雨则望着那些模模糊糊的客人。最后，还是提姆先打破了沉默，他用很平静的声调对吴雨说："你今天能听到我弹这首曲子，我觉得很幸运。你知道吗，当你和雪绒最后闹翻了的那些日子，雪绒常常来我这里，伤心得流泪。她最后一次来我这里，我就为她弹奏了这首《友谊地久天长》。那是我为她弹奏的第一首，也许是最后一首曲子了吧。"说完，提姆垂下了头，目光黯淡，若有所思。

吴雨那颗像死寂一样的心突然剧烈地跳动起来，"你说什么？你说雪绒为我们闹翻的事那么难过吗？那是真的吗？提姆，那是真的吗？”

提姆微微地点了点头，“你竟然还要问这样的问题，你真的不太了解雪绒吧。”

吴雨心里五味杂陈，各种复杂的感情全涌上心来：雪绒真的还为我那么难过。他第一次知道，原来雪绒还是真正地在乎自己，也会为他伤心落泪。他也感到疑惑，难道自己真的像提姆说的那样不了解雪绒而失去了她？他又有几分释怀，心里对雪绒不再有那么多的失望和怨恨。二十多年做着同一个梦，虽然这个梦一朝破灭，但这个破灭终究证明并没有他当初想象的那么罪恶和残忍，他甚至突然有一种这二十多年的付出没有白费的感觉。

提姆的话，打破了他的沉思。提姆说，雪绒走的时候，还拿了一把琴说是要还给他。“当时你不接她的电话，也不知道你搬去了哪里。虽然知道你公司的地址，但她说她完全没有勇气再去面对你。所以就把琴放在了我这里。看来，雪绒太了解你了，她知道总有一天，你会到我这里来的。看，你这不是来了！”

酒吧打烊后，吴雨随提姆来到他的家。一路上，吴雨都在想，雪绒会把哪把琴还给他？如果雪绒还给他的是那把新琴，也许还会感到稍许宽慰，因为那说明毕竟雪绒心里还是珍惜他们从小一起度过的岁月，没有白爱她一场。如果雪绒真的把那把旧琴还他了，那他简直不敢想象自己如何承受这一新的打击。

结果，提姆拿出来的，是那把新琴。吴雨的眼泪一下子掉下来了。他用了二十年的时间做了那么一个美丽得成空的梦，那个梦曾经让他怦然心动，让他满心温柔，让他幸福莫名！雪绒，那是一个只要一看到她时，自己就连呼吸也会停止的女人；只要一想到她的模样，自己连双眼也会闭上的女人——作为一个男人，世界上只有这一个女人，会让他心里流泪，流泪，不停地流泪。

在模糊的泪水中，他慢慢地打开了那个琴盒。他的手在颤抖，他的心也在颤抖，所有有关这把琴的回忆都涌现在心头。那天雪绒去机场接他时，他是怎样把琴交在她手上的，她脸上的笑容是那样美丽和灿烂;他们俩又是怎样忍不住坐在机场的一个角落就拉起琴来,引来各种羡慕的眼光的。

他用手轻轻地抚摩着琴弦,好像是想要感觉到雪绒留下的最后音符。

"琴下边还有雪绒留给你的一封信。"提姆提醒着他。吴雨这才把琴拿起来,看见一个浅绿色的信封。他用颤抖的手赶紧把信拆开,信里写道:

吴雨,我的亲哥哥一样的吴雨,原谅我没有去找你,亲自跟你说声再见和对不起。因为我能感觉到你的心,就像我能感觉到我自己的心一样,任何话在此时都只能更伤你的心。

我把旧琴留下了,因为与它相处了太多的岁月,已成为我生命的一部分,就像你已经成为了我生命的一部分了一样,对于我的价值永远没有任何东西可以取代。新的琴,就还给你吧。我想,今后无论我们在世界上任何地方,只要当我们拿起我们各自的那把琴时,琴声都会带给我们所有那些有关童年的最珍贵的回忆。

谢谢你的心。

雪绒

看完信,吴雨趴在桌子上哭了。提姆拍拍他的肩,递给他一杯酒。两个男人就闷闷地在一起喝起酒来。不久,两人都有些醉了。提姆看看手中的酒杯,又看了看痛苦得难以自拔的吴雨,突然开口问他:"现在你这么痛苦,我觉得有点奇怪。我一直都想问你一个问题,你追求雪绒有没有尽力?"

吴雨一愣,不知道该怎么回答。一直等到把手中的那杯酒喝完了,似乎才理出了一点头绪,他怏怏地看着提姆,很凄凉地说:"没有。"又过了好一会儿他才又说,"我过去觉得我把整个心都给了她。二十年来,我一直都觉得我的心比她的那颗心大,我可以用我的心去包裹她的心，给她温暖，给她保护，给她爱，给他我所拥有的一切，包括生命。我以为我把自己的心完完全全地交给了她，那就够了。所以当雪绒和蓝塞好上以后，我气得发疯，绝望得想死，认为是她背叛了我的心，认为那全是雪绒的错。”吴雨又让提姆给他斟满了一杯酒，喝了几口之后，又继续说，“可是，时间这个老人真的会教给我们很多东西，他让我们长大，也会让我们成熟。在我无意中认识了另外一个女孩子之后，我才明白，对一个女人，特别是对一个自己最爱的女人，光是给她一份真心是远远不够的。很多男人都可以对一个女人有真心，但是并不是所有的真心都可以去打动一个女人的。那个东西或许就是那个叫‘glamorous’的形容词，在中文里，也许被称为‘张狂魅力’吧。我想，这就是我现在对你说的自己对雪绒没有尽到最大努力的意思了。其实，不仅女人的魅力是可以通过各种方法来获取，男人的魅力也是可以通过用心的学习和领悟而得到的。现在回过头去想，当初蓝塞追求雪绒也是很动了一番心思，很用心也很用功的。其实，如果我当初也能领悟到‘张狂地显示男人魅力’的重要性的话，我也会用心思去学，哪怕是去偷，去抢，都是可以的。这种东西，关键是看你悟到了没有，或是你觉得值不值得你去用心地学。现在，我总算懂得了什么叫‘有品位的追求’和什么叫‘没有品位的追求’。我总算从那些油盐酱醋柴中走了出来，学会了给女人送花，送香水，在她前边给她开门关门，随时说‘喜欢你’、‘谢谢你’，并不时地给她一个大大的浪漫无比的惊喜——我终于学会了这些男人最起码要懂的东西，这些东西看起来虽然与生活无关，却与情调有关，一个男人有了情调才有了魅力，而魅力才能真正打动一个女人的心。如果人生可以再走一次，我和雪绒可以重新开始的话，我会比蓝塞做得更好！”吴雨放下酒杯，又忍不住泪流满面。

看着吴雨那么伤心，提姆先把他手里的酒杯夺下来，拍了拍吴雨的肩，“其实，并不是所有的美国男人都有像你所说的那种‘张狂魅力’，也不是所有中国男人都没有那种魅力。我的爸爸，我的很多好朋友,包括像我自己这样普普通通的美国男人,都没有你说的那种魅力。我觉得,我也不想像你说的那样刻意地去学习,去追求那种魅力。我觉得对一个男人来说,真心比魅力更重要,可惜这个世界上有很多女孩子,看到这个男人魅力的时候就觉得自己是看到了这个男人的真心和这个男人的全部。这些女孩子根本没有意识到,等待着她们的将会是一条多么危险的道路!"

提姆的话好像忽然把吴雨给点醒了。他的脑子不再浑浑噩噩,酒意去了大半。"对啊,"他自言自语地说,"我怎么就没有想到这一点呢?雪绒她现在究竟怎么样了?她是在走一条幸福的道路,还是在走一条危险的道路?我不是曾经对她承诺过,无论她走到哪里,我都要永远地守护着她,这不是自己现在还待在这个国家的唯一理由吗?我怎么能允许自己去忘掉这个承诺呢?"

第二十二章　其实婚姻才是人格的镜子

在雪绒新婚的记忆里，才几个月她就竟然数不过来他们在这美丽的密西根湖畔共同经历过多少“第一次”了。第一次做饭，第一次看日出，第一次送蓝塞去上班，第一次庆祝他们认识周年，第一次在家里开派对，第一次在自家院子里剪草，第一次在小街上跑步，第一次在林中看到松鼠……所有这些“第一次”，蓝塞都会以无比激动的心情和惯有的热情来和雪绒一起隆重而又认真地庆祝一番。如果用新买来的咖啡机煮出了第一杯咖啡，蓝塞也会拉着雪绒端着咖啡杯一起品尝上半天。蓝塞总是会说：“亲爱的绒，你看我们在一起是不是很舒服，很幸福，很愉快？这是不是件很值得庆祝的事？来，要不要亲我一下？抱我一下？”说着就做着鬼脸凑上来。如果这时雪绒正好在洗碗，蓝塞就非要叫她放下碗来，跟他亲热一下不可。如果这时雪绒不想跟他“真正地庆祝”，只是摸了摸他的头，然后又去洗碗，蓝塞就会像狗那样“汪汪汪”地吼起来，一直吼到雪绒放下碗来，达到他庆祝的目的为止。

雪绒同样也数不过来，蓝塞为她做过多少早餐。每天早上，雪绒都想睡个懒觉，并且习惯了以前自己一个人过的生活方式：不吃早餐，或最多只是喝一杯牛奶或一杯果汁。然而自从嫁给了蓝塞之后，蓝塞绝对不允许雪绒不吃早餐。每天早上，他都要早早地起来，把早餐做好端到卧房里来，然后用热吻把她吻醒。“亲爱的，请把你那美丽的眼睛张开，看看你这世界上最英俊的丈夫今天给你又做了什么美味的早点吧？”

每次被吻醒，雪绒心里都是十分不情愿的，但是她无论如何都要配合蓝塞,总是马上装出一副十分惊喜的表情说:“哇,宝贝,今天做的又是什么创造性的早餐啊?怎么看起来那么诱人啊!我可要一个人吃完了啊!”当她用刀叉去切割那些小根的西式小香肠准备往嘴里送的时候,其实自己的胃已经在作出强烈的恶心反抗了。在这一刻,她宁愿自己是个道地的美国人,有一个道地的美国胃,那样才不至于违心又虚伪地来迎合蓝塞的爱心了。

看她吃得津津有味,蓝塞总是会再一次吻一吻她的头发、脖子,甚至她的手指头。偶尔,他还会突然说:“亲爱的绒,你看,以前小布什总统也不过是给他夫人早上端杯咖啡而已,那我可是比小布什总统还优秀的大丈夫吧?”

“那你就赶快去竞选下一任的美国总统吧!我现在就给你投一票!”雪绒把脚指头从被窝里伸出来对着蓝塞俏皮地摇一摇。

“哈哈哈哈!”通常,早餐就是在这种愉快的笑声中结束。而在蓝塞去上班后的一整天,雪绒的胃则一直对吃下去的油腻早餐保持反抗状态。午餐当然也就免了,一直到蓝塞下午下班回来,雪绒才又强打起精神来,强迫自己的胃去接受晚餐的挑战。

当然雪绒也不甘心一天到晚在家里无所事事,她也努力地去找工作。但是,像她这种除了拉琴,别的事也干不来的外国人,又到哪里去找工作呢?皇天不负有心人。她总算在社区乐团里找到了一份临时性工作。那是乐团的一个小提琴手去海外出差后临时让出来的一个空缺。雪绒也没有什么别的选择,能有这样一个替补工作做做也很心满意足了。

参加乐团第一次排练的那个晚上,她站在舞台的帷幕后,想在那里等一等才走出去。在这一时刻,她还真的有些兴奋莫名:终于又回到自己所熟悉的舞台上来了。她抬头看了看舞台顶上那些高挂着的耀眼的灯光,听着从舞台上那些比她早到的团员那里传过来的调音和暖琴练习的混合声音,她再也抵挡不住那种熟悉的吸引力,抱着琴赶紧向舞台走去。

乐团里的同僚们以优雅的姿势坐在各自的位子上,看到她以后,都亲切地给她点个头,就算是招呼过了。雪绒也很快找到自己那个替补位子,把黑裙子一撩,坐在椅子上,熟练地把琴往脖子下一夹,开始调音,暖琴,立即融入了音乐会开幕以前杂乱的乐器喧嚣声之中。

就在这种紧张而又繁忙的关键时刻,通往后台的那个幕帘一掀,突然走出个送花的人来。那个穿着制服的美国小伙子竟然毫不犹豫地朝雪绒坐的那个位子走去,走到还在聚精会神暖琴的雪绒身边,毕恭毕敬地弯下腰去说:“你就是雪绒小姐吧?有位先生给你送来了这个花篮,并祝你有一个愉快的夜晚!”雪绒抬头一看,满脸都羞红了。这时乐团突然万马齐喑,大家都停止了手里的动作,朝她这个方向看着。不用抬头去看,雪绒心里也完全知道,这时大家看着她的眼神会是什么样子:有吃惊,有妒忌,有好奇,当然也有不解。大家会有这种反应是十分正常的,因为这时离音乐会开幕时间只有一两分钟了。雪绒迅速拎起花篮,飞奔到幕后,把花篮放在一个墙脚边,又赶快冲出来坐回原位,尽量装作什么事情都没有发生过的样子。就在这一刻,帷幕徐徐拉开了,指挥从容地走了出来。

蓝塞,就是这么一个浪漫并且是非常高调地要向全世界显示自己浪漫的人。

回到家以后,雪绒第一次小心翼翼地问蓝塞,为什么没有事先和她商量一下就把花送到那里去了?蓝塞睁大了眼睛,很惊讶地反问:“亲爱的,你难道不喜欢我送给你的花吗?这个日子对你来说不是很有意义吗?如果事先告诉了你,还有什么惊喜可言呢?”

“宝贝,你知道,那是快要演出之前啊!并且、并且、并且大家都在……”雪绒的声音越来越弱。

“就是要到那个时候,趁大家都在的时候给你送过去,才会吸引更多的注意力,才能得到大家的祝福啊!那有什么不对的?你们东方人是不是都这样过分拘谨?”蓝塞的声音越来越大。

“没有,蓝塞,绝对没有。我只是在想,以后有类似的情况时,你是不是可以至少先暗示我一下,让我有个心理准备……"雪绒想,如果蓝塞事先暗示一下,她就会守在通向后台的那个门口,把花篮在那里拦截下来。这样就可以避免那么尴尬的事发生了。

"我为什么要给你暗示呢?给你暗示了,那还叫什么惊喜呢?送花还有什么意义呢?男人给自己心爱的女人送花,这是天经地义的事,也是每个疼爱自己女人的男人应该做的事,那有什么不对的地方呢?又何必去在乎别人的想法呢?"蓝塞这下更生气了,脸变得通红,金色的毛孔里还隐隐约约渗出一些汗水。

雪绒一下子被吓住了。这是她认识蓝塞以来,第一次看到蓝塞对自己发火。原来她以为蓝塞是一个永远温柔,并且十分善解人意的男人,现在看来并不是那样的。雪绒感觉到自己的脊梁后好像突然刮过一阵冷风:对这个男人我究竟了解多少?

这第一次的小争执虽然最后是以彼此对对方道歉和一晚上热烈的做爱为结束,但是,这件事情显然在彼此心里都留下了些阴影。雪绒似乎意识到,不管两个人之前有多相爱,但是当真正地生活在一起了之后,并不是像童话里的王子和公主一样理所当然地过上幸福生活。其实生活就像是一串珠子,是由一颗一颗的小珠珠串起来的,只要有一颗珠子有瑕疵,就会影响整串珠子的价值。看来,所谓的婚姻生活还真不像雪绒以前想象的那么简单:只要有了爱,爱便是一切,爱可以战胜一切。这,就是雪绒与蓝塞结婚后学到的第一课。

从这以后,无论是蓝塞还是雪绒都对自己作了一番调整。通过这次为送花引起的争执,蓝塞也领悟到了跟雪绒同样的层次:要让他们夫妻生活更加协调和完美,他们彼此都应当付出更大的努力才行。而蓝塞想到他们的问题是出在文化和种族的差异上。在他的心里,雪绒毕竟是个外国人,在中国那种文化环境里生活了二十多年,要一下子接受美国文化和美国生活方式是不太可能的。所以,自己所要做的事是应当尽量让她尽快地融入美国主流文化中来,与周围的人步调一致。

从此以后，蓝塞便更加积极地让雪绒“参与”到他们生活的这个环境里边去。以前，他都是和一帮像兄弟伙一样的美国男人一起去芝加哥看棒球赛什么的，因为雪绒既看不懂，也不感兴趣；而现在，无论是棒球赛、篮球赛，甚至是橄榄球赛，他都会把雪绒带上。不仅是球赛，还包括去烤肉，去冲浪，去钓鱼，去赌场，所有这些在蓝塞看来是代表正宗和道地的美国文化的事情，他认为雪绒都应当学习。他不愿意雪绒在嫁给自己以后，仍然被排斥在美国主流社会之外，成为一个“局外人”。

那么，雪绒呢？当然她也完全领会到了蓝塞的用意，也对自己作了适当的调整。首先，她觉得今后即便蓝塞做了让她不明白和不理解的事，她也不用跟他计较和顶嘴，那样是会伤害夫妻感情的。她还记得，小时候也看到爸爸妈妈经常为家里的一些事情争吵，当爸爸无情地把她们母女抛弃了之后，她非常憎恨爸爸。长大了以后，虽然那种恨意并没有因为时间的推移而减少，但是她偶尔会有一丝想法：如果妈妈当时不跟爸爸吵，说不定爸爸就不会在外边找别的女人，就根本不会抛弃她们了。

这第一次的吵架等于是给自己敲了警钟。雪绒下定决心，以后一定不能再跟蓝塞吵了。

所以，当蓝塞把她带去球场，去钓鱼，去烤肉这些场合的时候，尽管她对那些事完全不感兴趣，甚至反感，她还是尽全力地去配合蓝塞，认真地听他讲解球赛的各种复杂规则，钓鱼的各种技巧和烤肉的各种学问。有时候她听懂了，有的时候她还是完全不懂，有时候听懂了过两天又忘了，下次再看球赛时，还是不知道那些球员追来追去在干什么。但她总是让自己做出一副兴致勃勃的样子，尽量找话题去和蓝塞的朋友们一起交谈，不让自己显得是一个“局外人”。

这一切社交活动，雪绒觉得作为一个美国人的妻子，是必须要学，也是必须要参与的。她也就那么强颜欢笑，咬着牙坚持过来了。然而让她最最难以忍受的则是一些关在“家门里”做的那些事情。比如说，晚上当她在电脑上和一些华人网站的网友兴高采烈地用中文交谈时，蓝塞就会走过来，一会儿递给她一杯咖啡，一会儿过来摸摸她的手，一会儿又来亲亲她的头，有时候就干脆死缠着她不放，直到她下网关上电脑和他一起滚到床上去才罢休。

类似的事发生过好几次以后，雪绒便开始怀疑，是不是蓝塞不想让她保持自己的中国文化，不想她上中国网站和她的同类交往？

而在这所有的事情中，最让雪绒头痛的事是发生每个礼拜六的早上。因为在头一天的晚上，即每个礼拜五晚上——那是蓝塞口中夫妻俩在一周中最最重要的一个晚上，蓝塞都会为他们精心安排各种活动。从他一下班回家起，他们先是要去一家高档餐厅大吃一顿，接下来要么去朋友家聚会，要么去打保龄球，去酒吧喝酒，其中最保守的就是看电影了。所有这些活动，雪绒都能配合。当然常常是半夜十二点以后，两个人才回家。到家时雪绒已经筋疲力尽，想倒床就睡了。而这时，蓝塞的兴致才刚刚开始。他会拿来酒和酒杯，有时候还有蜡烛和鲜花、礼物，叫雪绒跟他一边喝酒一边调情。然后又一起去浴室洗得香喷喷的才上床。经过这一浪高过一浪做爱的"前戏"之后，蓝塞早已如狼似虎，一会儿把雪绒压在下边，一会儿把她举在上边；一会儿如巴哈的小步舞曲，一会儿又像贝多芬的英雄交响曲。这样来来回回地与雪绒纠缠，差不多要进行两三个小时，偶尔看看窗户外边，好像天都快蒙蒙亮了。好多次，雪绒都差点哭出来。怎么现在自己对跟蓝塞做爱的感觉跟结婚以前的感觉是那么不同呢？以前在拉斯维加斯跟蓝塞做爱的时候，还有以前很多次，自己不是都很喜欢，觉得很幸福很享受的吗？为什么现在的感觉却像是在受罪一样，蓝塞对她来讲，无异于洪水猛兽，可怕极了？

更让雪绒几乎忍无可忍的是，就那样折腾了一晚上，当她全身像散了架一样瘫睡过去之后，没有几个小时，太阳才刚刚露脸，蓝塞已穿好运动服，精神抖擞地把她从床上拉起来，又是亲又是哄的，非得叫她跟他一起去晨跑不可。

天哪！每当这种时候，雪绒都恨不得伸出脚去踹这个男人一脚，或是扇他两巴掌！但是等她完全从睡意中清醒过来之后，她每次都把那股马上就要连头皮都要冲破的怒火给强压了下去。还是去吧！她跌跌撞撞地跟在蓝塞后边，一边跑一边往肚子里吞着泪水，脸上还要挂着幸福的微笑！

这就是我要的生活吗？这就是我要的家吗？这就是我要的丈夫吗？当她躺在挂在两棵橡树之间的那个照射着阳光的吊床上的时候，她的内心开始反复地纠缠着这几个问题。对第一个问题，她的答案肯定是否定的。那么究竟自己要的是什么样的生活呢？尽管这个问题她在婚前从来没认真地去想过，但现在在此情景下，她马上就能清楚地回答出来。她想要的生活是那种正常的夫妻生活，那种坦诚相见，不需要掩饰自己内心想法去刻意讨好和迎合对方的生活；要那种有自己的生活空间，并保留自己的个性和兴趣爱好的生活。她觉得夫妻之间不需要黏得太紧，也不需要时时处处想要去改造对方，让对方喘不过气来，感到威胁和压力。

那么我要的家呢？雪绒此时内心也很清楚：我要的家，就是那种起码在星期六早上不用早早起来，一觉睡到自然醒，然后蓬松着头发，穿着睡衣，趿着拖鞋从一个房间走到另一个房间，从厨房走到厕所，从厕所再走回卧室，没有人会觉得你邋遢，反而和你一起享受这份懒散和随意的地方。在那个地方，你就是自然的一部分，你可以按自己最原始、最真实的面目，去面对那个和自己最亲近的人。

如果以上两个问题都已经有了明确的答案，那么第三个问题呢？蓝塞究竟是不是我要的丈夫？

这个问题雪绒很难一下子用“是”或“不是”来回答。首先在搞懂这个问题之前，她应该知道，她究竟需要的是一个什么样的丈夫？让雪绒自己也觉得吃惊的是，她居然回答不出这个问题来。不仅是回答不出来，她还不得不承认，在这之前，这个问题在她脑海里根本就没有存在过。她认为结婚前看到的那个蓝塞理所当然就是婚后的那个蓝塞。她从来都没想过,一个像蓝塞那样优秀的男人,结婚前和结婚后,会给自己的感觉那么不相同。结婚前的蓝塞,可以说是一个百分之百的绅士和白马王子。难道蓝塞婚后就不是绅士和白马王子了吗?想想也不是那样。就是现在看来,蓝塞依然是一个绅士和白马王子,他仍然处处关心她,照顾她,保护她,并用心又努力地在拉近他们之间的距离。他还是一个多情又浪漫的绅士。那么究竟是什么让自己不满意并让自己感到他婚前和婚后不一样了呢?是不是蓝塞不再爱自己了?

雪绒把他们结婚后的每个细节都仔细地回忆了一遍,反复地想了又想,最后终于想明白了一件事:蓝塞依然爱她,只不过他爱她的方式让她难以接受。她觉得蓝塞总是以自我为中心,以自己的需要、方式去爱她。他如果想要为她做什么,他就一定要把自己的想法变成现实,并且也要她也接受和欣赏,甚至感激他出于爱意而做的那些事情,同时也要求她做出相应的事情来回报,而没有考虑到她内心的真实感受。

那么,自己现在后悔不后悔?雪绒觉得自己在此时此刻还很难回答这个问题。说后悔,也不是。现在两个不同种族的人,结婚才几个月,而彼此在各自的文化环境里却生活了二十多年,现在突然那么亲密地住在同一个屋檐下,总是要有一些时间来磨合和适应对方的。自己目前最迫切需要做的事是更加努力地去磨合,去适应蓝塞,给自己和蓝塞一个修补的机会。她对自己和蓝塞都还是很有信心的。因为她相信,他们彼此都是真心相爱的,她相信爱的力量。只要为了爱,他们彼此都会珍惜对方,可以为对方作任何妥协,并且会顺顺当当地结伴走过这段新婚的日子。

但是要说完全百分之百的不后悔,那也不是。至少在某个时候,或是当她在心情低落的时候,她会想到吴雨。只要一想到吴雨,她的心里就有些淡淡的哀怨。为什么当初吴雨在看到她无厘头地跳进这个婚姻时,没有伸出手来拉她一把,而是选择放弃她了呢?想到这里,她又自嘲地笑了,难道吴雨当初伸出手来拉她一把，她就不会嫁给蓝塞了吗？真是的。

人生，怎么这么复杂啊？为什么当幸福刚刚开始的时候，生命就已经开始变得暗淡了呢？雪绒也常常想起妈妈，如果妈妈还在的话，看见我这个样子，一定会心疼又责备的吧？她不是叫我睁开眼睛好好地看好好地寻找吗？我有听她的话吗？我在人生的路上寻寻觅觅，但是似乎始终没有找到那句入门的暗语。雪绒的心在哭泣。

第二十三章 “恶之花”是这样悄悄开始萌芽的

自从那次在酒吧里见面之后，提姆和吴雨都有一种想法：去看看雪绒和蓝塞现在生活得怎么样。对提姆来讲，他一直认为雪绒是他最好的朋友，当然有足够的理由去看她了。而对于吴雨，虽然和雪绒有那样一段过去，似乎没有什么理由再去看她，但是他现在却开始越来越担心雪绒，不知道她是不是适应离开学校的婚姻生活。虽然他现在再去看她会显得有点尴尬，但是毕竟他已经有了楠楠做伴，如果把楠楠也一起带去的话，一切都会显得很自然了。老朋友去拜访一下，相信也是在情理之中，大家都不会多心了。

在提姆的努力下，终于联络上了雪绒。于是提姆、提姆的妹妹、吴雨、楠楠，当然还有老朋友苏珊——在雪绒离开校园的前夕她终于又和雪绒言归于好了，一起踏上了去雪绒家的路途。

开了两个多小时的车之后，他们来到雪绒的家门口。这是一个八月的星期六。吴雨眼里首先看到的是房子后边两株橡树中间绑的那个吊床，那上面还放了一本书，在中午的阳光下忽明忽暗的。楠楠这时牵着他的手——其实在这之前，他们俩从来没有像现在这样手牵着手。刚才从车上下来的时候，吴雨先下车，当他回过身去看楠楠的时候，楠楠就顺手挽住了他的手，从那以后，就再也没有把她的手拿开。

在来之前，吴雨给楠楠说，他和一帮朋友要去密西根湖边的一个小城去看一个老朋友，问她愿意不愿意去。楠楠毫不犹豫地就答应了，不过她还是随便地问了问雪绒的大概情况。吴雨坦率地告诉她,他和雪绒是从小一起长大的好朋友,是有兄妹感情的那种朋友,他想去看看她结婚以后过得怎么样。

雪绒和蓝塞究竟过得怎么样呢?这可能是每一个来访者心里都想知道的问题。

听见门铃声,蓝塞给他们把门打开。他穿着一身休闲服,还是像以前一样精神抖擞,自信满满的,只是比以前稍微增加了一点体重。他满面笑容,探过身去往屋子里叫道:“亲爱的,他们全来了!”正在厨房里忙碌的雪绒赶快把手擦干净,跑到门口。提姆在最前边,她尖叫了一声:“啊,提姆!”先给了提姆一个大大的熊抱。然后又是提姆的妹妹安贝儿,她还是那么可爱,也比以前长高了些。接下来是吴雨,吴雨没等雪绒拥抱他,便及时地把站在旁边的楠楠介绍给她:“这是楠楠,我的好朋友!”见到楠楠,雪绒并不吃惊,因为在跟提姆的通信中,提姆已告诉了她有关吴雨和楠楠的一切。她也很快地给了楠楠一个热情的拥抱。在接触到楠楠身体的那个瞬间,雪绒突然感觉到这个女人的身躯又硬又坚强,并不像她外表看起来那么柔弱和随和。她不禁看了一眼吴雨。吴雨赶紧把视线转到了蓝塞那边,马上跟蓝塞热情地寒暄起来。

然而,就是从这么一个非常微小的动作里,楠楠凭着一个女人的直觉,马上明白了吴雨和雪绒之间的一切:那些吴雨没有告诉她,但存在于过去、现在,甚至还有将来的一切。她表面上仍然装着若无其事,但她知道自己遇到了劲敌,遇到了一个强有力的竞争对手。她唯一觉得侥幸的是,雪绒毕竟已经是结了婚了,并住在离吴雨两三个小时远的地方;而自己则近水楼台,和吴雨一直都发展得还不错,即便吴雨对雪绒还有什么爱意和留恋,都不足以撼动她和吴雨的关系。她看得很明白,如果吴雨还是那么痴恋着雪绒,那他就不会和她开始。然而,他的确已经和她开始了,并且把她光明正大地介绍给雪绒。那就证明,眼前这个叫做雪绒的女人正在逐渐成为过去式,而她正在成为吴雨的现在式。她唯一要做的,是要防止那个过去式重新变成现在式。

当吴雨看到雪绒的第一眼时,他还是忍不住心跳,就像以往任何一次见到雪绒都会心跳一样。他没想到的是,在经历了这所有的一切,并且身边还有楠楠陪伴的情况下,他还是会心跳。微笑着的雪绒让他大吃一惊。如果说蓝塞婚后明显地长了一圈的话,那么雪绒则是明显地缩了一圈。她的两个眼窝有些黑黑的,像是长期睡眠不足的样子;脸也黄黄的,像是营养不良。而她的笑容也是那么勉强的,不是发自内心的;她身体的每个部位,她的每个表情都似乎在说:"我好累啊,我活得好累啊!"

吴雨的心一阵刺痛。

蓝塞和雪绒把他们一群人迎进新家,并逐一给他们介绍每一个房间。当他们来到厨房的时候,吴雨看见雪绒趁大家和蓝塞说说话不注意的时候,迅速用一块抹布把水槽边上的一些水迹抹去,然后又若无其事地和大家聊天。

吴雨看到每个房间都一尘不染,这当然不像以前那个凌乱无厘头的雪绒了,难怪她看上去那么疲惫,那么紧张和焦虑。雪绒的每一丝细微的改变都逃不过吴雨的眼睛。他认识雪绒二十年了,他现在已明白了雪绒正在过的是一种什么样的生活。他的心又猛烈地刺痛了一下,他甚至在瞬间还有了一种莫名其妙想去解救她的冲动。这时,楠楠走了过来,温柔地靠在他身边,又挽起了他的手,这才让他又回到现实中来。和雪绒毕竟已经是过去的事了,她如今既然已为人妻,这也是她的选择,幸福和不幸全在于她自己的感受,我和提姆这些人只是她的朋友而已,不应当再介入她的私生活。想到这一层,他的心绪才平复下来。他不时和蓝塞说说话,也跟雪绒聊聊天,好像过去的一切早已是过眼云烟,而现在,他们才是真正意义上的老同乡、老朋友了!

喝完了饮料,聊够了天,也就到了真正烤肉吃的时候了。蓝塞为了今天的烤肉大餐早做足了功课。他买来了上等的排骨、香肠和鸡腿等,在头一天晚上就把它们腌制好了。那些腌汁酱料都是他照着朋友的私密菜谱再加上自己的实践经验调配的。他想在提姆,特别是在吴雨的面前显显自己这个一家之主的烧烤本领,同时向他们展示一下自己是一个多么称职的丈夫。在得知吴雨要来的时候,蓝塞心里还有一丝疑惑,但当他看到吴雨身边的楠楠时,他的那一丝疑惑马上烟消云散,反而让他对吴雨更加热情,甚至到了推心置腹的地步。天下的女人之所以叫作女人,是因为她们多半只容得下一个男人;天下的男人之所以叫作男人,那还不是因为男人可以容得下不止一个女人。这,就是蓝塞对男人和女人的终结定义。

苏珊,从进了蓝塞和雪绒的家门那一刻开始,就始终以一个沉默者的姿态出现在这个家里。因为以前曾经和雪绒为了去拉斯维加斯的事闹得有些不愉快,但是那之后,她和雪绒最终又恢复了朋友的关系。今天,她打扮得特别性感:穿着一件绣着大朵红花的黄色吊带裙,除了胸部以外,上身的大部分都露在了外边;她秀气的脚上蹬着一双草编的高跟拖鞋,脚趾甲涂得鲜红。咋一看上去好像活脱脱一个风情万种的夏威夷女郎,只不过头上没有戴花冠而已。对于她这样的装束,大家也很能理解,这毕竟是夏天,又是周末到一个湖边城市跟朋友一起度假烤肉,这样的打扮也还可以给大家助兴呢。

烤肉炉在后院里架起来了,红红的火烧起来了,第一批肉摆上架子了,黑色的浓烟翻滚着往天空直蹿上去!

雪绒以一个女主人的身份,不停地在房子里和院子间穿梭着。她一会儿在铺桌布放刀叉,一会儿又进去取果汁拿冰块,忙忙碌碌,没有一刻空闲。而蓝塞则是当之无愧的火头军大厨,他一直站在烤肉架前,不停地用长柄刀叉翻着那些烤得“嗞嗞”发响的肉块。

不知道什么时候,苏珊跑过来挨着他,给他当起了助手。她一会儿蹲在地上整理大盆子里腌好的肉,把它们一块一块地分开后再递给蓝塞;一会儿她又把那些青椒、洋葱等一串一串地穿在竹签子上,放在蓝塞身边的盘子里。突然一不小心,手里夹的一块肉

“扑”地落在了地上，她和蓝塞同时伸出手去捡，结果蓝塞的手压在了苏珊的手上。苏珊转过头，给蓝塞妩媚地抛了一个媚眼，而蓝塞也很暧昧地对她挤了一下眼睛。这一幕被正好转过身来想给蓝塞说话的提姆看到。提姆的心突然为雪绒揪起来了，他一直暗暗担心的事终于得到证实。虽然蓝塞和雪绒都是他的朋友，但是他对蓝塞的人品总是在心里多一个问号。如果说雪绒和吴雨都是外国人，并不了解真正的美国人也是说得过去的，但他作为蓝塞的同类，他可以把蓝塞看得更清楚一点。当初他奉行的是不干涉朋友私事的原则，所以当雪绒选择了蓝塞，他并没有多说一句他不该说的话。现在他亲眼看见这一幕，不由大吃一惊：他们新婚不久啊，蓝塞就开始私下和别的女人调情，那么以后呢？他为雪绒感到悲哀：这么好的一个女孩子，就这样放弃了自己的学业和前途，完完全全把自己的一生交给了这个男人，这个男人可以依靠，值得她托付终身吗？

如果答案是“不值”，那么现在作为雪绒朋友的他又能为她做些什么呢？如果自己把这件事告诉了雪绒，也显得有些捕风捉影。认真说起来，蓝塞和苏珊只是调了一下情而已。他要是小题大做，可能不仅是蓝塞，连雪绒都不会跟他继续做朋友了。那么，该不该告诉吴雨呢？想想也不该。如果吴雨知道了，一定不会对蓝塞和苏珊善罢甘休，只会把事情弄得一发不可收拾。算了，还是再观察一些时候吧。他暗暗下决心，以后一定要多跟雪绒联系，多关心一下她的生活。雪绒，真的是个那么让人放不下心的弱女子，为什么命运要这么作弄她。提姆暗自摇了摇头，觉得人生很无奈。

烤完肉以后，蓝塞和雪绒又带他们一行人去沙滩玩。在那里他们还打了沙滩排球。蓝塞和苏珊一组，提姆和吴雨一组。因为雪绒从小拉琴，为了避免手指受伤，从来不碰任何球类。她和提姆的妹妹还有楠楠三个人坐在一起，一边看他们打球，一边开心地聊天。雪绒对楠楠没有什么戒备心，甚至连妒忌心都没有。从她看到楠楠的第一眼起，她就觉得这个女人太适合吴雨了，她和吴雨简直可以说是天作之合。楠楠显然不像自己那么任性,她很随和、理性,善解人意又谦卑。她觉得在美国的中国女人中,真是很难找到这样的好女孩。虽然吴雨不是一个只看重女孩子外表的那种人,但楠楠的确相貌姣好,与他十分般配。她还真的有几分佩服吴雨,他不仅有女人缘,而且也的确有挑女人的眼光。吴雨跟楠楠在一起会比跟我在一起幸福多了,可见当初没有选择他也不是件坏事,可能在冥冥中成全了他和楠楠。她长久以来对吴雨的愧疚感忽然之间减轻了许多,所以她现和楠楠她们聊天的时候,才会显得那么轻松和自然。

回到安娜堡以后又过了一星期,楠楠的生日到了。吴雨事先在郊区的一个很著名的意大利餐厅定了位。等他们坐定下来之后,就有鲜花送到楠楠面前来。然后又有两个小提琴手走到他们这里,开始拉起了古典音乐中那些最负盛名的小提琴二重奏。等他们把正餐吃完了之后,又有一群服务生走上来,端上来一个生日蛋糕,点上七彩蜡烛,齐声对着楠楠唱:

祝你生日快乐

……

由于惊喜再加上兴奋,楠楠的脸颊泛着幸福的红光,她今天晚上显得比平时更漂亮更妩媚也更有女人味了。在来餐厅之前,她还去发廊专门为自己做了一个新的发型:把脸边的两束长发分别牵到脑后去,用只银色的发卡别在一起。又化了比较性感的晚妆,并且还精心地挑选了一件她平时从未穿过的露出整个颈部来的深绿色连衣裙。由于她的皮肤白皙,在柔和的烛光下与深绿色这样一对衬,让她显得既高贵又优雅。

在回家的路上,楠楠非常开心。她不停地跟吴雨讲自己小时候闹的各种囧人的笑话,还不时问吴雨一些天真又可爱的小问题:

“你小时候有没有去偷摘过公园树子上的果子?”“有没有对女生做过什么恶作剧?”……这些无厘头的问题不时逗得吴雨忍俊不禁,笑声从开着的车窗里一直传到郊夜的树林子里,再往远处蔓延过去,为原野铺上无垠的生命。

当吴雨把车停到楠楠公寓的门口时,楠楠解开了安全带。这时吴雨突然按住了她的手,亲切地对她说:“等一下,我有一样东西要送给你!”说完,他就从座位后边的一个袋子里拿出一个精美的盒子递给楠楠。楠楠先是愣了一下,然后才接过来,小心翼翼地把那个深红色的金丝绒盒子打开。“天哪!”她一下子叫了出来,“好漂亮啊!”那真的是条非常非常漂亮的小项链,那是吴雨花了整整一个星期的时间才找到的礼物。那不是一条普通的项链,而是一个粗看是一颗红红的心,细看又是一颗红红的草莓的项链。吴雨知道楠楠喜欢吃草莓,喜欢看草莓,甚至还想自己种草莓,所以就照着她的喜好,费尽心思地买来了这个精致无比的小草莓红心项链。这的确是楠楠所见过的最喜欢并最让她心动的项链了。她把项链的两头拎起来,用几分撒娇的口气对吴雨说:“我要你帮我戴上!”

吴雨温顺地从她手里接过了项链。当他的双手拿着项链的两端分别往楠楠的脖子后边绕过去时,他们之间的距离突然一下被拉近了,拉得那么近,以致可以听到彼此的呼吸声和心跳声。他的一只手一不小心碰着了楠楠的脖子——那在月光下白皙如大理石般的脖子,吴雨的脸一下子烫起来,心脏怦怦乱跳。而楠楠的脸,那张此时如玄月般美丽温柔的脸,微微地往上仰着,双眼早已静静地闭上,等待着一个男人最深情的一吻。就在吴雨快要接触到楠楠嘴唇的那个瞬间,眼前这个女人竟然变成了雪绒,把他一下子给吓醒了!怎么会是绒儿?怎么可能是绒儿?他一下无力地放开了楠楠,头往车座后背上一靠,绝望得想哭!

楠楠一直看着窗外。过了好久,她才转过身来对着仍然处于绝望情绪中的吴雨冷静而又温柔地说:“你不用那么自责,我会等。”

一听楠楠这样说，吴雨更觉得无地自容，自己是个懦夫，是个王八蛋。他的泪水最后还是流了下来。他伤感地对楠楠说：“楠楠，你真是个心地善良又美丽的女孩子，不知道老天为什么把这么好的女孩子交到我这样的人手上，不懂得珍惜你，反而要折磨你。真的很对不起你！以前我觉得我自己已经处理好前一段的感情了，所以才会和你开始。但现在，不，就是刚才那个瞬间，我才突然意识到自己并没有真正处理好，虽然我在过去已经作了最大的努力了，但是显然我还需要作更多的努力，请你再给我一点时间吧！”

楠楠把吴雨捂着脸的手拉过来放在自己的手心里，面带微笑真诚地对他说：“谢谢你没有把你的心对我关闭，我说过我会等你。但是我只有一个要求，你不要强迫自己为我做那些看上去很浪漫的事，如果浪漫不是你的天性，那样去做只会让你觉得很累很累，我会心痛。你以后就以你最真实的面目出现在我面前就可以了，我要的是你的真心。真心，那就足够了！”

这番话，让吴雨既羞愧又感动。他暗暗地发誓，如果这个世界上除了雪绒之外，还可以爱上另一个女人的话，那么这个女人一定就是楠楠了。

第二十四章　天下有一种诱惑让男人觉得背叛有理

自从吴雨他们一行人离开了之后,蓝塞心里总是若有所失,好像眼前总是有一条缀满夏威夷大红花的长裙在他眼前飘动,飘动,最后渐渐飘成了一个女人性感的胴体,上面到处闪烁着苏珊那神秘、狂野、叛逆的眼睛。

男人和女人在这种事情上总是有许多心灵感应的。当一个男人的脑海里不断重复出现一个女人的形象时,那么那个女人的脑海里也一定会不断地浮现出这个男人的形象。如果是在古时候,这样的一对男女可能只有望月长叹的分了。但是在现代高科技的时代,那种心灵感应只需触动一个小小的键钮便会立刻直达对方的心脏。那么,就要看谁是那个首先按下键钮的人了。

苏珊,就是那个按下了第一个键钮的人。在她发给蓝塞的第一封短信中,只有像牙齿那样短短的一排字:

我弄到了两张湖人队对公牛队的黄牛票。你要不要去?

两秒钟后,对方就有了反应:

什么时候,在哪里?

又是两秒钟后,就有了回复:

本周星期六晚上七点在芝加哥联合中心。

“让我考虑一下好不好?”蓝塞合上电脑,心里一阵狂跳,全身暴热。苏珊这个邀请意味着什么?作为情场老手,他当然清楚。这个叫苏珊的女人一举一动,都落在一个他最熟悉不过的男女套数之中:先是找个借口去看电影或是看球赛,然后就是去吃饭去酒吧,接着就是上床,肉搏一番。如果在那之后,双方都没感觉了,就彼此说声拜拜;如果还有感觉,就继续偷下去。

那么自己去还是不去呢?那天晚上他躺在床上,翻来覆去辗转难眠。他一会儿想着自己家中每天像时钟一样准时运行的生活轨迹,想着雪绒跟他做爱时的强颜欢笑,想着这枯燥无味的小城生活。而苏珊,那双招牌黑眼睛,亮闪闪的,多有生气啊!她居然还没有忘记我是湖人队科比·布莱恩特的超级粉丝,可见她一直都记得我的兴趣和爱好,要弄到一张科比的黄牛票,不要一千块也要五百啊。想想科比投篮的那种矫捷身手,那种万夫莫当的凌厉攻势;当然还有同样让他十分好奇的公牛队的新星德瑞克·罗斯,他才二十二岁呢,就被大家看好成飞人迈克·乔丹第二了!好家伙,还真没有现场看过他打球呢。这一切就像虫子一样把他的心直爬得痒痒的。哎,我毕竟是个男人啊,不是吗?他最后叹了一口气:我也需要出去透透气,轻松一下,我也该有自己的生活和朋友啊!他看着旁边像孩子一样安详甜睡的雪绒,心里默默地对她说:“亲爱的,你放心,我绝对不爱苏珊,我从来都没有爱过那个女人!我保证就是跟她出去小小地调节一下生活而已。就这一次,保证这是第一次,也是最后一次。”

他终于为自己找到了一个很恰当的借口,立即起身去电脑前,给苏珊回了一封只有两个字的电邮“我去”,然后折回床上,倒头就睡着了。

第二天,他就告诉雪绒这个星期六他要跟一群哥儿们去芝加哥看球赛,看完球赛后还要去一个运动俱乐部酒吧,可能会玩个通宵。雪绒问他,自己需不需要一块儿去?蓝塞对她作了一个鬼脸说,这次全是男士们的活动,女士不能参加。他把雪绒搂到身边,亲了一下她的额头,“亲爱的,我就放你一天假在家好好享受一下以前单身时那种自由自在的清闲日子吧!”

星期六下午六点半,他戴着湖人队的帽子,穿着轻松的休闲服,准时出现在芝加哥联合中心的大门外,心情激动地打量着熙熙攘攘的人群。突然有人从背后捅了他一下,把他吓了一大跳,回过头去一看,是苏珊!“嗨,苏珊!”蓝塞像见到老朋友那样满脸惊喜,熊抱了了她一下。再定睛一看,原来苏珊头上也戴了一顶湖人队的黄蓝两色帽子!他们互相对望了一下,“扑哧”一声一齐笑了起来。苏珊露出一排白白的小牙齿来,显得很调皮可爱。她瞪着眼睛故作娇嗔地对蓝塞说:“我们在这公牛队的地盘上这么夸张地戴着湖人的帽子,可能会被他们的粉丝给宰了!”

“没有关系,有我在呢!”蓝塞卷起袖子,露了露自己健壮的肌肉。“哈哈哈哈!”两人一阵开怀大笑,冲进了体育馆。

不一会儿,比赛就开始了。两个队旗鼓相当,打得难分难解。当一米九八的科比巧妙地绕过对方的严密防守投进第一个远程篮板球的时候,蓝塞激动得连眼泪水都快流出来了。“看 NBA 顶级球队现场比赛的感觉和在电视机前看转播简直是完全不一样啊!”当他转过身想要给苏珊说声谢谢时,却看见苏珊不知道什么时候离开座位跑去买了一堆零食和饮料,正奋力穿过群情激动的人堆艰难地往回走。蓝塞心头一热,第一个反应是,雪绒是绝对做不到这点的。当这个念头出现的一刹那间,他心里马上有了一种罪恶感,为什么要把雪绒拿来跟苏珊比呢?真该死!

在接下来的比赛中,苏珊和他一起随意地吃着聊着。湖人队赢球的时候,他们就一起欢呼着吼叫着;而公牛队赢球时,他们就吹口哨,喝倒彩。苏珊认为公牛队的那个新星德瑞克并没有像人们吹捧得那么神马,他的技巧有致命的缺陷,就是再给他十年,也变不成飞人乔丹。NBA 的教主只有一个,他就是科比·布莱恩特！

听到她十分内行的评头论足，蓝塞好几次都在心里说，要对这个以前完全看不上眼的苏珊刮目相看。没想到这个看似没有什么内容的黑眼睛苏珊肚子里还知道那么多东西，居然还有那么多运动细胞，并且对球赛的见解简直是跟自己一模一样，真的可以算得上是心心相通。这可是跟雪绒太不一样了。跟雪绒在一起看球时，哪怕是给她讲上十次百次，她仍然是似懂非懂，只是表面上迎合敷衍一下自己而已，完全没有那种心有灵犀一点通的感觉。现在在球场上，总算有个知音了。蓝塞感到全身每个细胞都在兴奋，都在快活。那种感觉自从结婚搬到乡下，就再没有过了，现在突然全都又复活了过来。他对身边的苏珊充满感激之情。

湖人队以几分之差险胜！不管怎么样，险胜也是胜！他俩一致认为应该为湖人队，为他们的胜利之神科比好好地庆祝一下。那么到哪里去庆祝呢？苏珊对他挤了挤眼，"你跟我来就好了！"

当苏珊带着他绕来绕去，绕到布罗德威街上一个不起眼的小店面前时，蓝塞抬头望了望那屋檐上探出来的那个破旧的灯柜招牌，不由大吃一惊。"维纳圈热狗店！天哪！"蓝塞惊叫一声，"这该不是那个芝城最有名的热狗店吧？"

"那当然是了！"苏珊骄傲地说道，开心地笑起来。这家维纳圈热狗店，凡是住在芝加哥的地道老美国都知道，很多外地影视圈名人到芝城来时都要光顾这家小店。好几次蓝塞想给雪绒建议到这里来吃吃看，但是又想到在雪绒的那个中国胃里，美国热狗的地位比麦当劳的汉堡还要差，简直就没有一丝一毫可以容忍这个热狗的空间，所以，他每次都把那个念头打消了。没想到今天，他总算可以吃到这久仰的美食了。

这家热狗店无论是从里看还是从外看，都是其貌不扬，又小又破，又脏又乱，像极了好莱坞电影里那些第三世界国家里邋里邋遢的小吃店。店里边只在靠墙处摆了一些高脚凳，连个可以坐下来吃东西的桌子都没有。在一个小小的窗口点餐取了食物以后，只有拿到店外边露天摆的几张简易桌子上坐下来吃。就这样一个店还威名四震,蓝塞的心里充满了好奇。

人越来越多,苏珊和蓝塞马上跟着在大家后边排起了队。那里很快就拉起了长龙,从店里的小窗口一直延续到店门外好几丈远。蓝塞四下一看,果然看到好几张熟悉的脸孔。有一个衣冠楚楚的绅士是芝加哥电视台的名主持人,另外一个和一位年轻金发美女手挽手站在一起的老帅哥,是他在拉斯维加斯看秀看熟了的老牌魔术大师。要是这些明星出现在别的地方,可能早就有粉丝一拥而上了。然而在这热狗店外,黑人白人,名人普通人,各得其所,见惯不惊,聊天的聊天,讲手机的讲手机,有的人干脆就站在队伍里发呆了。总之,大家来这里的目的只有一个:吃热狗——听说是那种好吃得连舌头都会被一起吞下去的热狗!

二十分钟后,他们总算拿到了热狗。两人捧着纸包,好不容易在店外的桌子边挤到了两个座位。蓝塞迫不及待地打开纸包就要开吃,苏珊一把拦住他的手,诡异地笑了笑,然后把自己手中那个纸杯里半杯起司酱全倒在他那份装在浅纸盒子里的薯条上。眼前顿时金光灿烂一片,香气扑人!蓝塞狠狠地咬了一口热狗,拿起一根裹满起司酱的薯条往自己的大嘴里送。天哪!奇迹发生了!就在那一瞬间,他真的感觉不到自己舌头的存在了!舌头呢?真的是被吞下去了吗?真是太恐怖了!

他有气无力地对苏珊说:“还是我们老美国的东西好吃啊!”在同一瞬间,他的心里突然也冒出一种全新的恐怖感觉来:他还要回到那个乡下小城,回到那个小房子里去吃米饭,吃面条,每天向酱油味道报到。天哪!他的情绪一下跌入谷底。

苏珊似乎天生就是蓝塞肚子里的蛔虫。她斜着头,俏皮地对蓝塞说:“蓝塞,记得以前你可不是这么一个爱垂头丧气的人啊?以后我们还可以经常到芝加哥来啊!我可是这里土生土长的人啊!我要带你把芝城所有好吃的美国餐馆都吃个遍,把所有好玩的地方也玩个遍!”蓝塞的心突然痛了一下,他怔怔地看了苏珊几秒钟:哎,这个女人怎么不是雪绒!

吃完热狗以后,天已经晚了。虽然他曾给雪绒说过,看完球赛后可能要跟一帮朋友去运动酒吧玩通宵,但他现在心里有些拿不定主意了,觉得是不是该就此为止,打道回家了。正在他犹豫时,苏珊却告诉他,她已在附近的旅馆订了两个房间,他们可以直接去那里。这让蓝塞有些错愕,他心里预料的下一个程序应当是去酒吧,而不是去旅馆。如果苏珊说的是订了一个房间,他肯定当场就拒绝了。但她说的却是"两个房间",作为一个男人,他很难说出那个"不"字来。他心里突然觉得很好奇,这个叫"黑眼苏珊"的女人心里究竟在想什么?她想做什么?我们两人待在不同的房间里能不能保证我们之间就一定不会发生什么呢?那种对未来不确定性的好奇心终于激起了一个男人内心最深处的性幻想。当他重新再看苏珊时,他觉得从那一刻起,苏珊就再也不是一个女友,而是一个真正的女人了!

在开往郊区的路上,苏珊突然在一个录影带店前把车停下。她扭头对蓝塞妩媚地一笑,"我下去租几个光碟到旅馆里也好打发一下时间,马上就回来!"

蓝塞的眼睛不自觉地一直凝视着苏珊的背影,她那银灰色的时髦小洋装和短裙肯定是阿曼尼的,要不然剪裁不会那么好。它们表面淡定含蓄,实际上却十分夸张地显出了苏珊的三围,让她的腰变得那么细,胸部那么凸,臀部那么翘,加上她那起码有四寸的高跟鞋,如果是穿上内衣这样走,一定跟"维多利亚秘密"的那些模特儿不相上下了。也许,这就是苏珊作为一个女人的最大魅力所在了。她虽然没有一个惊艳的脸,却有一个魔鬼身材!蓝塞的全身一下子又有了热度,他赶快把窗子的玻璃放了下来,外边的风一下吹了进来,扑在他火辣辣的脸上,这才让他的身心重新冷却了下来。

没多久,苏珊踩着高跟鞋一扭一扭地回到车上来了。蓝塞问她:"你借了些什么片子啊?"

苏珊神秘地对他一笑，“这是秘密。保证能给你一个大大的惊喜！”

也许是部热门的奇幻片吧？还是像《沉默的羔羊》那样的惊悚片？或是浪漫销魂的文艺片？怎么越想越离谱了！蓝塞赶快打住了自己的胡思乱想，把头往硬硬的车后背上一靠，心里反而完全放松下来。

过了一会儿，车子停到一个还算宁静的假日饭店前边。在前台，他们拿到各自房间的门卡。苏珊笑了笑，对蓝塞说：“你看，我们是邻居，有什么事多方便！”

苏珊现在说出来的每句话都会让蓝塞受到些刺激。“我们今天晚上会有什么事呢？”他的热度又上来了。但是转眼看到苏珊那种大大方方、坦坦荡荡的样子时，他马上在心里责备自己：我看你今天简直是疯了！是不是有病啊，怎么老往邪处想？

他们来到各自的房间门口。苏珊先打开门，进去以后马上探出头来，对他大声地说：“蓝塞，你要是不累的话，放下东西就过来看看光碟吧！”

蓝塞注意到苏珊的邀请里没有给自己留下任何可以拒绝的余地。“好的！我马上就过来！”蓝塞进到自己的房间，在洗手间里随便整理了一下自己的头发和衣服后就出来了，走到苏珊房间的门口，本来想敲门，但发现门是半掩着的。

“进来吧！”苏珊大声地在里边说，“也拜托你随手关上门好不好？”

“咯嗒”一声，门就轻轻地关上了。房间里所有的灯都打开了，亮得像白天一样，让他突然有点不适应。因为雪绒在家总是把灯调得很柔和的，但是这种像白天一样的亮度让他在门关上以后反而心里有一种安全感，觉得什么事情都不可能发生。他也希望任何事情都不要发生。

他们各自在两个单人沙发上坐定，苏珊带着神秘的笑容问：“我借了一个短片和一个长片，你要先看长的还是短的？”

蓝塞想都没想就说:“那就先看短的吧!”

苏珊像是漫不经心把手中的一盘光碟插入到播放机里,硕大的高清晰电视荧屏上先是跳出一些影像不太稳定的模模糊糊的字来,然后突然一下,一切模糊都被抹去,荧屏上清晰地出现了一只盛满红酒的高脚酒杯。几秒钟后,一只男人的手将这只杯子举起,镜头立即随着那只拿着酒杯的手而移动。又在几秒钟之后,那只举着杯子的手移动到了好像是房间一个角落,并开始向下慢慢倾斜,慢慢地,慢慢地,直到里边的红酒开始往外流淌;镜头马上又跟着流下去的红酒水柱而去,好像是在追踪那些红酒的最后去处;最后,镜头一停,定格在一个女人裸露的双乳上边,杯子里的红酒,就这样由上而下,慢慢地倾泻在丰满的双乳之间的乳沟里,溅起的酒滴,像血水一样点缀着那对带着粉红色乳晕的乳房;而大部分余下的红酒则像一条小溪,弯弯曲曲地顺着乳房的曲线向身体下边部位流去。

一个裸体的男人,俯下身去,伸出软软的舌头,开始慢慢地去舔弄那对乳房上的红酒……蓝塞突然一下站了起来,全身颤抖,下体膨胀,满脸通红,就像一头发狂的野兽! 而苏珊,此刻一丝不挂地坐在他对面的沙发里,手里拿着一杯红酒,在明亮如白昼的灯光下,对着他媚笑。他扑上去,抢过那杯红酒猛烈地泼洒在苏珊的乳房上,然后重重地压在她身上,像野兽那样高声地号叫起来。而苏珊则在他下边淫荡地呻吟着……

蓝塞,那个雪绒眼中高尚真诚可以托付终身的男人,就这样……

事后,蓝塞对雪绒充满了罪恶感,虽然他明知自己是被苏珊设局勾引了,但是他一点都不怪苏珊。因为事实证明,苏珊的陷阱带给他的是一种彻底的觉悟。以前他认为,雪绒就是他的最爱,也是最适合他的女人;但现在跟苏珊在一起之后,他才觉得自己虽然不一定像爱雪绒那样爱苏珊,但苏珊的确是一个跟他更有精神默契和肉体默契的女人。蓝塞有时甚至还把自己、雪绒和苏珊的三角关系拿来和查尔斯王子、戴安娜公主和卡米娜类比，现在他终于搞懂了为什么当初查尔斯王子不爱沉鱼落雁的戴爱娜，却偏偏要去爱那其貌不扬的卡米娜了。

苏珊对他的爱和付出是百分之两百的，里面没有掺杂着吴雨，也没有掺杂着文化背景的冲突。苏珊虽然也是一个亚洲女人，但她是在美国土生土长，又有一个美国白人继父，所以她既是一个亚洲女人，也是一个美国女人，有亚洲女人的温柔妩媚，也有美国女人的泼辣性感。

在这段婚外情的刚开始，蓝塞认为自己和苏珊不过是在逢场作戏而已，然而随着与苏珊更多时间的相处，他才发现自己越来越喜欢这个女人，也越来越依恋她了。苏珊带给他的是无穷尽的身心上的快感：她像情人，像母亲，像妻子，也更像野兽，无论在什么地方，只要他一想到她，他就会有生理反应。跟她在一起，他觉得既轻松又放纵，既幸福又快乐——也许，这才是真正称得上比较正常和完美的男女关系了吧！

随着对苏珊的爱恋一天天增加，他对雪绒的罪恶感则一天天减少。他现在简直难以想象，自己当初怎么会头脑发热，闹出那么多惊天动地的事情把那个女人追求到手。现在他再也不愿意见到雪绒那张强颜欢笑的面孔，再也不愿去过那种相敬如宾小心翼翼的生活。他更不敢想象他们以后有了孩子后的生活，唯一十分庆幸的是，他和雪绒还没有孩子。如果他要走出这个婚姻的话，他一定可以走得非常轻松！

第二十五章　美国男人一样狠：蓝塞突然要离婚

自从吴雨他们一行人到访之后，几个月很快就过去了。时间也从夏天走过了秋天，又走向了冬天。圣诞节，除了在屋里屋外像他们的邻居那样挂了些灯饰以外，蓝塞也没有准备什么特别节目，只是和雪绒一起去北部滑雪玩了一趟而已。

这几个月来，雪绒明显地感觉到了蓝塞的变化。每天下班后，蓝塞吃完晚饭后就是看电视，上网。周末，他们也很少去朋友家了。蓝塞要求做爱的次数也明显地减少了很多，过去他那些疯狂的举动再也没有出现过了。蓝塞跟以前简直判若两人。她不知道蓝塞这种变化是怎么发生的。有时候她想，可能是随着结婚日子的增加，蓝塞也慢慢地变得成熟起来，改掉了那种大男孩子的稚气，比较像个正常的男人了吧。说实话，现在的蓝塞，反而更能让自己接受一点，他不会强迫她去做她不喜欢的事。早上不再强迫她起来吃早餐，星期六早上也不会把她从床上拖起来一起去晨跑了。她觉得自己的心情也慢慢地放松多了，觉得现在这个家才有一点真正像自己的家，比较有自己的空间，也比较有自己的位置。但是，她的潜意识里还是有一种深深的忧虑和不安，她感觉到蓝塞的心跟她越来越疏远，常常不知道蓝塞去了什么地方，又一个人坐在那里在想些什么。她也不敢问，怕那样会引起不必要的争吵。总之，她觉得有些不对劲，但也说不清楚究竟是哪里不对劲。也许是自己太敏感了吧，她常常这样宽慰自己。也许，年轻夫妻在结婚以前都是翻云覆雨的。一旦结婚以后，那种惊涛骇浪便会自然慢慢趋于平静，就像在大风大浪中搏斗的船只终于驶进了宁静的港湾一样。那不正就是自己所期待的婚姻生活吗？雪绒一再告诫自己，什么事都没有发生，什么事情也不会发生，不要去胡思乱想，要用心地去爱蓝塞，爱这个婚姻，爱这个家。

掐指一算，新年马上就要来了。

除夕，雪绒本来以为蓝塞要拉她出去和朋友们一起吃喝玩乐玩个通宵达旦的，这毕竟是他们成家以后迎来的第一个新年。除旧迎新，大多数美国青年在这样的时候都是三五成群凑在一起找乐子。然而，蓝塞没有做出任何安排，还是准备当几天"宅男"。他和雪绒一起去超市，采购了下个星期要用的日用杂货，又去酒店买了几瓶他和雪绒都喜欢喝的红酒，最后又去附近录影带店租了几部电影，拿回家来准备看上一晚。

雪绒记得那天晚饭后，蓝塞就在沙发上搂着她开始看电视。他们从一个台换到另一个台。各大主流电视台的主播们都聚集在纽约时代广场，介绍着各种各样新年庆祝活动。看了一会儿，蓝塞觉得没劲，又开始把租来的片子拿来放。第一部是雪绒挑的，是《夏天的365日》。她早就听别人说这是个很不错的电影，但她从来都没有看过。结果在看完这部多愁善感的片子之后，雪绒的心里忽然涌起些许感伤。她往蓝塞的怀里死劲地靠了靠，蓝塞顺手从沙发的另一角拽过来一条鹅黄色的绒毯，盖在她身上。左前方壁炉里的火在熊熊地燃烧着。蓝塞又放上了另一部片子。雪绒记得那第二部片子是蓝塞挑的，那是部叫《UP》的卡通片。主角是一个亚洲小男孩，这部片子讲的就是这个小男孩和一个老爷爷的历险记。画面鲜艳多彩，人物对话幽默，剧情跌宕起伏，不乏温馨的人情味，真是部好片子。雪绒一边看，一边抚摩着蓝塞的手，心里充满一种安详宁静的幸福感。在此时此刻，她觉得，在这个世界上，只要一个女人的那颗心不要奢望太多，那么对这种生活就应当十分满足了吧。她甚至还幻想着明年这个时候，说不定她的肚子里已经怀上了蓝塞的孩子，她不久就会当妈妈了吧。想到这里，她的脸上露出一丝甜蜜的微笑。

这时,电视荧屏上的纽约时代广场突然人声鼎沸:那个高高悬挂的华光四射的彩球就要砸下来了,全国进入倒计时,人们同声喊着:“10,9,8,7,6,5,4,3,2,1!”“哗!”那个球一下摆脱束缚,沿着自己的轨道,潇洒地坠向地面!“哇!”欢呼声、掌声,响成一片。人们互相拥抱,互相亲吻,互相祝贺。新的一年,新的精神,新的生命的一页,被华丽地掀开!

雪绒推开绒毯,仰着头,笑嘻嘻地问蓝塞:“蓝,你有什么新年打算吗?”

这是美国人的习俗:在新年的第一天里都会为自己拟定一个新的努力目标。虽然这里边有很多玩笑的成分,但是人们还是愿意为自己画上一个饼,哪怕到年末被证明那只不过又是自己开给自己的一张空头支票而已,那也总比什么希望也没有的好。

看见雪绒仰着头,一副天真的样子,蓝塞用手指头捻去雪绒额头上搭下来的一绺头发,像是开玩笑似的对她说:“我的这个打算可能你根本就不愿意听到!”他把头转向一边,自嘲地笑了笑。

“为什么?你怎么知道我不想听呢?”雪绒翘起嘴,扯着蓝塞的手撒起娇来,“你现在就告诉我吧,好吧?我现在就想知道!”

蓝塞拍了拍她的头,淡淡地一笑,“明天才是新年啊。明天我一定告诉你!”

“好吧,那我们打钩!”雪绒把小指头伸过去。

蓝塞苦笑了一下,他们一起打了钩。

雪绒突然有一种冲动,一种从来没有过的想和蓝塞马上做爱的冲动。她伸出双臂,一把紧紧地钩住蓝塞的脖子,然后将头钻到他的怀里去不停地蠕动。完全出乎意料,蓝塞冷冷地把她的双手从脖子上拉下来,并往旁边一挪,坐到沙发另一边。雪绒羞红了脸,十分尴尬地问:“你怎么了?”

蓝塞把头转向一边,不经意地说:“没什么,只是不太习惯你这样。我也累了,早点睡吧!”

美国新年除夕的晚上，雪绒就是这样和蓝塞躺在同一张床上：蓝塞早已呼呼大睡，而雪绒辗转难眠。蓝塞究竟是怎么了？是我的举止太反常、太轻浮，还是我对他已经没有吸引力了？他有什么心事？有什么不满意我的地方吗？最近蓝塞都是这样性冷淡的。难道他有什么不顺心的事？会不会是公司里的事？想来想去，雪绒怎么都想不出个所以然来。不知道在什么时候，昏昏然地睡过去了。

第二天早上，当雪绒睁开眼睛时，天已经大亮了。太阳高照，地上的雪已经完全融化了。一看蓝塞已不在床上，她想到蓝塞昨天所说的新年打算可能指的是要重新带她去晨跑，她急急忙忙地穿好衣服就要往外走。没想到蓝塞端着一盘早餐进来了。这回他端进来的不是鸡蛋香肠，而是稀饭和馒头！旁边还有一小碟雪绒最喜欢吃的中国榨菜。

"天哪！"雪绒惊叫起来，跳起来搂住蓝塞，往他的脸上狠狠地亲了一下，"你是天底下最棒的老公！"

"这是我给你做的'最后的早餐'，你可要好好地吃啊！"蓝塞好像是半开玩笑那样说。

雪绒完全没有理会蓝塞这句话，那不过是蓝塞故意要嘴皮子逗自己罢了。她三下两下就把这"最后的早餐"吃完了，抹了抹嘴，斜眼瞪着蓝塞说："你昨天说的新年打算就是从今天开始要给我做'中国早餐'而不是'美国早餐'啊？"

看着雪绒那副天真调皮的样子，蓝塞拉着她的手，把她拉到客厅的沙发前，按下她的双肩，让她规规矩矩地坐在沙发上，他也在对面的一个单人沙发上坐了下来。

雪绒诧异地问："你这是干什么？"

他没有马上回答雪绒的问话，先深深地吸了一口气，然后才对视着雪绒的眼睛，一字一句地说："说实话，我的确是想了很久才做出了这个新年打算，并打算在新年的第一天给你谈这件事的。这是一件非常严肃的事。也许你根本不愿意听到，但是我还是恳求你不要打断我的话,让我把心里想说的话说完。”

看到蓝塞用这么严肃的口气讲话,雪绒马上就有一种不祥的预感,好像什么可怕的事就要发生了似的。他该不是在新年的第一天又在给我开玩笑了吧?她正要张嘴问,没想到蓝塞做了个手势,叫她别说话。蓝塞看上去还不只是严肃,而且是非常紧张。雪绒这才知道,蓝塞真的不是在开玩笑,有什么事就要发生了!她的心狂跳起来,但是她还是强迫自己镇定下来,看他究竟要说什么。

蓝塞,眼前的蓝塞与自己一年多以前认识的蓝塞可以说是一模一样,只是稍微胖了一点而已,然而现在从他口里说出来的话,却让雪绒的人生从此翻开最最丑陋的一页:

“我相信你也知道,我是真心爱你的,要不是这样,相信你也不会嫁给我。但是在我们俩结婚后住在同一个屋檐下时,我才突然发现,我们两个人居然是那样不同。不仅文化背景不同,家庭教育不同,而且我们的个性有太大的差异。这些在婚前被忽略了的问题,现在通通显露了出来。刚开始发现我们之间的这些差异时,我还很天真地认为,那些文化习惯上的差异,只要通过我的努力是会顺利克服的。所以,我试图改造你,把你硬拉去做那些你不愿意做的事,像看球赛、打保龄球、钓鱼、烤肉等等。我以为,只要让你参与了这些事,你就会融入这个文化,会真正地融入我的生活之中。对于我强迫你所做的这一切,你其实感到很痛苦,但是你并没有表现出来,只是默默地忍受。我这时才发现我是一个多么自私的人,为什么要求你改变,而不是要求我自己来改变来适应你呢?所以,我又力图改变自己。虽然你从来没有给我讲过你喜欢什么,不喜欢什么,我还是凭着直觉去感受你的好恶,尽量按照你想要的那种生活方式去生活。所以我不再拉你去社交,不再强迫你去学习美国人的生活方式,甚至我也强迫自己不要那么频繁地和你做爱,尽量少去做出那些让你感到难堪的浪漫疯狂的事情。真的,我真心真意地尽了自己的最大努力。结果呢?我们两人的心在往不同的方向越走越远。我觉得我一天比一天更像生活在束缚之中,在违背自己的天性生活。我以前离家出走,就是因为不想受父母的约束,想按照自己的方式自由自在地生活。而现在,我觉得自己就像一个小丑,一个白痴,甚至是一个强奸犯。所以,我想,趁我们都还年轻,你还可以回学校去完成你的学业……"

"你那是什么意思?"雪绒打断他的话。她的嘴唇在发抖,全身也在发抖。

蓝塞把头低下说:"我的意思是,我们还是离婚吧。"

"啊!"雪绒顷刻掉进了冰窟里,全身都僵了,"天哪,怎么可能?! 怎么回事?! 蓝塞,你疯了! 你再说一遍你要干什么?!"

"我要和你离婚! 这不是你的错,也不是我的错。"

"你要离婚? 为什么? 这怎么可能? 你不爱我了吗? 究竟发生了什么事? 什么事不可以好好地解决,就要离婚?"

"刚才不是给你说过了吗,我们之间有太多的不同……"

"我们都在作努力,你不是说你也看到了吗? 既然我们都在一起努力,难道你就不给我们的婚姻一点机会,就这样轻易放弃了吗?"

"我觉得我们已经走到尽头了。我觉得这种改变让我痛苦,让我没有幸福感。一个不幸福的男人会让一个女人幸福吗? 这不是我要的那种生活!"

"蓝塞,你知道你在说什么吗? 你当初在教室里当着同学们的面是怎么说的? 我在那封长信里是怎么跟你说的? 你在拉斯维加斯是怎么跟我求婚的? 在'爱的隧道'的牧师面前,你又是怎样宣誓的? 难道那一切都可以不算数,两个人结婚离婚能够像翻书一样随便吗? 你把我,把你自己,把我们的婚姻当成什么了?"雪绒开始哽咽,开始抽泣,泪水像决了堤一样涌出来。

看到雪绒这样激烈的反应,蓝塞的口气一下子变得温柔了许多:"亲爱的,我也没有说我不爱你啊。只是爱情和婚姻生活是两回事。两个人在一起,不是光有爱就可以幸福的。以前在课堂上讲的那些关于婚姻的话和对你作的那些承诺,都是在对婚姻没有任何真实的体验之下的主观想法。而婚姻则是比那些主观想法和承诺现实多了。那是成年累月,每一天,每一小时,每一分每一秒的相处的考验啊。我承认,我并没有通过这个考验,我是个懦夫和失败者。离婚后,我会给你很好的补偿,这个房子全归你,你回到学校去后,我会给你付一年的生活费……”

雪绒一下子站了起来,面色惨白,满脸是泪。“蓝塞,你真的不是在给我开玩笑吧?你真的要跟我离婚,没有挽回的余地了吗?”

蓝塞也站起来,默默地走开,开始在房间里收拾自己的东西。

雪绒一下子冲过去,从后边抱住他。“蓝塞,你在干什么!你不可以离开我!我不要你的房子,我不要你的钱,我要你!你叫我做什么我都愿意!你不要走,我爱你!我真的很爱你……”

蓝塞一句话都不说,只是把她的手挪开,继续收拾东西。没有多久,门“哐”的一响,他真的走了!

雪绒绝望地哭倒在地板上,不停地叫着:“妈妈,妈妈,你帮我看看这是怎么了?这究竟是怎么了?妈妈,妈妈,你帮帮我,来帮帮我啊……”

第二十六章　只给两个月啊，看她怎么挽救婚姻

二○一○年一月一日这一天，是雪绒一生中经历的最漫长的一天。蓝塞就像阵风一样，卷起几件简单的行李就消失在门外了，留下整个心都被抽空了的这个家。这个曾经记录了他们多少共同的"第一次"的"爱之巢"，而今已是人走屋空，整个房间透着丝丝寒气，房间四周的墙壁就像晚期癌症患者的脸，苍白又无力。

整整一天一夜，雪绒都呆坐在原地——坐在客厅里那个长沙发面前的地上，面朝着客厅的大门，蓝塞就是从那个门出去的。泪水不停地涌上她的眼睛，顺着脸颊坠落下来。哭累了，她就倒在地毯上睡一会儿，睡一会儿好像又被什么响动惊醒，以为是蓝塞回来了，结果发现每次都是自己的一种幻觉，便又开始哭泣流泪。

她一直待在那里，潜意识里希望蓝塞离家出走是一场噩梦，就像天下大部分夫妻那样，吵架时有一方负气离家出走，过了一阵子又找些借口转回到家里来。她希望蓝塞也只是一时生气，使性子，等过一会儿，气消了，心情平静了，就会回家了。他怎么忍心就那么随便地抛下她一个人在这里呢？蓝塞，绝对不是那种狠心的人，他是一个热情又温暖的人，他一定是狠不下这种心来的，他只是要要一要小孩子脾气想引起我对他的重视而已。

等。耐心地等待吧。她像大多数中国女人一样，为了爱情，为了家庭，从来都不缺少耐心。她知道如果现在就去找蓝塞，那是极不明智之举。事情刚刚发生，蓝塞的头脑肯定还没有冷静下来，现在去找他，必然无功而返，事如愿违。她应当多给蓝塞一点时间，

让他一个人整理一下自己的心情。整理好了,想法改变了,他自然就会回来了。她相信,在时间中的等待和在等待中的耐心,是挽回一个像蓝塞那种男人的最好方式。

一天过去了,两天过去了,甚至三天过去了,雪绒还是一步都不敢踏出家门。她时时刻刻都在等待着蓝塞的突然出现。她一次次地在脑海里想象着蓝塞回来的时候她会怎样欣喜若狂,她对蓝塞要说的第一句话是什么,蓝塞看见她会有什么反应和表情,他们又要怎么来庆祝他们的重归于好……

在这样的梦境之中,雪绒度日如年。每一天的结束,都意味着失望和痛苦重新压迫得她喘不过气来。而每当经历了不眠的一夜,天空重又露出晨曦时,她的心底又重新充满了希望:今天,蓝塞说不定就会回来了。

雪绒清楚地记得,那是她等待的第四天。经过了又一个不眠之夜之后,她突然有了一种冲动,想拉琴的冲动。自从离开了学校之后,除了去做替补那短短的两次演出,她在家里就从来没有再碰过那把小提琴。她也说不出来是为什么,那把琴这么久以来一直在她衣橱的一个角落里静静地躺着。也许就这样放弃了学业,在雪绒的潜意识里还是有一种深深的遗憾,也许是因为那把琴会触动到她心灵深处的某个角落——会让她想起妈妈,想起吴雨,想起那些让她既深深怀念又深深痛苦的往事……

今天,为什么自己突然会有拉琴的冲动?她也不知道。她把琴盒从衣橱里小心翼翼地拿出来,放在客厅的沙发上,然后,她把上面的拉链拉开。看到琴的一瞬间,她的眼眶湿润了。好多好多年过去了,那把琴依然没有什么改变,安静地默默地躺在属于它的位置上,随时准备好,只等雪绒对它伸出一只手。它默默地陪伴着她,从孩提到青春,从中国到美国,永远忠实地跟随着她,无论她需要还是不需要,它都永远不离不弃,待在她身边的某个地方,等待着她的召唤。

拿起琴调好音后,连想都没想,她拉出的第一首歌竟然是《闪烁的小星星》。那是蓝塞第一次看见她时，她正在拉的曲子。那个秋天的黄昏，在那棵苹果树下，她正独自拉着这首曲，蓝塞就是在那个时候出现的。记得当时蓝塞对她说："要是让我再看见你，你就是我的了！"然后在音乐系的汇报演出会上，她拉着柴可夫斯基的曲子，蓝塞不请自来。演出完毕，他强行把她拉到星巴克咖啡店里，在那里上演了惊世骇俗的"星巴克闹剧"，让他们在网络上爆红，赢得了"星巴克洋男"和"星巴克国女"的光荣称号……这些回忆，随着优美的琴声，在屋子里感伤地回荡着。它们如此生动和强烈，蓝塞怎么可能轻易地忘掉这一切？雪绒更加坚信，蓝塞一定会回来的，只要她继续地拉下去，拉下去，拉下去……

这时，门铃突然想起，"叮咚"的声音压过了琴声，在空旷房间的四壁上荡起了回声。雪绒的心狂跳起来！他终于回来了！她放下琴，冲向大门，眼眶已湿润。她把门"刷"地一下拉开，然而，随着雪风乱扑进来的是狂野的雪花，而不是蓝塞！一个裹着厚厚棉衣的邮递员对她说："你是密斯丁吧？这封邮件需要你亲自签名。"

接过邮递员递过来的那封信一看，信封上写的收信人是丁雪绒，而左上方的角落上的寄信人则是本地法院。天哪，她的头一晕，身子一晃，差点摔倒下去。邮递员见状，马上关切地问她："你还好吧？需不需要什么帮助？"

雪绒对他摇了摇头，说了声"谢谢"，失魂落魄地回到房子里。

她不知道当时自己是怎么才把那个信封打开的。只记得在读到"离婚申请书"几个字时，她的手哆嗦得连那几张纸都拿不稳，掉到地上去了。原来他不是在跟我赌气，是真的要跟我离婚啊！天啊，我怎么还在这里傻等啊?！她马上从桌子上拿起手机，由于焦虑和紧张，一连拨了几次，最后才总算拨对了蓝塞的电话号码。

"雪绒？"那是蓝塞的声音。雪绒一下哭出声来。"亲爱的，你不要哭，不要哭，有话好好说吧！"雪绒还是抽抽噎噎哭个不停。过了一会儿，等她稍微平静下来以后，蓝塞才又小心翼翼地问，

“亲爱的,你有什么话要跟我说吗?”

“我收到法院的信了,你原来是真的要跟我……”雪绒又哭得说不下去。

“雪绒,你听我说……”蓝塞在电话那边也显得有些急了。

“你告诉我那是不是真的?”雪绒抹着眼泪打断他的话。

“我、我,雪绒,你现在好好听我说,我、我的确是……”

雪绒再一次打断了他的话说:“你现在告诉我,你还爱不爱我? 你现在就告诉我,我要听!”雪绒的声音越来越大。

“亲爱的,我从来没有不爱你,只是……”蓝塞停住了。

“既然爱我,为什么还要做那件事?”雪绒又开始哽咽起来。

“亲爱的,你冷静下来好好听我说。”蓝塞的声音也大起来。

“我在听你说啊! 你说你还爱我,那你为什么还要……”

“亲爱的,你要明白,爱和婚姻是两码事。我们相爱,但不一定能相处。那天在家里分手时,已经把这点给你说得很明白了。所以……”

“你当初为什么要我跟你结婚? 我不要听,我不要听你这些无聊的解释。我只问你什么时候回家?”

“亲爱的……”

“你不要叫我‘亲爱的’,我现在在问你什么时候回家?”雪绒打断他的话。

“对不起,我真的是不想回那个家了。”

“天哪! 你为什么要这样对我,你还有一点良心吗? 我们新婚一年都不到,你就要抛弃我? 究竟我做错了什么? 你为什么要这样对我? 你可以这样转身就走吗?”雪绒开始哭闹起来。

“以后请你不要打电话来了。离婚的事由我的律师和你直接联系。如果你也需要律师的话,我也会付钱给你请律师。”说完,蓝塞就把电话挂断了。

雪绒彻底崩溃了! 她无力地瘫倒在地上,觉得有一股寒气从自己的心脏里慢慢往她的四肢和大脑延伸开去。慢慢地,她的双眼再也睁不开了，朦朦胧胧中，她好像看见妈妈轻轻地向她伸开温柔的双臂，想把她抱在怀里。当她想坐起来，扑进妈妈的怀抱的时候，突然醒了过来。

夜，已经很深很黑了，好像所有的生命都迷失在一片万劫不复的阴影之中，永远没有了希望。雪绒终于相信，蓝塞不是随便跟她怄气闹着玩的，而是认真地、有计划地离开她的。一想到这里，她更是心痛如刀割，好像没有办法再撑下去了。她摸着黑，拖着沉重的步子走到厨房，强迫自己喝下一杯水，心里不停地对自己讲：现在千万不能倒下去，倒下去真的什么都完了。要坚强一点，咬紧牙关坚持下去，为了妈妈自己也要活下去。不能就这样轻易地放弃！绝对不能就这样放弃！

她好不容易挣扎着躺到那个熟悉的大床上，触景生情，眼泪又止不住流了下来。她力图让自己清醒下来，把所有的事情理出一个头绪。这结婚还不到一年，不吵架不打架的，怎么就突然到了要离婚的地步了呢？他怎么能那么冷酷，那么绝情，完全不顾她的死活呢？她不知道他们两人之间究竟出了什么问题，哪个问题足以让蓝塞以这样恐怖残忍的方式来抛弃她？这究竟是谁的错？如果两个人都有错，那么是否因为两个人的文化背景和性格差异太大造成的？如果两个人都有错，是蓝塞的错多一点吗？好像不是。在这半年多的婚姻生活中，不管他的方式对还是不对，但他总是积极主动做出各种努力来减少他们的差异，把她介绍给自己的朋友，让她学习新的东西，努力让她融入主流社会。在生活上，他学做饭，做菜，洗衣服，一个丈夫能做的他全做了。在中国人眼里，这样的丈夫也算得上是“模范丈夫”了。对这种丈夫，全天下的妻子都不可能有什么怨言。如果蓝塞没有什么大错，那错得比较多的是不是自己呢？她觉得自己不也是和蓝塞一样在努力地经营着这个家和这个婚姻吗？但是无论自己做了些什么，比起蓝塞所做的来，自己总是消极和被动的，自己还是很任性的。对蓝塞的各种浪漫表现只是力图去作表面上的应酬，从来没有真心地去欣赏和珍惜，反而当成活受罪一样地去忍受。特别是在第一次为送花到乐团的事情争吵以后,自己从此选择封闭自己和蓝塞之间的沟通之门,对蓝塞隐藏自己内心的真实感受和想法,自以为这样做是以一种妥协进而达到一种和谐的方式,不想让彼此的感情因为吵吵闹闹而受到伤害。结果,这样做反而让敏感的蓝塞觉得受到忽视,自尊心受到伤害,从而认为她虚伪,不坦率,个性差异太大,不再适合在一起。

当雪绒把自己的思路整理到这里时,才突然觉得自己的心里没有那么堵了。由于找到了问题的根源在自己,所以她对蓝塞的怨恨之心反而成了愧疚之心,也同时得到了某种程度上的解脱。她从床上坐起来,想吃一点东西,看看窗外,天已经蒙蒙亮了。她的头脑几乎完全清醒了过来,心里也不再感到那么绝望和恐慌。她,丁雪绒,再也不能存侥幸心理,坐在门口望眼欲穿地等待蓝塞回心转意返回家来。她开始去严肃地思考一个她不得不去正视的问题:如果蓝塞真的下定决心走了,永远不再踏进这个家门,我要怎么办?我要不要放弃?要回答这个问题,雪绒觉得自己必须先问问自己:自己还爱不爱蓝塞?虽然蓝塞采取了这种甩手就走完全逃避问题不负责任的方式,的确很狠心,也很可恶。但是无论如何,蓝塞所做的这一切并没有触及到自己对婚姻的底线:那就是在外边有第三者,在感情上背叛自己——像她家族里的所有男人一样。所以,她觉得蓝塞的想法是可以理解的,他的行为也是情有可原的。她觉得蓝塞还是爱她的,否则他就不会那么努力来改变她,容忍她,直至最后才爆发出来。而自己也毫无疑问仍然爱着蓝塞。他们之间彼此的感情基础还在。她无法说服自己去相信蓝塞在这么短的时间里就变心,就不爱自己了。现在挡在他们爱情之间的障碍是彼此缺少沟通。雪绒相信自己完全可以调整好心态,改进与蓝塞沟通的技巧,经过一段时间的努力和调整,她和蓝塞应该还是可以继续走下去的。如果现在没有尽到最后努力就放弃,她怎么也不会甘心,等于还没有打仗就举旗投降了。这样轻易放弃,自己以后绝对会后悔。

她坐到桌子面前，把那封离婚申请书打开。没想到，那封离婚申请书她最多只能读懂一半，大部分的名词艰涩难懂，看得她一头雾水。什么叫"contested"？什么又叫"uncontested"？什么叫"affidavit"？什么又叫"arbitrary"？总之，为了要把那几张法院公文看懂，雪绒每读一行字，都必须查好几次电脑辞典。

经过一天一夜的苦战之后，她才看清了那封离婚申请书的详细内容。又花了整整一天时间在网上搜索，她才又搞清楚了美国的离婚程序。原来美国总的离婚原则是一致的：只要夫妻中的一方提出离婚，不管另一方是否同意，法院都可以准予离婚。在这个大前提下，各州又有各州的州法。比如说雪绒所在的密西根州，采用的是一种叫"无过失离婚法"。无过失的定义是夫妻双方，当有一方要提出离婚，不需要证明对方有什么错，也不需要给法官证明这个婚姻有什么错，也就是说有存在什么维持不下去的理由，法律都准予离婚。有的州为了慎重起见，夫妻双方在进入离婚程序时，法院会给这对夫妻一段法定的冷静思考时间，确保双方务必对彼此关系做一番比较冷静的思考最后做出离还是不离的决定。在密西根州，法律只给了六十天，也就是两个月的时间。

搞懂那封申请书的所有内容之后，雪绒想，只给我六十天来挽救婚姻，这怎么可能？要重新修补一个濒临破碎的婚姻，要让一个男人回心转意，就两个月？像她这样没有孩子和财产分割的案子，还等不到双方的头脑冷静下来法院的离婚判决书就会下来了。这未免太荒唐了吧？那两个月的冷静期还不是形同虚设吗！于是，她毫不犹豫地在蓝塞的那份离婚申请书上写下"不同意"三个字。

在得知雪绒签了不同意离婚的之后，蓝塞派来了他的律师，同雪绒进行了第一次面谈。亨德克律师是一个四五十岁的美国白人，貌似十分精明能干，但并不让人觉得油滑和讨厌。他给雪绒的感觉是比较职业化，高效率，头脑清楚，知道自己在说什么和做什么的人。雪绒告诉了他不想离婚的理由,简单说来就是:结婚时间太短,彼此缺乏沟通,希望对方再给自己和这个婚姻一个机会。对方应当记住自己在结婚时的神圣承诺,用最大的努力和责任心来挽救一个还"完全有药可救的婚姻"。

但亨德克律师觉得雪绒这种理由非常幼稚和好笑!天下女人都一样:同意离婚的女人,是因为拿到了心里想拿到的那个钱;而不同意离婚的女人,是因为还没有拿到心里想拿到的那个钱。幸好,当了二十年离婚律师的他早已是经验丰富,自信满满。在来雪绒这里之前,他早就跟蓝塞谈到过这个问题。尽管蓝塞一再告诉他,雪绒不同意离婚不是钱的问题,但这个聪明的律师无论如何想不出一件拿钱摆不平离婚的事。他想,从老牌电影明星到当今的体育明星,大牌如老虎伍兹,哪个不是用钱把糟糠之妻搞定的?所以,蓝塞这个离婚案,一个中国大陆来的年轻女学生,升斗小民,哪里会有用钱搞不定的事?

等雪绒把自己不愿意离婚的理由讲完,亨德克律师就单刀直入地说:"蓝塞知道你离婚以后生活上暂时会有困难,除了他给你承诺过的房子和给你一年的生活费之外,他还准备另外给你一笔十万现金作为离婚补偿。你知道,尽管这些钱财在法律的角度上他完全可以不用给你支付……"

雪绒马上打断了他的话说:"亨德克先生,拜托你不要再提钱财的事了。请你转告蓝塞,我当初爱他不是为了钱,结婚不是为了钱。他要离婚,我不离婚,也不是为了钱!"

"那你究竟为什么?"亨德克律师反问雪绒。

"为了得到比钱更有价值的东西!"雪绒冷静地回答道。

"比钱更有价值的东西?"亨德克律师皱着眉头,满脸不解地看着雪绒。

"你要想知道那是什么就去问蓝塞吧!他一定知道那究竟是什么!"

在临走前,亨德克律师望了望面前这位显得十分憔悴,但却十分倔强和美丽的中国女子，叹了口气，“唉，像你这样一个单身外国女子，在男方提出离婚后，不管你同意也好，不同意也好，法官都会判你们离婚的，因为法律就是这样定的。你们结婚不到一年，又没有孩子和共有财产，蓝塞又没有犯什么通奸罪之类的过失，他可以走出这个婚姻而不用付给你一分钱的。现在他处于对你的善意，已经给你不少了。如果我处在你这种情形下，还是会从自己的实际利益上认真考虑一下这个问题。在婚姻关系不可以挽回的时候，不是只有钱才是最重要吗？特别是以你目前的状况来说。”

“没有考虑的余地！”雪绒坚定地说。

望着亨德尔律师远去的背影，雪绒无限感慨：这些美国人开口闭口都是钱，那些什么《爱情故事》、《泰坦尼克号》、《麻雀变凤凰》之类的伟大爱情故事，都是好莱坞专门编出来骗女人去做白日梦的垃圾！

第二十七章　是男人没有长大，还是女人太天真

提姆是第一个知道雪绒要离婚的消息的。其实，雪绒自始至终都把自己要离婚的消息封锁得严严实实的。她的心情太低落、太复杂，所以她不想让提姆和吴雨他们知道这件事。她觉得自己当初结婚的时候，就没有想到要倾听一下他们这些老朋友的意见，那么现在这个婚姻的后果当然也应当由自己一个人来面对，而不应当把老朋友们都卷进来。她心里其实最怕的是让吴雨知道她现在的状况：早知今日，何必当初？如今事实证明自己当初是做了一个错误的选择，多么丢脸和狼狈啊。但不管怎么样，如果让吴雨知道了，他是绝对不会对自己的事袖手旁观的。那么楠楠又会怎么想？势必要影响他们之间的感情了，那自己岂不是错上加错？自己受了伤害还不够，还要去伤害更多的人？

但是，这个世界上完全没有不透风的墙。蓝塞的一个在安娜堡的朋友去提姆的钢琴酒吧喝酒时，无意中透露给他这个消息。这个朋友并且告诉他，蓝塞离婚是因为苏珊的介入，而且全天下的人都知道了，唯独雪绒还被蒙在鼓中，不愿意离婚，还在指望蓝塞回心转意。听到这个消息时，提姆其实并没有感到十分震惊，因为上次他们去雪绒家时，他的直觉就告诉他，这一天迟早会来的，只是他完全没料到，这一天比他想象的来得更突然、更快。他也完全明白为什么出了那么大的事雪绒都没有通知他们任何人的原因。

一想到雪绒这个弱小的东方女子，在美国无亲无故，新婚不久马上就要面对这样的灾难，被人欺骗，被人欺负，受到的伤害将是

多么巨大？她要承受的痛苦又是多深？她太可怜太无助了。怎么办？要不要告诉吴雨？自己为什么先想到要告诉吴雨，而不是自己伸出手去拉她一把呢？提姆这时有一种非常想去保护这个女人的冲动。他搞不清楚自己这种冲动是出于一个男人想要去保护一个弱女子的本能，还是自己对雪绒的感情已经产生了一种微妙的变化？

刚认识雪绒的时候，他就是雪绒的钢琴伴奏——从一开始，他就像命中注定了似的，是雪绒的配角，是在她身后为她的人生作一点陪衬的人，而不是站在她旁边挽着她的手一起走下去的那个人。所以，他一直都是默默地待在雪绒身边，看着她与蓝塞相爱，看着她与吴雨分分合合，又看着她被一个疯狂的男人拽入一个无厘头的婚姻的陷阱。而他，在面对这一切的时候，只不过是个离得很近、看得很清的旁观者。

那么现在自己要不要从一个旁观者，一个伴奏变成雪绒生活真正的参与者？想了好几天之后，他终于整理好了自己的头绪：在雪绒感情的圆周上，如果蓝塞是核心，吴雨在中间，而自己的位置，最多不过是在那个圆周的外围。如果一旦核心被抽走，那么取代那个轴心的自然而然的应该是吴雨，再怎么样也是轮不到自己的。虽然意识到这点让提姆苦笑，但是他也暗自庆幸，自己总算还有一颗理智的大脑，不至于去做一些荒唐的事，反而去破坏了他和雪绒之间那种纯洁的好朋友的关系。然而现在的雪绒绝对是需要一位参与者——他太了解蓝塞这类男人了，雪绒根本不是他们的对手，她只能被他们玩弄于股掌之间，他绝对不能让她孤立无援。于是，他给吴雨发了一封简单的电邮：

> 吴雨，蓝塞已跟雪绒提出离婚，听说苏珊是第三者，雪绒还不知情，还在努力挽回婚姻。详细情况我也不清楚，只是想让你知道有这么一件事。
>
> 提姆

看着提姆发过来的短短几行字,吴雨在办公室的电脑面前惊呆了。他看着窗外,外边正下着暴风雪,虽然已是早上九点多了,但天空仍然是灰黑色的一片,狂风在怒吼,往空中卷起一大群一大群狂野的冰雪,然后把它们狠狠地砸在窗子上、墙壁上,让这座坚实的钢筋水泥大楼也在暴风雨的威力中害怕得发抖。吴雨一把抓起椅子上的雪衣边穿边往外走。

在底楼的电梯门口,楠楠正和两三个同事走过来,看见吴雨,她显得很吃惊,“吴雨,你要去哪儿?”

“我要去圣约瑟夫!”吴雨边说边往前走。

“现在去那里干什么?没看见外面那天气吗?你疯了!”

吴雨一句话都没说,在楠楠惊诧的眼光中,一下子就消失在门外的暴风雨之中。

现在,他没办法给别人说什么,解释什么。他的心紧缩成一团,那是因为震惊、心痛、愤怒、后悔。所有这些强烈的情绪突然攫住了他,让他此时的生命中只有一个念头:赶快去雪绒那里,去雪绒那里,去雪绒那里!

当他跑到停车场把车开到路上时,他才意识到,现在的能见度几乎为零。“这要怎么去圣约瑟夫嘛?”嘴里这么一念,泪水反而涌了出来。如果见不到雪绒,我还不如死了好!我怎么这么没用?我把她弄到美国来干什么?我自己跑到这个天寒地冻的地方来又是为什么?不就是一心为她好吗?不就是来守护她,保护她吗?结果呢?结果是这样!我怎么能原谅自己?怎么能原谅自己?!

无论如何,他都要往前开。只要往前开,总会开到雪绒身边的。她不告诉我和提姆她离婚的事,那就是说,这件事一定到了非常严重的地步。无论她需不需要我,无论她想不想见到我,我都一定要把她找到,无论如何都要尽快见到她!她不是一个人,她绝对不是一个人,她还有我,有我!

风夹着雪,猛烈地抽打在车窗上。他把手边上的那盘 CD 塞进了车前边的光碟放录机里,把音量调到最大:车里响起了他和雪绒小时候一起拉的巴哈二重奏的优美旋律。那个旋律神圣而又坚强地与窗外暴风雪的尖啸声搏斗着。他相信,自己一定能开到圣约瑟夫!

终于到了。那是五个钟头以后。市政厅的车刚把主街道的雪铲去,吴雨只好把车停到离雪绒家好几个街区远的地方,然后踩着齐膝深的雪艰难地一步一步地挣扎着往雪绒家走。

“叮咚!叮咚!”他总算来到了雪绒家的大门口,一连按了几下门铃,没有人来开门!

这时的圣约瑟夫小城,天空中早已没有了暴风雪的踪影,这里有的只是暴风雪戛然而止后出奇的宁静和寒冷。大街上没有人,小路上没有人,整个银装素裹的世界全留给了大自然——她像一个刚刚经历过阵痛后分娩的年轻母亲,躺在雪白的床上,盖着雪白的被单,靠着雪白的枕头,沉沉地睡过去,睡过去,睡过去……

在房间里靠在沙发上昏昏沉沉地想心事的雪绒,从门铃响起的第一声就知道是谁来了。在这样的暴风雪天里,在大地被压抑到万籁俱寂的时候,那绝对不可能是良心发现后的蓝塞,因为他根本就没有良心可言;也不可能是邮差,邮差在这种天气根本不可能出来送信;更不可能是邻居,邻居还没来得及铲除家门口的积雪。除了吴雨,这个世界上除了吴雨,不可能是别的任何一个人!但是,她不愿意去开门。她不愿意让吴雨看到她这副自作自受的狼狈相——她的自尊和自爱,如果还剩了一丁点的话,都不允许她去面对一个仍然对她不离不弃的中国男人!

吴雨毫无疑问地知道雪绒在房子里。在这个被暴风雪吹打得瘫痪了的城市,她只身一个人,还能到哪里去?他完全猜得到雪绒此刻为什么不出来给他开门,为什么不愿意见他的原因。他的心里更觉得一阵酸楚:老天爷为什么对她这样残忍啊!为什么,为什么啊?

“雪绒,绒儿,你开门,你开门啊!”吴雨开始敲门,“我知道你在里边,知道你在怎么想!求你开门好不好?”

雪绒在门后边，百感交集，这样恐怖的天气，吴雨是不要命地赶过来的啊！是经历了多少千辛万苦才来到这里的啊。她几次都想去开门，但每次都把手缩回来，因为觉得自己没有资格再以平等的心态去面对吴雨。她觉得惭愧又感伤。她明明知道吴雨是充满善意和关切而来的，但越是这样，她越感到无地自容，完全丧失了往日的自信和自尊。

"绒儿，你听我说，我来这里不是来当你的救世主的，也不是来同情你的。我是来履行我过去对你的那个承诺的！你记得我跟你说过，那个承诺是永远有效的，你记得吗？记得吗？"

听到这里，雪绒的鼻子一酸，眼泪再也忍不住掉了下来。她怎么会记不得那个承诺呢？那是吴雨从机场拖着行李回来，他俩正式分道扬镳时，吴雨对她说的最后一句话。但是历尽沧海难为水，覆水难收啊！如今，我难道还有资格去帮他兑现他的承诺吗？她坐倒在地上，无声地哭了。

这时，一阵绝望的感觉涌上吴雨的心头。"绒儿，绒儿！"他又敲门，"你好好听我说，你不要把我当一个男人，你要把我当一个亲人。一个亲人，你懂吗？你可以永远拒绝一个男人，但你永远不应当拒绝一个亲人！你懂吗？"吴雨靠在门上忍不住抽泣起来——就在同一道门的外边和里边，两颗心同时在流泪——同是天涯人，同时心悲戚，苍苍白雪怜，悲恸至无语！

就在吴雨绝望之极转身要离去的瞬间，门开了。雪绒冲出来，披头散发，赤脚呆呆地站在雪地里。吴雨一下转回身来看见目光呆滞不成人形的雪绒，"绒儿，绒儿，你是怎么哪？我是你的吴雨哥哥！你还有亲人的啊！"两人抱头痛哭！

这一刻，吴雨恨不得马上就把雪绒带离这个地狱一样的地方！

过了一会儿，等他们彼此都恢复了平静以后，吴雨把雪绒带到这个小城附近的一家中国餐馆里。看着失魂落魄、身心俱疲的雪绒，吴雨说不出的心痛。他拿过菜单，先给她点了一客她最喜欢吃的馄饨，然后又给她点了一份红烧豆腐，并吩咐侍应生给雪绒换一杯不加冰的水来，因为雪绒从来都不喜欢喝加冰块的水，觉得既冰牙齿又伤胃。

这些平凡而又琐碎的小事，以前雪绒总是把它们当成理所当然，甚至有时候还嫌吴雨太婆婆妈妈，既不潇洒又不浪漫，现在经历过这场轰轰烈烈的婚恋之后，雪绒才注意到这些她以前不屑一顾的细枝末节的小事的珍贵之处，后悔自己当初为什么没有好好地看重过这些实实在在的关心和付出，反而被那些华丽浪漫的表象和煽情动听的词藻所迷惑。当然，也许蓝塞当初所做的一切都是出于爱意，是真情、真爱、真心的，但是现在再回过头去看，一个高调浪漫的男人和一个低调实际的男人，哪一个是真正将爱情进行到底呢？雪绒忍不住在心里叹了一口气：人生真的没有后悔药可买，一失足成千古恨，回头已是百年生。年轻的时候，怎么就听不进那些古训，非要等到自找苦吃之后，才能大彻大悟呢？

吴雨把自己菜盘子里的那几片雪豆用筷子夹到雪绒的碗里，“不要太难过了。把这些都吃了，然后慢慢告诉我究竟发生了什么事。”

“这些都是我自作自受的！现在一潭浑水，你不用管这些事！”雪绒眼皮都没抬一下，表情僵硬地说。

“既然是一潭浑水，那你为什么不把自己尽快解脱出来，反而要越陷越深，折磨自己？”

“吴雨，”雪绒用无比哀怨的眼神看着他，“如果别人不知道我为什么还想去挽回这个婚姻抓住这个男人不放，难道你也不明白吗？你是亲眼看见我和我妈妈是怎么样被我爸爸抛弃的吧？你也是亲眼看见我们那个家是怎样破碎的吧？我不要再走那条老路！我一定要守护我的婚姻，我不要轻易放弃！”

听着她这样说，吴雨真的不知道该对她说什么了。如果自己现在告诉她有关苏珊的事，没有确凿证据，雪绒肯定不会相信，反而会怀疑他用心险恶，乘人之危，是个卑鄙小人。以他们过去的关系和现在的立场，他完全没有办法告诉她事情的真相，却只能看着她往火坑里跳而无能为力。他悲从中来,一时间竟说不出一句话来。沉默了许久,他还是觉得自己无论如何至少要提醒或暗示她一下才行,于是他终于打破了沉默:“你认为那个人还值得你这样做吗?你有没有想过他为什么会突然跟你离婚?你难道没有想过你们的婚姻是不是出了什么问题?”

又是一阵沉默。雪绒似乎很认真地在思考。过了好一会儿,她才说:“小雨,我知道你想说什么,也很感谢你的提醒。但是我很了解蓝塞,他绝对不是一个肮脏的人。当初要是拿不准这点,我就不会嫁给他了。我现在仍然相信他还是爱我的。他要离婚,是因为他还没有长大,我们只是需要时间而已。”

听着雪绒这番天真的话,吴雨更是心痛不已,为自己的无能为力,也为雪绒的执迷不悟。绒儿啊,你什么时候才能长大,什么时候才能真正觉悟啊?你知道你这样的幼稚会带给你什么后果和灾难吗?“哎,我们没有亲身经历过你所经历过一切,所以也不能为你做出什么更好的建议。这毕竟是你的选择你的人生。”吴雨很无奈地摇了摇头,“那你至少让我为你请一位最好的律师吧?”

“我可以代表我自己!”雪绒固执地说。

“那么多几张嘴代表你,总比少几张嘴好吧?”

雪绒一下破涕为笑,这是好多天来雪绒第一次笑。她感到自己不再那么孤立无援,不再那么可怜可悲。她觉得吴雨的出现,将这么多天来压在她心里让她喘不过气来的那块大石头搬走了。现在她觉得精神上又有了依靠,重新获得了面对现实生活的力量。

第二十八章　捉奸在床:雪绒要寻死

然而,雪绒这点力量还远远不足以应对这个社会的残酷现实:她从头到尾都没有逃脱出一个被导演和被编剧的悲剧女主角的命运。

当第一次和蓝塞的律师见面时,她并不知道那就是法律条文上所说的“非正式调解程序”。由于自己并没有聘请律师,而且毫无经验意气用事地讲了一些很幼稚的话,所以就给专管她案子的法官留下了“轻视法庭”的印象。当蓝塞的律师请求法官进入“仲裁程序”时,很快就得到了批准。这下雪绒才知道了事态发展的严重性,对自己越来越不利。一旦法官指定离婚的双方进入“仲裁程序”时,就意味着她的案子会在“仲裁程序”时定案,而不会被进一步送交正式审判。换句话说,雪绒的离婚案就会被三下五除二地踢出法院;而她也就会遂蓝塞的心愿,被三下五除二地逐出婚姻。直到现在她才明白,为什么蓝塞毫无顾忌。他土生土长,他懂这个制度,他懂这个国家,他也知道该怎样利用这个制度来保护自己的利益同时把离婚的过错全推诿给对方。

吴雨给雪绒请来了当地最好的律师,但就连这位金斯伯格先生对于雪绒的案子也完全束手无策,只有摇头的分。第一,雪绒没有小孩,更不是单亲妈妈;第二,她与蓝塞结婚才八个月,不到一年,雪绒会被认为在这场婚姻中因为投入不多所以伤害也有限;第三,他们没有什么婚后共同的财产需要分割,蓝塞所有钱财都是从他祖母那里继承,属于婚前所有财产,照原则离婚时归他所有。而目前他主动提出把房子给雪绒,并给她一年的赡养费,在法官和一般美国人的眼里看来,那是一笔极大的意外之财。雪绒结婚不到一年,就可以得到这一大笔财产,真的可以说蓝塞恋旧情,有责任感的表现。谁还能站在女方一边指责他的不是?第四,雪绒还十分年轻,英语也不错,既可以回学校念书,也可以马上去找工作养活自己,并不存在没有独立生活能力的问题。所以,无论从哪个角度看,雪绒都输理,好像现在她在这种优厚的条件下还不同意离婚,完全是在无理取闹,故意找蓝塞的麻烦。还有哪个法官会同情她?他们甚至没有给她一个最后审判,当众申诉她不离婚的理由的机会。

但是无论她千个不愿意万个不愿意,她还是拗不过法官,也违抗不过法律,她还是不得不将自己的命运放在这个制度的机器里去由它宰割。

在仲裁决定的那一天,正好是一个星期五。雪绒知道这可能是她最后一次见到蓝塞了。在这最后的关头,她的感伤多于怨恨。想来想去,她都想不出自己要怎样去面对蓝塞,又怎样去自处。好几次,她都委屈得又想哭,但却强忍住了泪水,强迫自己保持一个清醒的头脑。这是最后的机会了,哪怕还有百分之一的希望,她都要尽量争取。而那个百分之一的希望又是什么呢?是希望蓝塞会突然回心转意,证明他给她开了一个世界上最大的玩笑?也许是吧?雪绒心里的确闪过这样一个念头。

指定的仲裁室是在法院地下室通道尽头的一间小屋。当雪绒和金斯伯格律师一起走进去的时候,蓝塞和他的律师已经坐在桌子旁边了。知道是他们来了,亨德克律师从椅子上转过头来给他们打了一个职业性的招呼。而蓝塞却坐在那里面无表情,一动不动,眼睛凝望着对面空空一片的墙壁。才两个多月不见,蓝塞好像完全变成了另外一个人,一个她完全不认识的陌生人。他的头发梳得整整齐齐,显然是刚去过理发店。他的浅蓝色衬衣一定是新买的,上边没有一丝皱纹。原本以为离开自己后过单身日子的蓝塞会变回到以前那个随意又不修边幅的学生样子,没想到他现在竟是这副考究的打扮,一下又让雪绒心里生出复杂的内疚和妒忌交织的感情来。看来,没有我,他生活得很好啊。他今天是不是在刻意向我炫耀这一点?

雪绒在金斯伯格律师的示意下,坐在蓝塞和亨德克律师的对面。还没有和金斯伯格律师讲上几句话,法官就进来了。实际上,雪绒在事前就被告知,负责她离婚仲裁案的是一个叫麦克林的退休法官,这就更证明,她的离婚案在法院里完全没有受到重视。它不过是小菜一碟,随便派出一个退休爷爷就可以把它搞定了。

看到走进门来的这位头发全白、后背微微驼起的老爷爷,雪绒嘴角露出一丝苦笑。在这里,她的命运,她的人生,就要在这个两眼昏花的美国老爷爷手上做出决断了。

仲裁程序的第一项,当然又是离婚诉请人一方先提出要离婚的理由。亨德克律师用了整整一个钟头把自己以前给雪绒讲过的那些理由复述了一遍。然后,麦克林老爷爷侧过头去问当事人蓝塞:“你还有没有什么需要补充的话要说?”

蓝塞微微地摇了摇头,脸上还是看不出一丝表情。他坐在那里,像一座大理石雕塑,没有人知道他心里在想什么。也许,他此时根本连心都没有了呢,雪绒心里想。

下边轮到雪绒的律师金斯伯格申诉了。他重点反驳对方提出的这个婚姻没有修复的可能性的观点。他举出了很多他们生活中的小例子,来证明这个婚姻关系还是有着很好的感情基础,是完全可以继续维持下去的。“他们双方在结婚八个月的时间里没有真正吵过一次架,没有打过一次架,双方都没有不良的生活习惯如酗酒、赌博、外遇等等。”金斯伯格律师最后说,“请法院暂时不批准对方提出的离婚诉求。”

蓝塞的眉毛往上抬了抬,但还是什么话都没有说。但他的律师似乎沉不住气了,举起手想发言。但老爷爷马上示意让他坐下。然后回过头来问雪绒:“丁雪绒女士,你还有什么要补充的吗?”

“是的,法官先生。”雪绒长长地呼出一口气,这个法官至少给了她一个当着蓝塞的面说话的机会了。她喝了一口自己带来的那瓶矿泉水,强迫自己镇定下来。然后,她一字一句地说,"作为当事人,作为被告,我不想离婚的唯一理由并不是想无聊地拖住这个男人死死不放,而是觉得对我们的婚姻仍然抱有希望。我和蓝塞之间没有什么根本的冲突,只是在生活习惯和文化背景上有些差异而已。但是我相信我们彼此还是真心相爱的,现在只是需要时间来适应对方。而两个月的冷静时间是绝对不够的,并且到今天已经过了这个时间期限了。在这里我请求法官先生将这个冷静期延长到一年。如果一年后,我们的努力还是失败了,那么我保证一定会让蓝塞轻轻松松地走出这个婚姻。"

蓝塞的脸慢慢地变得很难看。他的眼睛再也不茫然地看着对面的空墙壁,反而转过来看着眼前桌子上的那堆纸发呆。

雪绒还是猜不透他的心里在想什么。总之,自己要说的话说完了。她觉得从头到脚都有一种突然解脱了的感觉。尽管她的听众只有四个人,但她还是心满意足了。她真诚而又合理地说出了她在心里准备了两个月的话。最重要的是当着蓝塞的面讲出来的。如果蓝塞还恋旧情还爱她的话,说不定真的会回心转意的。

事实证明,雪绒的这番话和她的律师的一番话对那个美国老爷爷来说,不过是在他面前演出了一场类似中国的"二人转",对他完全是对牛弹琴。老爷爷勉强听完这莫名其妙的"二人转"以后,已经非常疲倦了。他好不容易打起精神看完双方律师呈上去的意见总结书之后,便宣布了自己的决定:"密西根州的离婚法遵循的是无过失离婚法。蓝塞·霍顿先生认为他与丁雪绒女士的婚姻已不可挽回而提出离婚,由于没有子女监护权和财产分割的争执,所以六十天的冷静期也是一段足够的时间来最后做离婚与否的决定,并且从男方提出离婚之日起到今天已经是超过法定的两个月的期限了,而男方并没有改变要离婚的初衷。我认为,蓝塞·霍顿先生提出的离婚应当得到许可!"

"蓝塞,天哪!你真的不是在跟我开玩笑吧?!"雪绒一下子惊叫起来,满脸都是泪水!

蓝塞慢慢地抬起头看着雪绒那绝望和惊恐的脸。他觉得有个什么东西在他的心里狠狠地刺了一下:我真的是不是一个畜生?我怎么能这样对待她?但是我现在还能怎么样?我还能怎么样呢?他痛苦地望着歇斯底里的雪绒,“我、我,”他的眼眶里充满了泪水,嘴唇不停地哆嗦着,“真的对不起你,真的,请你原谅我!”说完,他就冲了出去。

那万分之一的侥幸心理顷刻灰飞烟灭!金斯伯格律师不停地安慰她:“事情发展到这个地步也是预料之中的事。除非有什么新的证据拿出来,否则离婚案就再也不可能翻转过来了。”

坐在客厅冷冷的地上。雪绒此时已是心如死灰,欲哭无泪了。无论是吴雨还是提姆打来的电话或发来的短信,她通通都没有接没有看。现在还能对他们说什么呢?现在说什么都晚了,说什么都觉得是更沉重的负担。她没想到,精心准备了两个多月的最后申辩,在短短几分钟内就被扼杀了。这两个多月来,支撑着她到现在的精神力量就是曾经的那个侥幸心理:也许法官会被她陈述的不愿离婚的理由所说服;也许蓝塞真的是在给她开一个可以登上吉尼斯世界纪录的天大的玩笑,在最后一刻才像魔术师变戏法那样变出一个惊世骇俗的喜剧结局来,让这过去的一切都像噩梦一般消失!

丁雪绒,你醒醒吧!你怎么到现在还不能认清现实?你真是一个蠢女人不是?她听到一个声音不停地在对自己这样说。是啊,我该醒醒了!她勉勉强强地站了起来。我现在该做什么呢?她四下望了望这个家,这个无处没有蓝塞影子的家。是的,清醒点吧,是该对这一切说声“再见”的时候了。她需要对这个家说“再见”,对这个小城说“再见”,对自己的过去说“再见”。她也要对蓝塞说“再见”,因为她此时此刻又仿佛听到了拉斯维加斯百乐宫音乐喷泉那里传来的莎拉·布莱曼的歌声:

没有阳光的房间里
也没有光线
假如你不在我身边
透过每一扇窗
招展着我的心
我那已经属于你的
你施予到我心中
你在路边
所发现的光
是该告别的时刻了
……

是啊,这么快,刚刚沐浴到幸福的阳光,就到了该告别的时候了。爱情曾经是那么美好,美好得让人失去了眼睛,失去了方向。现在爱情收回它赐给的所有绚丽,让她变成一个真正的灰姑娘。人生就是心碎一场,没有了纯真,没有了梦想,只留下永远的悲伤。

她恍恍惚惚地在房间里开始收拾当初蓝塞没有拿走的那些东西:他放在床头柜上忘了拿走的那只手表,他的工作笔记,他的照片簿,和他的那些衣服……整整装满了一大箱。最后,她把抽屉里一个保藏得非常好的盒子打开,从里边取出那张粉红色的写着“刚刚结婚”的告示,又从下边找出那对情侣枕套,还有那本在拉斯维加斯的纪念相簿,扉页上正是那张在爱的隧道里拍的搞笑结婚照。

欢乐终究是要归还到痛苦那里去,痛苦也是要归还到它的根那里去的啊。是该把这些东西交还给蓝塞了。这时候,她完全不知道为什么自己还想要把这些东西送到他那里去。也许,这只是给自己找的一个借口,也许是因为她仍然还爱着这个男人吧;也许是白天在法院时,亲眼看见了蓝塞痛苦的表情,亲自听到他对自己说了声“对不起”,她的心软了,所有的愤怒和怨恨都麻木了。这样的结果能怪谁呢？只怪我们自己。我们都是还没有长大的孩子，不知道自己需要什么，没有真正看清对方，了解对方，就被一阵热情冲昏了头脑，陷入了一场错误的婚姻。唉，希望我们从此都能真正地长大成人吧！

雪绒叫了一辆出租车，终于找到了蓝塞借住的那个旅店——她是从法院那些文件上看到他现在的住处的。在车上时，她就一直在想，蓝塞是否愿意见她呢？如果愿意见她，自己又该对他说些什么呢？说我是来给你说声“再见”的？然后呢？希望我们原谅彼此的过错？嗯，好像不能这么说，究竟我有什么错需要他原谅呢？或者应该说，让我们记住曾经美好的过去？好像这样说也不对，现在这样悲惨不是让过去那些美好更具有讽刺意味吗？他这样无情地抛弃了我，我现在还这样拖着他的行李去找他，这不是很悲剧吗？雪绒在这一刻犹豫了。她付了出租车司机的钱之后，又坐回到座位上去，犹豫着是下车呢，还是叫司机沿来路把她送回去。

就在这个时候，她突然在车窗外看到一个女人的背影！太熟悉了！那头发，那走路的姿态，甚至她穿的那件外套，全是她熟悉的——是苏珊！她来这里干什么？雪绒心里一惊，马上有一种恐怖的预感：她是来这里找蓝塞的！天哪！难道他们……她简直不敢往下想。这怎么可能呢？又有一个声音反驳道：这怎么不可能呢？她突然想起小时候有一天，她妈妈带着她到爸爸的学校去，发现爸爸有外遇的那一幕！还有，她突然想到了吴雨对她的暗示！

她全身的血都涌到了头顶上！这时出租车司机看她迟迟不下车，脸色也不对，就回过头来问她：“你不舒服吗？你需要我的什么帮助吗？”

出租车司机的话让她稍微镇静下来。“如果你方便的话，请你先把我载到城里转一转再说吧！”

她需要时间，需要马上整理一下自己混乱得快要发疯的思绪。也许自己是看花眼了？那可能不是苏珊。但在这个小城里，亚洲人屈指可数,哪来的这种巧合？她一直不停地用右手去掐左手,强迫自己镇定下来。如果他们真是那样,那么过去那一切让自己百思不得其解的问题全部都有了答案。蓝塞为什么会那么绝情,为什么要那么急于离婚,为什么要速战速决,一点都不给她机会！原来是这样啊！她那早已被自己压制下去的愤怒现在又重新燃烧了起来:我要杀死这对狗男女！我绝对饶不了他们！

她叫出租车司机马上掉头去旅馆。在下车的那个瞬间,她急中生智地想到了一个当场捉奸,让蓝塞和苏珊防不胜防的方法。她来到旅馆大厅里的柜台前面,装着一副很轻松很天真的样子,对那位像高中生一样的金发女孩子说,她是539号蓝塞先生的太太,刚才出去时,把门卡忘在房间里了,先生正好外出了,所以需要暂借一下他们的备用卡。那束着马尾巴辫子的金发女孩子看了看雪绒的身份证后,就找到备用卡,毫不怀疑地把它递到了雪绒的手上。

电梯在往上爬,蓝塞的房间就在五楼。雪绒捏着门卡的手心里渗出了汗,她整个心都纠成了一团,提到喉咙口来了。她不知道自己在干什么,自己要干什么,结果又会怎样。她现在只是往那个房间一步一步地走近,走近,再走近。她把那张沾满了汗水的门卡插进那个写着539门牌号的门锁里边,一个猫眼一样的绿灯一亮,她一拎门把,"砰"地打开门冲进去。

"你们这两个人渣!"雪绒一眼看到在床上紧紧裸抱在一起正在激烈做爱的蓝塞和苏珊,愤怒地吼叫着。

蓝塞张大嘴看着雪绒,惊恐得说不出话来。苏珊赶紧抓了一块毯子把自己勉强遮住,然后凶悍地用手指着雪绒说:"你给我出去！你有什么权利到这里来撒泼！你要再不出去,我就要叫警察了!"她去拿床头柜上的电话。

蓝塞一把抓住她的手,"不要这样,求你不要这样！这都是我的错!"他忍不住哭出声来。

雪绒忽然觉得想吐,恶心得想吐！中国那些"小三"、"二奶"

的戏码竟然原封不动地被搬到了美国！怎么这么肮脏！怎么自己会看到这世界上最经典最不堪入目的污秽场面！自己怎么瞎了眼还和这么肮脏的男人睡在一起过！

蓝塞穿好衣服，泪流满面地跪在她面前。她觉得自己完全不认识这个美国男人。“我现在面对你完全无话可说。我真的对不起你。只要你放过我们，我可以为你做任何事情，只要你提出来……”

“蓝塞！”苏珊凶悍地朝蓝塞吼叫，“不要怕她！就是她今天看到我们这样去法院重新上诉，也改变不了什么！你要离就能离，她不离也得离！我们什么事都不会有！她是改变不了美国法律的！她只会自取其辱！”

雪绒逼视着这两个人渣，还值得对他们再讲一句人话吗？她一转身，离开了那个肮脏得像地狱的地方。

当她终于回到自己那个所谓的“家”的时候，一进门就对着妈妈的照片发誓，再也不要逆来顺受，再也不要忍气吞声，再也不要一时心软放过那对狗男女！她从头到尾都被他们蒙在鼓里，被欺骗，被愚弄，被践踏。我绝对不要离婚！我绝对不要让他在背弃承诺作恶多端后，还走得那么轻轻松松！我要让他们得到法律的惩处！我要去上诉！法律应当保护婚姻而不是助长恶行！现在她捉奸在床，他们犯了通奸罪！虽然法院已判了离婚，但她现在手里有了新的事证，如果提起上诉，上诉法庭的法官一定会推翻原判，将她的案子发回到本地法院重新开庭审理。相信美国一定有公理！

当天晚上，她就写好了上诉状。第二天一早，就把它交到了法院。据她了解，通常要三个月上诉法庭才能给出一个最后结论。让她万万没料到的是，在她递交了上诉信之后的三个星期，就接到了上诉法庭法官的判决：维持地方法院的原判！虽然有新的事证，但是密西根州离婚法是属于“无过失离婚法”，即便有新的事证，即便那事证证明是对方的错，但只要对方坚持要离婚，法官也必须给予离婚判决。并且在审理的过程中，没有发现地方审理法官有任何与当事人的利益关系和任何审理程序上的错误，所以维持原判,此案不予重新审理!

天哪!这就是美国的法律!它既没有力求去保护她的婚姻,也没有力求去惩处那些婚姻的破坏者!错了就跟没错一样,有罪就跟无罪一样,“离婚”两个字里边根本就没有法律!

她马上拨打了各个媒体的电话,想从他们那里得到一些帮助。然而,出乎意料,所有的媒体似乎都对她这个离婚案兴趣了无:一个美国年轻白人要跟一个中国女移民离婚,男人要离,女人不离,这成什么新闻?这种事每天发生,多如牛毛,比他们更戏剧化、更轰轰烈烈、更残忍、更血腥,闹得死去活来的离婚案在美国多了去了,这样的故事早就不成其为故事了。这种想通过不同意离婚来诉求女权的方式方法,连美国本土的女权主义者们都对它不屑一顾,嗤之以鼻。在今天的美国,谁还在讲女权?谁还在讨论离婚法对妇女公平还是不公平?这些早就是上个世纪已被炒过时了的陈粥剩饭,谁还屑于去炒?谁炒谁就不合时宜,谁炒谁就会被这个社会孤立。

此刻,她的血液在沸腾,她的大脑里像有千万匹野马在狂奔。她想撞墙,她想大哭大叫。她不停地问自己,现在你该怎么办?你该怎么办啊?她用牙齿拼命地咬住自己的下嘴唇,心里对自己不停地说:“丁雪绒,你必须要冷静,一定要冷静,你一定要沉住气啊!只有冷静下来,才不会做傻事,才能为自己讨回一个公道!”

几个小时一晃就过去了,雪绒望着惨白的天花板,想不出任何一个万全之策。就在绝望透顶的时候,她看到了壁炉上摆着的妈妈的照片。突然,她记起了妈妈小时候曾经给她讲过的一个故事。有一天,有一个小女孩在野外玩耍时,不下心掉到了一个深深的枯井里。她在井底高声地哭喊求救,可是没有一个人来救她,因为那个井处在荒郊野外,没有人能听到她的呼救声。一天一夜过去了,小女孩又饿又渴,精疲力竭,觉得自己就要死在井里了。但是她不甘心就这样死去,她停止了呼喊,冷静地想啊想啊,突然想到了自己的长头发。于是她就手拎着自己的长头发把自己拎出了井去。

小女孩终于用自己的智慧救了自己！当时，雪绒为这个故事十分着迷，虽然是一个十分荒诞的、完全经不起推敲的故事，但它告诉雪绒，当生命陷入绝境的时候，要运用自己的智慧，智慧一定会带来奇迹！

中国人缺少很多东西，但唯一不缺少的就是智慧；中国女人缺少很多保护自己的能力，但是她们在被逼急了时候也会产生一种非凡的智慧。那种智慧是什么呢？那就是"一哭二闹三上吊"的伟大智慧啊！这不就是中国女人智慧的最高境界吗？这不就是中国女人最独一无二的能力吗？除了这样的智慧，长久以来处于弱势地位的中国女人，还能有什么更有效的保护自己的抗争方式呢？从古至今，中国女人都是用这样的方式来对抗出轨的丈夫，对抗整人害人的领导，对抗恃强凌弱的权势。这种方式在中国女人手上一用就灵，屡战屡胜，绝对不会失误，从来不会失灵。

就这样定了，丁雪绒是到了必须用一下中国智慧的时候了。她也要去一哭二闹三上吊，寻死寻活，跟那些美国人好好地较量一次！

第二十九章　中国智慧完胜：终于睁开了美丽的中国眼睛

四月十二日。雪绒之所以挑中了这一天，因为这一天正是妈妈两年前去世的日子。无论是在中国还是美国，这一天对雪绒来讲，都是一个最最残忍的日子。现在，她想让这个特殊的日子更加具有意义。

此时此刻，虽然冬天的白雪早已不见踪影，但是从远处原野里吹过来的风，还是带有很多料峭的寒意。早上日出的时候，大地仍旧在微微哆嗦；晚上日落时，暮色仍然在深深地叹息。谁让这里是一个中西部的一个小城？谁又让这个小城睡卧在这水天一色冷暖多变的密西根湖滨？

就是在这样一个地方，丁雪绒今天要用她的中国智慧来导演一出比好莱坞还要好莱坞的人生大戏！她先租下了市中心最高旅店第七层楼的一个房间，那个房间下面正好是一个宽广的公用停车场。四月十二日，正好是星期一，所有公司商家都在营业，上班族来来往往，给这个小小的市中心平添一种繁忙的景色。

十一点整。雪绒开始为自己作最后的准备。她心里一直在想，自从跟蓝塞认识以来，两个人一共做了多少次真人秀啊：第一次是在星巴克咖啡店里；第二次是情人节在红龙虾餐厅里；第三次是在拉斯维加斯的爱的隧道里……那每一次“终身难忘”的现在带给她无比羞愧和痛苦的秀，都是蓝塞在自己完全不知情的情况下一手导演的。而这次真人秀，可是轮到自己来导演了。她穿上了一件不加任何修饰的全黑中式套裙。那是她在妈妈葬礼上穿的裙子,她把它一直带在身边作为纪念。因为很久没有穿过,所以显得有些陈旧,并散发着轻微的霉味。那就是她现在所需要的那种感觉。她坐在房间里写字台上边的镜子前边,把梳在头上的马尾巴打散了披在自己的肩上,脸上没施任何脂粉。

十二点整。美国午餐时间。她通过电脑向各个媒体群发了一封《绝笔书》:

我,丁雪绒,一个年轻的中国女人,在与丈夫离婚的过程中遭到了法律的不公平待遇。为了讨回公道,我要求与联邦司法部长科克纳先生面对面对话,不达到此目的,宁愿以死明志……

然后,她就抱着她的琴,面无表情地出现在房间前面的阳台上,身边还放了一个用木条临时扎起来的巨大告示牌,上边用黑字写着:

要求司法部长前来对话,改变不公正的离婚法。

下边两排用更粗大醒目的黑字写着:

没公正,宁愿死!

雪绒在阳台上那最显眼的位置上刚站定,马上就引起了楼下停车场上好几个人的注意。他们指指点点,互相好奇地询问。这种举止马上又引来了另外一些围观的人。显然有人立即打电话报告了警察局,几分钟后,三辆警车闪着头灯,鸣着警笛,急促地驶进停车场。警察马上将楼下四周拉起了黄色警戒线。这时,记者的采访车也赶过来了。他们及时阻止了警察上楼,告诉警察,雪绒在之前发给他们媒体的绝笔信中说,如果警方采取任何过激的行动,比如说要上楼破门而入她的房间的话，她就马上会从阳台上跳下去结束自己的生命。他们也告诉警察，这不是一个普通的精神障碍者，这是一个被丈夫无情抛弃的中国女人，她要求与司法部长直接对话，要求的是公众的同情心和注意力。

这样的信息马上在楼下的围观者中传了开来。原来是个可怜的女人，结婚还不到一年，新年的第一天，丈夫就向她提出了离婚；离婚判决的当天晚上，她才发现丈夫早就和别的女人在一起。可怜的女人，听说还是个小提琴音乐天才，放弃学业和大好前程跟这个男人结婚，听说他是拉斯维加斯巨富的小儿子。哎，嫁什么人不好，要嫁那些富家公子！

是的，现在站在阳台上的就是一个被丈夫欺骗，被司法忽视，受尽冤屈，有冤要伸的中国女人！

此时，密西根湖面起风了，风不停地向她扑来，吹乱了她的头发，吹皱了她的裙子，也吹憔悴了她的容颜。她满脸是泪，失魂落魄地望着远方的湖水。这个如风中之烛、灰飞烟灭的美丽女人，牵动了所有人的心：一个女人落到这个地步，除了同情还是同情，除了可怜还是可怜啊！

美国人就是这样的一种民族，当你与他们处在同一个起跑线上时，他们就是你最有力的竞争对手。他们非要跑第一不可，非要赢过你不可。为了达到自己的目的，甚至不惜在赛跑时偷偷地踢你一脚。然而，当他们在赛跑中成为赢者的时候，他们也会回过头来，扶一扶那些跌倒的人，或者使劲拉他们一把。这就是美国人啊！他们此时看着阳台上这个绝望的女人，既不能扶她一下，也不能拉她一把，唯一做的就是坚定地站在那里，默默地用关切的眼光帮助这个可怜的女人。

雪绒不时用手去理一理那被风吹乱了的头发，不时抹去流下来的眼泪。人群越聚越多，议论的声音也越来越大："是啊，是太不公平了啊！怎么会欺负这样一个弱女子！听说她发现老公通奸后还上诉了，要求法院重审她的案子，但是法院还是把她扔了出来！怎么会这样？那个富二代王八蛋是谁？在哪里啊？司法部长呢？警察有没有联络到他啊？是啊，得给人家一个说法才对啊！至少得在这里露个脸吧？”

当然，这样的场面也马上成了媒体炒作的最好素材。一个美丽的中国女子被一个家世显赫的富二代公子无情抛弃，此时站在阳台上的不是幸福甜蜜的朱丽叶，而是风中之烛丁雪绒。灰姑娘和王子走出了他们虚构的幸福城堡，走进了这个丑陋无比一地鸡毛的现实生活。花花公子富二代喜新厌旧，玩弄了女性感情。这，对美国人来说是司空见惯的，上至美国总统下至平民百姓，哪个能够免俗？但是现在让这些美国民众觉得无法接受的是蓝塞作为一个男人，未免也做得太绝情太肮脏，就像围观者们说的那样：“这小子真混蛋，如果爱上了别的女人，为什么不直接给太太说，而要欺负人家，把人家蒙在鼓里，把过错推给人家，还要选在新年的第一天把别人给踢出去？偷了就偷了，错了就错了，为什么要搞得这么肮脏，要把一个弱女子逼到一个绝路上去？算什么男人，这种男人太欠揍了！”

媒体当然不会放过民众的真实观感，马上把这些话一字不漏地传到全美国的网络上边和电视机前的观众面前。有一家颇具影响力的网站还立即发出了民意测验：“你赞同丁雪绒女士这种激烈的抗争行为吗？”百分之五十八的人赞同。“你认为她的确受到了司法不公的待遇吗？”百分之八十三的人认为是。“你同意她对改革离婚法的诉求吗？”百分之九十一的女性赞同，百分之二十七的男性赞同。“你认为司法部长科克纳先生会出现吗？”百分之四十九的人认为不太会。

拥进停车场的人越来越多，不久，围观的人已布满了旅馆楼下左右两边的几条街道。新闻采访车还在持续不断地开来，连周围的草坪上都架满了像白蘑菇一样的直播天线盘。看见事情越闹越大，警察开始用高音话筒向雪绒喊话，说市长先生已在这里，叫她赶快放弃这种危险的对自己生命不负责任的举动，回到旅馆的房间里,与政府官员对话。但这马上遭到了雪绒的摇头拒绝,与地方小官吏纠缠,绝对于事无补。

有几个全副武装的警察不顾媒体的劝阻,重新进入大楼,来到雪绒的房间外边准备破门而入。雪绒见状,马上对他们高声喊道:"所有警察都必须马上从这个楼里撤出去。如果不撤,我马上就当着你们的面跳下去!"她抱着琴,将一只脚跨出阳台的栏杆,身子也向外倾出去。

"啊,天哪!"所有人全惊叫起来,"该死的警察!干嘛还要去刺激这个可怜的女人?你们真的想逼她死是不是?警察局长是个大白痴!拿了我们纳税人的钱什么事都办不好!丢脸啊!真该辞职下台!真的没有什么办法了吗?司法部长那个臭老头怎么还不来啊?我看今天要是真的闹出人命来,这些华盛顿的官僚们怎么给我们交代?"

在舆论强大的压力下,警察局长不得不把他的人撤了出来。

这时,已经是下午三点。围观的人群已经越来越浮躁,越来越不耐烦。电视台的直升机不断地在人们头上绕着圈子,就好像是好莱坞电影里那些熟悉的场面在这里真实上演。

这时,雪绒换上了另外一块牌子:

> 如果司法部长在六点以前不出现的话,我就在那一刻结束自己的生命!

人群又是一阵更大的骚动。现在似乎紧张又冗长的等待总算有了一个时刻表,群情激奋,美国主要的新闻频道都暂时停止了原先的节目,开始对这起"丁雪绒自杀事件"进行现场直播。各电视名嘴也被临时调上了节目,他们喋喋不休地预测这个事件可能的结局,分析事件本身对美国社会和司法可能产生的影响。他们也在讨论雪绒这样做是不是违法?如果是违法,人要真的死了,是什么罪?人要是活着,又是什么罪?大家一致认为,比起现今社会上常见的那些带着枪先杀人后杀己的自杀者来说,雪绒的方式已经温和多了。她并没有伤害别人,并没有暴力行为,她要的只是一个和平的对话,表达一个和平的诉求而已。甚至众多的心理医生也被请上了节目,看着现场画面讨论起雪绒此时此刻的精神状况。大家都想搞清楚,雪绒是真的患了传统医学上定义的那种精神病呢,还是只是一个正常人对社会不公所作出的理智挑战?

五点半。离雪绒的死亡通牒还有最后半个小时了。经过五个多小时的极度紧张和焦虑,她已精疲力竭,摇摇欲坠了。她无力地靠在阳台栏杆上,嘴唇上全起了水泡,头发也被风吹得干枯并打起了一团一团的死结。她觉得自己的头开始晕眩,视线也开始模糊,听力也在开始减退。四周的一切都好像改变了颜色,头上的天空是黄色的,远处的湖水也是黄色的,楼下的人群也是黄色的;甚至连那些点缀在草坪上早先像白蘑菇的天线碟子也是黄色的。不仅如此,她还感觉到自己的额头和后背都在一阵一阵发冷,并且冒出虚汗,双脚也在微微地发抖,她觉得自己快要虚脱了。

司法部长还没有出现,好像根本就不可能出现!雪绒这时心一惊又一沉,突然醒悟了,看到了一个最可怕的先前完全未曾预料到的现实:司法部长根本就不会来!如果他真的不来,我该怎么办?她的冷汗越出越多。她看了看手上的表,此刻妈妈在十六岁生日那天给她的那只表仍在"滴滴答答"地往前奔跑。那秒针每移动一小步,她的心里就恐慌一大步。这时,她的信心也开始动摇:也许自己完全推断错了,即便在美国这种重视民权和人道的国家,司法部长也不会向她这样一个普通民女的过激手段屈服的。之前,在做出这个"以死明志"的抗争决定时,曾经判断,司法部长不得不来,非来不可,因为他承担不了一个民女因为见不到他而自杀身亡的舆论后果。照雪绒的想法,即便司法部长本人不便来或是因故不能来,他也会以某种方式来和她进行对话和沟通,虽然她猜不到那会是一种什么样的方式。但是即便是那样,她的目的也就达到了。

她完全没有想到自己真的会因此去死。真的,连一丝一毫这样的念头都没有在她的脑海里闪过。现在,她心里突然纠结成一团,纠结到她几乎要喘不过气来:要是他真的不来,我怎么办?是退缩回房间,还是从这里跳下去?是生,还是死?这是一个严肃得让人全身战栗的选择:从八层楼跳下去,虽然消防队员已在下边放了安全气垫,但是死亡的几率远远大于生还的几率。纵身一跳,自己有没有那种勇气?那么退回到房间里去呢?那自己毫无疑问就成了一个天大的笑柄,被人鄙视嘲笑不说,连她的理想和诉求都全会被人当成垃圾扫进十八层地狱里去。来美国就这样了吗?从今以后就必须这样苟且偷生了吗?一想到这里,雪绒马上坚定地摇了摇头。这种人生,绝对不属于丁雪绒!她的心突然一横:如果活着比死还难,如果活着还不如死,死就死吧,死也没什么可怕!

原来一个人的生与死就在那么一念之间,意念上跨过去了,死亡就变得不是那么可怕,反而成了一种对人生苦难的最终解脱。她撑起身子,悲哀地看了一下茫茫的天空和大地。它们此时更加昏黄,更加模糊,更加遥远。这就是红尘?这哪里是红尘?眼前分明是苦涩一片。此时这个尘世里已没有了她安身立命之地了。人生走到如今不过如此,不再值得眷念,不再值得挣扎,太累了,看破了,还是走了吧!

她开始用手机给媒体发了第一条也是最后一条短信:

请你们不要再打扰我。当我把我人生的最后一只曲子拉完的时候,这一切都会结束了!

雪绒用纤细的手指整理自己的散乱的头发,她的眼早已没有了泪水,她的目光里透着最后的温柔。

落日在广袤的密西根湖上孤独地悬挂着,那些吹皱了湖水也吹皱了雪绒的心的风儿,在此时终于平静下来,在湖上远远地徘徊着,静静地聆听着雪绒的琴声。《绿袖子》悲伤的旋律正在一个音符一个音符地飘洒开来：

我思断肠
伊人不臧
弃我远去
抑郁难当
我自相许
舍身何妨
欲求永年
此生归偿
回首欢爱
四顾茫茫
伊人隔尘
我亦无望
彼端箜篌
渐疏渐响
人既永绝
心自飘霜
斥欢斥爱
绿袖无常
……

琴声呜咽着，诉说着一位美丽女子的最后凄凉；微弱的旋律在水上人间萦绕着，萦绕着，牵动着人们心底最深的悲哀和怜惜，听者无不动容。

“绒儿！”

雪绒的琴声突然被这绝望的呼喊声打断，她手里的弓突然凝固在琴弦上。

“不要，不要！你不要那么傻啊！”那是在网上偶然看见新闻后,终于在最后时刻赶来了的吴雨扑倒在地,双手抱着自己的头,心痛得再也说不出一句话来!

雪绒欲哭无泪。吴雨,你为什么在我人生的最后一刻还让我有个牵挂?吴雨哥,这回真的要对你说对不起了,就让我去天上做你的一颗小星星吧!她的手无力地垂了下来,琴弓从那里坠落下去。

"啊!"所有的人都吓呆了,四周一片死寂。

就在雪绒双手抱着琴就要往下跳的那一瞬间,北边的天空突然响起直升机的轰鸣声。

"科克纳先生来了!你得救了!你得救了!"警察用高音喇叭向雪绒喊。

人群欢呼起来,掌声、赞叹声、祈祷声此起彼伏。

雪绒放下琴,背靠在墙上,目光呆滞,全身瘫软——脑子里一片空白——只有一个遥远的声音在对自己说:"丁雪绒,你总算起死回生了!"

很快,司法部长科克纳先生在几个随从和警察的护卫下来到了通往阳台的房间。在离雪绒还有好几步远的地方,他小心地停了下来,很有礼貌地对雪绒伸出手来,"你好,我就是法兰克·科克纳,可以跟你握个手吗?"司法部长是一个非常谨慎的人,他这样做的目的是在确定他走近这个女人时,对方不会发生什么意外。

雪绒迟疑了一下,最终勉强站起身来,向他伸出了手。同时,她感觉到血液又重新开始在她的身体内循环。

握完了手,科克纳先生对雪绒说:"对不起,我没有尽早赶来,因为在南加州参加一个重要会议。虽然接到通报后就尽快地赶过来了,但是飞机飞到这里用掉了那宝贵的几个小时,对不起!"

"谢谢!"雪绒声音沙哑,哭着说出这两个字后便哽咽得再也说不下去了。

"你的经历我大致听说了。那么,你现在告诉我,你为什么要见我?你想对我说些什么?"

"科克纳先生,我想问你,如果一个人病了怎么办?"

司法部长眉头往上一挑,显然没有预料到雪绒会问这样的问题。"去看医生啊!"这话脱口而出。

"那就是说,生病了要去看医生,医生不会见死不救吧?"

"当然不会!"科克纳先生十分肯定地回答。

"那么有第三者参与的婚姻,是不是像个得了癌症的病人?他需要做什么?"雪绒还是柔弱地问。

"当然需要去看医生。"科克纳先生耸了耸肩。

"那么医生是不是先要把他的毒瘤切除掉,然后再对病人进行其他后续治疗?"

"常识是这样告诉我们的。"科克纳先生回答说。

"那么我现在就请求您以人道的心来拯救我的婚姻,并且对婚姻的破坏者进行惩处!"雪绒竭尽全力支撑着说。

"对不起,您的婚姻我没有办法拯救。按照美国的法律,我没有权利推翻地方上诉庭的最后判决。"他又补充了一句,"这是美国宪法规定,我不能违宪!"

"但是你可以通过努力去改变那个宪法,那个对女人不公平的法律!即便我的婚姻已被判了死刑,不得翻案,但是我希望你能够拯救其他得了癌症的婚姻,拯救别的弱势女人!"见司法部长没有什么诚意,雪绒又抱起了琴走到阳台的栏杆旁,再次表明了自己视死如归的决心。

媒体和所有的围观者以为谈判破裂,雪绒又要准备跳楼了,开始大声鼓噪起来。舆论倒向雪绒,同情弱者,连警察也加入其中开始向司法部长喊话:"科克纳先生,请您注意,这位女士是个病人!她是个病人!不能再刺激她!"

然而只有面对面与雪绒交锋的科克纳先生才知道,他眼前的这个小女人,绝对不是一个精神病人,她是一个比谁都神智清楚的女性代言人!"好吧,"他看了看楼下群情激奋的人群,皱了皱眉头,好像下定了最后的决心,"那你说说要怎样才能治疗一个得了癌症的婚姻?”

“首先,那就是要像医生那样先把第三者像毒瘤一样用手术刀切割出去。对婚姻出轨的一方和第三者之间应当强行颁发至少是一年的限制令,规定他们彼此不得私下接近对方,并责令婚姻出轨的一方必须与配偶一起寻求婚姻咨询,给他一个重新回归家庭修补婚姻的机会……”

这个对话被所有记者一字不漏地直播了出去,无论是观众、听众还是网上的读者无不目瞪口呆。她发出的声音,像海啸一样,一波比一波巨大,一波比一波猛烈地冲击着美国社会,冲击着千千万万的美国家庭。

“第二,离婚不能超之于法律之上,离婚者不得逍遥于法律之外。对出轨的一方和第三者,法律都应当进行更严厉的惩处,应当以其对婚姻的伤害程度来课以相应的罚金。对屡教不改者或是行径恶劣者,应当不排除追究其刑事责任……第三,法律也应该保护年轻妇女在离婚过程中的权利,因为离婚给予她们的伤害也是同样巨大的,它会让她们在今后重新恋爱和结婚时,受到社会的歧视……”

科克纳先生的脸色变得越来越严肃和凝重。“如果你能答应,不再去自杀,我会把你的建议整理成正式提案,交给有关部门讨论和研究。请相信我,我一定会给你一个公正的答复!”

雪绒默默地点了点头。

当科克纳先生转身就要离开的那个瞬间,雪绒冲着他的背影喊道:“在这个世界上很多地方,我们都只有忍受不公正,但是我们到这个国家来是为了一个理想来的:我们想得到公正,因为它允许我们有公正!”

科克纳先生的步子突然停顿了一下,眼眶也湿润起来。“是啊,在这个美丽的国家,的确是可以有理想的!”

雪绒随后一下瘫倒在地,吴雨不顾阻拦,赶快跑过去,把雪绒抱在自己的怀里。雪绒微微地睁开眼睛喃喃地对他说:“我赢了。”

一个星期以后,雪绒出院了。

那天,在自杀抗争结束后,她马上就被救护车送进了医院。在那里,她受到了二十四小时的监护,医生们要确保她不再有自杀的企图。院方派了最好的医师来给她作最好诊断和治疗。这的确也是完全出乎她的意料。在策划这场“自杀秀”的时候,虽然她还不太了解美国有关法律,但以她的常识来判断,自己必须为这场抗争付出代价。她预想在事情结束之后,她会被警察带走,并且可能会以“妨碍公众”或“扰乱公共秩序”的罪名被起诉,坐上一段时间的监狱。如今不知是因为美国法律对有自杀倾向者特别宽容,还是法律对她网开一面,在医院住了一个星期后,居然无人追究她。听说医生们对她的精神状况进行评估后一致认为,她是受了离婚的刺激情绪失控才有这种过激行动的,为了确保她的人身安全,防止再度发生自残倾向,她必须每周回医院去作一次心理辅导治疗。

由于雪绒再一次成为公众人物和近期媒体关注的焦点,出院当天,媒体又自动聚集在医院门口。在雪绒现身以前,吴雨和提姆早在门口摆了一个桌子和一个捐款箱。提姆用麦克风向围过来的人群和媒体宣布,他们代表丁雪绒女士向大家告示,以丁雪绒的名义成立一个“妇女婚恋教育自救促进会”。这个促进会将向政府部门和各层教育机构开展一个游说和宣讲运动,旨在达到以下目的:第一,婚恋教育将从幼稚园就开始;第二,初中、高中和大学必须增设婚恋必修课程;第三,婚前,男女双方必须通过婚姻考试,合格者才授予结婚证书;第四,政府和立法机构必须修改现有的离婚法以保障年轻配偶的权利;第五,必须通过立法使婚姻更具有契约性,对恶意撕毁婚姻契约的一方应做出更严厉的惩处;第六,政府应当拨出专门基金设立专门机构开发和研究婚恋课题。

记者们当下又图文并茂地把这些所有细节传了出去。从一次又一次的新闻报道,到一次又一次的全民大辩论,雪绒从一个人变成了一个现象,从一种女性的孤独呐喊变成了一种崭新的思想潮流。

放在桌子上那个捐款箱差不多被挤爆了。吴雨不得不赶快去找了另外一个纸盒子来放在桌子上,大家继续往里边扔钱。

最后雪绒终于出现了。所有媒体记者一拥而上:

"丁雪绒女士,你为什么要自杀?"

"你是真的想自杀还是为了吸引公众的注意力在作秀?"

"你的目的达到了吗?"

"你这样做的目的是不是想在美国挑起一场男女战争?"

……

面对这些像暴风雪一样抛来的尖锐问题,雪绒高声地对大家说:"在离婚的这几个月的时间里,好几次我都想到了死。我觉得在这个国家,作为一个年轻女性,我受到了不公正的待遇。我打电话发电邮给你们媒体,想让社会听到我的求救声,可是没有人理睬我,也没有人给我伸出援手。我想,除了我之外,不知道还有多少妇女受到我这样的遭遇。于是有一种声音在召唤我,让我去做出一些事情来帮助和我一样在婚姻中处于绝望和劣势的年轻妇女。当时,我唯一想到的方法就是以寻死来明志。那天在旅馆阳台上,刚开始时,我并没有想去死,但是最后那一刻,我完全绝望了,我决定去死。我宁愿去死也要让公众听到我的声音!我的声音今天终于被听到了!我相信这不是一场男人和女人的战争的开始,而是一场妇女自救运动的开始。在这个世界上,凡是有良知的男人,都应该会支持我们的运动,并从中受到教育!我今天的目的达到了。我现在为自己的离婚而悲哀,但是我也为我能从不幸中最终学到教训,并且用这些教训去帮助他人而感到高兴。谢谢大家给了我这么个机会,真心地谢谢大家!"

雪绒对着众人深深地一鞠躬。抬起头来时,她大大的眼睛里早已是泪水盈眶,她用手把那些泪水轻轻地拂去。

啊,中国女人,你总算睁开了你美丽的中国眼睛!

第三十章　来自蓝塞的忏悔

在出院后的第二天,雪绒非常意外地收到了蓝塞的一封信,信中这样写道:

亲爱的雪绒,请你原谅我竟然还这样无耻地称呼你,因为现在我已成了一个无耻之徒,加入了你们家族中那些丑陋的中国男人的行列,再也没有资格这样称呼你了。但是看着你在旅馆阳台上最后想结束自己生命的那个瞬间,我的心真是痛极了。我不知道,带着那么多旧伤痕再加上我重新加给你的罪孽,我真的不知道你今后要如何去走你的人生道路。我对你犯下的罪恶,真的是罪该万死,不可饶恕!我决定给你写这封忏悔的信,想以此来为我心灵里的罪恶感寻求一点解脱。

也许你现在会好奇地问自己,蓝塞当初对自己的爱是不是真心的?这个问题,我自己在心里也想过不下十次百次;对于这一点,我每次的回答都是毫无疑问的:我的确是真心的。如果一个男人看到一个女人的第一眼时,就不想再让这个女人从此从自己身边走开;看到第二次时,就想把她拥在怀里,永远地保护她;第三次看到她时,就想跟她结婚;第四次看到她时,就觉得这辈子没有她,人生好像就无法再继续下去!这一切的感觉,我觉得只有一个字来形容,那就是“爱”。

在爱的鼓励下,我变得疯傻,变得浪漫,变得像一个魔术师和艺术家。我觉得那种真爱让我突然变成了一个非常勇敢和高尚的男人。我愿意去付出,愿意去创造,甚至愿意去掠夺，去做出一些惊天动地的事情来——只是为了看到你眉头一皱想生气的样子！为了我的真心，为了我自己的真诚，我甚至好多次把自己都感动得流泪。我感谢上帝，他把你恩赐到我的人生之中，让我体验了人世间最崇高的感情，并且让我终身无悔。

爱你，是真心的；娶你，也是真心的；因为我绝对地相信，如果是真爱一个女人，那颗爱心就不会变色，那颗真心就应当是支撑他们一生的永远不会垮掉的桥梁，并且经得起人生的任何坎坷挫折、惊涛骇浪。

把你娶到手，是我一生中考得最好的一张试卷；能赢得你做我的妻子，是我作为一个男人的最高满足和最大的骄傲。我发誓要善待你，善待我们的婚姻，也发誓要让你为我们生一大群儿女，让我们永远彼此相爱，白头偕老。但是，这种婚前的誓言和决心，在婚后反而让我有些手足无措，生活很快便每天开始朝一个固定的模式走去：今天可以看到明天、后天，甚至明年、后年……这种固定的生活模式和社交圈子本应该让一个人生活得更轻松，但是，对我来讲，却是一天比一天活得更沉重。比起居家生活，我更喜欢校园的那种刺激。在家，我每天面对的只是你和别的几个人；而在校园上，我每天要面对的则是成百上千的人——那种像3D动画片那样的生动画面。当我的感情、我的个性、我的生活全都突然像压缩饼干一样被压缩成一个找不到地方释放能量的小弹珠的时候，我感到压力，感到紧张，开始过分地去关注那些生活中的小事，那些我们彼此不协调，起摩擦的地方。每当我注意到一点不遂心的小事，我就在自己心里把它夸大，夸张成一种不可理喻和不可原谅的大事，以此来聚集心里对你的不满和埋怨。

就在这时候，苏珊、吴雨他们到我们家来了。我觉得作为一个男人我做得最肮脏的一件事是，当苏珊主动向我示好的时候，我连想都没想一下就给她开了那扇门——这是我至今最不能原谅我自己的地方。我已经是一个有婚约的男人，我已经对另一个女人有着负责她一生的承诺，但我还是无耻地放纵自己，并且给自己找出很多背叛你的理由，比如说你没有苏珊那样善解人意，你的文化认同太迟钝，你太固执己见，你不像苏珊那样更加彻底地全心全意地爱自己；甚至你在性方面的表现也让我找到了背叛你的最大的理由——我就是这样一步一步地堕落下去的。当一个人堕落到最后的极限时，就成了一个禽兽。我不知道自己当时为什么要在新年的第一天那么残忍地抛弃你；我不知道面对曾经是自己最心爱的女人绝望的呼唤时，我怎么还会像一个恶棍那样完全无动于衷？接下来的整个离婚过程中，我整个人都是麻木的、冷血的，一心一意只想赶快逃出这场婚姻去跟苏珊在一起，让她帮我舔我的伤口，并安慰我说，我做的这一切都是以神圣的真爱的名义，既道德也是无罪的——由此让我去回避和减轻那种内心最深处的罪恶感。

上帝啊，当初那样惊天动地爱得死去活来的一对情侣，在走进婚姻不到一年的时间就彼此为仇，成为今天这种怨偶，这是为什么？为什么？为什么？

我对这个问题也思考了不下十次百次，所能得出的结论也只仅有一点：在这个世界上，只有时间和空间是永恒的，而人类的情感是超越不了时间和空间的。人类比起时间和空间来是有血有肉的，也就非常渺小。所以人类，特别是男人，没有办法抵抗那种致命的勾引和诱惑，这也包括你们家族里边的那些男人，特别是像你爸爸和外公，当初他们也一定是真心实意地爱着你的妈妈和外婆的。只是到了后来，一切都起了质的变化，因为男人就是一种多变的动物，他们在今天是用心在感觉，用大脑在思考，明天则会用性来感觉，用下半身来思考。所以说，“男人”这两个词，就意味着是一颗潜伏的炸弹，一座在暂时沉睡的活火山，那些爆炸出来了的、喷发出来了的，是因为有人用手把它们点燃，把它们引爆；而那些还没有爆炸，还没有喷发出来的，则是暂时还没有一只手去把它们引爆和点燃。

我说的这一切，都不是在为自己的无耻和罪恶找借口，这些都是我痛心疾首之后的肺腑之言。想当初，我在经历了青少年时期那些大起大落之后，觉得自己已悔过自新，改头换面，成为一个成熟的负责任的男人，如果连我这种有丰富人生经验的男人尚且如此，何况那些不谙人事、不解风情就走入婚姻的年轻男人呢？

所以说，我认为在恋爱中的男人不应当给他们所爱的女人作出"永不变心"的承诺；而在恋爱中的女人也不应当期待她们所爱的男人给她们一个"用不变心"的保证，因为那些承诺和保证都只是空气，只是爱情的维他命和催化剂。在某种意义上来说，爱情确实是永恒的，因为爱情在一生中不仅可以发生一次，它也可以发生两三次，N次，旧的爱被新的爱所代替，新的爱又可能会被更新的爱所代替，周而复始，无限循环——一次可以比一次更壮观、更美丽。这就是为什么说爱情可以是永恒的，因为它总是会让一个人重生和快乐。而婚姻则是非永恒的、短暂的，因为婚姻不是把人带向光明，而是把人引向坟墓。每一次离婚都是痛苦的、悲剧的，充满着丑恶和背信弃义的。

说真的，我现在也开始怀疑婚姻的必要性来了。如果婚姻是爱情的刽子手，是坟墓，那么人类为什么还要结婚，继续这种最古老的传宗接代的方式？如果当今的文化道德规范还使人们不能摆脱约束的话，那么婚姻至少应当像是"契约式"的，就像租房契约和租车契约一样，或者是签一年，或者是三年五年。大家在这种契约的保障下，如果是合得来，合约期满之后再继续续约；如果彼此不满意，不能再继续往下走，那就把这个合同取消，不再续约。这样虽然不是一个完美的解决男女关系的方式，但至少这样的方式才比较理智，比较人性化，让夫妻双方在合同期间认真地去履行合同，而在合同结束的时候，可以理性地分手，在感情上不会有遭到背叛和遗弃的感觉，对彼此的伤害就可以减少到最小，因为当初对对方的要求就不是要从一而终、天长地久。

一个像我这样的男人，怎么才能不丑陋不作恶？我一直在反省，一直在寻找医治自己的良方妙药。但我这辈子可能永远也无药可治，因为我是一个男人，一个丑陋的男人，现在以最卑微的方式来求得你的原谅——尽管我知道，那个原谅永远也不会来临，因为是我亲手把你推进了地狱！

读完了这封信后，雪绒的第一反应会是什么？她会不会真正原谅蓝塞或完全认同他的说法：男人是毒药，婚姻是坟墓，爱情没有约束？

在刚刚发生婚变的时候，雪绒的确是这样想的。她不再相信男人，不再相信爱情，也不再相信婚姻。但她现在毕竟是生活在美国，她耳濡目睹太多的幸福婚姻的例子，看到了太多的那些在黄昏中拄着拐杖相互扶持的老夫老妻——他们的脸上莫不透出幸福美满的笑容。就像是她的邻居，一对六七十岁的老夫妻，他们的故事也总是让雪绒感叹不已。邻居夫妻丈夫的名字叫乔治，太太叫玛琳，因为当初和蓝塞住在圣约瑟夫时，雪绒常常和这对和蔼的邻居有来往，所以对他们的过去和现在都了解得很多。

玛琳和乔治是在刚进入高中一年级的时候相爱的。在美国，人们都把这种在高中时就相恋的少男少女称为“高中甜心”。玛琳和乔治就是这种典型的“高中甜心”。跟一般的“高中甜心”不同的是，当其他的“高中甜心”在四年毕业后都劳燕分飞的时候，乔治和玛琳却在毕业后的第二个礼拜就举行了婚礼！

当时所有的人，包括他们双方的父母都不赞成他们在十八岁就结婚，因为他俩还没有念大学，就连社区的职业学校都没去过，什么养家糊口的技巧都还没有学到。很快,他们就有了第一个女儿,小夫妻俩,一个人在餐馆洗碗,一个人给别人带孩子,就这样,日子过得非常清贫。又过了两年,他们又有了一个儿子,生活更加困难,完全要靠政府的救济才能生存下去。当他们第三个孩子降临的时候,所有的人都认为,他们这个家再也不堪重负,再也没有办法维持下去,他们的婚姻可能也该散伙了。

可是,这对"高中甜心"并没有散伙。看看打零工完全没有办法维持生计,他们开始带着三个小孩子去附近城市的跳蚤市场摆地摊。试了试,看还是赚不了什么钱,他们又去租了个推推车,在街上卖起了热狗。后来,玛琳和乔治发现,只是这样干零活或是做小生意而没有一样看家的本领,很难在这个社会上混下去。于是玛琳就去一个酒吧打工,把攒下来的每一分钱都给了她先生,让他把这些钱拿去补贴上社区大学的职业培训课。没想到,就是这样短短两年的训练,让乔治的人生出现了奇迹。他先是在一个小铸造厂里帮别人打工,当那家厂就要倒闭的时候,他接手过来,在短短几年里,就把它变成了中型企业。十年以后,他已在本州有三家分厂,成了名副其实的大老板,受人尊重。

几十年弹指一挥间,然后就是雪绒现在看到的这一幕。孩子们全长大了,翅膀硬了,飞出去了。乔治因为太太身体不好,把生意交给了几个孩子打点,全职退休在家,不再每天早九晚五地上班。玛琳仍然继续做职业家庭主妇,与"高中甜心"时的最大差别是,她的腰围由杨柳枝变成了水桶匝,体重从一百磅变到二百五十磅。她黄黄的烫得鬈鬈的头发不仅早已失去了昔日的光泽,而且还可以看到它们根部之下所有的头皮。玛琳一笑起来,眼睛完全成了一条缝,双下巴也简直可以夹上一支圆珠笔。不仅如此,由于肥胖,她患有各种各样的养生病,像糖尿病、高血压、心脏病等等,当然还有风湿性关节炎,做了无数次手术后还是行走困难。再看看她的先生乔治,快到七十岁的人了,却仍然保持着三十岁时的体重,走路昂首挺胸,步履轻快,像个小伙子。听玛琳讲,她这位有钱的帅哥先生，当然也难免成为别的女人的猎取对象而经历了各种各样的诱惑。据说有一次，他的一个办公室秘书把自己脱得一丝不挂地躺在沙发上，等着他上去……而乔治，从来都是选择扭头就走，从来没有回头去对别的女人望过第二眼。在他们几十年的婚姻生活里，他从来没有在感情上背叛过她一次。这，就是玛琳最为她丈夫值得骄傲的地方。她认为自己是世界上最幸运和最幸福的女人。当她由于身体的病痛在各大小诊所和医院穿进穿出的时候，这个奇丑无比、连路都走不稳的胖女人身边，总是有一位忠诚的骑士在护卫着她。所有的人都记得他们，所有的人都尊敬他们，所有的人都羡慕他们，当然这些人里边也包括雪绒。

那是在圣诞节前的几个礼拜，雪绒听说玛琳的膝盖又做了手术，不能下床，就做了两个菜过去看她。她一进门就看到许多圣诞礼物和包装礼物的彩纸、胶带、剪刀之类。玛琳靠着一个舒适的枕头躺在沙发上，而乔治却在圣诞礼物堆里忙得满头大汗。玛琳在沙发上说："亲爱的，那件乳白色的毛衣是给二丫头买的，要用你身后的那个扁盒子装。"乔治马上扭过头去找盒子找衣服，找到了后又赶快将它们弄妥帖。刚做完了这个，玛琳又说："亲爱的，你要不要休息一下，去冰箱那里喝点什么！老了，还是要多注意一下身体！"乔治没有听她的，一连包了好几样礼品，才问玛琳："好吧，我得去喝口水了，亲爱的，你也要喝点什么吧？医生说你吃了那种新药每天要多喝两杯水！"他经过门背后的橱柜时，突然对玛琳说，"亲爱的，突然想起来，明天孙儿们到我们家来的时候，一定要记住叫他们不准乱动这橱柜里的东西，那是我专门给你准备了一年的圣诞礼物，他们要是扯出来提前让你看到了，真的会扫了我一年的兴！"多么淳朴的人，多么恩爱的夫妻，什么是"相濡以沫，白首偕老"？这不就是了！

所以，现在看完了蓝塞的信之后，她完全不相信蓝塞说的那些话：男人都是用下半身思考的动物。她相信，尽管自己的婚姻失败了，但是这个世界上仍然有真爱，有真正的好男人，也有永远不会变质的婚姻。但是，为什么自己用了那么多心，经过那么多努力仍然成了一个可怜的失败者呢？人们不是说"可怜之人必有可恨之处"吗？那么自己的那个"可恨之处"究竟在哪里？是不是也该面对自己深刻反省？

这时，她的脑海里浮现出其他女人的故事。她想起了密大音乐系那位教授钢琴的华人女老师，虽然她已近退休年龄，但还是那么引人注目，气质高雅，谈吐不俗，修长的脖子上一年四季都围着一条与衣裙相配的丝巾。系上的中国学生中，经常可以听到一些有关她的传闻。听说她早年在台湾读书时，由于品学兼优，相貌出众，身边有很多追求者。在那些追求者中，有一个是政治系的学长。此人风度翩翩，才华横溢，老师同学都认为他是将登上向未来总统之宝座的天之骄子。当他们开始交往的时候，全校轰动，金童玉女，郎才女貌，公认是校园里最劲爆的一件大事。可是三个月后，这段恋情戛然而止。所有的人都百思不得其解，都想知道他们究竟发生了什么事。后来大家终于打听出来，其实他们两个之间并没有发生什么大事，只是发生了一件非常非常小的事。有一天，他俩在校园林荫道上约会闲聊时，钢琴老师很随意地问了学长一个问题："现在台湾的歌星里边，你比较喜欢谁啊？""白嘉莉！"学长脱口而出。一听这话，钢琴老师当场扭头就走，从此再也没有回过头。众人听了都傻眼：喜欢白嘉莉又怎么了？那也可以成为分手的原因吗？人们无不啧啧称奇。结果后来在四十年的同学会上，钢琴老师是女同学中嫁得最好，日子过得最美满的那个人。而那个学长，不仅没有当上总统，还结了三次婚又离了三次婚，不知道让多少女人为了他伤心流泪啊！

除了这个钢琴老师，雪绒还想起了远房姑姑。小时候常常听大人们讲起这位姑姑的故事。听说她年轻时虽然相貌普普通通，但她看男人的眼光却是一点也不普通。从十几岁，她就开始挑挑拣拣，直到老大不小了，家里的大人开始着急了，忙着给她张罗相亲。开始介绍的几个都是高不成低不就，后来有一个亲戚把一个家世和本人条件都不错的男人介绍给她,双方这才有了一点意思。那个男人是学数理专业的,是他们公司里公认的最老实的三个男人之一,绝对忠诚可靠,是最理想的结婚对象。更难能可贵的是,他一看到姑姑就喜欢上了她,并对她关怀备至,很快就进入了状况。在第四次约会时,他就买了结婚戒指,向她求婚。但她看到那枚戒指只对他说了一句话:“我们做朋友还可以,但做夫妻不行!”说完扭头就走。这也让所有人跌破眼镜。后来听人说出姑姑为什么会拒绝他求婚的原因,是因为姑姑觉得跟他在一起的时候,他那双眼睛老出轨!也就是说,他那双眼睛常常偷偷溜去看别的女人。这种人看起来老实,其实心里不老实!后来姑姑终于嫁了人,直到现在都过得很幸福。

跟她同年龄的女同学中,还有为在咖啡店里约会时,男的闪在一边不主动替她埋单而立马把那男生踢掉的;还有在公车上看到男友只顾自己抢位子而不顾周围人的死活就和那男生说拜拜的,如此等等。在婚变以前,雪绒都非常不理解这些女生的那种处理感情的方式:怎么为一句话不对,一件事不爽就扭头走人呢?她认为这些女生未免太小题大做,把对方一棍子打死,不给自己和对方多一点相互了解的机会。现在,在经历了这场可以说是一生中最大的磨难之后,雪绒才终于明白了一个道理:一个男人在追求一个女人时,往往有意无意地把自己的真实面目掩饰得很好,但是无论他怎样掩饰,总是偶尔会有一些缝,一些小孔,如果你够聪明,你顺着那些缝那些孔去看,必定能窥见一个男人真实的内心世界。当你发现那些让你感觉不舒服,甚至让你恶心的真相时,你不要为他找借口,为他遮掩,更不要为他辩解,你要做的唯一的事就是把心一横,扭头就走。在这个时候,对男人的残忍,就是对自己的救赎。仔细观察一下生活中的各种女人,那些能做到这点的女人往往都有一个幸福美满的结局;而那些做不到这点,看到男人的致命弱点后,还跟他拖泥带水、纠缠不清的女人,她们的结局多半是婚姻悲惨。

那么现在再用这两条真理去反省自己和蓝塞的过去呢？首先，自己有没有对这个男人做出一种理智的判断呢？没有！那么，在他们交往的时候，当她发现问题时，她有没有做到扭头就走呢？也没有！她，丁雪绒，就是这样成了一个失败者。

雪绒忍不住为自己深深地叹息，哎，其实认真想起来，这个世界上有多少女人能够天生就有这种超人的识别男人的能力呢？那些聪明绝顶的女人毕竟是极少数，可是很多女人所缺乏的这种能力也是可以通过后天的学习和训练来获得的。她过去的错，就错在还没有准备好训练好自己，就匆匆忙忙地进入了婚姻，造成了悲剧。于是，她确定了今后的人生方向：通过学习教育自己，通过教育训练自己，通过训练获得经验才去教育和训练别的女性。女人，是可以成长和聪明起来的；女人，是可以走向一个幸福美满的婚姻的！

总之，无论她同意还是不同意蓝塞的那些关于男人女人的说法，蓝塞的信都让她精神上长久以来淤积的痛苦得到了某种程度上的减轻：在如此深深地伤害了她以后，这个男人总算是良心发现，给她真诚地道歉并寻求她的原谅，不管自己最终选择是原谅他，还是不原谅他，至少在这一点上，蓝塞比起她的父亲、外公和家族里所有丑陋的男人来，都要值得原谅一点：至少他还有勇气对他曾经深爱的女人说声“对不起”！

第三十一章　终于将“红色革命”输入了美国

安娜堡——这个在她人生最困难时给了她最多的友情和支持的地方，雪绒总算是回来了。她很快就恢复了学生身份，现在，每天除了上课之外，她把所有其他时间都花在“妇女婚恋教育自救促进会”上。在出院时的募捐会上，各媒体和个人的捐款总数达到了五十万美金，这完全出乎所有人的意料。特别是其中有一项匿名的捐款，一笔就超过了二十万美金。虽然他们无从知道这位匿名的捐款人究竟是谁，但是雪绒对这位匿名人士的义举感激在心：正是由于有了这么大一笔资金，雪绒的促进会才得以顺利地启动和运作。他们先是在校园旁租了两间小小的办公室，她的好朋友米亚主动担当起了秘书的工作。他们同时招募了一些高中学生和家庭妇女做义工，加上提姆、吴雨等男士的参加，使得这个促进会不像一个传统的妇女组织，更像一个多方位的教育机构。所有参与者热情高涨，目的明确。

众人拾柴火焰高。短短的一个月，他们就办起了杂志《女性婚姻恋爱自救指南》。创刊号一出，就在网上引起很大反响。它旗帜鲜明地喊出了自己的口号，为很久以来都处于“和平时期”的美国教育界、法律界、妇女界和宗教界扔下了一颗威力十足的震撼弹。它颠覆了长久以来人们习以为常并约定成俗的法律条款和固有的思维方式，引发了极大的争论：婚姻和恋爱该不该从幼稚园就开始？在中学和大学把婚恋设为像数学、英文这样的必修课有没有必要？对凡是违反了婚姻契约的一方是不是也应当像不遵守租房合约那样受到惩处？雪绒他们不仅引点爆了 E 杂志这枚炸弹，还在网上开设了一个免费的线上婚恋指导课程。他们收集了中美及各国报刊杂志和网络上各路人马对婚恋问题的各种论述和研究，编写出了简易的《婚恋指南》和《自救手册》，从在接触异性之前怎样准备自己，怎样去认识异性，怎样约会，怎样考察对方，怎样恋爱，怎样判断对方是否是适合自己的婚姻对象，到怎样经营婚姻，怎样对待失恋，怎样去分手和怎样去离婚和自保等等。这个课程甚至还包括了两人恋爱的测试题以及其相对应的结婚后的幸福指数等多方面的内容。这个免费的线上课程在一周之内就有了上万个女性注册。与此同时，雪绒还在网上开设了自己的专栏和信箱，并聘请了有名的婚恋专家和离婚律师免费为失恋离婚妇女进行个案咨询。

"天哪！这个中国来的小女人正在把中国'红色革命'的概念输入美国！""在不需要革命时代的美国发起了一场革命！"这是媒体的惊骇。他们"人肉"出所有有关雪绒的身世和背景："这是一个被美国'富二代'男人抛弃的中国女人对美国社会的报复！"他们甚至还知道了她中文名字的实质意义："雪绒"在中文里的意思是雪花，在英文里则是"Edelweiss"——是电影《音乐之声》里一首歌的歌名。然而，就是这么一朵"小而白，晶莹又透明，顷刻即融"的柔弱小花朵，却可以在美国掀起这样一场撼动人心的革命！

雪绒有了成千上万的粉丝。当人们在网上搜索到雪绒的照片时，才发现她不过是一个五尺四寸高，披着黑头发，长着一双丹凤眼的年轻中国美眉。所以，她的革命运动不仅吸引了广大女性同胞的参与，它也在男人世界里引起了极大的关注和兴趣。她这次的确成了真正的明星，她不再是过去和蓝塞一起在网上以哗众取宠逗乐子逗出来的"伪明星"，这回她真的成名了。以她的理念、信仰、爱心、热情和个人魅力来赢得了公众的瞩目和尊敬。美国好几家主流媒体都邀请她上了访谈节目。她流着泪讲到了她的母亲，她的外婆、外祖母、外曾祖母，讲到了她血脉中那种被男人背叛的情结。无论学习和工作怎么繁忙，她仍然坚持组团到美国国会和教育局去游说。很快,人们不再记得她丁雪绒的本名,开始叫她“离婚小教母”——这是继早先的“外恋小教母”之后,雪绒在美国得到的第二个头衔。如果妈妈能活到今天!如果她能看到自家几代妇女的苦难没有白受,她们的怨恨和委屈总算在她女儿这一代得到升华,终于对后世妇女的自省自救产生了启迪和促进作用的时候,该是多么欣慰啊!雪绒无数次地在心里感叹。

人们常说:“成功的男人背后总是有一个优秀的女人。”而对雪绒来讲,这句话则变成了:“每一个成功的女人背后都有几个优秀的男人。”雪绒背后的男人是提姆和吴雨。他们两个除了自己的学习和工作之外,几乎所有时间都奉献给了雪绒的伟大革命事业了。雪绒从来都没有问他们为什么要这样做?而他们俩也从来没有问自己,为什么自己要这样做?一切都是那么天然而成,不需要理由,不需要动机,只需要一个目的:去帮助更多的人获得一个幸福有保障的婚姻。对很多人来讲,这个目的既像是一个儿童的游戏,也像柏拉图的理想那样不切实际。但对他们几个人来讲,就是一种值得他们去奉献的神圣使命和理想。他们三个人一起去举办慈善募捐音乐会,一起携手同台演奏——通常是雪绒和吴雨拉小提琴,提姆给他们伴奏。凡是听过他们演奏的人无不赞叹他们三个人所表现出来的默契和纯净的艺术风格。由于他们三个人常常同进同出,一起出现在海报上,一起出现在文宣中,一起出现在各种发布会上。逐渐地,人们送了他们三人一个称号“三个火枪手”。对于离婚后的雪绒来说,提姆、吴雨和她三人的混合体就是她的家。她刚失去了一个家,却让她得到了一个真正的家。她在这个家里得到了所有无私的关爱、照顾和支持。如果是在以前,她会把这一切都视为理所当然而不会对加以珍惜。然而,在经历了人生那一场最大的灾难以后,她懂得了珍惜自己身边所拥有的一切:友情、亲情和别人对自己哪怕是最微不足道的付出。

那是一个仲夏之夜。吴雨被公司派去西部出差了。“三个火枪手”只剩下了雪绒和提姆。他们预定要去安娜堡附近一个城市为一个妇女团体的年会义演。这次除了传统的西方古典曲目之外,雪绒还别出心裁地加了一首中国小提琴曲协奏曲《梁山伯与祝英台》。雪绒认为这首曲子是中国近代史上最优美动人的小提琴曲,当她拉完最后一个音符时,整个大厅里一片肃静,片刻之后,观众才像突然醒过来了似的,对她报以暴风雨般的掌声:"天啊!太美了!从来都没有听到过这么动人的东方音乐!""这个蝴蝶的爱情故事简直是太动人了!"

演出结束后,主办方在音乐厅外举行了招待会,雪绒受到了英雄一般的欢迎。一个老妈妈带着她的女儿来到雪绒的面前说:"你是一个真正的天使!你给了我这位正在跟她先生离婚的女儿活下去的勇气!"有一位中年妇女也带着她的一对双胞胎女儿来到雪绒这里,"谢谢你教给了我们两代普通女人那么多自我保护的方法,你做得太棒了!我们支持你!"还有一群女学生也跑到她这里,拿着T恤衫来要她签名,"你是我们的新偶像!我们在学校里已经发起了签名运动要求学校开设婚恋课程!"

当招待会结束,她和提姆一起走出演出大厅的时,雪绒脸上那兴奋的红潮还没有退去。她的努力,更准确地说,他们的努力总算有了结果。"这些普普通通的妇女已经知道了我们的存在,肯定了我们的做法,更重要的是,来自我们的帮助也许真的会拯救她们中许多人的人生!"

雪绒此时有一种从来没有过的成就感,这种成就感已不是那种赢得几次小提琴大赛,或拿到最高荣誉的奖学金所能比拟的!这是一种社会成就感,一种来自个人却影响了千万人的人生的成就感。这种成就感让她得到最大的满足,也同时让她认识到一个生命存在的真正意义。忽然,她有一种冲动,这种突如其来的冲动几乎让她在一瞬间热泪盈眶。她心里涌出一种感激之心,她想感谢天下所有的人,感谢那些不离不弃、伴随着她走过生命中最黑暗的隧道而将她送上驰向光明的列车的人。

"提姆,"在一团散发着醉人清香的花丛旁边,她停下脚步。

提姆在夜色中有点意外地转过身来，“什么?”

“谢谢你是我的朋友！我现在想要专门为你拉一首曲子!”她就把肩上的琴盒放到地上打开，把琴拿起来夹在脸颊下，“现在，你不再是一个音乐伴奏，你是一个真正高尚无私的人，值得让别人来专门为你演奏!”

提姆席地坐在花丛前边的石头地上。万籁俱寂，只有夜色和芬芳。悠扬的琴声响起：

我的歌声
穿过黑夜
向你静静飞去
在那幽静的小树林旁
爱人我等待你
皎洁月光照耀大地
树梢在叹息
树梢在叹息
没有人在等待我们
……

提姆的眼眶湿润了，这个在黑暗中簇拥着芬芳拉琴的女孩子，是一个多么美丽、多么优秀、多么值得全天下男人去爱惜和珍视的女孩子啊。从在音乐系琴房里第一次看到她起，她就再也没有在他的心里消逝过。随着时间的推移，她在他的心里铭刻了越来越深的烙印。刚开始，他也不明白自己对雪绒是一种什么感情，是伴奏？是朋友？是兄长？总之，他也不清楚自己为什么总是喜欢和雪绒黏在一起，尽管她有蓝塞，有吴雨，还有很多其他追求者，但他还是固执地，默默地，以一个伴奏，一个朋友的身份与她形影相随。

在他将近三十年的人生中，他见过的女孩子太多了，谈过恋爱的女孩子也不计其数，有美国本土的，印度的，当然也有中国女孩子,但是雪绒与她们都不一样。一般女孩子的美是用眼睛看得到的,用正常的男人的五官能感觉到的,而雪绒的那种特殊的美是平常的眼睛看不到,普通的五官感觉不到的。她的美是在艰难的环境和痛苦的煎熬中才展现出来,并且只有那种与她有特殊心灵感应的男人才能感觉得到,并且去珍惜的。看着她从一个拉小提琴的小女生,经过人生的大起大落走到今天,提姆终于动心了,他再也不想压抑自己的感情,再也不想做她生命中的伴奏,也不想再去顾虑吴雨的想法,他要看着她,牵着她的手,在人生的道路上永永远远地走下去!

微风轻轻吹起,近处花丛摇曳,远处林叶婆娑,大地在深深地呼吸。

雪绒拉完琴后,提姆坐在原地,眼睛凝视着远方,没有一点反应。雪绒走过去弯下腰,轻声地呼唤他:“提姆。”提姆还是眺望着远方,好像没有听到她的呼唤。“提姆,我们该走了。”雪绒又对他轻轻地说。

“今天晚上我们手牵着手走好不好?”提姆望着雪绒。

雪绒毫不犹豫地伸出手来,他们在夜色中踏着月光,手牵着手朝远处的停车场走去。这个夜晚是提姆一生中所经历的最难忘的一个夜晚。他牵着一个美丽女孩子的手,他的手被一种幸福所牵。他觉得自己的心,在今夜就是一座钢琴。他和雪绒每走一步都是在弹奏一个最美的音符。但愿永远这样和雪绒牵着手走下去。

第三十二章　当人生再也不能“一如既往”

直到今天，吴雨才在心里明白了那个叫“一如既往”的中国成语还有另外一层更深的含义。以前他跟楠楠在一起的时候，为了改变自己“中国猥琐男”的形象，他为楠楠做了很多一个“中国猥琐男”永远做不出来的那些浪漫事情，比如说给她送花，送项链，还带给她很多很多意想不到的小惊喜，并常常对她说些那些女人最想听的话。他记得自己还感叹过，如果人生能重来一次，他也会以这种浪漫的方式去重新追求雪绒，真正赢得她的那颗心，并且相信他可以比蓝塞做得更好。但如今当人生真的重新再来一次的时候，他对自己最心爱的女人该要做些什么呢？他走进那家熟悉的花店里，老板娘热情地给他推荐了好些温馨又浪漫的花束。他仔仔细细地翻看端详着每一束花，但脑海里完全没有办法想象当雪绒收到花店送来的花打开一看是自己送去时的那种表情。在这些美丽的花朵面前，他觉得手足无措，心慌意乱，最后两手空空地逃出了花店。同样，在珠宝店门口，在巧克力专卖店柜台前，还有那些曾经让他充分发挥浪漫想象力的地方，他都犹豫不定，裹足不前，最后通通都放弃了。他不由嘲笑自己：爱一个女人竟然可以爱到没有勇气去给她买一点有点情调的东西，实在是太无能、太傻了！

既然做不出那些有情调的事情来，吴雨只能像以往一样，像一只工蜂，忙碌又忠实地围绕在雪绒的身边，重复做他以前做过的所有事情。当他们要开长途车去外地游说或是义演时，他会悄悄地在雪绒的座位靠背上放上一个舒适的小枕头，因为他知道雪绒从小练琴,脊椎不好,坐车长途旅行腰会疼痛。他还像大多数中国男生一样,鞍前马后地帮雪绒拎包提杂物,拎一切在他眼里认为需要拎的东西。有一次看雪绒太累,他还把雪绒的琴盒也拖过来,连自己的琴,一边肩挎一个,让所有美国人在一边暗笑。当然除了这些,还有就是照顾雪绒的那个中国胃了。在他们租的办公室里有一个简易的小厨房,吴雨从公司下班后来到这里的第一件事,就是跑进厨房给雪绒煮从小最爱吃的那些东西。每当他看到雪绒用筷子夹着面条,大口大口地吃着,连额头上冒出汗珠来也顾不得擦的样子,心里都有一种快乐得想要高声唱歌的冲动。

什么是幸福?吴雨想,这对他就是幸福,虽然这种幸福看上去是那么浅薄和卑微,不用去拉手,不用去亲吻,不用去谈情说爱——这样就足够了。能够看着她,照顾她,帮助她,让她开开心心地去做她想要做的事,过她自己想要过的那种生活,这就是我的幸福了。每次想到这里,他都会热泪盈眶,对老天爷能再给他一次机会,让幸福再一次眷顾他,他充满着感激之心。他甚至想,这是老天给我的什么样的恩赐啊?他这个无神论者也开始严肃地去思考,是不是那个让世人顶礼膜拜的上帝的确存在:如果不是神的力量,他怎么会有今天?也许,有一天,他真的会去教堂,给万能的上帝说声"谢谢您"。

如果生活会沿着这样一个轨迹永远地走下去该多好。然而,生活之所以富有生命力,正是在于它本身具有千变万化的内涵和瞬息多变的特质。

自从去年楠楠和吴雨从雪绒那里回来并作了那番长谈后,吴雨便和她慢慢疏远了。作为一个女人,她表面上是把吴雨放下了,但是她心里并没有真正把他放下。像她这种女人,有能力有前途,并不需要把自己依附在一个有钱有地位的人身上,她更看重的是一个男人的内在和人品,看他是不是跟自己合得来,相处起来是不是愉快。她所接触过的所有男人中,吴雨是最优秀的一个。比起美国男人来,他更重情意,更有责任感,并且也更善解人意;比起其他中国男人来，他心胸更宽广，更坦率，也更诚实。无论怎样看，怎样比，吴雨都是一个可以托付终身，值得一个女人全心全意地去爱的男人。她真的爱上了这个叫吴雨的男人，虽然她明明知道，吴雨早已情系雪绒，但是她还是对自己和吴雨抱着希望。首先，雪绒已经嫁为冯妇；第二，吴雨是一个优秀而且聪明的男人，无论他怎样爱雪绒，他也不会痴傻到为了她后半生再也不爱不娶。现代社会哪里去找这种不正常的极品男人？第三，她也对自己自信满满。虽然没有雪绒那种超凡脱俗的相貌和多才多艺，但是自己在北美的中国女人里还是算得上是一流的。在职业上的精明干练就不用说了，作为一个女人，她可不是那种"高处不胜寒"的女强人，她平易近人，亲和不势利，处处为他人着想，不虚伪不油滑，是人见人爱的小女人。她认为自己比雪绒更适合像吴雨这样的男人。雪绒是那种任性、自傲，把男人吆来喝去指使得团团转的女人，吴雨跟她生活在一起一定会很累，很辛苦，会完全牺牲掉自己的才智、事业和前途，为那个自私的女人当牛做马一辈子。像吴雨这种善良的男人，应当有一个更好的女人在背后支持他，鼓励他，让他充分发挥自己的灵气和创造力，最终成为一个在社会意义上的"成功男人"。而他背后的这个女人，不是别人，只能是她自己！

除了自信，楠楠还在另外一点上也是深信不疑：随着时间的推移，吴雨会把目光从雪绒身上渐渐地转向自己，重视她的存在，珍惜她的真心，最后把自己的心也交在她手里。当吴雨告诉她，请她多给他一点时间的时候，楠楠心里很难过，但她并不是很担心，因为她觉得那只不过是吴雨再次见到雪绒之后的正常的感情波动而已，随着时间的流逝，一切波澜都会过去，吴雨会整理好自己的感情，重新回到她这里。但是，人算不如天算。事如愿违，完全超出了她的判断和想象。自从那次在车上和吴雨长谈之后，吴雨就很少跟她联络了。每次她打电话或者是发电邮过去，吴雨对她总是彬彬有礼，实质上是在刻意与她保持距离。

就这样若即若离地过了几个月之后，楠楠发现自己越来越失去了耐心。她决定主动采取行动的时候,惊爆出了雪绒跟蓝塞离婚的消息。那正是她在公司门口看到吴雨不顾生命危险冲入暴风雪中去那一天。回来后,吴雨把雪绒的处境一五一十地告诉了她。吴雨在电话里对她最后说:“雪绒的事就是我的事,我对她有承诺,只要她需要我的时候,我一定会在她身边!我可能要经常去圣约瑟夫了,以后我可能会很少跟你联络了。作为朋友,希望你能好好地照顾自己,得到自己的幸福!”“天哪!”楠楠放下电话,心痛欲绝!一个自己千挑万选,觉得十拿九稳的男人,就像一阵风一样,说飘走就飘走了!他说他对雪绒有承诺,男人的承诺算什么?有几个男人履行了他们的承诺的?那只不过是吴雨虚伪的借口!他对雪绒有承诺,那么对我呢?我对他又算什么?他对我又算什么呢?难道他就从来都没喜欢过我吗?难道他只是把我当成雪绒的填充物?他根本就当我是空气——挥之即来,拂之即去的空气!

楠楠不是属于那种像潘金莲似的狐狸精一类的女人,她也不是属于那种像薛宝钗一样,表面识大体,温顺贤淑,暗地里却老谋深算,心机又重又深的女人。楠楠其实是一个像火山一样的女人。在这个火山处于非活动期的时候,山上绿荫覆盖,升平祥和;然而,一旦受到地层断裂之类的刺激,她就会在睡梦中突然醒来,喷射出万丈高楼般愤怒燃烧的火焰!

在雪绒离婚案闹得沸沸扬扬的那段时间里,除了上班之外,她几乎把所有时间都用在网络搜索上去了。她不放过有关雪绒和蓝塞的所有八卦新闻和报道,密切地关注他们的一举一动,所以他们离婚案的所有细节全都在她的掌握之中。在阳台自杀事件当天的网络直播中,她一下看到了吴雨的镜头——没用的男人,真贱!她对吴雨突然由妒生恨,愤怒一泄而出:结了婚又离婚的女人再是天仙也成了豆腐渣了。以前被别人一脚踢开,现在又一溜烟儿跑过去把那双破鞋像宝贝一样捡起!我真的瞎了眼,怎么会看上这么一个贱男人!

但是无论怎样骂,怎样去贬损这个男人,她的心还是无法把这个男人彻底放下。如果吴雨把她当空气,她却不能把吴雨也当空气。她注定是受到折磨的一方,她也就注定是由爱到恨、由恨到仇、由仇到复仇的一方！她的内心时时刻刻都在被一种愤怒的火焰灼烧着,睡不着觉,吃不下饭。她想哭,却哭不出来;她想不哭,眼泪却又不知不觉地流了下来。当她有片刻理智的时候,她也问自己,自己和吴雨不过浅浅地淡淡地交往了一下而已,彼此都没有吻过,更没有上过床,连正式的男女朋友关系都算不上,并且吴雨从来没有对自己做过什么承诺,也没有给他们的关系许诺过什么未来,他们不过比一般的朋友亲近一点而已,为什么自己会反应过度？她想强迫自己去理智地面对吴雨和雪绒有可能重归于好的事实,但这种理智只是短暂的、无力的。大多数的时候,她的心脏和头脑都像是处在火山喷发状态中,咆哮着,翻腾着,躁动着。当她在电视上看到吴雨和雪绒同台接受一个访谈节目主持人的采访时——他们的那种默契,那种浑然天成的感情交融,终于让楠楠的火山喷发超过了理智可以防范的警戒线。

楠楠拨通了雪绒的电话。她们约好第二天下午在学校附近的一个咖啡厅里见面。

"我一直在关注你的一切!"这是楠楠坐下来后对雪绒说的第一句话。

"哦,谢谢你哪!"雪绒大概猜出了楠楠约她出来谈话的目的,但她还是没有十分在意。她觉得是不是最近自己一直跟吴雨在一起让楠楠有些误会,也怪自己太习惯于被吴雨照顾,以致粗心到没有顾及楠楠的感受。是需要给楠楠好好解释一下了。

"我很同情你的遭遇,也很佩服你受到挫折以后表现出来的自救能力,你把一件坏事变成了好事,把一件个人的事变成了公众的事。作为同胞和女人,无论从哪个角度都是真心佩服你的。"楠楠十分镇定地讲,连她自己都为自己的表现感到吃惊。

"如果你也有兴趣的话,真心希望你也能加入到我们这个团体中来啊!"雪绒有些兴奋。

“我是很想加入，但是我并不认为吴雨会希望我加入。”楠楠幽怨地说。

“为什么？”雪绒有几分吃惊。虽然自从她回到安娜堡以后，吴雨就很少提到楠楠，雪绒也觉得以自己的角度不太方便去问他有关他和楠楠之间的事。

“自从你搬回安娜堡以后，吴雨就不太跟我联络了，”说完这句话以后，她们俩都同时沉默了。过了一下，楠楠又继续说，“我觉得我受到了很大的伤害。”

“请你不要误会我和吴雨，我们两个之间真的没有发生什么不该发生的事。我们只是好朋友。我刚经历过一次失败的婚姻，我绝对不会让自己陷入另一场爱情游戏，伤害跟我一样无辜的女人！请相信我的真心话吧！”

“我可以相信也愿意相信你的真心话，但是我不相信吴雨。你愿意被一个男人当抹布，当空气吗？需要你的时候，把你拾起来用一用；不需要你的时候，就把你扔掉，你受得了吗？既然你也是感情背叛者的受害者，你绝对不愿意去当一个第三者，从而去伤害一个无辜的女人吧？不管你是有心的还是无意的，你觉得我这样说有道理吗？”说完这话后，楠楠站起来就走了。

雪绒低下了头，思绪混乱如麻。我是怎么了？吴雨又是怎么了？我们在一起又怎么了？我们是不是太过分了？我是不是出于私心，为了达到自己的目的而在利用吴雨？我为什么从来没有去想过楠楠的感受？坦白地说，曾经想到过。但每次都给自己找了个理所当然的借口，认为自己和吴雨之间就是单纯的朋友和工作关系，没有做什么见不得人的事。当然，现在看来，自己的确是错了，由于自己的私心，伤害到另一个女人，真的很惭愧啊！雪绒感到很自责。楠楠来说那些话的目的很明白，就是要让她和吴雨作一个了断——又要再次跟吴雨说“再见”。一想到这里，雪绒那恢复了平静的心又开始隐隐作痛。先不说从小到大吴雨对她所做的一切，就是在整个离婚过程，重新开始独立生活直到今天这样的结果,无不是吴雨扶持着她艰难地一步一步走过来的。提姆和吴雨,现在对她亲如手足,再也不可能分离。如果现在要用刀把自己其中一个手指斩去,雪绒觉得是老天爷又在折磨她,想把她重新再煎熬一次!那么她自己现在对吴雨究竟是什么样的感觉?除了亲情以外,还有别的什么吗?这是离婚以后长期以来她都不愿意去想,不愿意去面对的问题。在经历了那场轰轰烈烈的恋爱和更加轰轰烈烈的离婚之后,雪绒觉得自己已经没有资格再去爱吴雨了。那就是别人常说的“历尽沧海难为水”的意思,即便是她现在再回过头来看男人,觉得吴雨才是那个值得她去爱的男人,她也无法让生活重新回到原点。所以,是该跟吴雨做个了断的时候了。

第三十三章　雪绒第二次跟吴雨说分手

周末很快就来了。中午，提姆和米亚忙完了事以后，先后离开了，只剩下雪绒，还在电脑面前赶着设计一个新的文宣。自从那天和楠楠会过面之后，吴雨还一直没有出现过。听提姆说，他去西岸出差了。突然，听到那个老式门把手一响，吴雨兴冲冲地走了进来。

"小雨！"雪绒的脸上露出十分的惊奇，"你不是在出差吗？"

"是啊，我把事情办完，提前赶回来了！"吴雨天真地笑着，"我刚从机场直接赶过来的，你看我跑得快吧？"

看着他天真的笑容，雪绒忍不住鼻子酸酸的，眼泪都快流下来了。

"你还没有吃午饭吧？走，我带你出去吃！"吴雨走过去就要帮雪绒关电脑。

"喂，你等等！"雪绒按住他的手，"不忙，小雨，我还有话要对你说呢！"

吴雨愣了一下，有一点疑惑地问："有话对我说？什么话啊？"

"我想问问你，我们究竟认识多少年了啊？"

"啊？就这么个简单的问题啊！那还用问，二十年了吧！"吴雨笑了起来。"怎么哪？你怎么突然想起问这个？"

"小雨，这二十年来，你为我做了多少事啊！我这两天在想，二十年里，我究竟有没有为你做过一件事情。想来想去，真的一件都想不出来！"雪绒非常认真地说。

"你去想那个干什么，还跟我分彼此？只要有你这个小丫头在我眼前晃一晃，我就踏实了，那就是帮我了！你就不要东想西想的了，啊？”

“小雨，我今天真的很想为你做一件事。你就像是庆祝生日那样许个愿吧。你今天要我为你做什么？”雪绒美丽的眼睛十分温柔地看着他，期待着他的答复。

“真的？只要我许愿，你就能满足我的愿望？”吴雨露出几分调皮的眼色。

“是的，只要你说出你的愿望，无论是什么，我都会满足你！”雪绒的话里没有一丝的犹豫或开玩笑的意思。“你现在就好好地想一想吧，什么是你最想让我为你做的一件事？”

“我想把我们的童年再过一次！”

“啊？！”雪绒的眼泪一下掉了出来！

吴雨赶快伸出双手把她脸颊上的泪水抹去，“你可不许这么多愁善感啊！不是说好要为我做一件事吗？是不是要高高兴兴地去做啊？”

“好，那我们就说好，要高高兴兴的！”雪绒把眼泪强忍住了。

吴雨几步走到柜子前，伸手从柜顶上把他们那两把小提琴取了下来。“哈哈，我们现在又是两个小琴童了！真棒！”他把两把琴一左一右挎在肩上，伸出手来拉着雪绒就要往外走。

“等等，小雨，我想梳个头才出去。我想梳小时候你帮我梳的那种辫子。你还记得怎么梳吗？”

“当然记得！来，你坐下去，我帮你梳！”

雪绒像小时候那样盘腿坐在地上，吴雨则跪在她背后，把她凌乱的长发用手顺了顺，“我要是把你的头发弄痛了，你就说啊！”雪绒呆呆地点了点头。吴雨熟练地给她梳起发辫来，还哼着：“红星闪闪，放光彩，红星灿灿……”雪绒则一句话都说不出来。她心里早没有了话，除了痛还是痛。

梳完后，吴雨探过头来看看雪绒正面的样子。“看上去跟小时候一模一样，可惜没有镜子，不知道你喜不喜欢。”

雪绒把自己的手机拿出来,对着里边的摄像镜头晃着头前后左右地看了看,然后拍着地板说:“你坐到这里来吧。我想要你坐在我旁边!”

吴雨乖乖地坐了过去,雪绒把自己的头靠向吴雨,把两个人的头都框进手机的镜头里按下了键钮。雪绒马上查看了一下,确认那张照片清晰无误,才笑吟吟地从地上爬起来,牵起吴雨的手。“小雨,我们现在可以走了!”一边走,她一边调皮地晃动着自己的小辫子。她心里发誓,今天一定要带给吴雨很多很多的欢乐!

在去安娜堡市区的公车上,人群拥挤,早已没有了座位,车子摇摇晃晃的。雪绒就像小时候那样,用双手紧紧地抱住吴雨的腰,头紧紧地靠在他坚实的背上。在市中心过马路时,吴雨回过头来,把雪绒的手紧紧地拉起,然后两人一路小跑,跑过街去。在大街上,看看林林总总的餐馆,吴雨停了下来,叉着腰用夸张的语气问雪绒:“我现在最最想吃一样东西,你呢?你有没有一样最最想吃的东西呢?”

“那当然有啊!”雪绒马上学着小女生的口气对他嗲声嗲气地说。

“那好,就把我们想吃的东西在自己的手板心里写下来,看看都是些什么?”吴雨马上从背包里拿出两只笔来,递给雪绒一支。他们闪到街边的一个角落里背对着背写。

“好了!”吴雨转过身来手板心一翻,上边写着“麻辣牛肉”。

雪绒也跟着一翻,手上也写着“麻辣牛肉”。

两个人笑成一团。那个麻辣牛肉,是他们小时候最馋嘴的零食。那时候,学院大门外的路边有一个专门卖麻辣牛肉的露天小摊子。这个破破烂烂的小摊子别的东西不卖,就卖一样东西,那就是麻辣牛肉。与别的餐厅里卖的麻辣牛肉不同的地方是,这个摊子上卖的麻辣牛肉,不是辣多于麻,而是麻多于辣,所以很多小孩子都不敢去买来吃,来这里的多是大人们和大学生。但是不知道为什么,偏偏雪绒和吴雨就是迷上了那个特殊的味道。有时下午在音乐系大楼练完琴后，他们就会把身上的铜板都搜出来凑在一起，直奔那个小摊子而去。有时铜板多一点，那秃头老大爷会给他们一人一片牛肉，连块纸片都舍不得给，就把肉直接放在他们的小手板心上；有时铜板少一点，就只得到一片牛肉，吴雨总会把那片肉一分为二，把大的一半分给雪绒，自己留小的一块。他们就这样一边往回走，一边细嚼慢咽地吃。有时候，那一片牛肉要撕成十几丝，吃完了，还要把手心里的红红的麻油舔个干净。

一想到这里，心里就发笑。吴雨马上把手机拿出来给那些中餐馆打电话，打了老半天，最后终于有了斩获。他们走啊走啊，差不多把安娜堡城都走穿了，才找到那家偏僻的小餐馆。他们叫了整整两盒麻辣牛肉。"这回我们可要吃到撑死啦！"

在密大校园附近的一个幽静的绿草坪上，他们找个地方坐了下来。吴雨迫不及待地把麻辣牛肉打开，闻了闻。

"怎么样？"雪绒急切地问。

"不错，还有一点儿小时候的味道！"虽然这牛肉还是像全天下的麻辣牛肉一样辣多于麻，他们还是高高兴兴地把它吃了个底朝天！

"来，我们来拉首曲子吧！"吴雨把雪绒从地上一把拉起来。

把各自的琴盒打开后，雪绒把自己的琴推到吴雨面前。"喏！还是你来调弦吧！"

吴雨憨厚地笑了笑，一句话都不说，把琴接过来，三下两下，很快就把音给调好，然后把琴递还给雪绒。当他们把琴架在脖子上要准备开始拉的时候，雪绒睁大眼睛问："拉什么？"

吴雨瞪了她一下，"还用问吗？"

雪绒撇嘴一笑，深吸一口气，把头朝吴雨轻轻一点，就开始了。还是那首巴哈的小提琴二重奏！随着熟悉又优美旋律的渐渐展开，所有儿时的记忆全部一一重现——他们的灵魂在那旋律里对话，他们的感情在那音符里交融——在这个世界上，还有比这更加默契的两颗心了吗？二十年了，时间老人早把他们融为一体。

雪绒心里忽然很伤感:要是自己早珍惜这一切该多好啊!嗨,后悔的事还是不要再去想了吧,自己答应过吴雨今天要高高兴兴的。

拉完琴后,他们心满意足地抱着膝盖,坐在草地上,悠闲地享受着阳光和自然对他们的恩赐。不远处,是一排排叫不出名字来的树木,它们随着微风的吹拂,枝叶晃动,送过来一阵阵清香。吴雨突然像想起了了一件什么事,摇了摇头,又淡淡地一笑。雪绒觉得很好奇,问他刚才笑什么。

“那些树让我突然想起了一件事。”

“什么事啊?”

吴雨笑了笑说:“记得那是我上高中的第一年,有一天下午放学后,我们俩正在琴房练琴,外边下起了雷阵雨。过了一会儿,雨停了,却突然听见楼外边有人喊:‘出虹了!出虹了,大家快来看啊!’我们就一起跑出去看。那是我们从小到大第一次看到彩虹,美丽壮观极了。我们还傻乎乎地一起数上边的颜色呢,结果真有七种颜色。当时我问你七种颜色里边你最喜欢哪一种?你说你最喜欢橙色。我觉得很奇怪,问你为什么单单喜欢橙色。你告诉我说,有一次你妈妈带你到乡下的老家去玩,看见那里满山遍野都是橙子树,茂密的树叶里挂着一个个橙色的果实,它们每一个都那么鲜艳饱满,就像长在树上的小南瓜一样,还发出一种非常奇特的香气,可爱极了!从此,你就喜欢上了那种颜色。”

“是啊,我也记得有那么回事,我现在也还是最喜欢橙色啊!喏,你看看我这里!”雪绒把自己的牛仔裤脚往上一拉,露出脚上鲜艳的橙色袜子。

吴雨笑了笑,伸出手去摸了摸雪绒的头,意味深长地说:“但是你不知道,那天我回家以后,就胡乱写了一个东西,本来是要送给你的,但是怕你笑我,所以也就一直都没有敢给你。”

“原来你还对我保有秘密啊!”雪绒瞪了吴雨一眼,“现在总可以给我看看了吧?”

“那你绝对不能笑我啊？”

“绝对不会！放心吧！”

“好，那我就写下来了啊！”他转过背去，过了一会儿，他把一张纸递到雪绒手里：

橙色如果是一种
奉献给你的颜色
我会采来天下所有的橙子
将他们奉献——
……
这是何等的一种不真实
让天下所有真诚的人
走过橙子树下时
难免叹息
然而这的确是一个愿望
一个许久的愿望
它让我永远不停地
去采摘橙子
直到落叶覆盖过我
如我
覆盖了心

雪绒捧着那页纸，久久说不出一句话来。沉默，沉默，还是可怕的沉默。过了好一会儿，她才像突然醒过来似的把那张纸一扔，哭泣着，用手拼命地打着吴雨。“我们为什么要长大？为什么？为什么？你告诉我，为什么啊？”

吴雨闭着眼睛，一动不动，任凭雪绒对他怎么发泄。此刻他的心里除了心酸还是心酸：是啊，我们为什么要长大？为什么要长大？真是无言以对，无言以对啊！

过了好久,雪绒才慢慢地停止了抽泣。她埋着头,十分凄楚地说:“在经历了人生那场灾难以后,我看见爱情都会发抖。你,还是回到楠楠身边去吧!”

吴雨一下子惊呆了!他扭过头来看着雪绒,眼里燃烧着愤怒和绝望。“记住,这是你第二次放开我的手!”他拾起地上的衣服,转身消逝在草坪的尽头。

第三十四章　高尚的男人只给一个女人希望

美国诗人罗伯特·佛罗斯特写过一首很美的诗，其中最动人的两句是：

他就是那个总是说要离开我的人
但是他从来没有离我而去

三天后的一个夜晚，天，下着雨，下着无穷无尽的雨，好像要把那累积了十年几十年的悲伤在一个夜晚通通倾诉。

吴雨在雨中徘徊着，徘徊着。雨湿透了他的衣服，也湿透了他的心，让他的绝望变得比第一次跟雪绒分手时更加恐怖。整整三天了，他还是没有办法让自己慢慢地平静下来，他不能吃饭不能睡觉，不能思考不能说话，甚至已经没有办法去感觉愤怒、绝望和痛苦。第一次跟雪绒分手时，他还可以让自己活过来，最终给自己找到一种解脱。因为那时雪绒对他，是一个爱，一场梦，一颗心；而现在，在经历了人生所有这一切的磨难之后，雪绒对他是血肉，是灵魂，是生命！相濡以沫，怎么可能没有彼此！

雪绒关了灯，走到门外。吴雨走上前一把紧紧地抱住了她。他的全身都被雨水浸得冰冷，不知道他在那雨中等待了多久。雪绒手中的雨伞坠落到地上，一阵狂风吹来，将它卷走，雨水浇在雪绒和吴雨的身上，再也分辨不出哪些是水，哪些是泪。

“绒儿，我后悔，我后悔在第一次你让我走时，我就听了你的话，放开了你的手；现在你又要让我走，但是我这次决定不再听你的话,再也不会放开你的手了!你就是我的生命,我不可能没有你!我不需要你爱我,我也不需要你回报我,但我一定要在你的身边守护你,实现我对你那个永远有效的承诺!我对其她女人没有做过任何承诺,所以我可以坦然地面对你,面对自己的良心。凡是你需要的,我都会给你!跟小时候一模一样,我们长大了也没有关系!什么都不会改变的,绒儿,我们是可以长大的啊!"

"为什么每次叫你走你就走,我从来都没有真正想要你走啊!小雨!"

雪绒在这一刻,把吴雨抓得好紧好紧,觉得自己就像一只在风雨中满载着苦涩的小船,需要抓住一根救命的锚链!

雪绒和吴雨雨中这一幕,全被回来取忘记的文件的提姆看在眼里。他心里泛起一阵说不出的深深的苦涩。当年,当他看到雪绒跟随蓝塞而去的时候,心里更多的只是遗憾。因为那时,他还不确定自己对雪绒的感情,他只是觉得自己被这个女孩子吸引,但至于那种叫"非她莫属"的感觉倒是还没有。而现在,在与雪绒共同经历了这一切之后,他觉得自己不仅是被她吸引,而是被她所打动——他的心被深深地打动了:雪绒就是那么一种女人,一个像原始钻石那样的女人,生活越切割她,她越散发出高贵的光芒。他现在毫无疑问地确定自己爱上了这个女人,并随时准备着为她付出自己的一切。

对于吴雨,提姆觉得他和雪绒的感情多半属于从小到大培养起来的亲情,如果他们之间存在一种强烈的爱的话,那么早在蓝塞进入雪绒的生活的时候,吴雨就不会惨遭出局了。他认为吴雨也是个非常优秀的男人,也非常适合雪绒,但是可能是因为彼此关系太近的原因,以致雪绒看不到他身上那些宝贵的优点而忽略了他作为一个男人的存在。

所以从这点上来看,提姆觉得自己仍然是有机会的,他可以耐心地等待机会,等待雪绒心里离婚的阴影慢慢地消失。当她对恋爱和婚姻重拾信心的时候,就是自己该出现的时候了。所以,在那天晚上，当雪绒为他演奏过后，他只是牵起了她的手，克制住了自己的冲动而最终没有向她表白。可是他所有的幻想和苦心，都被雨中这一幕给摧毁了。这一次和蓝塞那一次不同，那一次他可以泰然处之，置身事外；而这一次他觉得自己真的成了一个"失败者"。更让他难过的是，他这次是输给了吴雨。他无话可说：不能愤怒，不能嫉妒，甚至不能在他们面前表现出痛苦和悲伤。

以后的几天里，提姆几乎天天晚上都耗在自己工作的酒吧里，完全没有去见吴雨他们。提姆的反常表现让雪绒很焦虑，不知道提姆究竟发生了什么事。后来有个朋友告诉她，提姆每天都在他的酒吧里不停地喝酒和弹琴。雪绒连忙赶到酒吧，只见提姆伏在钢琴上，旁边都是酒瓶子。这和以往雪绒看到的提姆多么不一样啊！那个成熟、善良，和蔼可亲得像父亲，像长辈一样的提姆到哪里去了呢？

她走过去把提姆摇醒。见是雪绒来了，他的眼眶里充满了泪水，嘴角里露出一丝苦笑。雪绒难过地问："提姆，你这是怎么了？"

提姆把她的手拿开，勉强地对她笑了一笑，"你记得很久以前，当你在这里哭泣的时候，我为你弹过一首曲子吗？"

"当然记得，"雪绒点点头，"那首曲子叫《友谊地久天长》。"

"今天，我心情很沮丧，想给你再弹一首曲子。那是我一生中最喜欢和最珍视的曲子。"他慢慢地在琴凳上坐直了身子，用忧郁的眼睛静静地凝视了雪绒一会儿，伸出他那修长柔和的十指，弹下了电影《日瓦戈医生》里的主题曲！那是日瓦戈医生和拉娜那段凄美的爱情，永远无法在一起的遗憾和伤感的爱情。音乐，述说出了一切！雪绒突然明白了一切！她为自己对提姆的忽略和伤害感到羞愧万分。她在这个时候才认识到，其实自己的人生悲剧都是自己一手造成的。她头脑发热，草率地跳入一场以失败而告终的婚姻；在那场婚姻结束后，又以自己的困境为借口，利用了吴雨和提姆这两个男人对自己的喜爱而让自己重新站了起来，成为世人的宠儿，弥补了失败婚姻对自己自信心造成的打击。然而，在这整个过程中，提姆和吴雨都在为她默默地无怨无悔地付出；而自己明明知道自己不能给他们许诺一个共同的未来，却还是在为达到自己的目的一再二再而三地利用他们，伤害他们。她觉得自己真的很卑鄙，简直无地自容！

弹完了最后一个音符。过了好一会儿，提姆才突然轻轻地问她："你听懂了吗？"雪绒难过地点了点头，正要开口对提姆说"对不起"，但提姆什么都不让她说。"听懂了就好了。我们永远都能听懂对方，这样对我来说就够了！"他站起身，关上琴盖，"走吧，我们一起回组织去，还有好多事要做呢！"

这个世界上绝大多数女人在一生中都碰不到一个真正人格高尚的好男人，如果能碰到一个那种好男人的女人，已经十分幸运了；而雪绒在青春的绚丽年华碰到了两个这样最优秀的男人，她觉得自己是这个世界上最幸运的女人，让她无法不去珍惜他们！

吴雨仍然没有回到楠楠身边来，尽管她采取了去找雪绒谈判那样的激进手法。楠楠开始刻意地去跟踪吴雨和雪绒，从促进会小楼的窗子外边去窥探他俩的一举一动，看他俩在一起吃饭，在电脑前一起设计网页，吴雨还给雪绒泡茶，煮咖啡，煮面……这一切原本都是属于她的！她怎么也想不通，怎么也不甘心，她是真正地爱这个男人啊！她完全没有办法再控制自己的感情了。星期一下班之前，她给吴雨发了一封电邮：

> 吴雨，我有一件重要的事情想拜托你。如果你还把我当朋友的话，明天傍晚七点在社区大学的湖边等我。不见不散哦！

接到楠楠的电邮，吴雨感到很意外。他没想到楠楠到现在为止还对他们之间的关系抱有希望。上次从圣约瑟夫回来后就在电话里给她说得很明白，他相信楠楠是个聪明的女人，一定早就明白了他的意思。但现在看来,她还没有把这件事放下,还没有拎清楚。去,还是不去呢?反复权衡了好一阵之后,吴雨最后想,既然当初和楠楠开始过,就应当好好地将它结束。楠楠是个好女孩,他如果是个真正的男人,就不应当回避这个和她坦诚布公的机会,由此为整件事画上最后的句号。

第二天,吴雨准时出现在社区大学的人工湖边,一幅似曾相熟的生趣盎然的黄昏美景立刻映入了他的眼帘。那湖中央喷起的白色水柱,那湖边婀娜多姿的垂柳,还有那些天上地下尽情嬉戏的野鸭子……

“你看到天鹅了吧!”吴雨突然听到楠楠的声音。顺着她手指的方向,吴雨果然看到远处最右角的湖面上,真的有两只白色的天鹅。它们一只把头潜在水下,不知道在寻找什么,而另一只则仰着弯曲优美的长脖子,优雅而高傲地在水面上缓缓地滑动。

“真的是太美了!”吴雨发出一声感叹。

“这不,上次来时没看见,这次可补上了,以后就不会有遗憾了!”楠楠话中带话。

“你最近还好吧?你们部里的事情忙不忙?”吴雨刻意把话题拉到另一个方向去。

“公司里的事还不是那样,总是压得人喘不过气来,真难得有心情和时间来这里透透气,放松一下。”楠楠顺着吴雨的话题说。

“是啊,我们老中为老美打工不就是这个命,我们是干活的人,他们是要嘴皮子的人,可我们永远都搞不过他们!”吴雨的口气中带有几分自嘲。

“真没想到你这个牛人也跟我的想法一样啊!”楠楠笑了起来,脸上的愁云都没有了,整个人又变回到以前那个甜美愉快的小邓丽君的样子。

吴雨也开朗地笑着说:“嗨,反正是在别人的国家,我们尽力做好自己的本分,也就不指望那么多了!”

“是啊,在这个国家,我们真的指望不了什么!喏,你看看这个。”她从随身带的小拎包里拿出两份折叠得像公函那样的东西放在吴雨的手上,“这就是我要拜托你的那件事了!”

吴雨先把第一封信打开,原来是国内最大的一家汽车公司给他发来的邀请函!他震惊极了!屏着呼吸一口气草草读完了。他们聘请他去做一个核心部门的技术总监,并且列出了优渥的薪资和住房条件。

“天哪!你从哪里弄到这个的?”吴雨冒出了一身汗。

“你再看看下一封吧。”楠楠还是十分镇静地对他说。

吴雨又匆匆看了一下底下的那封信,是同一家公司的邀请函,被邀请的人是楠楠,在不同的部门,不同的薪资!

“楠楠,你、你这是在干什么啊?”吴雨急得连话都讲不太利索了。

“干什么?我们一起回中国去啊!你没看到上边开的条件有多好吗?我们还在这里干什么?”

“为什么?为什么要回中国?我、我至少现在还没有这个想法啊?”吴雨急了。

“你刚才不是还在说给美国人打工没有什么指望吗?”楠楠反问他。

“但是、但是那也不等于说我就想要回中国去工作啊?”吴雨用手擦了擦额头上沁出来的汗珠。

“像你这样的牛人,待在这里不是自毁前途吗?想海归的人那么多,竞争激烈,现在我好不容易托关系给你联系到这么个位置,真的很不容易啊!”楠楠觉得很委屈。

“那、那这么大的事,为什么事先没有问问我呢?”吴雨的口气缓和了一点。

“你不是总说自己很忙,叫我少和你联系吗?”这一句话真的把吴雨给呛住了。

这时,楠楠忽然一下扑在他怀里,双手把他的腰抱住,头靠在他胸前哭了起来。吴雨一下慌了神,想把她的手扳开。“楠楠,你不要这样，不要这样，我们有话好好说吧！”

楠楠没有松开她的手，“我知道你是为了那个女人留在这里的。你不离开这里，我就没有了希望。我知道你不爱我，但是我爱你，我不能没有你……”她哭得更厉害了，泪水把吴雨胸前的衬衣都弄湿了一大片。

我该怎么办？我该怎么办？天哪！吴雨急得六神无主。“楠楠，你听我说，你听我说吧，我不可能跟你回中国……”

“我不要听，我不要听。”楠楠扯着吴雨，几乎有些歇斯底里。“你可以不爱我，但是我要跟你在一起，没有你我活不下去！我们一起走吧，啊？一起走吧！”楠楠的哀求里透着绝望，这个女人的心都碎了。

看着楠楠这样，吴雨也心痛，万般不忍，毕竟是个好女孩子啊！“天哪，自己究竟该怎么办？怎么办？”

远处那对天鹅不知什么时候已经游弋到了他们附近，此刻正用安详又好奇的目光打量着这对年轻人。不知道为什么，这对天鹅的到来，让吴雨突然镇定了下来。人非草木，皆有恻隐之心。但是如果一个男人所爱所恋不能专一，那还不如动物呢。既然自己已经在这两个女人之间作出了选择，就绝对不能动摇。唉，要对一个女人忠贞不渝，就只能对另一个女人无情无义了。他心一横，挣脱了楠楠的手。

“楠楠，你好好听我说，我的心真的不在这里，你让我走吧！”

从此，吴雨再也没有回过头。

第三十五章　一个复仇女人带给吴雨的灾难

很快,吴雨的生活又回到了原来的轨道上,楠楠也没有跟他有任何联系。看来事情了结了。吴雨深信,只有时间才是治疗伤痛的最好良药。他了解楠楠,她是一个纯良的、善解人意的姑娘,绝对不是一个傻女人。

几个月后,吴雨接到公司通知去中国出差,当他拖着行李在底特律机场登机口准备登机的时候,一位检票的女空乘服员走了过来,仔细看了看他手中的登机牌,说:"你的登机牌上显示了一个小问题。"请他马上到安检室去一趟。吴雨完全没有觉得有什么不妥,因为以前刚来美国过海关时,也被这么请到安检室去过。然而,在那里等待他的,却是三个联邦调查局的特工。他们毫不客气地对他说,要检查一下他的随身行李。吴雨同样很坦然地把自己的行李拿给他们。三个特工仔细检查他的每一件行李。蹲在地上翻看他电脑包的那个秃头特工突然说:"哈哈,我好像找到了什么!"他手里拿着一个硬盘!吴雨一下子满腹狐疑:"我哪儿来的这个硬盘啊?"好像是主管的那个高个子官员,把那个硬盘马上插入他们随身携带的电脑之中,结果上边全是吴雨公司内部加密的最高精的技术文件。

"你被逮捕了!"另外一个特工将早已准备好的手铐马上将吴雨的双手铐住。

吴雨震惊极了,"喂,等一下,这究竟是怎么回事?你们怎么可以这样随便就逮捕我?"

"有人举报你出售商业机密给中国大陆。你需要请个律师,现在你可以有保持沉默的权利。”那个主管模样的特工严肃地告诉他。

吴雨突然一下感到头重脚轻，差点晕过去！

雪绒是第一个知道吴雨被逮捕的。联邦干员几乎同时搜查了他们促进会，冻结了他们所有的资金和账户，因为里边有吴雨捐赠的几笔总金额超过五十万美金的巨款！直到此刻雪绒才知道，在出院募捐会上那个最大的匿名捐赠人原来就是吴雨！以后几次对组织最大的匿名捐款者也是吴雨！正是靠着他这几笔巨大的捐款，她的组织和她的革命事业才可能有今天的成就，没有这些资金，他们的促进会根本无法像现在这样运作下去。天哪！这个吴雨，他为什么要瞒着我这么做？他为什么不告诉我！

吴雨的被捕和组织资金被冻结，通过媒体的渲染，在社会上引起了一场轩然大波。有的传媒甚至这样报道：

> 旨在教育年轻妇女为婚恋做好准备的公益团体“妇女婚恋教育自救促进会”，涉嫌出卖商业机密给中国国产汽车制造商，以获得组织的资金来源……

在调查机构的问询下，雪绒和提姆很快就被厘清了关系：她和提姆的确不知道那些捐款是来自于吴雨，而且也没有法定的授权和必要去调查这些资金的来源。美国法律从来都是保护匿名捐款者的隐私和权利的。所以，现在所有的矛头和责难都指向了吴雨，所有的媒体都把他描绘成一个为了达到自己的某种个人利益而出卖自己为之效力的美国公司的商业利益的间谍。虽然雪绒事先完全被蒙在鼓里，但是她绝对不相信吴雨会是一个违反美国法律的商业间谍。她也绝对相信，吴雨从来都是一个头脑十分清楚的男人，他知道自己该做什么，不该做什么，绝对不会因为想帮助她的组织筹款而去铤而走险。吴雨绝对知道那样做的后果，也绝对知道那样做会适得其反，会毁了他们的整个事业！

她和提姆马上给吴雨请了底特律最优秀的律师，很快就安排他们一起去见被关押在临时拘留所的吴雨。

“绒儿，对不起!”这是吴雨见到雪绒说的第一句话。

看着他穿着橙色囚衣的模样，雪绒心如刀割：怎么会是这样！“一定是有人陷害你！我们一定会把事情查得水落石出，你不要担心!”雪绒坚定地对他说。

“我没有关系。没想到现在给你帮了倒忙，真的很抱歉啊。希望你们不要为了我的事受到影响!”

“小雨，你不要那样想，”雪绒鼻子一酸，再也说不下去。过了一会儿，她才又接着说，“从小只要跟我在一起，你就有不幸和灾难。为了我，你放弃了当小提琴家的梦想；为了我，你放弃了自己的事业和前途，到美国来跟我受罪；现在又为了我，受到这种陷害和委屈……”

“绒儿，”吴雨打断她的话，“你不要再那样说了。我是谁？我是吴雨啊，不是给你说过，这一辈子，凡是你需要的，我都会给你吗？那是我自己的选择！好了，不要那么难过了!”

这就是吴雨，一个她所认识的吴雨！大凡在这个世界上，男人对女人的那个“爱”字里边都藏有私心。只有吴雨，在他的爱里是找不到一丝杂质的！从小到大，从中国到美国，他从来没有一丝一毫的改变！

吴雨在律师的引导下，仔细回忆了那天发生的所有事情，还是不知道那个硬盘究竟是怎么跑到他的电脑里去的。他把自己在北美所有认识的人通通在脑海里过了一遍，还是想象不出他们中间任何人可能会这样陷害他。他生活低调，在公司与同事相处融洽，没有跟任何人结怨。所以，最后他还是不能解释那个硬盘的来龙去脉。他唯一能解释清楚的就是自己那大笔捐款资金的来源，那是他来美国之前在中国炒股所获得的部分利润，他把这些钱兑换成了美金，分批捐赠给了促进会。

费德伦律师认为，一切就从这笔钱的来源入手，只要能证明吴雨的钱来路正当,就能反证他出卖机密获取金钱作案的动机和前提不能成立。

第二天,雪绒和费德伦律师就登上了去中国大陆的飞机。在短短两天时间里,就在当地银行和警方的配合下,拿到了吴雨的所有收支账目和报税记录,并从证券交易所那里拿到了吴雨的股市交易盈利的影印副本。

在法院即将举行对吴雨的第一次聆讯的前一天,雪绒和费德伦律师就赶回了美国。在第二天的出庭中,为吴雨作了有力的无罪辩护。但是尽管证明了金钱来源的合法性,也指出了整件事的荒谬性,即便吴雨要出卖商业机密,他也不可能将这么大的硬盘直接带在身上并且直奔目标国而去,但是他们还是没有办法证明那个硬盘的来源,并且理清告密者所指证的他和中国企业那些无中生有的关系。所以当费德伦律师提出要以三万美元将吴雨保释出狱候审的请求时,居然也遭到了法官的拒绝。吴雨面临的指控是商业间谍罪,涉嫌将美国公司的商业机密拷贝到外接硬盘上并出售给中国企业——这项控罪一旦成立的话,吴雨所面临的将是八年以上的徒刑和高达百万美元的罚款!

一定要在审判之前找到可以厘清吴雨涉案的证据。

雪绒和提姆焦虑万分!就在对证据一筹莫展,感到十分绝望的时候,雪绒突然想到了自己的离婚案。从蓝塞离家出走到自己最后发现真相,背后真的隐藏了一个惊天的大阴谋:一个男人和一个女人联手欺骗了她,自己竟然少了一根筋,从头到尾都被蒙在鼓里,受尽屈辱。这次自己一定不能再少一根筋了。顺着这条思路,雪绒仔细梳理与吴雨交往过的每一个人:提姆、苏珊、蓝塞、艾伦、米亚、尼克,这些都排除了。最后是楠楠。天哪!自己怎么没有想到楠楠这个女人呢?如果说吴雨认为自己在美国没有一个仇人,想不出任何人可以以这种手段来陷害他的话,那么他可能忽略了一个女人的能量。雪绒想到了曾经是自己最好朋友的苏珊,不也是那样出乎意料吗?血淋淋的教训告诉她,那些看起来最不可能作恶的人恰恰是最可能作恶的人！雪绒又突然回想起，楠楠曾经专门为了吴雨的事来找过她，尽管当时她并没有说出什么过激的话，以后这些日子，她也再没有出现在自己的生活中，就像空气一样蒸发了，自己几乎把这个人和这件事给完全忘掉了。这时，她才有些警觉，直觉告诉她：吴雨的这件事肯定与楠楠有关！

在和律师做了进一步的推演之后，他们都一致认为，在所有认识吴雨的人当中，楠楠的嫌疑最大，因为要用那硬盘来栽赃诬陷吴雨的话，一定是公司内部的人，而且也是一个也能接触到公司最高技术机密的电脑操作高手。在不露痕迹地把技术机密拷贝到那个外接硬盘之后，还要神不知鬼不觉地把它们放到吴雨的电脑包里。那一定是他身边的人，或者是很了解他的生活习惯的人干的，并且这个人还会了解到吴雨去中国大陆出差的内部消息，并把硬盘在他出发以前适时地塞进他的电脑包里。这显然是一个精心策划的阴谋！策划这个阴谋的人一定是个极有头脑、极其精明强干的人。这一切都符合楠楠。唯一不符合的是，性情温柔随和，处事达观谦让，与世无争的楠楠会做出这等邪恶的事。果然，当她和费德勒律师把对楠楠的怀疑告诉吴雨了后，吴雨也认为那是绝对不可能的事，楠楠的人格绝不可能有那么低下。

只有证据。现在只有拿出了证据，人们才会相信。

那么证据又要从哪里去找呢？

雪绒不得不再去寻求联邦特工的帮忙，她向他们提出了自己的疑问：如果是吴雨拷贝了公司的机密文件，那么，他的电脑里就不可能不留任何痕迹。而公司内部调查组和联邦特工也确实没有在吴雨的电脑中找到任何拷贝到外部硬盘的蛛丝马迹。同时雪绒还向他们陈述了自己对楠楠的怀疑，因为她不久之前还为了吴雨的事来找过过自己。如果在公司内部有人想陷害吴雨的话，楠楠至少是有嫌疑的。好在美国的检调机构对处理这类涉及国际关系的重大案子十分慎重。在中西方媒体的报道之下，事情也越滚越大。很多专家和学者，甚至是吴雨公司内部的高层，都对吴雨一案有相当高程度的关注,而其中很多有关这个案子的疑点也被人们找出,普遍认为吴雨的案子是一桩冤案。社会上有强烈的呼声,要求政府和联邦调查局尽快查明真相,提出令人信服的证据。所以,对于雪绒提供的线索,检方进行了深入的调查。首先,他们在楠楠的电脑上查到了她拷贝过机密技术文件的痕迹。虽然楠楠自以为是电脑高手,把事情做得天衣无缝,但是她万万没有想到,魔高一尺,道高一丈,在这个行业里,还有比她更高明的人。但是尽管查到了楠楠有拷贝机密文件的事实,检方还是不能证明是她把那个硬盘放在吴雨的电脑包里的。好像这条线又也走向了死胡同。但是联邦调查员并没有泄气。他们再次详细地询问了吴雨在出事之前那几天的行程,他见了些什么人,做了些什么事,到过些什么地方。吴雨告诉他们,他那几天的作息时间跟平时差不多,还是清早六点就去健身中心做晨练,然后就去公司上班。下班后,通常直接去安娜堡,在促进会里继续做事。所以,如果公司内部有人要把硬盘放进吴雨的电脑包的话,最大的可能就是在公司上班的这段时间里作案。检方把公司大楼里那段时间的所有监控录像全调出来筛检过,都没有发现任何可疑的痕迹。

雪绒心急如焚。她带着律师再一次去问吴雨,平常他的电脑包是放在家里,还是放在公司?放在车上时,有没有锁车门?吴雨告诉他们,他平时都是非常小心谨慎的,到了公共场合,如果车上有电脑,他总是会把车门锁上的,除了一个地方——健身中心。因为每天去那里的时候天都是黑的,并且那里的大多数人他都很熟,所以没有防备意识,每次去那里都不会锁车门。从吴雨口中得到的最重要的一个信息是:楠楠也是那里的会员,他在那里碰到过她好几次。

雪绒和律师马上向检方提供了这一新的线索,检方很快把目标转移到了健身中心,证实了楠楠也是那里的会员这一事实。他们立即将室内的监控录像带调出来,结果发现楠楠在当天并没有出现在健身房内。就在检方调看健身中心入口处和户外停车场监控录像时，他们发现了楠楠的身影！由于当时是清晨六点，天还很黑，能见度很低，监控录像带里的影像也很模糊，他们只能看到她开门跨进了一辆车，进去之后又很快从里边里出来了。检方马上对此进行了更进一步的调查，他们先比对了吴雨的车，发现楠楠开门进去的那辆车的确就是吴雨的车，检方马上逮捕了楠楠，并把她作为犯罪嫌疑人。但楠楠的律师却为她申辩说，停车场上楠楠只是走错了车，因为她的车和吴雨的车一模一样，所以在天黑的情况下，一不小心看错了车。当她进去看到不是自己的车之后，马上就退出来了。检方对这样的辩护束手无策，毫无办法。

还是没有足够的证据。

但是，楠楠毕竟不是一个犯罪高手，在她防不胜防的地方，检方终于找到了突破口。联邦特工最后对给他们报案人的声纹进行了比对，虽然当时那个报案的人声音听上去是一个略带外国口音的男人的声音，但是在高科技的解析下，证实了那个录音中的举报人就是楠楠！

水落石出，事情总算真相大白！吴雨无罪释放！雪绒如释重负，终于松下一口气！

尾声　真爱，就是生死相许

吴雨被释放的那天早上，由于半夜刚下过一场特大的暴风雨，地上到处都是被打断的树枝和吹落下的树叶。在被暴风雨肆虐了一场后，大自然里的空气却变得更加甜润和清新，随着早上的第一道晨光，万物也在瞬间恢复了生气。在密西根州的夏日，在这种特大暴风雨后，很多乡间的河流常常因为来不及排水而漫出河岸造成突发性洪水，让人防不胜防，酿成灾难。当天的天气预报也早早地就发布了洪水警告，但在出门时，雪绒抬头看了看天色。天高云淡，万物一派祥和。她心里觉得气象台那个洪水预报根本都不准确。

那一天，不仅是吴雨出狱的日子，同时也是美国一本著名周刊最新一期出刊的日子。前几天，这个周刊的编辑就打电话来告诉她，她已被选上了该刊本年度"对美国最有影响力的五十位妇女"的风云榜，并且该期杂志还将以她的照片作为封面画！因为在她和她的促进会的努力下，现在美国已有一百零二所高中已开设或决定开设正式的婚恋课程；美国的十八所大学已经将婚恋课程设定为必修课；她还使美国大众认识到了年轻妇女在离婚中所面临的困境，因此美国立法机构也正在讨论修改和调整离婚法的条款，以对这类妇女施予更多的保护和保障……得到这个通知的那一刻，她的第一个念头就是一定要最先让吴雨知道这个消息！所以一大早，她先开车去了庞诺书店，在放杂志的那个架子上，她老远就看见了封面印着自己大头像的那本杂志，她赶快抓起一本就奔向收银台。男收银员在收了钱，把杂志递给她的那一瞬间，突然抬起头来看了看她，又看了看那本杂志的封面。“支持你的革命！虽然我是个男人！”他们一起开心地笑了起来。她拿着杂志兴冲冲地把车开向法院。

“吴雨！”大概等了十几分钟后，吴雨走了出来。一看见雪绒，他憨憨地笑了起来。雪绒冲上去把他一把紧紧抱住！并在他的后背上狠狠地打了一拳，“我死过一回，你现在也死过一回，我们是不是打平了！”

吴雨还在憨笑，但眼眶里早已湿润了。看着在他身边跳来跳去的雪绒，他不知道要说什么，也不知道该说什么，心里纵有千言万语，此时也无一字一句，他只想看着她，看着这个最心爱的小丫头在自己的身边绕来绕去……

雪绒很快把他拖到车里，把放在座位上的杂志一把拿起“啪”地放在他的手里，“你看，这是谁？”

“这是在这个世界上我最爱的女人！”吴雨在心里对雪绒说。他用手小心翼翼地摸了摸那个还泛着油墨香的雪绒的大头特写照片，“绒儿，你的眼睛真美啊！你知道吗，那年你妈妈带着你第一次来我家学琴时，我就喜欢上了你的这双眼睛。”他又把那个封面照左看右看端详了一阵，“没想到那种无厘头的喜欢不知道怎么就变成了一种习惯：凡是你要的，我就会给你；凡是我有的，我也要给你，好像自己一辈子就是为了做这件事而活着，来到这个世界上也就是为了来履行这个承诺的，觉得这样活着很充实也很幸福很满足了。现在我们的人生已经重来了一遍，我还是像小时候那样喜欢你。将来有一天，如果我要从这个世界上离开，也一定是完成了我的承诺才走的。除此之外，我真的对人生一无所求！”

“小雨！”雪绒紧紧抓住吴雨的胳膊。

“不要孩子气了。你一早就来接我，一定还没有吃早饭。饿了吧？我们快走吧！”这就是吴雨，在任何时候，他首先想到的是雪绒，而不是他自己！

他们一路上聊着雪绒上几次在电视台作的访谈节目，聊着下期他们的刊物应该加些什么内容。

“啊!”雪绒突然惊叫起来,“洪水!”

没有任何反应余地,他们的车已冲进了水里,车子一下子漂在水上,晃了一下,浑浊的水流就开始从各种隙缝里溢进车内,车身也慢慢地开始往下沉。吴雨一下倒向雪绒那边,把雪绒的安全带迅速打开,但是那扇门,由于外边洪水的猛烈冲击的水压,怎么也打不开。最后吴雨把自己的两只胳膊抱成一团,拼命地撞向车窗,总算把它撞烂。他满手是血,拼命地把雪绒往外边推,一下子把她推出去了。吴雨也紧跟着爬出来,陷入洪水中,看到他们车子的右前方那里还有一棵没有被水淹没的小树,吴雨拖着雪绒奋力地往那里挣扎过去,好不容易拉扯到那附近。

吴雨把雪绒拼命地举向小树,雪绒一把抓住了那弯曲的树干,立即回过头来伸出一只手对吴雨喊:“快抓住我的手! 快!! 快!!”但是吴雨没有伸出手来! 雪绒惊恐地大叫,“你在干什么!! 快抓住我的手!!”

吴雨在水中仰着脸对雪绒大声地喊道:“那棵树撑不了两个人,你就让我走吧! 绒儿,你要好好活着,我爱你!”说完这话,一个巨大的旋涡卷来,再也没有了他的踪影……

“我爱你……我爱你……”只有那悲凉的回声还在水上飘荡着,就像吴雨的灵魂久久地不愿离她而去。

吊在那棵树上差不多半小时之后,她终于得救了——是那个叫吴雨的中国男人用他的承诺把她救活的。就像他自己说的那样,他来到这个世界上是为了履行这个承诺而来的;当他离开这个世界时,他也一定完成了自己的承诺。的确,他用生命来完成了这个承诺:凡是他所爱的人需要的,凡是他所拥有的,他全部可以奉献,甚至包括他的生命!

一个月之后,雪绒和提姆站在吴雨的墓前,他的墓地不在中国的故土,而是在安娜堡。雪绒知道,这一定是吴雨的心愿,他一定要待在离她最近的地方,他那双灵魂的眼睛一定会时刻追随着她,提醒她该加衣服了,不要熬夜熬得太晚。

雪绒的眼泪永远没有尽头。提姆望着那深红色的大理石铸造的墓碑,喃喃地说:“这个世界上没有什么绝对的好男人和坏男人。这个世界上其实只有两类男人:一类是比较自私的男人,一类是比较不自私的男人;吴雨,就是那种比较不自私的男人,一个有良心的、高尚的男人。”

这时,雪绒想起了妈妈临终前的话,妈妈叫她到美国来找一个真正有良心的永远不会背叛自己的男人。原来这个男人根本不用找,他一直就在自己的身边,从来都没有离开过自己!

什么是背叛?什么又是永恒?有爱情,就会有背叛;只有无私,才会有永恒。

如果人生可以重来一次……

她拿起吴雨给她的那把琴,耳边却萦绕着他奉献给她的人生旋律:

橙色如果是一种
奉献给你的颜色
我会采来天下所有的橙子
将他们奉献——
……
这是何等的一种不真实
让天下所有真诚的人
走过橙子树下时
难免叹息
然而这的确是一个愿望
一个许久的愿望
……

图书在版编目（CIP）数据

睁开你美丽的中国眼睛/廖宛虹著.-上海：上海文艺出版社.2011.7
ISBN 978-7-5321-4176-0
Ⅰ.①睁… Ⅱ.①廖… Ⅲ.①长篇小说-中国-当代
Ⅳ.①I247.5
中国版本图书馆 CIP 数据核字（2011）第 120094 号

责任编辑：丁元昌
美术编辑：钱　祯

睁开你美丽的中国眼睛
廖宛虹 著
上海文艺出版社出版、发行
上海绍兴路 74 号
新华书店经销　华东师范大学印刷厂印刷
开本 890×1240　1/32　印张 9.875　插页 2　字数 247,000
2011 年 7 月第 1 版　2011 年 7 月第 1 次印刷
ISBN 978-7-5321-4176-0/I·3221　　定价：25.00 元

告读者　如发现本书有质量问题请与印刷厂质量科联系
T：021-62431136